고향으로 가는 길

김형석 수필집

고향으로 가는 길

철학과 현실사

차례

머리말

　이 책은 송촌(松村) 김형석(金亨錫) 교수가 계간 『철학과 현실』에 지난 2015년 겨울호부터 3년 동안 12회에 걸쳐 연재했던 자전적 에세이를 단행본으로 엮어낸 것이다. 저자는 지난 한 세기에 걸친 긴 세월의 풍파를 이겨낸 자신의 인생 역정뿐만 아니라, 흔히 '폭풍 치는 언덕'으로 묘사되는 우리 근대사의 모습도 매우 설득력 있게 다루고 있다. 여기에는 일제강점기와 조국의 분단 상황, 민주화와 산업화의 요동치는 정황이 모두 고스란히 담겨 있는 것이다.

　이 책에 묘사된 김형석 교수의 생애는 오랜 세월 동안 온갖 정성을 기울여 지은 건축물과도 같다. 그것은 화려하고 웅장한 저택은 아니지만, 아름답고 단아한 수도원 같기도 하다. 이 건축물은 신앙과 지성과 교육과 사랑이라는 네 개의 기둥으로 받쳐져 있다.

　첫째 기둥은 기독교적 신앙이다. 그에게 종교는 바람직한 삶의 근원인 동시에 자신을 초월하는 방편이며, 영원에 이르는 순례자의 길이기도 하다. 그는 그 길을 기독교의 가르침과 그리스도의 행적을 따르는 헌신의 자세로 묵묵히 걷는다.

둘째 기둥은 인문학적 지성이다. 그에게 인문학은 삶과 존재에 의미를 부여할 뿐 아니라 교양의 자양분을 제공하며, 궁극적으로는 자기성찰에 이르게 하는 비판정신의 산실이 된다. 그리고 바로 이 비판적 지성 때문에 그의 신앙은 감동적이고 설득력이 있으며, 결코 맹목적이지 않다.

셋째 기둥은 구도자적 교육이다. 그에게 교육은 단순히 지식의 전달이 아니라 좀 더 차원 높은 가치의 추구이며, 바람직한 인간의 완성을 의미한다. 그러므로 한평생 다양한 방식으로 전개된 그의 교육활동은 스스로 참다운 스승의 품격을 지닐 뿐만 아니라, 종교적 헌신과 인문적 가치를 공유하려는 대승적 구도자의 풍모를 나타낸다.

넷째 기둥은 인간애적 사랑이다. 그는 한 사람의 기독교인이 어떠한 방식으로 휴머니즘을 실천할 수 있는지 스스로 현시함으로써 자신의 신앙과 지성과 교육을 사랑의 이름으로 농축시킨다. 그리하여 마침내 영원을 갈구하는 신앙과 이웃을 향한 사랑은 인간에 대한 연민 안에서 하나가 된다.

김형석 교수의 글을 읽다 보면 롱펠로(Henry W. Longfellow)의 시 「옛날 목수」가 생각난다. 거기에는 이런 구절이 있다. "옛날 옛적에 목수들이 살았다네 / 그들은 세밀한 부분뿐만 아니라 / 보이지 않는 부분까지 정성을 다했다네 / 신들은 어디나 계시니까"

우리는 이 책에서 신앙과 지성과 교육과 사랑이라는 네 기둥으로 지어진 김형석 교수의 삶이라는 둥지를 만나게 된다. 그리고 거기서 그 옛날 그 목수들의 건축물 못지않게 그의 삶이 단아하고도 정교한 하나의 걸작임을 실감하게 될 것이다.

엄정식
서강대학교 철학과 명예교수
계간 『철학과 현실』 편집인

1
나의 인생, 내가 걸어온 길

교육보다 학문의 길을 택하다

1953년, 33세 되는 1년은 고뇌스러운 한 해였다.

그때까지 나는 중고등학교 교육계를 떠나 대학으로 진출할 생각을 갖고 있지 못했다. 두 가지 생각을 갖고 있었기 때문이다. 첫째는 앞으로 우리 사회를 위해 필요한 것은 교육이라고 생각했고, 교육은 중고등학교 기간이 중하다고 믿고 있었다. 겨레의 앞날을 위해서 나에게 주어진 과제는 밭을 가는 일이라고 믿었다. 또 하나의 이유는 나 자신이 학문을 하기에는 기초작업이 거의 없었다는 사실이다. 대학에 있을 때는 학도병 문제와 전쟁의 분위기 때문에 공부다운 공부를 하지 못했다. 광복 후 2년 동안의 공산 치하에서도 학업을 계속하지 못했다. 중앙학교 교사로 7년을 보냈으나, 6·25 전란을 치렀는가 하면, 교감 일을 맡으면서는 학교 행정에 많은 시간과 노력을 바쳐야 했다.

그러나 사람의 일은 내 뜻대로 되는 것은 아니었다. 한두 대학에 시간강사 책임을 맡게 되면서 학문을 하고 싶다는 의욕을 새삼 느끼기 시작했다. 그 당시만 해도 학자다운 교수가 적었던 대학 분위기 때문이었는지, 나도 노력만 하면 교수 대열에 참여할 수 있을 것 같다는 욕심이 작용했던 것 같다.

어쨌든 자의 반 타의 반으로 떠밀려가듯이 대학으로 적을 옮기게 되었다. 연세대와 고려대, 그리고 한국신학대학의 강의를 맡아보다가 연세대학의 부름을 받는 결과가 되었다. 초청을 받았다는 표현이 이상해진다. 중앙학교 때 제자들이 연세대 학생이 되었고, 그 학생들이 중앙학교 때 우리 선생님이 좋은 강의를 해주었는데 강사로 와서 강의를 해주었으면 좋겠다는 청을 학장에게 했던 것이다. 그 일이 인연이 되어 백낙준 총장이 직접 사람을 보내 연세대로 와서 함께 일하자는 청을 했던 것이다. 말하자면 제자가 스승을 끌어들인 결과가 된 셈이다.

그러나 지금도 돌이켜보면 7년 동안의 중고등학교 시절은 나에게 잊을 수 없는 성장과 미래를 위한 폭넓은 기반을 닦아준 기간이었다. 한마디로 말하면, 나는 교육자로서 실패하기보다는 성공했다는 고마움을 간직하고 있다.

젊은 열정을 쏟아부을 수 있었고 학생들을 마음으로부터 사랑했던 것이다. 그 당시만 해도 5, 6학년 학생들은 좌우편의 정치적 대립 때문에 갈등을 겪고 있었다. 지금은 사실로 믿기 어려운 일들이 계속 벌어지고 있을 때였다. 그래도 나는 진심으로 학생들을 사랑하고 싶었다. 그 애들이 장래의 희망이었기 때문이다.

연세대학으로 온 지 얼마 안 되었을 때의 일이다. 한번은 논산훈련소에서 편지가 왔다. 중앙학교 때 제자들 4, 5명이 같은 기간에 육군에 입대해 훈련을 받고 있었다. 어떤 주말에 모여 이야기를 하다가 한 친구가 다른 동료를 보면서, "너는 우리 반을 담임했던 김형석 선생을 그대로 닮았다."면서 놀렸다. 그랬더니 다른 친구가 "김 선생을 닮기야 네가 더 닮았지. 너는 생각보다 말하는 것까지 김 선생 그대로다."라면서 웃었다는 내용의 글이었다.

그 편지를 읽고 난 나는 꼭 철이 들기 시작하는 자식들을 버리고 개가를 한 어머니 같은 죄책감을 느꼈다. 그 애들과 함께 있어야 했는데 하는 후회 비슷한 상념에 빠져들었다.

그런 일들이 계기가 되었을까. 지금도 나는 고등학교나 학생들이 요청해오는 일은 거절하지를 못한다. 95세가 된 내가 고등학생들에게 강연을 다닌다고 하면 누구도 믿어주지 않을 것이다. 비교적 폭넓은 독자층을 갖는 글을 쓰는 것도, 그 어리고 젊은 청년들에게 들려주고 싶은 내용이 아쉽기 때문에 되도록 쉬운 문장을 쓰게 된 탓인지도 모른다.

대학에서는 학생들이 나이 차이가 많은 동생같이 느껴진다. 그러나 중고등학생들은 친자식들을 대하는 것 같다. 졸업 후에도 그렇다. 대학 때 제자는 소중하기는 하나 서로 점잖게 대하게 된다. 그러나 고등학교 때 제자는 정이 통하기 때문에 부모와 자녀들 같은 친밀감이 두텁다.

외국에 여행을 했을 때도 그렇다. 대학 제자들의 집에 가서 투숙하는 일은 별로 없다. 그러나 고등학교 시절의 제자의 집에 머무는 일은 조금도 어색하지가 않다.

한번은 미국 시카고에 간 일이 있었다. 내 아내와 동행했을 때였다. 처음에는 사업으로 성공한 전모 군의 집에 일주일간 머물기로 했다. 잘살았기 때문에 손님 대접에 여유가 있었다. 그런데 시카고 비행장에 내렸더니 한 제자가, "선생님, 처음에 전모 군의 집에 머무시기로 합의를 했었는데요, 다시 상의를 하다가 우리 일곱 제자가 하루씩 모시기로 했습니다. 가난한 제자도 선생님의 제자니까요. 불편하시더라도 하루씩 머무시도록 해주세요. 오전 9시를 교대 시간으로 정했습니다."라고 하는 것이었다.

나는 제자들의 의견을 따를 수밖에 없었다. 그러나 관광 일정은 미리 짜놓았기 때문에 중복되는 일이 없었다. 그 당시만 해도 내 제자들이 미국에서 결혼은 했어도 한국의 양가 부모들이 다녀가는 일이 허락되지 않는 시기였다. 부모를 뵙거나 모시지 못하는 정을 우리에게 대신하는 것이다. 그리고 아직 철 부족한 부탁도 해오곤 했다.

한 제자의 아내의 말이다. "선생님, 우리 그이가 학생 때는 어땠어요? 너무 한국식으로 완고해서 저에게 좀 더 친절히 대해주었으면 좋겠는데, 그런 것을 도무지 몰라요. 제가 없을 때 아내에게 좀 더 다정하게 대해주라고 얘기해주세요. 미국 가정에 초대를 받았을 때는 창피스러운 때가 다 있어요."라고 부탁해온다. 또 다른 제자의 가정에 가면, 이번에는 내 제자가, "사모님, 제 아내는 미국식이 되어서 그런지 도무지 남편 대접을 할 줄 모릅니다. 우리 어머니가 아버지를 존경하던 것과 비교하면 제가 오히려 섬겨야 하는 것 같아 걱정입니다. 제가 없을 때 제 아내에게 한국서는 남편을 하늘과 같이 모신다고 좀 얘기해주세요."라고 부탁을 한다.

나의 아내는 그러마고 대답을 하면서도 부모 슬하를 떠나 있으니 서로 불만이 있는 것 같다고 웃어넘기곤 했다.

우리 둘은 행복하고 고마운 일주일을 보냈다. 뉴욕으로 가는 비행기 안에서 내 아내가 하는 말이었다. "나는 교수생활이 이렇게 행복할 줄은 아직 모르고 살았어요. 아까 비행기를 탈 때 ○○○제자 아내가 내 손을 잡고, '우리 어머니를 뵈는 것같이 좋았어요.'라면서 용돈도 주머니에 넣어 주었어요. 제자들도 우리 아들딸들과 큰 차이가 없네요. 우리가 사랑만 할 수 있다면….'라면서 감격해했다.

대학과 고등학교 제자들 간에는 또 다른 차이가 있다.

대학 때 학생들은 대개가 같은 학과의 제자들이기 때문에 동일한 학문적 제자가 된다. 그러니까 사회적 활동 영역이 넓지 못하다. 그러나 고등학교 시절의 제자들은 활동 분야가 다양하다. 어떻게 보면 1 대 10 정도의 차이가 있다. 고등학교 때 유능한 제자를 키우면, 훗날 그 영향은 대학 때보다 훨씬 다양하고 넓을 수가 있다.

나는 내가 교수이기 때문에 주로 국내 또는 외국에서 교수직을 담당한 제자를 가까이하게 된다. 그러나 그들의 교수직도 다양하다.

캐나다 토론토에 있을 때였다. 교포들에게 강연을 끝내고 나오는

데 뜻밖의 제자를 만났다. 내가 담임했을 때 제일 키가 작았기 때문에 출석부 1번이었던 윤탁순 군이었다. 미국에 와서 춘원의 자제였던 이영근과 같이 물리학교수가 되었다는 얘기는 듣고 있었다. 어떻게 되었느냐고 물었더니, 이영근 박사는 미국 대학의 교수로 남고, 자기는 큰딸의 사정이 있어 캐나다 토론토대학의 교수로 있다는 것이었다. 그리고 캐나다에서 최초로 한국인 정교수가 되었다는 사실도 알게 되었다. 그 얘기를 들은 나는 공연히 흐뭇한 기분을 느꼈다. 분야는 다르더라도 자랑스러운 제자들이다.

내가 가서 2, 3일 또는 3, 4일씩 머문 제자들의 이름은 지금도 기억하고 있다. 모두가 비행기 여비를 대주면서 초청을 하곤 했다. 세인트루이스대학의 곽노균 교수도 그랬다. 공업경영학교수인데 그의 저서가 북경대학의 교재로 채택되어 북경대학을 방문한 일도 있었다. 텍사스대학의 정치학교수인 노광태도 중앙학교 때 제자였다. 몇 시간이나 차를 몰고 와서 같이 지내기도 했다. 뉴욕대학의 변혜수 교수는 내 영향으로 철학을 했다면서 많은 시간을 함께 보내곤 했다.

한국에는 더 많은 제자 교수들이 있다. 10여 명이 훨씬 넘는다. 고려대학의 대학원장을 지낸 한배호 교수는 자기 자전적 저서 속에 나와의 관계를 상세히 얘기하고 있을 정도로 가까이 지냈다. 연세내의 민경배 교수는 고등학교와 대학 때 제자이면서 지금은 같은 동네에 살고 있다. 오래전에는 강원도 춘천에 강연을 갔다. 세 교수가 갔는데, 고려대의 조승순 교수도 같이 강연을 했다. 역시 중앙학교 때 제자다. 오세탁 교수는 청주에 산다. 다양한 재주가 있어 여러 분야에서 일했다. 충북대학의 법대 학장직도 맡았다. 지금도 스승의 날과 신년이 되면 전화로 인사를 해온다. 청각이 나보다도 좋지 않아 잘 듣지 못하니까 전화 내용이 항상 비슷하다. "선생님이세요? 저 오세탁입니다."로 시작해서 자기가 할 얘기만 다 하고는, "기회가 생기면 뵈러 가고 싶습니다."로 끝난다. 어차피 내 얘기는 잘 듣지 못하니까. 그래도 전화를 받고 나면 그렇게 고마울 수가 없다. 제자 오재식은 서로 잊지 못할 정도로 가까운 사이였다. 기독교 신앙이 돈독했다. 아카데미하우스를 주관하는 강원룡 목사와 WCC 운동에 오랫동안 동참하고 있었다. 정치적 성향은 사회주의적 성격을 띠고 있어 박정희 정권 때는 외국에 나가 있어야 하는 어려움을 겪었다. 내가 월드비전의 이사로 있을 때였다. 새로운 회장을 선출해야 하는데 보수 진영 교단 출신의 목사들이 후보가 되곤 했다. 내가 정진경 이사장과 협의 끝에 오재식 제자를 추천했다. 오랫동안 강 목사 사람이었는데, 내 청을 받는 대로 수고해주었다. 6년 동안 좋은 업적을 남겨주었다. 한번은 강원룡 목사를 만났더니, 그렇게 오래 나와 함께 지냈는데 은사가 찾으니까 홀딱 가버렸다면서 웃고 있었다. 후에 암으로 투병하는 고생을 했다. 위험스러운 병이었다. 그러면서도 한번은 우리 집을 방문했다. 나는 상배(喪配)하고 혼자 있던 때였다. 오 군은 사모님 생각이 난다고 말했다. 자주 들르곤 했으니까 내 아내도 반겨주곤 했다. 돌아갈 때는 내가 쓴 책에 '제자 오재식 군에게'라고 사인을 해주면서, 우리 옛날로 돌아가자면서 웃었다. 오 군은 병중이었는데도 환하게 웃으면서 돌아갔다. 그것이 마지막이 될 줄은 몰랐다. 어떤 날 아침, 신문을 보다가 오 군이 세상을 떠났다는 기사를 보았다. 마음이 무거웠다. 제자의 문상에 늙은 내가 가도 되는가 싶어 죄송스러웠으나 문상을 갔다. 그 환하게 웃던 얼굴이 그대로였다. 좀 더 많은 일을 할 수도 있었는데….

몇 해 전 일이다. 천주교 서울교구에서 1년에 한 번씩 개최하는 강연 세미나가 광화문에서 있었다. 그해에는 내가 종교문제의 주제 발표를 하게 되어 있었다. 2, 3일 전에 전화가 왔다. 정진석 추기경이 "은사인 김 교수님의 발표가 있는데, 제가 가서 뵈어야지요!"라면서 참석할 것이라는 전화였다. 반갑고 고마웠다. 역시 중앙학교 때 제자였다. 발표하는 날 아침에 연락이 왔다. 꼭 온다고 했는데 몸이 불편해서 의사가 만류했다는 소식이었다. 사제 간의 정은 다른 무엇보다도 소중한 것이다.

내가 1947년 여름, 38선을 넘어 서울로 올 때는 아내와 한 돌이 채 못 되는 아들과 함께 떠났다. 3살짜리 큰딸과 부모님, 동생들은 동반하지 못했다. 그리고 여러 해가 지나는 동안 부모님과 동생은 물론이지만 철없는 어린 딸에게 평양에 갔다 온다고 거짓말을 하면서 남겨두고 온 것이 한없이 마음 아팠다. 그대로 다시 만나지 못하면 한평생 나는 죄인의 아픔을 벗어날 수가 없을 것 같았다. 아내의 마음이야 말해 무엇 하겠는가. 큰딸은 벌써 6살이 되어 있었다.

6·25 전쟁이 벌어진 1950년 늦가을 어떤 닐 밤이있다. 내가 아끼고 있던 제자 선우문옥 군이 찾아왔다. 국방부에서 최초로 평양까지 후생부관제 기차가 떠나기로 되어 있는데, 선생님의 남아 있는 가족과 어린 따님을 만나기 위해 지금 떠나자는 것이었다. 군복

과 증명서류를 준비해 갖고 온 것이었다. 나는 같이 온 두 제자와 같이 서울역으로 가 전쟁이 발발한 후의 처음 떠나는 열차에 몸을 실었다. 기차는 대동강 동쪽까지 갔고, 나는 고향을 찾아 가족들을 만났다. 얼마 후에는 딸과 동생들, 어머니를 모시고 부산까지 가는 행운을 얻었다. 그 기회를 놓쳤다면 어떻게 되었을까. 생각만 해도 마음 조이게 하는 사건이었다.

그 제자 선우 군은 서울공대에서 광산학을 전공하고, 미국에 가서 대학원 학업을 마치고, 미국 유타 주에서 각광받는 기술자가 되었다. 생각해보면 내가 제자들에게 베푼 사랑은 평범했는데, 제자들이 나를 위해주는 마음은 한없이 풍부한 것이었다.

바로 이 글을 쓰기 며칠 전에는 미국에서 한 의사 제자가 한국에 왔다. 온 목적 중 하나는 은사인 나를 만나고 친구들과 같이 점심을 함께하는 일이었다. 내가 양식이 좋겠다고 했더니, 63빌딩에 중앙 45회 동창들 8, 9명이 모였다. 그 의사 제자가 "저의 평생의 스승이어서 오늘은 큰절을 올리고 싶습니다."라면서 마룻바닥에 엎드려 큰절을 했다. 다른 제자들도 그러자고 하면서 모두가 큰절을 해왔다. 식당에서 일하는 직원들이 무슨 일인지 몰라 어리둥절한 표정이었다. 그랬을 것이다. 자그마한 체구의 내가 의자에 앉아 있는데, 80을 넘긴 노인네들이 큰절을 하는 것이 예사로 보이지 않았을 것이다.

중앙학교 당시를 생각하면 빼놓을 수 없는 한 가지 추억이 있다.
내가 중앙학교에 부임한 것은 1947년 10월이었다. 27세의 풋내기 교사였다. 그래도 그 나이다운 열정은 있었다. 학생들과 정이 들기 시작했을 무렵에 나는 몇몇 기독학생들의 요청을 받아 학교 밖, 한 교회에서 기독교 강좌 시간을 갖기로 했다. 일요일 오후 2시로 정했다. 한배호 교수가 학생 때 그 중심이 되었다. 내가 한 군의 교회에 나가고 있었기 때문이다.

6·25 전쟁이 터졌다는 소식이 갑자기 서울시를 들끓게 만들었다. 나는 그곳에 모였던 사랑하는 제자들에게 오늘을 마지막으로 다시 모이기는 어려울 것 같으니 각자 집으로 돌아가 준비를 갖추라고 말하면서 마지막 기도를 드렸다. 우리 학생들과 대한민국을 보호해달라는 기도였다. 마음이 아팠다. 왜 그런지 눈물이 흘렀다. 지금도 그때 불안한 마음에 휩싸여 집으로 돌아가던 제자들의 모습을 잊을 수가 없다.

다음 날 아침, 학교로 갔다. 나도 어디서 그런 착상과 용기가 생겼는지 모르겠다. 심형필 교장에게 "이번 전쟁은 국지 분쟁이 아니고 전면 전쟁일 것 같으니까, 학교 재정을 은행에 맡겨두면 공산군의 손으로 넘어갈 것입니다. 그 예금을 찾아 3개월씩의 월급을 모든 교사와 직원들에게 선불해주었으면 좋겠습니다."라는 제안을 했다.

고마운 것은 내 제안을 받은 교장이 곧바로 학교 설립자였던 인촌 선생에게 그 뜻을 전했다. 인촌 김성수 선생은 경험과 도량이 넓은 분답게 그렇게 하라고 허락했다. 그 덕택으로 우리 학교 교직원들은 3개월 계속된 전쟁 동안 편히 지낼 수가 있었다. 3개월 후에는 우리 정부가 서울로 환도했으니까. 후에 들은 얘기다. 인촌이 같은 뜻을 고려대학의 현상윤 총장과 상의했던 모양이다. 현 총장은 그

막중한 공금을 그렇게 처리할 수는 없다고 해서 거절했던 것 같다. 그리고 1년쯤 지난 후에 부산에 중앙학교 분교가 설립되면서 내가 젊은 나이로 교감직을 맡게 되었다. 아마 그 사건을 계기로 심 교장이 나를 인촌에게 추천해 교감직을 맡게 되지 않았는가 하는 생각을 했다.

교감직을 맡으면서 나는 설립자인 인촌을 만나고 대하는 기회를 여러 차례 가지게 되었다. 아무것도 배우지 못하고 철없이 자란 나에게는 인촌이 큰 어른 같은 생각이 들었다. 여유롭고, 양반스러운 분위기를 느꼈고 대인관계에 있어 저렇게 지혜로운 분도 있는가 하는 부러움을 느끼곤 했다. 인촌은 내가 지니지 못한 인덕과 품위를 갖추고 있었다. 동아일보, 중앙학교, 고려대학은 물론 경성방직까지 영향을 미치고 있으면서도 말년에는 정치계에 몸담고 지냈다. 언제나 일선에는 자신보다 유능한 인재를 앞세우고 뒤에서 도와주는가 하면, 야당이 위기에 처했을 때는 정상적인 위치로 정착시켜주는 책임을 지곤 했다. 고려대학의 김성식 역사학교수가 나에게 들려주었던 말을 지금도 기억하고 있다. "인촌이 살아 있을 때는 야당이 분열된 일이 없었는데, 인촌이 돌아간 후에는 한 번도 야당이 합쳐본 적이 없다."는 것이었다. 그리고 인촌 밑에서 따르던 사람들은 크게 실수를 한 일이 없었는데, 인촌 밑을 떠나서는 그들도 제구실을 발휘하지 못했다면서 몇 사람의 이름을 알려주기도 했다.

덕치(德治)는 인치(人治)에서 온다는 말이 가능하다면, 인촌이 그 대표적인 사람일 것 같다. 인촌은 아첨하는 사람, 동료를 비방하는 사람, 편 가르기를 하는 사람을 옆에 두지 않았다. 나도 인촌을 대하면서 나 자신이 그런 사람이 되어서는 안 되겠다는 생각을 굳혔다. 인촌은 한 번 믿고 일을 맡긴 사람은 끝까지 도와주곤 했다. 자기 밑을 떠나더라도 그가 사회적으로 필요한 인재로 인정되면 기회가 있는 대로 도와주곤 했다. 인재를 키우고 뒷받침해주는 일에 있어서는 누구보다도 탁월한 어른스러운 사람이었다. 나는 인촌에게서 많은 것을 배웠다. 어떤 면에서는 나에게 부족했던 인품을 채우도록 가르쳐주었고, 어디에 가서 무슨 직책을 맡든지 내 밑에 있는 사람들의 존경과 아낌을 받는 사람이 되어야 한다는 가르침을 남겨주었다.

중앙학교에 가르치러 갔던 젊은 시절의 내가 인촌의 가르침을 받고 자란 것을 지금까지도 감사히 생각하고 있다. 그다음부터는 그런 가르침을 준 사람을 만난 일이 없었다는 생각을 하면 인촌은 나의 은인 중 한 사람이라는 생각을 하게 된다.

초창기의 철학계와 연세대학교

1953년 가을 학기는 시간강사로, 그다음 학기부터는 전임이 되어 연세대로 자리를 옮겼다.

그 일을 전후해서 고려대 시간강사로도 강의를 했다. 지금 돌이켜보면 그 당시는 고려대학이 가장 짜임새 있고 미래를 계획하는 교수진을 갖추고 있었던 것 같다. 서양철학 분야에는 박희성, 이종우, 손명현 교수가 있었다. 미국과 일본의 대학 출신 교수들이었다.

동양철학을 위해서는 이상은, 김경탁 교수가 책임을 맡고 있었다. 후에 고려대학이 동양철학 분야의 인재를 많이 배출한 계기를 만들었던 것이다. 이에 비하면 서울대학 철학과는 인물 중심의 과 편성이었던 것 같다. 박종홍, 고형곤, 최재희 교수 등이 주로 서양철학에 집중하는 인상이 강하다.

내가 연세대학에 갔을 때는 철학과 교수진이 정비되어 있지 못했다. 프랑스에서 돌아온 정석해 교수와 일본서 수학한 전원배 교수가 중심이었는데, 전원배 교수는 6·25 전쟁 뒤 복귀하지 않았다. 정식 교수로서는 정석해 선생이 많은 분야를 담당하고 있었다. 그런데 정 교수가 1년간 미국을 방문하게 되면서 누군가가 그 공백을 충당해야 하는 시기였고, 그때 내가 그 자리를 채워야 했다. 책임이 무거웠다. 한철하, 조우현 강사 등이 나와 같이 있었기 때문에 1년 동안을 교수 부재의 어려움을 겪어야 했다. 동양철학은 뒤늦게 구본명, 배종호 교수 등이 동참하게 되었다. 서양철학 분야도 김하태, 이규호 교수가 보강되면서 제 위상을 찾기에 이르렀다. 1년이 지나 정석해 선생이 복귀하고 철학과가 안정기에 접어들게 되었고, 정 선생은 교수 정년제가 바뀌면서 일찍 교단을 떠나게 되었다. 내가 과장직을 맡았을 때였다. 학생들에게서 들려오는 얘기들이 있었다. 연세대학교 교수진이 빈약하지 않으냐는 불만 비슷한 생각늘을 갖는 듯했다. 나는 학생들이 원하는 교수라면 연세대로 모셔오고 싶은 생각도 있어 서울대학을 비롯한 다른 대학의 교수들을 시간강사로 몇 분을 한 학기 또는 1년씩 모셔오기도 했다. 그런데 학생들은 생각을 바꾼 모양이었다. 역시 우리 교수님들이 좋다는 생각을 갖는 듯싶었다. 그래도 나는 세 분 강사를 연세대로 모셔오기로 했다. 두 분 중의 한 분은 전직 대학에서 놓아주지 않았고, 한 분은 오기로 내정이 되어 있었는데 정부의 요청도 있어 더 활동 영역이 넓은 곳으로 갔다. 그래도 가장 기대하고 있었던 김태길 교수는 우리 대학으로 모시게 되었다.

김태길 교수를 모시는 데는 두 가지 고비가 있었다. 나와 전공 분야가 비슷하기 때문에 한쪽으로 치우치는 것 같은 인상이 강했다. 나는 김태길 선생의 윤리학 분야의 업적을 기대했기 때문에 내 영역을 약간 양보하면 된다는 생각이었다. 그보다 더 힘든 과제는 연세대가 그때만 해도 기독교대학이기 때문에 크리스천이 아닌 교수는 좀 꺼리는 시기였다. 비슷한 후보가 있으면 자연히 총장 측에서는 교회 사람을 원하고 있었다. 그 장벽을 넘기 위해 당분간은 내가 일요일 아침이 되면 혜화동까지 가서 김태길 선생과 같이 교회에 참석하기로 했다. 김 교수도 기독교에 비판적이 아니었고, 신앙적인 마음의 문은 열어놓고 있는 자세였다. 김 교수도 쉬 나의 동반 없이도 교회에 참석하게 되었고 연세대학의 한 식구가 되었다.

몇 해 뒤에 김 교수는 모교인 서울대학으로 적을 옮겼다. 김 교수의 고민도 컸었다. 연세대 가까운 곳으로 이사하기 위해 집을 구하러 다니기도 했었다. 김 교수가 떠난 후의 우리 대학 교수와 학생들 분위기는 역시 모교로 되돌아가는구나 하는 편이었다. 그때 나는 1년 동안 미국에 있었다. 김 교수와 협의하는 기회는 갖지 못했다. 그러나 여러 가지 정황을 살펴보았을 때, 그렇게 될 환경과 분위기를 이해할 수 있었다. 그때는 4 · 19 이후의 문과대, 그것도 철학과의 정석해 선생과 내가 교수의 권익을 위해 학교 측과 반대되는 입장을 택했고, 새로 부임해 온 총장은 목사님이었으며, 연세대학을 교회 측 요구에 부응하도록 하겠다는 명목으로 학교 측을 적극적으로 지지하지 않는 교수들은 어딘가 장래가 불안스러운 분위기를 조성하고 있었다. 김태길 교수가 미국서 돌아온 나에게 "김 선생도 여러 면에서 선처해야 될 것 같다."는 걱정을 해준 일도 있었다. 김태길 선생도 서울대에서 요청한다면 좀 더 안정된 곳으로 가고 싶은 상황에 처했던 것 같았다. 그러나 그 사태는 일시적이었고 연세대학은 곧 정상적인 궤도로 돌아올 수 있었다. 당시의 총장은 임기를 채우지 못하고 대학을 떠나는 (대학으로서는) 부끄러운 상처를 치러야 했다. 내가 모셔왔고 친구로서의 김태길 선생을 옹호해서가 아니다. 그 결과는 철학계를 위해 도움이 되기도 했다. 김 교수는 그 이후에 서울대학 철학과를 이끌어주었고 학문적 업적도 남겨주었으니까 모두를 위해 좋은 방향을 열어준 결과가 되었다. 나는 나대로 연세대 철학과를 돕는 일에 미력을 집중하기에 이르렀다. 서울대학의 김태길 교수가 없어서도 안 될 일이고 연세대학의 내가 없어서도 그만큼 빈자리가 생겼을지 모르겠다. 나와 김 교수의 우정은 철학계와 더불어 오래 지속되었다. 김 교수가 세상을 떠날 때까지.

부끄러운 이야기 하나를 털어놓고 지나가기로 하겠다.

내가 연세대로 부임했을 때 나는 많은 가족을 이끌고 있었다. 아들 둘, 딸 넷의 아버지일 뿐 아니라 모친과 세 동생을 데리고 있었다. 동생들도 중등교육을 받아야 할 나이였다. 큰 동생을 제외한다고 해도 부양가족이 10명에 가까운 처지였다. 중앙학교 때 머물던 사택을 나오고 보니 우선 살 집이 없었다. 신촌 산 밑에 있는 셋방을 거쳐, 작은 전셋집으로 이사하는 고통을 참아야 했다.

대학에 온 지 2년쯤 되었을까. 학교 안에 즐거운 소식이 돌았다. 봉급이 30퍼센트 정도 오른다는 얘기였다. 나도 그렇게 되면 한시름 놓아도 될 것이라고 기대가 컸다. 그런데 뜻밖의 일이 벌어졌다. 30퍼센트 봉급이 오른다 했는데, 집에 와서 월급봉투를 뜯어보니 오히려 전보다 20퍼센트 정도가 감해진 것이었다. 아내와 나는 이게 웬일이냐고 놀랄 정도였다. 재무처에 연락해 계산이 잘못된 것이 아니냐고 물었다. 전화를 받은 담당자가 죄송한 듯이 머뭇거리더니 그렇게 되어 미안하다면서, 본봉은 30퍼센트 올랐는데, 그 대신 부양가족수당은 폐지했기 때문에 그렇게 되었다는 설명이었다. 나와 아내는 아무 말도 못하고 밤늦도록 걱정했다. 누가 아이를 많이 낳으라고 한 것도 아니고, 북한에서 함께 따라온 가족들까지 어떻게 연세대학에 책임지울 수 있겠는가 생각하며 단념키로 했다. 이제는 학교만 믿고 있다가는 가족들을 책임질 수 없겠다고 생각했으며, 열심히 벌어야겠다고 다짐했다. 수입을 올리는 방법으로는 몇몇 대학에 시간강사로 더 나가는 것, 그리고 그 외에도 수입이 되는 일이면 사양치 않기로 했다. 궁하면 통한다는 말이 있다. 그래도 연세대학에서 내가 좋은 강의를 한다는 소문이 있었는지 몇 대학에서 시간을 맡겨주었다. 감사한 것은 숭실대학이었다. 내가 숭실중학을 다녔기 때문에 여러 강좌를 맡겼고, 그다음 학기부터는 전임

대우를 약속해주었다.

　연세대와 숭실대를 합치니까 한 대학 반의 수입은 되었다. 애들 교육과 식생활의 문제는 해결된 셈이다. 그리고 기독교방송국과의 인연이 닿아 방송 출연을 하곤 했는데, 그 노력의 결과였는지 그다음에는 KBS와 MBC 라디오방송에도 출연하기 시작했다. 그렇게 해서 연세대만으로는 부족했던 대우를 충당하게 되었다. 그뿐 아니라 방송계에서 알려지게 되면 사회 여러 다른 기관에서의 강연 등 청탁도 뒤따르게 된다. 그러다 보니 심한 가난에서는 벗어나게 된 셈이다. 지금도 나는 숭실대학에 대한 감사와 애정을 잊지 못하고 있다. 우리 가정을 가난에서 벗어나게 해준 고마운 모교와 같이 느끼곤 한다. 숭실중학과는 형제 학교로 평양에서 공존했던 대학이기도 하다.

　회상해보건대, 1950년대, 1960년대에는 지금은 상상하기 어려운 일들도 있었다. 당시에 같이 근무하던 양주동 교수에게 "선생님께서는 어떤 때엔 10개가 넘는 대학으로 동시에 강의를 나가셨다고 들었는데, 그 많은 강의를 어떻게 다 감당하셨어요?"라고 물었더니, 양 선생은 소탈하게 웃으면서 "그걸 다 어떻게 감당하나. 돌아가면서 휴강도 좀 했지."라고 농담조로 대답하는 것이었다. 그 많은 강의를 위해 양 선생은 교수 중에서는 제일 먼저 자가용 지프차를 이용했던 것으로 알려지기도 했다. 다른 한편으로, 그즈음에는 많은 대학에 강사로 나갈수록 인기 있는 교수로 인정받는 분위기도 없지 않았다.

4·19의 상흔이 많은 교훈을 남겼다

되풀이해서 회상해보고 싶지는 않으나, 나와 대학사회에 있어서 잊을 수 없는 중대한 사건이었기 때문에 그냥 지나칠 수는 없을 것 같다.

내가 연세대학에 와서 자리가 잡혔을 무렵에 4·19 학생의거가 일어났다. 사회 전체적으로 보면 독재에 대한 항거였다. 4·19는 지금까지 우리가 겪고 있는 좌우의 대립은 아니었다. 이승만 정권에 대한 항거였다. 6·25 전쟁의 영향 때문에 좌파 세력이 주도할 만큼의 세력과 준비가 갖추어지지 못하고 있던 때였다. 어떤 면에서는 정치성보다도 사회윤리성이 더 강했을지 모른다.

4·19를 계기로 몇 대학에서 크고 작은 학원민주화운동이 벌어졌다. 그 소용돌이의 중심에서 태풍의 눈 같은 위치를 차지한 사건이 연세대학에서 벌어진 일부 교수들의 대학 측(총장과 이사회)에 대한 수업거부와 교내농성으로 폭발한 것이다.

그 당시는 이사회가 있었으나 백낙준 총장 개인의 판단과 행정이 그대로 받아들여지고 있던 시기였다. 그만큼 그분의 업적과 영향력이 컸다. 또 연세대와 직간접으로 연결성이 강한 미국에서는 사립대학에서 이사회가 차지하는 결정권은 막강한 권한을 차지하고 있었던 것으로 안다.

그즈음에 나는 큰아들아이가 병원에 입원하고 있었기 때문에 자세한 경위와 내용은 잘 모르고 있었다. 병원에서 퇴원해 오면서 학교에 나갔더니 내가 존경하는 원로 교수들이 이미 문과대학 교수휴

게실에서 농성을 시작하고 있었다. 김윤경, 정석해, 심인곤 같은 이들은 누구보다도 대학을 사랑하고 위하는 분이었다. 이기적인 사심이 없는 분들인 것은 누구나 인정하고 있었다. 물론 그 중심에는 정석해 교수가 자리 잡고 있었다. 4 · 19 때 목숨을 걸고 교수데모를 주도해 이승만 정권을 하야시킨 장본인이기도 했다. 정 교수는 비록 완벽한 판단은 내리지 못할망정 불의를 보고는 참지 못하는 천성에 가까운 성격과 기질을 갖춘 분이었다. 김윤경 선생도 그랬다. 대학 측이 절차도 밟지 않고 정당한 이유도 없이 다섯 교수를 해임한 것은 동료 교수로서는 물론 연세대학의 장래를 위해서도 받아들일 수 없다는 주장의 항거였다. 그러나 다른 많은 교수들은 공감은 하면서도 그것이 최선의 길인지는 의문을 가졌고, 특히 학교 측 교수라고 할까, 교목실이나 신과대학은 물론 신앙을 가진 교수들은 대학의 결정에 반대하는 것이 타당한가를 고려해보는 위치에서 중립을 택하는 편이었다. 그러나 나는 정석해, 김윤경, 심인곤 교수는 어떤 목사나 장로들보다도 신앙심이 두터운 분들임을 잘 알고 있었다.

여러 가지로 고민하다가 나도 농성 교수 모임에 동참하기로 했다. 그 선택이 잘된 일인지 아닌지는 지금도 잘 모르겠다. 내 생각은 최소한의 의사 표시라도 있어야 앞으로 연세대학의 미래를 위해 도움이 될 것이라고 생각했다. 한편으로는 나 자신이 해임을 당한 교수 중의 한 사람이라면 어땠을까 하는 생각도 해보았으며, 지금 생각해보건대 파면을 시킨 대학 본부도 정당한 과정 절차를 밟지 않았지만, 그렇다고 즉각 수업거부와 농성에 돌입한 것도 지혜로운 판단은 못 되는 것 아닌가 하는 느낌도 없지 않았다. 그리고 나 자신도 미처 예측하지 못한 것은, 그 사태가 대내외적으로 그렇게 큰 파장을 일으키고 말았다는 것이다. 국내의 대표적인 기독교대학에서 일어났기 때문에 사회적 여파가 더욱 컸던 것 같다. 뿐만 아니라 그 사건이 거의 한 학기 동안 지속해서 학생들에게도 마음의 상처를 입히는 결과가 되리라는 예상은 할 수가 없었다.

나는 평소부터 공동체 생활에서 편 가르기를 하는 것은 옳지 못하다는 신념을 갖고 있었다. 자유로운 지성인이어야 할 교수가 어느 한편에 서서 싸우는 일은 없어야 한다고 지금도 믿고 있다. 어떤 이해관계가 있더라도 내 편, 네 편은 있을 수 없고, 특히 편 가르기 때문에 대학 전체, 특히 학생들에게 피해를 준다는 것은 잘못이다. 부부싸움을 하는 부모가 아들딸들에게 너는 내 편에서 싸워 이겨야 한다고 한다면, 그보다 어리석은 잘못은 없을 것이다.

그럼에도 불구하고 내가 농성 교수 편에 들어서고 보니까, 편 가르기의 잘못은 또 다른 수많은 갈등을 더해가는 것이었다. 학생들이 우리 편이 된다고 해서 좋아하게 되고, 졸업생들이 중립을 지키고 있으니까, 그들도 마침내는 우리를 정당하게 보아줄 것이라는 기대를 갖기도 했다. 기독교계와 다른 기독교대학들이 학교 편을 옹호한다는 기사가 발표되었을 때는 유감스럽다는 감정을 숨길 수 없었다. 나도 그중의 한 사람이 되었다. 여러 가지로 고민하다가 교목실장인 백리언 목사를 찾았다. 그와는 가까운 사이였다. 교목이 우리 농성장에 와서 예배를 좀 인도해줄 수 없겠는가고 청했다. 우리 자신의 생각과 선택이 이기심에 빠지지 않고 대학을 위할 수 있어야겠다는 우려에서였다. 백 목사는 나의 마음은 이해가 되나 교목실장이 농성 교수 편에 가담한다는 오해를 받게 되면 사태는 더욱 악화될 것 같다면서 사양했다.

나는 그 사연을 농성 교수들에게 보고했다. 교수들은 약간 실망했다. 그런데 원로 교수들이 "그래도 예배는 드리는 것이 좋겠는데, 목사님들이 거절하면 우리끼리 예배를 드리자."면서(김윤경 교수였다고 기억한다) 김형석 교수가 대신 좀 수고해주었으면 좋겠다고 제안했다. 사실 우리는 이대로 대립 상태가 계속되면 대학을 위해서나 사회에 대해서도 덕스럽기는 어렵겠다는 걱정을 하고 있었던 것이다.

예배 제안을 내가 꺼냈기 때문에 할 수 없이 내가 저녁마다 예배를 인도하는 책임을 맡게 되었다. 그러나 그것이 어떤 결과를 가져올지는 전혀 생각하지 못했다. 원로 교수들의 뜻을 돕고 따르려고 했던 일이 대학 측에서 보면 내가 주도하고 있다는 오해를 받을 수도 있는 그런 책임을 맡았던 것이다.

여러 달에 걸친 사태였기 때문에 그동안에 몇 가지 변화가 발생했다. 백낙준 총장은 정계로 진출하고 원일한 선생이 이사회의 뜻을 따라 총장서리 책임을 맡게 되었다. 원일한 총장서리는 백 총장의 신임을 받았고 3대째 내려오는 연세대 설립자 집안이기 때문에 교계와 대학에서는 이 사태를 수습하는 적격자로 보았던 것 같다. 우리도 그렇게 믿고 있었다.

그러나 원 총장서리의 입장에서 보면 자신을 신뢰해주는 백 총장의 결정을 번복할 수는 없었다. 이미 전직 총장이 결정을 내린 바였다. 또 이사회의 권위와 권한을 축소하거나 그 일부를 교수들에게 맡길 수도 없는 일이었다. 기독교계 여론의 큰 방향은 연세대학이

기독교대학과 기독교 교육기관의 장래를 위해 그 존엄성을 지켜주기 원하는 것이 떳떳한 길이라고 믿고 있었던 것이다.

그해 9월에 벌어졌던 대학분규는 여러 타협적인 노력이 있었음에도 불구하고 11월 중순까지 해결을 못 보고 계속되었다. 처음에는 일부 교수들의 주장에 정당성이 있다고 생각하던 사회 여론도 학생들이 받는 피해를 고려하기 시작하면서 강경한 교수들의 양보를 요청해오게 되었다. 대학은 학생들을 위한 책임을 무엇보다도 우선시하는 것이 당연한 의무이기도 했다.

농성 교수들은 누구의 잘잘못을 따지기보다는 학생들을 위한 의무를 더 이상 외면해서는 안 된다는 견해로 기울기 시작했다. 다섯 교수에 대해서는 면목이 없고 죄송하지만 학생들을 위해서는 양보해야겠다고 여기던 즈음에 뜻밖의 일이 벌어졌다.

11월 16일이었다. 일부 학생들이 원일한 총장서리의 사택에 침입해 항의와 불만을 터뜨린 것이었다. 있을 수 없고 있어서는 안 되는 일이 벌어진 것이다. 학생들 중의 여러 명이 구속되고, 그 배후가 누구인가 하는 문제가 제기될 수밖에 없었다. 학생들까지 이렇게 수난을 겪게 되니까 농성이나 대내적인 항의와 주장은 의미를 잃게 되었다. 농성을 이끌던 교수들에게는 이제는 학생들을 구출하는 책임이 더 중요한 임무가 되었다. 물론 나도 그중의 한 사람이었다.

지금 회상해보면 나는 나 자신의 그런 선택과 행위를 왜 감당하게 되었는지 모른다. 원로 교수들의 뜻을 따르자는 것이, 학교를 위하자는 뜻이, 기독교 교육기관의 좋은 모범을 찾아보자는 마음이 모두 뜻하지도 원하지도 않았던 방향으로 전개된 것이다.

학생들이 원일한 총장서리, 그것도 연세대학뿐 아니라 언더우드 가문의 한국 사랑의 뜻까지 훼손하는 결과가 되었으니까, 사회 여론은 좌파 성향의 학생들이 앞장섰고 배후에는 사주하는 누군가가 있을 것이라는 방향으로 전개될 가능성이 충분했다.

11월 22일을 기억한다.

내가 그 주모자의 한 사람으로 서대문경찰서로 연행되는 처지가 되었다. 모든 사건의 추이가 그렇게 될 수밖에 없었던 것 같다. 서대문경찰서에는 이미 잡혀 온 학생들이 조사를 받고 있었다. 경찰관들이 분주히 내왕하고 있었다.

나를 끌고 간 경찰관은 대기실 비슷한 독방으로 나를 안내했다. 조용히 생각을 정리해보았다. 백낙준 전 총장은 정계의 최고위직을 맡았다. 백 총장의 심복이었던 C 교수는 4·19와 더불어 경찰총장이 되었다. 대학 내의 일부 교수들은 원일한 선생 주변에서 그의 일을 돕게 되었다. 그중의 누구도 정석해, 김윤경 교수에게 사심이 있었거나 좌파적 정치관이 있을 것이라고 믿을 수는 없었다. 천하가 알고 있는 사실이다. 그렇다면 일단은 책임이 나에게로 올 것이 뻔했다. 그 사람들 중에는 나와 개인적 인간관계가 가깝지 않은 이들도 극히 소수지만 있었다.

그러나 두 가지 믿는 바가 있었다. 그 하나는 어리석은 마음이다. 어느 날 내가 학교문제로 고민하다가 잠이 들었는데 탈북할 때 마지막으로 뵈옵고는 다시 본 적이 없는 부친이 꿈에 내 곁에 나타나 "너무 걱정하지 말아라. 너에게 욕심이 없고 학교를 위한 뜻이라면 그 결과는 좋아질 것이다. 내 마음도 그렇다."라고 위로해주시던 격려의 말이었다. 또 하나는 "내 문제는 다른 누군가가 해결 짓는 것이 아니라 내가 믿고 기도드리는 하느님의 뜻에 따라 결정될 것이다."라는 신앙적 믿음이 있었다.

문제는 학생들 중의 한두 명이라도 이 사건 때문에 법의 제재를 받거나 학교에서 징계를 받는 일이 있어서는 안 되겠다는 무거운 책임이었다. 정석해 교수와 내가 철학과 소속이기 때문에 여기 잡혀 와 있는 학생들 중에는 틀림없이 문과대학이나 철학과 학생도 있을 거라는 생각이었다. 그 학생들이 나까지 잡혀 와 있는 것을 보면 마음이 어떨까 싶었다.

그러나 다행스러운 것은 정석해, 김윤경, 심인곤 교수는 잡혀 오지 않았다. 나야 아직 젊으니까 걱정이 되지 않았다. 집에서 끌려올 때는 "우리 학생들을 위해서 잠시 다녀와야겠는데 오래 걸리지는 않을 것이다."라는 말만 남기고 떠났던 것이다.

오전 내내 아무 조사도 없었다. 점심때가 지났다. 오후 3시 가까이 되었을 때 누군지 기억하지 못하는 경찰관이 나타났다. 나는 조사실로 갈 것으로 짐작하고 일어서려 했더니 그가 "앉아 계십시오. 바로 조금 전에 경찰청장이 경질되었습니다. 곧 돌아가실 것 같습니다."는 말을 남기고는 그대로 나가버렸다. 경찰청장의 경질이 나와 무슨 상관이 있을지 모를 일이었다.

어쨌든 나는 그날 오후에 집으로 돌아왔다. 그러나 학생들은 돌아오는 이가 없었다. 나와서 여러 얘기를 종합해보았더니 내가 잘 아는 철학과 학생들이 몇 명 잡혀가 있었던 것이다.

그리고 여러 해가 지난 뒤였다. 그 당시 경찰청장으로 있었던 C 교수가 내가 묻지도 않은 말을 했다. "참, 그때는 김 교수님께 대단히 죄송스러운 일을 했습니다."라는 인사였다. C 교수는 나를 잘 알고 있었다. 탈북자이며 철저한 반공의식을 갖고 실천에 옮기는 것까지 인정하고 있었다. 또 내가 누구에게 뒤지지 않게 신앙인답게 살고 싶어 한다는 것도 모를 리가 없었다. 그래서 죄송한 마음을 오래 갖고 있었는지 모른다.

나와 문과대학 교수들은 이번 일을 계기로 한두 학생이라도 법적 처벌을 받거나 학교에서 징계를 받는 일이 없기를 진심으로 염원하고 있었다. 그런데 우리의 뜻이 이루어졌다. 12월 하순이 되면서 정석해 교수가 학생들은 모두가 크리스마스 이전까지 석방될 것 같다고 소식을 전해 들었다는 것이다. 그런 계획을 경찰에서 갖고 있다는 것이다.

드디어 크리스마스이브가 되었다. 우리는 서대문교도소 앞으로 모였다. 몇몇 학부모들과 구속 학생들의 친구들이 일찍부터 기다리고 있었다. 그러니까 학생들은 한 달이 넘게 갇혀 있으면서 조사를 받은 셈이다. 우리는 학부모들을 찾아 죄송하다는 인사를 드리고 싶었는데, 학부모들이 먼저 찾아와 인사를 나누었기 때문에 그래도 기쁜 마음이 되었다.

드디어 감옥 문이 열리고 학생들 전원이 석방되었다. 크리스마스이브여서 더욱 감격스러웠다. 한 젊은 교수가 "학생들이 처벌받기 원하는 교수도 있을까요."라고 말했다. 학교 측 교수들을 향해 하는 말이었다. 나는 "우리 모두의 잘못이 아니겠어요."라고 말했다. 나도 서대문경찰서까지 끌려갔다는 얘기는 하지 않았다. 나밖에는 누구도 모르는 일이었기 때문이다.

학교를 떠나게 되었던 다섯 교수는 다른 대학으로 적을 옮겼다. 대학의 뜻대로 된 셈이다. 몇 해 후에 오화섭 교수와 박두진 교수는 연세대로 복직했다. 장경학 교수는 돌아오지 않고 동국대학에서 정년퇴직을 했다. 다른 후배 교수들도 서울대와 다른 대학에서 끝까지 일했다.

모두가 제자리로 돌아가게 되었을 때쯤이었다.

교목실장이었던 백리언 목사가 연락을 해주었다. 원일한 총장서리와 이사회가 나에 대해 크게 오해를 하고 있어서 아마 문제가 제기될 것 같으니까 늦기 전에 찾아가서 설명과 변명을 하는 것이 좋을 것 같다는 말이었다. 교내에서 돌고 있는 문건(소위 지라시)들이 나에 대한 비방으로 채워져 있다는 것이다. 그 내용을 전해 들은 나는 밤새도록 마음이 아팠다. 다음 날 일찍 원 선생을 만나러 학교로 나섰다. 한참 가다가 내 행위가 적절한가를 반성하기로 했다. 다시 집으로 돌아와 여러 가지 문제들을 정리해보았다. 아직 학생들이 석방되기 전의 일이었다. 나는 생각을 바꾸었다. 이번 사태에 대해서 완전히 잘한 사람은 아무도 없다. 나도 그중의 한 사람이다. 그렇다면 학생들이나 학교를 위해 주장을 하거나 변명을 하는 일은 옳지만, 그러나 나 자신만을 위한 변명은 하지 않기로 하자고 다짐했다. 원 선생을 찾아가 사실과 다르다는 변명이나 나를 위한 해명은 하지 않기로 작심했다. 그 뒤로는 한마디도 입을 열지 않았다.

백 목사가 다시 권고해왔으나 나는 그만두겠다고 마음을 굳혔다. 모두가 그렇게 하면 다시 문제는 원점으로 돌아가는 것이다. 또 나는 누가 그랬을지를 짐작하고 있었다. 세월이 지나면 자연히 해명될 것이다. 그렇게 되지 않는다면 연세대학에는 믿을 만한 지도력이 없을 것이므로 나 자신을 믿기로 했다. 만일 대학에서 나에게 책임을 지운다면 다른 대학으로 갈 마음의 준비도 갖추고 있었다.

학교가 다시 제자리로 돌아왔을 때였다. 영문과의 선배 교수인 고병려 선생이 찾아왔다. 그는 홍익대학 설립자와 가까운 인척이었고 형은 서울대 교수로 있었다. 독실한 크리스천이지만 교회에는 나가지 않는 무교회주의자로 알려져 있었다. 그러나 나는 그분을 우리 대학에서 가장 모범적인 신앙인으로 대하는 편이었다. 성경을 스스로 번역하면서 잘못된 부분들을 지적하기도 했다. 조용하고 겸손한 교수였다.

고 교수는 이번 대학의 분규를 치르면서 아무 도움도 주지 못했고 한 일도 없었기 때문에 부끄럽게 생각한다면서 조용히 중립을 지킨 것을 후회한다는 얘기를 했다. 어떤 때는 우리와 같이 정의의 편에 동조하지 못한 책임을 느껴 대학에 사표를 내는 편이 옳지 않을까 자책감을 느낀다는 심정을 얘기해왔다. 나는 고 교수의 얘기를 들으면서, 나는 지금 편 가르기의 한쪽에 서서 투쟁해온 것을 후회한다고 그에게 말했다. 오히려 조용히 중심을 지키면서 말없이 대학을 위해 바른 자세를 취했다면 이런 사태는 발생하지도 않았을 것이며, 대학 역사에 오점을 남기지도 않았을 것이라고 말했다. 주관적인 발상과 판단, 특히 그것을 행동화시켰기 때문에 사태를 더 어렵게 만들었고, 학생들에게도 모범을 보여주지 못했다고 솔직한 심정을 나누었다. 모든 사람이 다 고 교수와 같았다면 그 선한 질서 때문에 대학은 아픈 상흔을 남기지 않았을 것이라는 생각을 했기 때문이었다.

대학이 제 위상을 회복하게 되면서 뜻밖의 제안이 왔다. 학교 측에서 나에게 교무처장직을 맡아주었으면 좋겠다는 요청이었다. 나는 생각해보지도 않고 사양했다. 능력이 없을뿐더러 이번 사태를 치르면서 나같이 한편에서 투쟁해온 사람들은 당분간 조용히 머무는 것이 도리로 믿는다고 말했다. 어느 편에도 앞장서지 않은 유능한 교수를 선발하는 것이 대학다운 처신일 것 같다고 내 의견을 말했다. 그리고 누가 좋겠느냐고 한다면 ○○○ 교수 같은 유능하고 편 가르기를 싫어하는 독립된 인격을 갖춘 이가 좋을 것 같다고 추천했다. 내가 추천한 후배 교수가 교무처장이 되었다. 어느 편에서 보든지 지성적이고 합리적인 판단과 행정을 할 사람으로 보였기 때문이다. 내 추천도 도움이 되었는지 모른다. 그 후배 교수가 좋은 결실을 맺었다고 나는 믿고 있다.

그 당시까지 대학 행정을 총장 측근의 교수들이 맡아온 것이 상례로 되어 있었던 것이 이번 사태를 일으킨 직간접적인 원인이 되었다고 적지 않은 교수들이 생각하고 있었던 것이다.

지금 생각해보면 당시에는 대학에도 교수다운 교수가 적었던 때라고 회상되기도 한다.

2
여행으로부터의 배움

1년은 한국을 떠나 있었다

돌이켜보면 해방 이후부터 한 해도 조용한 세월이 없었다.

1960년은 4·19 의거와 그 소용돌이 속에서 한 해를 보냈다. 다음 해는 5·16 쿠데타로 정변을 치러야 했다.

나는 연세대의 교내 시련 한가운데에서 벗어나 조용한 시간을 갖고 싶었다. 대학 측의 오해도 풀린 것 같다고 생각하면서 강의에 열중하고 있을 때였다. 총장실로부터 한 가지 제안이 왔다. 혹시 사정이 허락되면 1년 동안 미국에 가 머물고 싶지 않느냐는 연락이었다.

나는 뜻밖의 소식이어서 어떤 일인가고 망설였다. 그러지 않아도 그 전해 여름방학 때, 정확히 밝히면 8월 13일 청주에서 3일간 계속된 강연회를 끝내고 서울로 오는 버스 안에서였다. 청주시 산 쪽으

로 영롱하게 무지개가 아름답게 피어오른 것을 보면서 나도 모르게
'나도 언젠가 한 번은 미국과 가능하다면 유럽을 다녀와야겠는데
그 일이 가능할 수 있을까?' 하는 생각을 가져본 일이 있었다. 연세
대학의 동료 교수들의 대부분이 미국 출신 학자들이었고 앞으로는
서구사회의 전통과 현실을 보지 못하고서는 서양철학을 강의하는
나 자신의 커다란 결격사유가 될 것이라는 예측을 숨겨둘 수 없을
것 같았다. 그러나 그것은 내 노력으로 이루어지기는 아직 어렵다
는 생각을 갖고 있었다.

　그런데 대학 측에서 먼저 그 제안을 해온 것이었다. 나는 감사히
받아들이겠다고 말했다. 그러지 않아도 대학분규 동안 잘못한 점도
있었고, 오해도 컸던 것으로 알고 있었던 처지라 더 의아하기도 했
고, 감사한 일이기도 했다.

　총장실에서는 하버드 옌칭 연구교수로 1년간 하버드대학에 머무
는 방향을 찾았던 것 같다. 그러나 그 일은 성사되지 못했다. 아마
금년에는 불가능할 것 같다는 생각을 하면서 지냈는데, 뜻밖에도 풀
브라이트 장학재단의 교환교수 자리가 있어서 나를 추천할 계획이
라는 연락이 왔다. 그 당시에는 젊은 교수들이 그 계획대로 뽑혀 몇
명이 가곤 했다. 이번에는 중진(시니어) 교수 중에서 특별한 대우를
받으며 가는 기회인데 잘되었으면 좋겠다는 학교 측의 얘기였다. 다
른 교수들보다 3배나 되는 재정적 대우를 받게 된다는 것이다. 금년
에 한 사람을 선정하는데 내가 연세대의 추천을 받은 것이었다. 나
는 어렵지 않겠는가고 크게 기대하지 못했다. 여러 가지로 미루어
내가 그런 특별대우를 받을 처지가 못 되는 것을 잘 알고 있었다.

그런데 의외로 급속히 진전, 결정이 되어 그해 6월 16일에 미국 국무성 초청교수로 1년간 미국에 가 머물 수 있도록 확정이 되었다.

그 한 달 전에 박정희 대통령의 5·16 쿠데타가 있었기 때문에 1년 동안 모든 것을 잊고 해외에 나가 있었으면 좋겠다는 기대가 있었다. 그래서 학기 강의를 끝내면서 절차를 밟아 8월 25일 김포공항에서 내가 태어나 처음으로 미국으로 가는 비행기에 몸을 싣게 되었다.

한두 가지 에피소드를 곁들이기로 하겠다.

내 성격이 소심하고 소극적인 편이기 때문에 처음 겪는 미국 여행을 혼자 어려움 없이 치를 수 있을까 하는 걱정이 되었다. 그래서 같은 시기에 다른 케이스로 방미하는 안병욱 교수를 만나 같은 비행기를 타고 함께 가도록 하자는 제안을 했다. 뜻밖에도 안 교수는 한마디로 거절하는 것이었다. 여행은 혼자 해야 스릴도 있고 낭만도 있지, 함께 다니는 것은 흥미가 없다는 것이었다. 할 수 없이 나는 큰일 났다고 걱정하고 있었다. 그런데 미국 대사관 문정관이 그 전해에 미국을 다녀온 교수들과 금년에 떠나는 교수들이 합석해서 얘기를 나누는 모임을 주선해주었다. 저녁식사에 초대해준 것이다.

여러 가지 이야기가 오고 갔는데, 1년 전에 갔던 한 교수가, 먼저 다녀온 경험이 있어 한 가지 충고하겠는데 절대로 혼자서 떠나지는 말라면서, 자기는 비가 쏟아지는 밤에 시애틀 공항에 내렸는데 어디를 어떻게 찾아가야 할지 막막해서 할 수만 있으면 한국으로 다시 돌아오고 싶어 처량했다면서, 처음 가는 사람은 반드시 동행이 있어야 한다고 충고해주었다.

나도 슬그머니 겁을 먹고 있는데 안 선생이 내 옆으로 오더니 "김 선생, 우리 같이 떠납시다."라고 요청해왔다. 나는 안 선생의 호의가 그렇게 반가울 수가 없었다.

그것이 계기가 되어 안 선생과 내가 한평생 잊을 수 없는 우정을 굳히는 길이 열렸다.

그 당시만 해도 옛날이다. 내가 미국으로 떠난다고 해서 여러 교수와 친구들이 버스가 떠나는 반도호텔 앞까지 배웅을 나와주었고, 가족들과 친척들은 김포공항까지 환송을 나오기도 했다. 우리 총장도 배웅을 나가지 못해 미안하다는 소식을 전해왔다. 어떤 친구들은 출국하기 2, 3일 전에 신문사를 찾아다니면서 출국인사를 하고, 돌아와서는 귀국인사차 방문한다면서 신문사를 예방하곤 했다. 신문사에서는 인사동정란에 누가 출국차 내방했고, 어떤 이가 어느 항공편으로 연구를 마치고 입국했다는 소식을 전해주곤 했다. 김포공항 풍경은 가관이었다. 목사나 교회 장로가 출국하게 되면 교인들이 공항까지 환송을 나와 예배를 드리기도 했다.

안 선생이 나보고 "우리 하와이에 가서 머무는 동안에 바나나를 마음껏 먹어보자."고 말하던 생각이 난다. 서울서는 바나나도 먹기 어려웠던 때였다. 고려대학의 김상협 총장이 세계에서 제일 맛이 좋은 과일은 망고니까 꼭 먹어보라고 권했던 기억이 떠오르기도 했던 때였다.

그해 8월 25일, 김포공항에서 많은 손님들의 환송을 받으면서 우리 둘은 출국했다. 우스운 사건(?)이 벌어졌다. 나는 미 국무성의 초청이었기 때문에 팬암 비행기 일등석이 배정되어 있었다. 왕복 일등석이었고, 미국 내에서는 어떤 여행을 하든지 일등 대우를 받게 되어 있었다. 그 당시 일등석은 비행기 입구에서 공항 쪽으로 10여 미터는 자주색 카펫을 깔아주곤 했다. 나는 어울리지 않게 황송스럽게도 그 위를 걸어 비행기 앞좌석인 일등석으로 탑승하고, 안 선생은 뒷문이 있는 일반석으로 타게 되었다. 하와이를 거쳐 샌프란시스코까지 그렇게 가게 되었다. 나는 미안하고 안 선생은 어색한 불만이었다.

그다음부터 나는 기회가 생기면, "우리야 급이 다르지 않아? 나는 그래도 일등석에 타는 사람이고…."라고 놀렸다. 그러면 안 선생은 "제발 그 얘기는 그만합시다. 가엾어서 데리고 떠났더니…."라면서 웃곤 했다.

미국을 떠나 유럽과 동남아를 거쳐 귀국할 때는 그 일등석 요금을 일반석으로 바꾸니까 요금을 더 추가하지 않아도 될 정도로 도움을 받았다.

어떻게 보면 나는 운이 좋았는지 모른다. 시골 우리 마을에서는 최초로 중학교에 진학하는 어린이가 되었다. 그것도 가난하고 병약했던 내가. 그러나 그 대가로 고생도 많았다. 10여 리가 되는 시골 길을 2년 동안 걸어서 통학하는 어려움은 극심했다. 소나기를 맞아 온통 젖은 옷으로 돌아오기도 했고, 겨울 혹한에는 목도리를 두텁게 했는데도 그 밑으로 고드름이 달리는 추위를 이겨내야 했다. 지금 생각해보면 살아남은 것이 다행이었다는 기억을 떠올려보기도 한다.

중학교를 끝낸 뒤, 1년 동안은 고향 초등학교에서 가르치다가 일본으로 유학을 떠났다. 그 당시 일본으로 가는 학생들은 중산층 이상의 여유가 있는 가정이거나, 고학을 자처하면서 고생을 각오하고 대학을 선택하는 젊은이들이었다. 일본에 머물면서 살펴보면 두 계층 학생들의 생활 차이가 뚜렷했다. 나는 그 후자에 속하는 편이었다. 그런 내 상황과 비슷한 학생들은 함경도와 평안도에서 많이 와 있는 것 같았다.

　나는 5년간 일본에 머물면서 신문배달도 했고, 식당에서 웨이터 일을 경험하기도 했다. 한때는 짐을 나르는 노동도 체험해야 했다. 그러나 그런 일들을 운동 삼아 했기 때문에 부끄럽다는 생각을 가져본 일은 없었다. 그 당시에는 전쟁을 앞두고 정부가 신문 발간부수를 강제적으로 축소시켰기 때문에 신문을 권유하기보다는 구독자들이 배달원인 나에게 거듭 요청해오곤 하는 때였다. 어떤 때는 여유가 있는 집 아가씨들이 기다렸다가 우리 집에 ○○신문을 좀 보내줄 수 없겠느냐고 간청해오면 고려해보겠다고 고자세로 대하는 재미도 있었다. 그런 아가씨들은 나를 아르바이트를 하는 학생으로 동등하게 친절히 대해주기도 했다.

　식당에서 웨이터로 일할 때는 전쟁으로 식량 배급을 하던 시기였다. 식당에서 아르바이트를 하면 먹거리는 어렵지 않겠다는 기대를 갖고 갔는데 2년 정도는 배불리 먹는 행운을 따내기도 했다. 우에노(上野) 공원에 있는 도립미술관 식당이어서 미술 감상의 기회도 가질 수 있어 정신적 소득이 적지 않았다. 최근에 일본에 갔다가 그 미술관을 찾아갔는데, 그 당시의 건물은 헐리고 새로 지은 건축으로 변신한 것이 두 번째였다. 70년 전의 일이니까 세월을 따라 미술관 시설도 많이 달라져 있었다. 이번에는 내가 손님으로 부속 식당에 들어가면 누가 서비스를 해줄까 싶어 살펴보았더니 단정히 제복을 차려입은 아가씨들이 일하고 있었다.

그러나 지금도 나는 그 당시의 어려웠던 시절을 후회하지 않는다. 내가 찾아 지닐 정신적 소득을 잃지 않았기 때문이다. 지금도 의사들은 나의 건강을 얘기하면서 하반신의 근육이 남보다 좋다는 얘기를 한다. 중학생 때 20리를 자전거로 통학했고, 대학생 때도 노동을 한 것이 도움이 되었을 것이라고 믿고 있다. 오늘의 고생은 내일의 행복이 된다는 교훈이기도 하다. 그러나 이러한 폭넓은 고생이 내 인간성과 인격을 키워준 것과 무관하지는 않다고 믿는다.

내가 아들딸들을 외국에 보낼 때 6개월 또는 1년의 학비만 도와주고 아르바이트를 하도록 권한 것도 후회하지 않는다. 물론 지금은 장학제도가 많이 좋아졌기 때문이기는 해도.

철학계의 인상(일본과 미국)

내가 일본에서 대학생활을 할 때는 일본 철학계가 넓지 않은 호수와 같이 느껴지는 시기였다. 호수 이편에서 저편까지 바라볼 수 있었고, 호수의 깊이가 얼마나 되는지도 짐작할 수 있었다. 어떤 선박들이 무슨 목적으로 내왕하는가도 찾아 알 수 있는 때였다. 철학의 공간도 넓지 않았다. 도쿄의 몇 대학과 교토대학 정도로 충분했다.

고려대학의 유진오 총장이 경성대학에 재학하면서 좀 더 넓은 학문의 세계를 찾아보기 위해 여름방학에는 일본으로 건너가 저명한 학자들을 찾아보곤 했다던 기록을 보고 그 의도를 짐작할 수 있을 것 같았다. 한국 안에서 우수한 학생들이 경성대학을 찾았으나 존경스럽게 기대되는 교수들은 일본에 있었기 때문이다.

그 당시의 일본 철학계는 완전히 독일 철학의 지점이나 출장소 같은 인상을 보였다. 칸트(I. Kant)와 헤겔(G. W. F. Hegel)로부터 시작해서 그 당시까지의 독일 철학자들이 소개되며 그들의 저서들이 번역되어 읽히는 것이 대세였다. 어떤 면에서 보면 동양에서는 그럴 수밖에 없을 것 같기도 했다. 칸트의 『순수이성비판』이 출간된 것이 1781년이었고, 헤겔이 죽은 해가 1831년이었다. 그 반세기 동안은 영국이나 프랑스의 철학계는 독일 관념론에 비견할 만한 철학이 없었다. 영국에서도 스스로의 전통을 접어두고 독일 철학을 그 당시는 받아들여야 하는 추세였다. 프랑스에서도 베르그송(H. Bergson)의 철학이 독보적인 위상을 차지했을 뿐 세계적인 주류에서는 멀어지고 있는 때였다.

모든 대학에서 칸트와 헤겔은 빼놓을 수 없는 철학의 대표자로 여겨졌다. 그러나 거기에 뒤따르는 문제도 없지 않았다. 전통이 완전히 다른 일본의 철학자들에 따르면 칸트나 헤겔은 넘을 수 없는 큰 산악 같은 존재였다. 그러니까 칸트와 헤겔을 연구하다가는 그 물독에 빠져 밖으로 나오지 못하고 마는 철학자들이 대부분이었다. 연구하고 따르다 보면 그 산맥 속에서 헤매다가 탈출하지 못하는 철학자들이 외국 철학자들만 소개하다가 그치는 인상을 주었다. 내가 들은 교수들의 강의도 그러했고, 심지어는 칸트나 헤겔의 철학적 개념을 갖고도 논쟁을 벌여야 하는 번역자들도 있었다. 초창기에는 어쩔 수 없는 역사적 과정이었을 것이다. 우리도 뒤늦게 그런 경험을 겪어야 했던 때가 있었으니까.

그래도 다행스러운 것은 교토대학의 니시다(西田), 다나베(田辺) 같은 철학자가 독일 철학의 울타리를 벗어나 일본적인 철학의 독자적인 탈출구를 모색, 개척해준 것은 큰 수확이었다. 그들은 서구적인 전통 위에 불교적인 인식의 가능성을 접목한 방향을 탐구했던 것이다. 불교는 종교적인 교훈보다도 철학적 사유의 여백을 갖고 있었으며, 불교의 신앙적 체험은 그들이 철학적 인식론으로 승화시킬 과제를 제공할 수 있었다. 그 점은 기독교의 전통과 다른 면이 있었다. 기독교는 이성적 사유가 종교적 신앙으로 가는 길을 택했으나, 불교는 신앙적 체험이 철학적 인식론으로 전개될 가능성을 안고 있었기 때문이다.

그 외에도 우리가 학생 때에는 종교철학의 대표자로 교토대학의 하다노(沒多野) 교수, 윤리학과 미학에 있어서는 도쿄대학의 와츠지(和辻) 교수와 오오니시(大西) 등의 업적에 관심을 모았을 정도로 일본 철학의 가능성을 엿보면서 지냈다.

그러는 동안에 발발한 태평양전쟁은 모든 대학이 제 기능을 발휘하지 못하게 하면서 일본 철학도 암담한 지하터널을 지나야 하는 비운을 맞게 되었다. 유감스러웠던 것은 그 당시 일본 철학계로 스며들고 있던 후설(E. Husserl)의 현상학, 딜타이(W. Dilthey)의 해석학적 방법론, 그리고 세계적으로 파급되어 있던 하이데거(M.

Heidegger)의 철학 등에는 더 깊이 접해보지 못하고 일본을 떠나게 되었다.

이런 과정을 밟았던 내가 이번에는 또 한 번의 철학도의 위치에서 미국을 방문하게 되었던 것이다. 일본 철학계에 비하면 미국 철학계는 큰 호수나 좁은 바다 같은 인상을 주었다. 맞은쪽 해안이 보이지 않았고 바닥의 깊이도 짐작하기 힘들었다. 다국적의 선박들이 오고 가는 인상이기도 했다.

그러나 아메리카의 철학을 포함한 사상계는 여전히 앵글로색슨 계통이었다. 경험주의 전통이 대지 깊이 뿌리내리고 있었다. 영국에서 전래된 공리주의 철학은 서서히 사라지고 있었고, 미국 철학의 대표라고 볼 수 있는 실용주의(Pragmatism)도 정리되는 단계였으나 그 모두는 아메리카 사회 깊숙이 뿌리를 드리우고 있었다.

독일 철학의 위치에서 보면 공리주의 사상이나 실용주의 철학은 사회과학 분야에 속하는 것 같기도 하고, 높은 수준의 상식의 수준을 넘지 못하는 철학으로 보였을지 모른다. 어떤 독일 철학자는 프래그머티즘은 한마디로 말하면 '열매 많은 것이 진리'라는 명제를 대변한다고 평가절하하기도 했다. 그러나 앵글로색슨 사회는 그 이상의 것을 원하지도 않으며, 필요 없는 철학이론을 위해서 애쓸 필요가 없다고 보는 것이다. 그들의 견지에서 본다면 독일 철학은 합리적인 신발을 만들어놓고는 발을 그 신발에 맞추기 위해 고통을 주는 것과 같다고 보는 것이다. 오히려 앵글로색슨 사회의 철학은 발의 크기에 따라 그에 알맞은 신발을 제작하는 것 같은 현실논리를 갖추고 있다고 보는 것이다.

그럼에도 불구하고 내가 머무는 1960년대 초반의 미국 철학계는 유럽적 철학의 유입을 극복하지 못하고 있었다. 그 당시만 해도 미국 철학계는 유럽 철학의 영향권을 넘어서기 힘들었던 시기였다. 대학마다 영국 교수를 세미나 등에 초빙했고 서투른 영어를 구사하는 독일, 프랑스 교수들의 인기가 더 높았다.

거기에는 몇 가지 이유가 있었다. 히틀러의 독재정권을 떠나 미국으로의 지성인들과 철학교수들의 망명이 계속되었고, 공산주의를 거부하는 학자와 교수들이 미국으로 계속 찾아들고 있었다. 그리고 미국 달러의 위력도 대단했던 것 같다. 영국 계통 교수들도 재정적 혜택을 받으면서 미국으로 이주하기도 했다. 심지어는 기독교계의 지도자들까지도 미국을 선호하는 추세를 보였을 정도였다.

미국의 시카고대학과 하버드대학

나는 1년간 미국에 머물게 되면서 두 대학에 한 학기씩 체류하기를 원했다. 가을 학기는 시카고대학을 선택했고 다음 해 봄 학기는 하버드대학을 원했다. 그것은 나의 선택에 따른 것이었고 미 국무성은 나의 선택을 뒷받침하도록 되어 있었다. 하버드대학은 전통과 학문적 영향력이 가장 높은 대학이었다. 그러나 시카고대학은 새로운 아메리카 대학의 미래를 개척해주려는 대학으로 알려져 있었다. 시카고대학은 쿼터제를 개척해 정착시킨 곳이고, 하버드는 1년을 두 학기로 유지하는 전통이기 때문에 두 대학 사이에는 기간적 공간이 있었다. 그 기간에는 뉴욕에 머물면서 워싱턴 D.C. 등으로 여행을 할 수도 있어 다행이었다.

시카고대학에는 국제적 교수 및 연구원들을 위한 기숙사가 있었다. 대학 기숙사와 별도의 건물이어서 많은 국제적 학자들이 투숙하고 있었다. 나도 그 인터내셔널 하우스에서 한 학기 동안 많은 것을 보고 체험할 수 있었다. 미국 사회가 변해가고 있는 모습도 엿볼 수 있었다.

1890년 시카고대학이 설립된 때에는 대학촌 일대가 시카고의 문화적 중심지로 되어 있었다. 박물관, 미술관 등이 자리 잡고 있으며, 미국을 대표하는 장로교, 감리교 등의 예배당이 이 지역에 모여 있었다. 따라서 시카고의 중심지인 이 고장 일대는 백인들의 거주 지역이기도 했다.

그런데 예측 못했던 변화가 발생했다. 대학과 교회 등 인도주의 정신을 가진 주민들 가운데, 백인과 동등한 위치를 차지하는 흑인들이 끼어들기 시작했다. 그렇게 되면 흑인들 옆집이나 가까이 있는 백인들은 그곳을 떠나 더 살기 좋은 호숫가를 따라 북쪽으로 주거지를 옮기는 추세가 되었다. 이반스톤이나 밀워키 지방이 새로 개발된 고급주택지로 발전하고 대학과 교회 부근에는 점차로 흑인들의 수가 늘어나기 시작했다.

지금은 이 일대가 완전히 흑인들의 거주지로 바뀌고 말았다. 내가 대학 기숙사에 있으면서 저녁 시간에 산책을 나서는 때가 있었다. 저녁때가 되면 순찰하던 경찰관이 나에게 주의를 주는 경우가 자주 있었다. 이 지역은 흑인들이 거주하는 곳이기 때문에 혼자 산책하는 것은 불안하니까 삼가라는 권고였다. 일요일이 되면 북쪽 멀리서부터 교회 중진 사람들이 찾아와 예배를 드리고는 다시 떠나가기 때문에 완전히 흑인 지역으로 바뀐다. 전철을 타보면 그 현상이 더욱 뚜렷해진다. 북쪽 이반스톤에서는 전철 안에 흑인이 보이지 않는다. 한참 남쪽으로 오면 흑인들이 전철 안으로 들어오고 백인들은 내리는 손님이 많아진다. 좀 더 남하하게 되면 전철은 흑인들로 채워진다. 이런 현상은 대도시마다 볼 수 있는 현상이다. 도심지에는 흑인들이 살고, 백인들은 도심지로 출근했다가 외곽 지대의 주택으로 돌아간다.

나와 같은 동양 사람들은 그 중간에서 버림받지도 않고 환영도 받지 못하는 것 같은 어색한 기분을 갖는 때가 있다. 나와 같이 인터내셔널 하우스에 머물던 홍동근 목사를 따라 흑인 교회를 방문한 일이 몇 차례 있었다. 백인들의 예배 절차나 설교 내용에 비하면 같은 기독교 교회인가를 의심케 할 정도로 차이가 있다. 지성인들이 참을 수 없을 정도로 흑인들은 열광적이었다.

그러나 대학 캠퍼스에 들어서면 분위기가 달라진다. 특히 시카고대학은 국제적 교류가 많았기 때문에 다양한 인종과 학생들이 있었으나 대학다운 분위기와 지성의 전당다운 면모가 뚜렷했다. 흑인인 오바마 대통령도 시카고대학 법학과의 교수로 재직했던 것으로 기억하고 있다.

모든 대학이 비슷하지만 철학은 인기가 높거나 대중의 환영을 받는 학과는 못 된다. 시카고대학의 경제학, 사회학, 물리학과 등에 비교하면 사회적 관심은 높지 못했다. 내가 있을 때는 아직 학파다운 주류도 형성되어 있지 못했다. 여러 교수들의 강의실에 참석해 보았다. 독일식으로 강의를 주로 하는 유럽 계통의 교수도 있고, 완전히 토론으로 강의를 대신하는 교수도 있었다. 대개의 경우는 강의 반, 토의 반의 성격을 띠고 있었다. 시카고대학은 학부의 기초과학이 철저하기로 알려져 있었다. 그 부담 때문에 도중에 대학을 떠나는 학생도 많은 편이었다. 물론 학점 미달 때문이다. 그런 엄격한 제도 때문인지 모르나 노벨상 수상자가 89명에 이르는 제4위를 차지하는 대학으로 알려져 있기도 했다. 교수 중의 많은 수는 분석철학 분야의 강의를 했고, 그 방법으로 전통적인 철학의 문제를 재비판하는 교수들도 있었다.

내가 시카고에 머물렀을 때는 유럽에서 온 종교학계의 거목인 엘리아데 교수도 와 있었다. 그 강의실에 동참할 수 있어 다행이었다. 유럽에서 종교학을 전공하는 대학원생들이 미국까지 따라온 이들도 있었다. 그 당시의 나로서는 이상하게 보이는 일도 있었다. 대학원 여학생들이 담배와 재떨이를 들고 교실에 들어와 때로는 담배도 피우면서 토론에 임하기도 했다.

시카고대학 북쪽에 있는 노스웨스턴대학에서는 유럽에서 대세를 이루었던 실존철학이 중심과제로 되어 있었다. 하버드에서 실존철학을 담당했던 존 와일드 교수가 그 대학으로 오면서 실존학파 교수들을 중심으로 학풍을 키워가고 있었다. 그러나 내가 보기에도 실존철학은 아메리카 기질에 맞는 철학과제는 못 되는 것 같았다. 오히려 일부의 신학자들이 관심을 가질 정도였다. 윤리학 강의에도 참석해보았다. 무어(G. E. Moore)의 학설과 방법이 주로 전개되고 있는 인상을 받았다.

자연과학 분야는 미국이 앞서 있고 사회과학은 국가와 지역에 따라 특성이 있기 마련이다. 그러나 철학은 그 당시까지는 유럽의 오랜 전통과 창의적 학설이 높은 위치를 차지하고 있는 추세였다.

하버드대학으로 옮겨가기 전 상당히 긴 시간의 여유가 있었기 때문에 미국 동북부의 몇 대학을 찾아보는 기회도 생겼다. 뉴욕의 컬럼비아대학, 뉴욕대학을 비롯해 북쪽에 있는 예일대학과 뉴저지에 있는 프린스턴대학도 살펴본 셈이다. 브라운대학에도 가보았다. 미국 동북부로 가기 전에는 서부에 있는 버클리대학, 스탠포드대학에도 들러보았다. 갈 때마다 그 규모와 시설이 부러웠다. 그때에 받은 인상 중의 하나는 이렇게 창조적 기능을 갖춘 대학들이 많이 있는 것으로 보아 오래지 않아 미국이 모든 학문과 지성사회에서 세계를 이끌어갈 것이라는 감동 비슷한 자극을 받았다. 대학 경쟁에 있어서는 미국이 유럽을 앞지르고 있으며, 동양의 대학들과는 비교가 안 될 정도로 성장속도가 빠르다는 인상을 받았다.

1년 후에 영국, 독일, 프랑스의 대학들을 보면서 미국 대학의 다양성과 창조적 기능성을 새삼 느끼곤 했다.

미국에는 전국 규모의 철학회가 두 개 있었다. 지금은 어떤지 모르겠다. 미국 동북부의 대학으로 구성된 아메리카 동북부철학회가 있고 중서부 대학들로 짜인 중서부철학회가 있었다.

1961년, 동북부철학회에 참석해보았다. 인상 깊었던 것은 전체 주제가 '철학이 우리 사회에 어떤 도움을 주고 있는가?'였다. 미국의 철학계와 일반 사회와의 간격과 거리가 너무 크지 않은가 하는 내용과, 지금 철학이 전통적으로 취급해오고 있는 학문 영역을 사회학, 심리학, 사회과학 등 새로운 영역을 넓혀가는 과학 분야에 다 이양하거나 빼앗기고 나면 철학이 설 자리는 어디이겠는가 하는 우려 섞인 논란이었다. 마치, 리어왕이 왕권을 차지하고 있을 때는 과학이라는 딸들이 철학의 집에 머물렀지만, 리어왕이 늙고 무능해지니까 후에는 의탁할 곳이 없어 딸들의 집에 가서 기식하는 신세와 같은 처지가 되지 않겠는가라는 예측과 예상을 해보는 느낌이었다.

그 당시만 하더라도 프로이트의 사상이나 마르크스의 정신이 사상계에 강하게 침투해 있던 때였다. 성장하고 발전하는 과학들에게 철학의 많은 영역이 할애당하는 것은 어쩔 수 없는 현상이었다. 사실 형이상학적 철학은 이미 무대에서 설 자리를 잃고 있었으며, 철학이 아메리카 사회에 무엇으로 기여하고 있는가는 철학계에 주어진 과제이기도 했다.

철학회의 개인 연구의 주제로서는 화이트헤드에 관한 연구와 발표가 있었다. 얼마의 시간이 지난 뒤 중서부철학회에도 참석해보았다. 여러 면에서 동북부보다는 뒤지는 것 같았다. 중서부철학회에서는 개인 연구의 과제로는 아직 하버드에서 강의하고 있는 철학적 신학자로 불리는 틸리히(P. Tillich) 교수가 대상이 되어 있었다. 뜻밖이라고 생각되었으나 아메리카 사상계에서는 틸리히의 위상이 높았던 것 같았다. 컬럼비아의 한 철학교수(네이글 교수였던 것 같다)는 틸리히를 20세기의 아우구스티누스라고 높이 평가하기도 했다.

지금은 우리나라에서도 철학회 활동이 활발히 발전하고 있으나, 그 당시에는 무척 부러운 생각이 컸다.

1962년 봄 학기가 되면서 나는 보스턴 시 가까이에 있는 하버드대학으로 옮겨갔다. 시카고에서는 큰 호텔과 같은 인터내셔널 하우스에 머물렀다. 여러 가지 시설이 편하기는 했으나 단층집에서 평생 살았고 땅 위에 머무는 넓은 거주공간을 갖고 지내다가, 엘리베이터를 타야 방까지 오르고 내리는 것이 부담스러울 뿐만 아니라, 기계문명 공간에 갇혀 있는 것 같아 정신적 부담이 컸다. 지금 생각해보면 낯선 도시생활과 새로운 환경 때문에 가벼운 노이로제 증상을 느끼면서 지냈던 것 같다. 그래서 하버드에 올 때는 단층집에 하숙을 정했다. 몇 계단을 내려오면 땅을 밟을 수 있고 주변 집들이 2, 3층으로 되어 있기 때문에 내가 공간의 억압을 받지 않고 내 삶의 공간을 차지하는 것 같아 마음이 편했다.

긴 세월이 지난 후의 일이다. 「러브스토리」라는 영화를 서울에서 보았다. 하버드 캠퍼스가 무대로 되어 있다. 젊은 남녀가 사는 집이 나오는데 너무 낯익은 생각이 들었다. 후에 알고 보니까 내가 머물던 집에서 두 블록 옆에 있는 길가 집이었다.

하버드대학에 가서 얼마 안 되었을 때였다. 하버드 옌칭 연구소에 와 있는 서울대 사학과의 한우근 교수를 만나게 되었다. 연구소의 한국부 책임을 맡고 있는 책임자도 자주 만나는 기회가 생겼다.

그리고 한국에서 유학을 와 있는 대학원 학생들과 다녀가는 교수들도 만나 얘기를 나누기도 했다. 연세대 사회학과 교수로 재직했던 정재식 교수도 그 당시에는 하버드와 보스턴대학에 적을 두고 있었다. 이런 관계들도 있어 하버드의 생활은 훨씬 편하고 여유로운 분위기가 되었다. 좀 이상한 말이기는 하나 객지에서 긴 세월을 혼자 보내는 일이 대학생 때보다 더 힘들고 부담스러운 것 같았다. 가정을 두고 왔기 때문에 그랬는지 모른다.

지금 생각해보면 그 한 학기 동안에 한우근 교수와 함께 지낸 것이 큰 위안과 도움이 되었다. 후에 안병욱 교수까지 합쳐 셋이서 유럽과 여러 나라를 여행한 것이 일생에 걸친 추억과 우정의 교류가 되어서 감사히 생각하고 있다.

지금 돌이켜보면 20세기 중반기는 기독교 신학이 일반 철학계보다 비중이 큰 영향력을 갖고 있었던 것 같다. 특히 아메리카 정신계에 있어서는 그러했던 셈이다. 미국 사회에서 틸리히, 니버(R. Niebuhr), 독일의 바르트(K. Barth) 같은 신학자는 모르는 사람이 없었다. 시카고대학의 엘리아데(M. Eliade) 교수의 비중도 컸다. 나 자신이 철학과 더불어 종교, 역사, 윤리의 문제에 관심이 컸기 때문에 시카고에 있을 때는 윤리문제에 관심을 갖고 있었으나 하버드에 와서는 화이트(M. White) 교수의 역사철학 강의와 틸리히 교수의 강의, 그리고 니버 교수의 강의에 참여하는 것이 상당한 시간을 차지했다. 나머지 시간은 독일의 야스퍼스의 철학을 들추기도 했다. 지금은 잘 기억이 나지 않으나 하이데거와 야스퍼스를 비교하는 책이 흥미를 끌었던 것 같다.

철학과는 약간 거리가 있는 이야기가 된다. 내가 하버드에 머물고 있는 기간에 독일의 신학자 바르트가 다녀간 일이 있었다. 아들이 신학교수로 있는 시카고대학에서 몇 차례의 특강이 있었고, 동북부에 자리 잡고 있는 프린스턴대학에서 세 차례 강연회가 있었다. 바르트가 미국에 다녀가는 일이 그렇게 큰 센세이션을 일으킬 줄은 몰랐다. 『타임』지에서는 로마의 교황이 다녀가는 것 못지않은 열성적 관심을 보였다고 평하고 있었다. 그 당시는 바르트, 틸리히, 니버는 세계적으로 공인받은 신학자이면서 정신적 선도자이기도 했다.

나도 하버드에 머물면서 바르트 교수의 특강을 듣기 위해 프린스턴으로 갔다. 멀리 미국 전역에서 신학자들이 모여들고 있었다. 다행스럽게도 나는 1962년 봄 학기에 세 신학자를 다 보는 기회를 가졌고, 한 학기 동안 니버의 한 강좌, 틸리히의 두 강좌에 참여할 수 있어 행운을 얻은 셈이다. 바르트와 니버는 제2차 세계대전 이후에 세계 기독교 지도자대회에서 서로 어긋나는 기독교의 방향을 제시해 문제를 일으킨 바가 있었다. 니버는 역시 아메리카적이었다. 사회문제와 기독교 정신을 강조했고, 바르트는 기독교의 신학적 정통성을 위한 교리적 해명에 중점을 두었던 것으로 기억하고 있다. 니버는 바르트의 미국 방문에 대해 큰 관심이 없다는 듯이 "바르트의 교의학 저서를 읽으려면 성경을 읽을 시간이 없어진다."고 평했다. 사실 그 당시에는 니버는 아메리카의 정신적 지도자로 각광받고 있었다. 니버의 동생은 예일대학의 기독교 윤리학교수였고, 그의 아들은 하버드신학대학의 교수이기도 했다.

물론 이 세 교수 중에서 나는 틸리히를 따르는 편이다. 그가 독일에 있을 때는 신학보다도 철학에 많은 관심을 쏟고 있었다. 뉴욕의 유니언신학대학으로 오면서는 본격적으로 신학문제에 관심을 모았고, 유명한 저서인 『조직신학』을 집필하기 시작했다. 65세에 정년을 맞으면서 하버드의 특임교수로 7년간의 강의를 맡았다. 내가 머무는 1962년 봄 학기는 그가 7년의 임기를 끝내는 해였다. 그의 마지막 강의는 종강식으로 꾸며졌다. 강당에 400여 명의 학생들이 모였다. 부인까지 동석했다가 꽃다발을 받았다. 그날은 아침부터 조용히, 그러나 줄기차게 비가 내리고 있었다. 종강식이기보다는 환송식을 겸한 잔치였다. 많은 학생들과 내빈들의 기립박수를 받으면서 비가 내리는 밖으로 나가는 노교수 부부를 떠나보냈다.

나는 그 절차를 보면서 저만한 대우와 존경을 받을 수 있다면 대통령도 부럽지 않겠다는 감명을 받았다. 발표에 따르면 시카고대학이 다시 5년간 특임교수로 초청했던 것이다. 아직 그의 『조직신학』 제3권이 나오기 전이었고, 왕성한 교수활동을 계속하고 있었다. 그는 만 77세까지 교수생활을 보장받았던 셈이다.

그런 경우들이 있어서일까. 미국에서도 점차로 65세 정년이라는 관례가 약화되어갔다. 유능한 교수는 정년의 규제를 받지 않는 셈이다. 특히 인문학이나 사회과학 분야는 성장과 성숙기가 늦기 때문에 우리 사회에서도 70세까지는 강의를 계속하는 편이 타당할 것같다는 생각을 해보았다. 그리고 나 자신의 문제도 반성해보았다.

정년과 더불어 학업을 중단한다는 것은 학자의 도리가 아니다. 인문학 분야는 75세까지는 생산적이며 창의적인 발전이 가능할 것이라는 생각을 굳혀보기도 했다.

두 친구와 유럽을 여행하다

봄 학기를 끝낸 나는 하버드대학을 떠나 뉴욕으로 갔다. 거기에서 한우근 교수와 안병욱 교수를 만났다. 셋은 다 같이 1년간의 미국 체류를 끝내고 귀국할 준비를 갖추고 있을 때였다. 누가 먼저 제안을 했는지 기억이 없다. 우리는 3개월쯤 유럽과 세계일주 여행을 하자는 합의를 보았다. 어렵지 않게 준비를 갖출 수 있었다. 비행기 표 구입, 비자를 얻는 일, 호텔의 예약 등의 절차를 끝내고 필요한 예방주사까지 맞았다.

6월 중순에 뉴욕에서 런던으로 떠났다. 유럽에서는 주로 유명한 대학을 방문하는 일과 문화적 유산, 대표적인 박물관과 성당 그리고 미술관 등을 찾아보는 것이 목적이었다. 한 교수는 40대 중반을 넘기고 있었으나, 나와 안 교수는 40대 초반이었다. 셋은 학생 때 수학여행을 다니는 기분으로 즐거운 시간을 함께 보냈다. 런던에 머물 때, 안 교수는 버트런드 러셀 교수를 방문했고, 나는 스코틀랜드의 에든버러를 다녀왔다. 스코틀랜드에서는 하루 동안이지만 여러 곳을 다녔다. 대학에도 들렀으나 아담 스미스와 데이비드 흄이 하숙했던 주택들도 들렀다. 일부러 가기는 어려웠어도 좋은 기회를 가졌다.

다음에 찾은 곳은 독일의 베를린이었다. 전후의 파괴상이 역력했다. 하루는 경계선을 넘어 러시아가 관활하고 있는 동백림(동베를린)에도 다녀보았다. 이상할 정도로 공산사회에 가보면 시민들에게는 미소가 없다. 6·25 때 찾아본 북한도 그러했다. 동백림에 있는 전쟁기념 동상이 있는 광장에 갔다. 안 교수는 "내가 본 동상 중에서는 가장 인상 깊은 예술품이었다."라고 평하기도 했다.

그 당시에는 동백림에 가는 일이 독일인들에게는 금지되어 있었다. 우리는 외국인이기 때문에 관광 방문이 허용되었던 것이다. 아마 한국인으로서는 종전 후의 가장 초창기의 방문이기도 했을 것이다. 독일에서는 하이델베르크대학이 있는 도시와 마인츠, 본을 찾아보았다. 다음 코스는 네덜란드의 암스테르담이었다. 네덜란드는 작은 국가이지만 나라 전체가 계란의 노른자와 같이 가득 차 있는 곳이었다. 이준 열사의 기억을 더듬기도 했고 철학자 스피노자가 살던 집도 인상 깊었다.

프랑스 파리에서는 여행에도 익숙해졌기 때문에 여러 가지를 즐길 수 있었다. 거리와 박물관, 미술관 등을 열심히 찾아다녔다. 지하철을 이용하는 편의를 누리기도 했다. 우리 셋 가운데 연장자인 한 교수는 언제나 우리의 놀림감이 되기도 했다. 한번은 지하철 안에 승객이 빽빽이 서 있을 때였다. 한 교수가 나에게 "김 선생, 내 얘기가 끝나면 뒤쪽으로 돌아다 봐. 두 젊은 남녀가 키스를 하고 있어…."라는 것이었다. 내가 "보기 좋은데."라고 했더니 "요놈들은 키스를 해도 예술적으로 한다니까."라고 웃었던 생각이 난다. 루브르 미술관은 두 차례 갔던 것 같다. 나는 오페라를 즐기기도 했다.

둘은 '물랭루즈'로 갔던 날 밤이었다.

스위스는 여러 가지로 우리에게 작은 나라가 어떻게 사는지 암시를 주는 곳이었다. 호텔에서 나는 알프스에 올라가보자는 제안이었고, 안 교수는 피곤한데 그만두자는 것이었다. 한 교수는 언제나 두 분이 결정하는 데 따른다는 자세다. 그러나 안 교수가 반장 격이었기 때문에 주로 안 선생의 의견을 따르곤 했다. 그때 마침 이한빈 씨가 스위스 공사로 있었기 때문에 우리를 집으로 초대하면서 다른 곳은 몰라도 알프스는 꼭 가야 한다고 충고해, 다음 날은 셋이서 알프스 융프라우요흐에 오르기로 했다. 몽블랑과 더불어 알프스에서 가장 높은 봉우리이기도 했다. 산 정상은 아니지만 올라갈 수 있는 어깨에 해당하는 곳까지 올라가 사면을 바라보는 경치는 상상할 수 없는 장관이었다. 늦은 오후였기 때문에 내가 내려가자고 했더니 안 교수의 말이다. "이렇게 황홀하고 장엄한 풍경을 두고 무엇 때문에 속세로 내려가나. 차라리 여기서 죽는 편이 좋을 것 같다." 옛날 독일의 괴테는 올라오지는 못하고 산 밑에서 쳐다보다가 모자를 벗고 경배를 드리고 떠나갔다는 기록이 있다. 인간들의 경의를 받을 정도로 숭엄한 자태를 갖추고 있었다.

이탈리아와 로마에서는 찾아가보고 싶은 곳이 너무 많아 세월 가는 줄 몰랐다. 북부에서는 피렌체와 해상의 도시 베니스까지 다녀왔고, 남쪽에서는 나폴리와 베수비오 화산으로 매몰되어 있던 폼페이와 아름다운 소렌토 해변에서도 시간을 빼앗겼다. 언젠가 역사학자인 민영규 교수가 하던 말이 생각난다. 한 달 동안 유럽 여행을 떠났는데, 다른 곳은 가보지 못하고 로마와 이탈리아에서 다 보내고 말았다는 얘기였다.

7월 중순의 로마는 벌써 여름이었다. 여행을 해보는 사람은 다 느낀다. 아침에 나설 때는 모르는데 저녁때가 되면 집 생각이 난다. 귀소심인가 싶어진다. 그리고 계절이 바뀌면 고향 생각이 나는 법이다. 로마에서 그리스 아테네로 가는 비행기 안에서는 3개월을 주장했던 안 교수가 그만하고 한국으로 돌아가면 어떻겠느냐는 제안을 했다. 나는 다시 기회가 오기 어려울 테니까 피곤해도 예정대로 다녀보자는 의견이었다. 한 교수도 미국에 있을 때보다 집 생각이 더 간절해진다는 의견이었다.

아테네는 더위가 심했다. 비행장에는 겨울옷을 벗지 못하고 있는 사람, 완전히 한여름의 복장을 한 사람들이 섞여 붐비고 있었다. 세계 여러 곳에서 모여든 사람들로 북새통을 이루고 있었다. 그래도 아테네는 볼 곳이 많았다. 주변의 바닷가에서는 세계 어디에서도 볼 수 없는 경치에 매혹되기도 했다.

아테네를 떠나 카이로에 도착했을 때는 모두가 여행에 지쳐버렸다. 그대로 서울로 가버리자는 안 교수의 주장에 한 선생도 동의를 했다. 그러나 내 생각은 달랐다. 요르단 왕국과 이스라엘에 들러 기독교 성지를 방문하는 기회를 놓치고 싶지 않았다. 나는 아무 말도 못하고 듣기만 했다. 아마 둘이서는 내가 응해오지 않을 것을 짐작했던 것 같다. 사실 그 당시는 요르단과 이스라엘의 국교가 단절되어 있었고, 무력 충돌이 그친 지 얼마 안 되기도 했던 때였다.

호텔은 보통 침대가 둘씩으로 되어 있기 때문에 카이로에서는 내가 다른 방에 혼자 투숙하고 있었다. 아침에 일어나보니까 쪽지가 출입문 안에 들어와 있었다. "우리는 먼저 서울로 떠나니까 한국에서 만나자."는 메모였다. 나는 속으로 불안스러웠다. 이제까지 같이 다니다가 지구 한쪽 끝에까지 와서 나를 버리고 떠나면 어떻게 하나 하는 생각도 들었다. 그러나 둘은 기독교 성지에는 큰 관심이 없는 편이기도 했다. 차라리 고생스러워도 혼자 예정대로 나서는 편이 좋을 것 같기도 했다. 내 주장 때문에 두 친구의 고생을 강요할 수도 없는 일이었다.

궁하면 통한다고 했던가. 피라미드와 스핑크스를 구경하고 돌아오는 버스 안에서 한 여자 대학원생을 만났다. 요르단 왕국의 한 명문가의 딸이었다. 요르단에는 그 당시 자리 잡힌 대학이 없었기 때문에 카이로대학의 대학원에서 공부하고 있었다. 2, 3일 후면 자기가 귀국하는데 같이 갈 수 있겠는가고 물어왔다. 교수와 학생은 어디서나 사제 간의 정이 통하는 것일까. 나는 곧 가야 한다고 사정을 얘기했더니 자기가 도와주겠다면서 비행기 편과 모든 절차를 밟아주었다.

나는 숨김없이 얘기하는 것이 좋겠다는 생각을 했다. 사실은 요르단을 거쳐 이스라엘로 가야하는데 가능하겠느냐고 물었다. 여학생은 난처한 표정을 지으면서 교전 상태가 겨우 멎어 있는 상황인데 그 책임은 질 수 없다면서 당신네 영사관으로 가면 될 것이라고 표정이 달라졌다. 역시 이스라엘에 대한 반감은 여전한 것 같았다. 나는 할 수 없이 우리나라 영사관이 없기 때문에 걱정이 된다고 하면서, 어떤 방법이 없을까 하는 도움을 청했다. 여학생은 나에게 무슨 일이 생기면 이 전화번호를 이용해 자기 아버지를 찾아 도움을 청하라는 호의를 베풀어주었다. 아버지가 무엇을 하느냐고 물었다. 여학생은 난처한 듯이 잠시 침묵을 지키더니, 요르단에서는 자기 아버지를 모르는 사람이 없다면서 미소를 지었다. 나와 헤어지면서 그 여학생은 먼저 악수를 청했다. 이 지역에서는 여성이 먼저 악수를 청하는 일은 없다. 나는 고마운 마음을 안고 절차를 밟아 다음날 요르단 행 비행기에 올랐다. 혼자 속으로 웃으면서 생각했다. '버스에서 먼저 얘기를 걸어온 것도 여학생이었고 필요 이상 친절을 베풀어주기도 했다. 그랬다면 2, 3일 더 머물다가 같이 왔으면 좋지 않았을까?' 지금도 그 당시를 회상할 때면 이름도 모르는 그 여학생 생각을 하게 된다.

요르단에서 성지 여러 곳을 다녀보았다. 누구의 도움도 받지 않고 양측 군인들의 경비가 심한 국경선을 걸어서 넘을 수 있었다. 그러나 고생한 사연은 잊지 못할 추억으로 남아 있다. 이스라엘에서는 편하게 예수의 흔적이 있는 곳들을 찾아보았다. 후일에 내가 『예수』라는 책을 쓰게 된 계기와 용기를 얻을 수도 있었다. 고생의 대가여서 더욱 감사함을 간직하게 된다.

그러나 한 가지 변화는 생겼다. 나는 흔히 성지라고 말하는 이 지역을 다녀온 뒤부터는 '성지'라는 말을 쓰지 않고 있다. 그것은 예수의 뜻이기도 했다. 누구에게나 나는 '예수의 고향'을 다녀보았다고 말한다. 우리 모두에게 고향이 있듯이 예수에게도 고향이 있었다. 그곳을 성지라고 불러야 할 정도로 기독교는 공간성에 매달리는 미신적 신앙이 아니기 때문이다. 다른 종교에는 '성지'라는 공간 신앙이 남아 있다. 그러나 기독교는 예수가 친히 말했듯이 "예루살

렘도 산도 예배드릴 곳이 아닌 내 신앙은 '때''의 신앙이라고 가르쳤다. 공간이 아닌 역사적 신앙이라는 뜻이다. 그리고 그리스도를 만나는 '때(Kairos)'가 되면 나의 전 인격과 그리스도의 뜻이 하나가 되는 인격적 만남의 신앙이라고 설명해주었다.

이미 두 친구들이 떠난 바에는 혼자서 여유로이 계획대로 여행을 추진시켰다. 인도에 들렀을 때에도 뭄바이와 뉴델리에 들러 인도의 여러 모습을 살폈다. 마하트마 간디의 유적이 남은 곳들을 찾아보았고, 대표적인 종교 시설들도 살펴보았다. 처음 여행이어서 그런지 모르나 인도에서는 보고 느끼며 생각하게 하는 바가 많았다. 한 대륙국가에서 더욱 그랬다. 인도를 보기 위해서는 한 번 다시 와야겠다는 생각을 했다.

홍콩은 나에게는 흥미로운 곳이 아니었다. 제자 부부를 만나 즐거운 2, 3일을 보냈다. 홍콩보다는 대만의 자연과 타이베이에서 장개석 정부가 공산정권을 피해 가져온 문화재를 충분히 즐길 수 있었다. 그 박물관에는 무진장의 소장품이 있었다. 먼 후일에 베이징에 갔을 때는 볼 것이 별로 없다고 느껴졌을 정도였다.

여행의 마지막은 옛날 학창 시절을 보냈던 도쿄였다. 미국과 유럽을 거쳐 온 모든 친구들은 귀국하고 싶은 초조감 때문에 도쿄 방문을 예정해두었다가도 서울로 직행하는 것이 보통이다. 나도 그러고 싶었다. 그러나 서울에 가서는 내가 한 교수와 안 교수에게 당신네들이 얘기했던 곳까지 보고 왔다고 자랑하고 싶었는지도 모른다. 한 교수의 모교와 안 교수의 모교도 들러보고 싶었다.

여행을 끝내고 귀국한 것이 1962년 8월 7일이었다. 그 전해 8월에 떠났으니까 꼭 1년간을 한국과 서울, 그리고 연세대학을 떠나 있다가 돌아온 셈이다. 내 가족들이 반겨주는 집으로 돌아온 것이다.

3
중요한 것은 인간이다

일생 동안 감당한 세 분야

1년 동안에 많은 것이 변해 있었다. 나도 변했다. 세상을 넓게 볼 수도 있었고 내 위상과 처지를 다시 정리해보아야겠다고 생각했다. 떠날 때의 계획대로 1년간의 결실이랄까, 어떤 남김이 있어야 하겠기에, 『오늘의 고전(古典)』이라는 단행본을 추진시켰다. 세계를 움직이고 있는 살아 있는 철학과 사상계의 지도자들에 관한 집필을 각 분야의 전문가들에게 요청해 정리하는 일이었다. 주로 철학계 학자들이기는 했으나 주변 학자들도 몇 있었다. 여러 사람의 수고가 있어 곧 출간되는 고마움을 느꼈다.

그러나 중요한 것은 나 자신의 정신적 안정과 학문적 방향을 재검토해보는 일이 중요했는데, 뜻대로 되지 못했다. 그 이유의 하나는 뜻밖의 사태 때문이었다. 내가 미국으로 떠나기 전해에 나는 수필집 『고독이라는 병』을 발간한 일이 있었다. 그리고 비슷한 시기에 『철학입문』을 내놓기도 했다. 그리고 출국하게 되면서 서둘러 두 번째 수상집 『영원과 사랑의 대화』를 탈고, 편집해 '삼중당'에 넘기고 떠났다. 서두른 목적은 간단했다. 내가 떠나 있는 1년 동안 가족들의 생계를 위한 걱정이었다. 월급의 본봉은 계속되지만 다른 수당들은 없어질 것 같아, 돌아오면 갚을 테니까 좀 도와달라는 청을 출판사에 했던 것이다. 미 국무성에서 주는 돈을 가정을 위해 아껴둘수는 없었기 때문이다.

그런데 그 두 번째 수상집인 『영원과 사랑의 대화』가 상상을 넘어서는 베스트셀러가 되었던 것이다. 1년 동안에 많은 부수가 팔렸기 때문에 내가 없는 동안에 나도 모르게 유명해져 있었던 것이다. 가족 가운데 아무도 그 소식을 전해주지 않았다. 물론 제자들도 그런 얘기를 해주지 않았다. 드문드문 나누는 편지에서 생활비가 걱정되면 출판사에 도움을 청하라고 아내에게 편지를 보내면, 아내는 생활비는 걱정하지 말고 잘 지내다 오라는 소식뿐이었다.

돌아온 뒤에 출판사에서 보내준 출판연감을 보았더니, 그 당시까지는 박계주 작가의 장편소설 『순애보』가 가장 많은 부수를 차지했는데, 내 책은 1년 동안에 그보다 수십 배가 팔렸다는 것이었다. 그리고 그 당시에는 수필·수상집이 소설보다 많은 독자를 차지한다고는 누구도 믿지 않았는데, 이번에는 비소설이 소설보다 독자가더 많이 있을 수 있다는 가능성이 입증되었다는 것이었다.

내 아내는 세상 물정을 잘 모르는 편이다. 그런데 한번은 '종로서적'의 장 선생의 사모님을 만났는데, 그분이 요사이 우리는 교수님 책 덕분에 살아가고 있다면서 놀려주더라는 얘기였다. 그 당시는 지금의 '교보문고'를 대신하는 책방이 '종로서적'이었고, 그 주인이 장 선생이었던 것이다. '삼중당'에서 매일 100부나 200부씩 배정을 받곤 했는데, 그렇게 독자들의 호응이 높았다는 얘기를 뒤늦게 알려주기도 했다. 그러니까 1년 동안에 내가 갑자기 유명세를 탈 수밖에 없었던 것이다. 그 책 덕분에 『고독이라는 병』과 『철학입문』도 독자들의 관심을 보았던 것 같다.

지금 생각해보면 그 한 해 동안 내가 해외에 나가 있은 것이 천만다행이었다. 모든 것을 잊고 조용히 머물 수 있었으니까. 그러나 불만스러운 걱정도 생겼다. 그 때문에 나는 철학교수의 위상보다도 수필문학가로 전락해버리기도 한 것이다.

나는 수필을 위한 준비도 갖추고 있지도 않았고, 수필다운 수필을 쓰겠다는 욕심도 없었다. 젊었을 때 많은 책을 읽었기 때문에 어느 정도의 문장력을 지니고 있었던 것은 사실이다. 그러나 두 가지 요청 때문에 수필을 쓰게 되었다. 그 하나는 중앙학교에서 연세대학으로 오기 전에 정들었던 젊은 세대들이 읽을 만한 글을 쓰고 싶었다. 그리고 또 하나는 철학과 같은 딱딱하고 이론적인 학문보다는, 정서적 여유가 있는 취미활동의 하나를 찾고 싶었다. 그러나 본래 재간이 없는 편이어서 미술이나 음악에는 문외한인 자신을 잘 알고 있었다. 그래서 택한 것이 수필이나 수상 같은 글이나 썼으면 하는 생각을 갖게 되었다. 시간의 여유가 생기고 글감이 떠오르면 한 편씩 써놓기 시작했다. 그 글이 대학신문인 『연세춘추』에 발표되었고 다른 잡지들에도 실리게 되었다.

그렇게 시작한 것이 1950년대 후반이었다. 그즈음에 나는 '동양출판사'에서 계획한 『현대사상강좌』 10권을 편집하는 데 협조하고 있었다. 10권 가운데 7권쯤은 주로 내가 편집을 진행시켰다. 철학 분야에서는 우리나라 최초로 스콜라철학 학자들을 일반 철학계와 접목시키는 일도 감행했다. 내가 가톨릭계의 대학에서 수학한 것이 도움이 되었다. 이어령 씨가 문학과 예술 분야를 도와주었고, 한완상 교수가 대학원생으로 있으면서 도움을 주기도 했다.

아마 그 당시에는 월간지 『사상계』와 우리가 내놓은 『현대사상강좌』가 지성계에 막중한 영향력을 발휘했던 것 같다. 그 당시에는 압도적으로 발행부수가 많았던 한국일보에서 출판기념대상을 받기도 했다. 그런 일이 있으면서 '동양출판사'에서 나에게 그동안 발표했던 수필을 한 권 꾸며보자는 제안을 해왔다. 그래서 빛을 보게 된 것이 『고독이라는 병』이다. 그 반응이 좋았기 때문에 내 책이 제1권이 되고, 열 사람이 집필한 10권 전집을 계획했던 것이다.

그 당시만 해도 수필다운 수필문학이 정착되어 있지는 못했다. 피천득 교수가 그 분야의 개척자가 되고, 문장의 재능이 높았던 류달영 선생이 『사상계』에 때때로 발표하는 수필다운 이야기가 소개되기도 했다. 후에는 김태길 교수가 수필문학을 위한 작품들을 발표해주었던 때였다. 그런 과정을 거치면서 수필문학의 영역이 보편화되었던 것이다. 『영원과 사랑의 대화』는 두 번째 수상집이 된 셈이다. 그즈음에는 젊은 독자들이 쉽게 읽고 싶은 책이 태부족했던 시기였다. 그래서 많은 독자들이 뒤따랐던 것 같다.

그 후에도 시간의 여유가 생기면 그런 글들을 쓰게 되었다. 주로 철학적 내용을 지닌 문제들을 수상 형식으로 풀이해보는 글들이었다. 그런 문집의 양에 있어서는 내가 압도적으로 많은 글을 썼기 때문에 지금은 수필 작가로서의 (자랑스럽지 못한?) 위치를 차지하게 된 것이다.

나는 일생 동안 세 분야에서 일해온 셈이다. 그 첫째는 철학도로서의 의무이다. 그러나 철학적 저서들은 많은 독자를 차지할 수가 없다. 제한된 영역에 속하기 때문이다. 내가 『고독이라는 병』과 같은 시기에 발표한 『철학입문』은 철학계에서는 가장 많은 부수가 나간 책이다. '삼중당'에서 10권 전후로 계획한 철학, 법학, 정치학, 경제학 등의 입문서 시리즈 중의 하나인 『철학입문』을 내가 책임 맡았던 것이다. 그 시리즈 중 내 책이 가장 많은 독자를 차지했던 것 같다.

대학에서 강의했던 내용을 바탕으로 비교적 일찍 『윤리학』을 집필한 일이 있었다. 대학교재로 쓰였으면 했던 것이다. 김태길 교수의 『윤리학』도 후에 나왔다. 출판사의 얘기로는 서울대학 출신의 교수들은 김태길 교수의 책을 많이 채택하고, 그 밖의 대학에서는 내 책이 많이 읽히고 있다는 얘기였다. 두 책은 성격과 내용의 차이가 확실했기 때문이다. 교재 이외의 독자들은 내 책이 평이하게 문제를 다루었다는 점에서 쉽게 접근할 수 있었던 것 같다.

대학을 떠난 후에 강의했던 내용들을 바탕으로 『철학의 세계』, 『역사철학』, 『종교의 철학적 이해』 등을 내놓았으나 출판사가 손해를 보지 않았는지 송구스럽기도 했다. 초판으로 끝났기 때문이다.

내가 피할 수 없이 관여했던 또 한 가지 정신적 분야는 종교, 특히 기독교 사상과 관계되는 분야였다.

나는 비교적 일찍 기독교 신앙을 받아들였다. 14살이면 아직 철부지 때였다. 어렸을 때의 내 건강 상태는 최악의 것이었다. 부모와 의사도 어떻게 할 수 없는 절망적인 상태였을 때, 내가 인간의 능력을 초월한 누군가의 도움이 절대적이라는 생각을 갖고 찾은 것이 하느님의 사랑이었다.

그것이 계기가 되어 중학교 1학년 때부터 주로 기독교 서적을 통해 신앙을 받아들였다. 어려서 신앙생활을 하게 되면 누구나 그랬듯이 '나도 목사나 신학자가 될 수 있을까?' 하는 꿈을 안고 있었다. 그러나 대학에 있을 때 기독교 사상가들의 저서를 접하면서 철학인으로서의 기독교 신앙을 염원하기 시작했다. 아우구스티누스, 파스칼, 키르케고르, 도스토예프스키 등은 나에게 기독교 이해의 새로운 문을 여는 데 도움을 주었다. 칸트에 접하면서도 그의 학설 배후의 인간성을 성찰해보고 싶었고, 그의 철학의 보이지 않는 원천이 기독교 정신임을 암시받았다. 처음부터 칸트는 요청적 유신론자로 느껴지기도 했다. 인간문제와 그 해결을 위한 기독교 철학 같은 방향을 모색해보고 싶었다. 나의 나됨의 깊은 곳에는 기독교 정신이 자리 잡고 있었다. 기독교 신앙이란 다른 것이 아니었다. 예수의 교훈과 정신이 나의 인생관과 가치관이 되었기 때문이다. 인간문제의 해결을 위한 그 이상의 가치관을 찾을 수 없었던 것이다. 그리고 그 정신이 인간과 역사의 희망이라고 믿게 되었던 것이다. 그래서 기독교 영역에 속하는 몇 권의 책을 쓰게 되었다. 그 내용은 내가 수십 년 동안 계속해온 성경 및 기독교 사상 강좌 모임에서 얻은 결실들이었다. 『예수』라는 책도 일찍 나왔고, 『한국 기독교 무엇이 문제인가』, 『우리는 무엇을 믿는가』, 『나의 인생 나의 신앙』 등이 출판되었다. 그리고 내 글과 책을 읽는 사람들은 나의 모든 사상과 저서 속에 기독교 정신이 자리 잡고 있음을 쉬 발견하게 될 것이라고 생각한다.

지금도 어떤 때는 나는 누구인가라고 물어본다. "철학도, 수필가, 종교인 중 어느 쪽이 더 큰 비중을 차지하는가?" 하는 없어도 좋은 자문자답이다. 사람들 중에는 나를 수필 작가로 보는 이도 있다. 설교를 들은 사람들은 종교인이라고 생각한다. 대학에서는 철학교수로 자처하고 있다. 그렇다면 그 어느 것도 못 된다는 대답이 옳을 것이다. 셋 다 불완전했기 때문이다. 그렇다고 해서 그 어느 것 하나도 버릴 수는 없다. 그것들이 합쳐서 내가 되었기 때문이다. 이상스럽게도 다른 사람은 "그러면 네 정체는 무엇이냐?"라고 묻고 싶을 것이다. 그러나 이상하게도 내 안에서는 그 셋이 조화를 이루고 있다. 그것들이 합해서 하나가 되어 있다.

결국은 나 스스로를 위로해본다. 안전한 철학도도 못 되며, 확실한 예술가도 못 되고 있다. 종교적 지도자는 더욱 아니다. 그렇다고 셋을 다 잃었거나 빼앗겼다고는 생각지 않는다. 그 미완성의 셋이 합쳐서 된 것이 나 자신이다.

다시 자신을 변명해본다. 소중한 것은 철학자가 아니다. 문필가도 아니다. 종교인도 아니다. 가장 소중한 것은 인간, 그 자체이다. 그 인간은 무엇으로 이루어지는가? 신체가 여러 가지 기능을 합쳐서 존재하듯이, 정신은 여러 가지 영역의 삶의 내용을 갖도록 되어 있다. 그렇다면 어떤 한 가지 역할로 살아갈 수도 있으나, 여러 가지 정신적 기능을 소유할 수도 있고, 또 어떤 때는 그래야 하기도 한다.

중요한 것은 인간이다. 그 인간됨을 위해서는 단조롭게 적게 소유할 수도 있으나, 여러 가지를 갖추어서 좋은 때도 있다. 그런 의미에서 나는 나여야 한다. 다른 사람과 같아질 수도 없고, 같아져서도 안 된다. 왜 나는 다르냐고 묻는 것이 잘못이다. 서로가 서로들 개성이 뚜렷한 개체로서의 인간이어서 좋은 것이다. 모든 꽃들이 다 같다면 그 값은 사라진다. 바다의 물고기나 땅 위의 동물들이 다 같은 한 종류뿐이라면 어떻게 되겠는가?

그래서 요사이는 철학자로도 부족하고, 예술적 문필가로서도 미숙하나, 나는 나일 뿐이라고 자위하고 있다. 나보다 존경스러운 종교 지도자도 많이 있다. 그렇다고 해서 내 부족한 신앙을 버릴 수는 없다. 그 모든 것들이 하나가 되어 우리 시대를 살고 있는 내가 존재하는 것이다. 나는 부족하더라도 나일 수밖에 없다. 내가 주체가 되기 위해 학문, 예술, 신앙을 추구했고, 그것들 속에서 삶을 영위하면서 정신적 창조력을 키워가고 싶은 것이다.

행복과 고통이 교차했던 두 학교의 졸업생이 되다

내 중고등학교 생활은 행복하지 못했다. 시골에서 초등학교답지도 못한 뒤떨어진 교육을 받다가, 기독교 장로교에 속하는 미국 선교사들이 운영하는 숭실중학교에 입학하고, 상당한 시일이 지난 후에야 우리 하교와 성격이 다른 중학교들도 여럿이 있는 것을 알았을 정도였다. 그 당시에는 공립학교가 가장 좋은 대우를 받았고, 친일적 성격을 띤 학교들이 원하는 교육을 할 수 있었다. 그러나 기독교 계통의 민족주의 학교는 오히려 일제의 감시와 박해를 받는 위치에 있었다. 그 가장 대표적인 교육기관이 3숭, 즉 숭실전문학교, 숭실중학교, 숭의여자중학교였다. 내가 다닌 숭실중학교 초창기의 졸업생들은 조만식을 비롯해 모두가 항일투쟁에 앞장선 인물들이었다. 충청도에서 평양까지 와 수학했던 조병옥 박사도 그러했다. 안익태 씨도 그러했다. 지금은 안익태 지휘자가 일제 때 일본의 음악가보다도 앞선 자리에서 활약했기 때문에 친일을 했다고 말하는 이들도 있다. 그러나 그 당시에는 모든 분야에서 일본인들보다 앞서는 인물이 되자는 것이 국민들의 소망이었다. 일본인들보다 앞서는 것이 일본을 이기는 것이라고 생각했던 것이다. 최승희 무용가는 북에서도 대우를 받았던 것으로 기억한다. 우리는 그 무용가가 친일이라기보다는 일본을 이긴 대표자라고 보면서 자랑 삼았다. 손기정 선수가 마라톤에서 우승했을 때는 한국인 전체가 흥분하기도 했다. 나는 학생 때 일본 도쿄의 한 영화관에서 그 기록 영상을 보았다. 그 큰 극장의 많은 자리가 도쿄에 있는 한국인들로 채워져 있었다. 우리는 모두가 일본의 자랑이기보다는 한국의 영광으로 받아들이고 열광했다. 그 민족적 자부심이 커지는 것을 본 일본인들이 일본의 우승은 인정하면서도, 한국 청년의 승리임은 부정할 수가 없었다. 그래서 우리는 일장기를 바꾸어 문제가 되기도 했고, 일본 안에서도 더 크게 손 선수를 내세우는 것을 경계했을 정도였다.

그런 환경이었기 때문에 일본 총독부는 숭실학교를 좋아하지 않았고, 경계의 대상으로 삼았다. 나보다 나이는 많아도 같은 반 옆자리에 앉았던 김영철 군은 중학생 때부터 일본 경찰의 추적을 받다가 학교를 졸업하지도 못하고 희생된 일까지 있었다.

일본이 만주를 거쳐 중국 본토로 침략전쟁을 확장했을 때는 우리 학교는 두어둘 필요가 없는 눈엣가시같이 보였을 것이다. 마침내는 신사참배를 거부했다는 명목으로 선교사 교장을 해임시키고 말았다. 내가 중학교 3학년을 끝낼 무렵이었다.

교회의 지도자들과 평양의 유지들은 여러 가지로 고민하다가, 500명이 되는 학생들을 일본 교육으로 넘기기보다는 한국인 교장이 신사참배를 하더라도 학교를 유지하자는 결론을 내렸다. 그래서 숭실전문학교의 교수이면서 교회 장로이기도 했던 정두현 선생이 우리를 위해 눈물을 머금고 교장직을 맡게 되었다. 학교에 관여하고 있던 미국 장로교의 선교사들은 추방을 당하는 수모를 겪어야 했다.

아직 철들지 못한 나이였던 나는 고민에 빠졌다. 고향 송산리 교회를 담임했던 김철훈 목사는 그전에 신사참배를 거부했기 때문에 일본 경찰에 끌려가서 목숨을 유지하기 힘들 정도의 고문을 당했다. 두세 장로들도 신사참배를 하고 풀려나온 일이 있었다. 가족과 교회를 위해 형식적이지만 참배를 강요당하고 나온 김 목사는 같은 처지의 장로들과 부둥켜안고 통곡한 사실을 나는 부친에게서 들었다. 결국은 교인들의 간곡한 요청으로 목회를 계속하다가 교회를 떠났다. 신앙적 양심을 지키기 위해서였다. 후일에 김 목사는 공산 치하 때 평양 산정현 교회를 지키다가 공산정권에 의해 희생당했다. 주기철 목사는 같은 교회에서 끝까지 신사참배를 거부하다가 순교의 길을 택한 일도 있었다.

이런 사실들을 직간접적으로 체험한 나는, 신사참배를 하고 학업을 계속할 것인가, 거부하고 학교를 떠날 것인가를 고민하지 않을 수 없었다. 어린 나는 세상을 뒤흔드는 풍파가 어떤 결과에 도달할 것인지를 알 바가 없었다. 마침내 자퇴서를 내고 학교를 떠나기로 했다. 무엇을 어떻게 할 것인지는 나도 몰랐다. 같은 반에 있던 윤동주 시인은 신사참배를 거부하고 만주로 되돌아가고 말았다.

나는 불가능한 줄은 모르고 독학을 결심했다. 매일 등교시간이 되면 자전거 통학을 하던 습관대로 20리가 되는 평양부립도서관으로 가서 책을 읽고 공부를 하다가, 하교시간에 맞추어 다시 자전거로 귀가하곤 했다. 학교교육을 받아본 경험이 없는 부모님은 그래도 되는지를 걱정하면서도 지켜보기만 했다. 지금 돌이켜보면 서글픈 일이었다.

그러나 그 1년이 나에게는 또 다른 도움이 되었다. 도서관에서는 도시락을 먹는 시간 외에는 책을 읽었다. 문학책은 그전에도 읽었다. 톨스토이의 『전쟁과 평화』도 읽었고, 빅토르 위고의 『레미제라블』도 읽었다. 다른 문학책들도 여러 권 읽은 뒤여서 도서관에서는 한국문학에 속한 책들도 들췄고, 무슨 만용이었는지 철학에 관한 책들도 읽었다. 한치진 씨의 『철학개론』과 『인생과 우주』였던 것 같다. 그 내용도 살펴보았다. 지금 생각해보면 한치진 씨는 미국에서 철학을 공부하면서 그 당시 미국에서 성행했던 한 계파의 철학을 공부했던 것 같다. 확실하지는 않으나 스펜서(Herbert Spencer)를 계승하는 철학이었을지 모르겠다. 고려대에서 강의했던 박희성 교수와 일본의 와세다대학의 호아시(帆足) 교수도 비슷한 분야의 철학을 수학했던 것으로 추측한다. 호아시 교수의 책은 나도 평양도서관에서 읽었다. 일본에 갔을 때는 두세 차례 그분의 댁을 방문하기도 했다. 중학교를 끝낸 내가 찾아가 책 읽은 얘기를 했더니 약간 의아한 표정이기도 했다. 마우리(E. M. Mowry) 숭실전문학교 교수가 소개해주어서 찾아갔고, 두 분의 친분 때문이었을까, 나에게는 특별히 친절을 베풀기도 했다. 따님이 둘 있었는데, 한번은 교수님은 집에 없었고 큰따님이 응접실에서 접대해주면서, 아버지가 나를 많이 생각하는 것 같다는 얘기도 했다. 돌아보면서 무슨 뜻인가 애매한 이야기 같기도 했다. 마우리 선교사가 나를 소개하면서, 한국에서 얻은 가장 촉망되는 학생이니까 잘 지도해달라고 한 내용을 말하는 것 같기도 했다. 한국 교수의 따님이었다면 좀 더 가까이 하고 싶은 마음이 있었을지도 모르겠다. 그때는 일본에 가서 얼마 안 되었을 때였고, 일본인들은 나와는 상관이 없는 세상 사람으로 느끼고 있었다.

한치진 씨의 책 내용은 이해가 가는 것 같았다. 그 외에는 우리말로 쓰인 철학책이 없었기 때문에 일본 교수들이 쓴 책들을 읽었다. 철학개론, 윤리학, 철학사, 논리학 등을 읽었다. 종교철학 책은 찾아보았으나 없었다. 읽기는 했으나 수박 겉핥기였다. 그래도 무슨 책이 어떤 내용을 취급하는지는 짐작했다. 대표적인 철학자들의 이름은 많이 기억할 수 있었다. 그대로 표현한다면 욕심스러이 오기를 갖고 읽었다. 그 결과로 얻은 것이 허락된다면 대학에 가서 철학을 공부하고 싶다는 희망이었다.

나머지 몇 달은 고향 초등학교의 여자 선생님이 임신 중이어서 한 학기 동안 그 공간을 대신 채워주기로 했다. 학교에서 가르치는 처음 경험을 쌓게 되었다. 늦게 시골에서 자라다가 아직 졸업반에 있는 친구들이 학생으로 있어 어색하기도 했다. 김준격이라는 동무가 있었다. 나보다 한 살 아래였다. 슬그머니 나를 따라와 귓속말로 "야! 나 산술 숙제 못해왔다. 시키면 안 된다."라고 부탁하기도 했다. 어른이 되었을 때였다. 나에게 "형석이 네가 선생이 되니까 무섭더라. 우리 집에 가정방문을 올까 봐 학교를 그만둘 생각까지 했다니까." 하고 웃기도 했다. 그 친구는 후에 마을 공산당 위원장이 되어 동민들을 위한답시고 억압하기도 했다. 내가 공산 치하를 떠난 뒤였다. 그래도 내 부친에게는 피해를 끼치지 않았다. 소꿉친구의 아버지여서인지, 한 학기 동안 은사의 정을 생각해서인지는 모르겠으나, 세상은 아름다운 정들을 그대로 두지는 않는 것 같다.

내가 초등학교에서 임시로 가르치고 있을 때 잊을 수 없는 한 가지 사건이 생겼다. 건강이 좋지 않아 서대문형무소에서 가석방되어

은거해 있던 도산 안창호 선생이 우리 마을 송산리를 방문한 일이 있었다. 가을이었을 것이다. 토요일에 와서 삼촌댁에서 하루를 머물고 갔다. 토요일 오후에는 학교 교무실에서 강연을 해주었고 주일 낮에는 교회에서 설교를 하였다. 나는 두 차례 다 참석할 수 있었다. 두 번의 강연과 설교 내용은 지금도 어느 정도 기억하고 있을 정도로 인상 깊었다. 그리고 지금까지 잊지 못하는 존경심을 갖고 마음으로 뒤따르고 있다. 도산은 얼마 후 다시 수감되었고, 다음 해에 병이 심해져 해방도 보지 못하고 세상을 떠났다. 나는 다행히 선생의 마지막 강연과 설교에 동참하는 기회를 얻을 수 있었다.

그렇게 1년을 보냈다.

새봄을 맞이하면서 나는 다시 교복을 입고 숭실학교를 찾아갔다. 신사참배를 하더라도 학교는 계속 다녀야겠다고 마음을 굳혔던 것이다. 마우리 선교사가 집에까지 들러서 마음이 아프더라도 학교를 계속 다니고, 어른이 된 후에는 겨레를 위해 일하라는 충고를 해주었기 때문이다. 1년 만에 찾아온 학교 교사는 낯설어 보였다. 아래층으로는 학생들이 출입하고 있었으나, 나는 층층대를 올라 2층으로 갔다. 새로 재입학을 해야 했기 때문이다. 2층 현관으로 들어서는데 영어를 가르치던 김윤기 선생이 먼저 나를 보더니, "형석이지? 학교를 계속 다니려고 왔구나." 하면서 나를 데리고 서무실로 들어가 모든 절차를 친히 돌보아주었다. 그 모습은 '우리가 얼마나 너를 기다렸는지 모르지?'라는 자세였다. 나는 와야 할 우리 집에 다시 찾아온 것 같은 따뜻한 정을 느꼈다. 한 해 늦게 4학년 학생이 된 것이다.

그 1년은 정말로 행복했다.

한 달쯤 지났을까. 신사참배를 하러 전교생이 행렬을 가다듬고 행진해 갔다. 교장선생이 앞에 서고 그 뒤에는 선생님들이 횡렬로 줄을 섰다. 학생들은 학년과 반별로 종렬로 자리를 정돈한 뒤 호령에 따라 경배를 하는 것이었다. 나는 앞자리에 서 있었기 때문에 쳐다보았더니 뒤로 돌아서는 교장선생의 뺨에는 눈물이 남아 있었다. 우리의 장래를 위해 스스로 참배의 잔을 마시는 심정을 헤아려보았다. 교장선생의 얼굴이 아버지의 얼굴같이 보였다. 우리를 사랑했기에 흘리는 눈물이었다.

지금 돌이켜보면 약간 건방진 생각을 했던 것 같다. 그때는 국어 독본이 일본어였고, 조선어 독본이 따로 있었다. 그 교과서를 배우면서는 '나는 이런 책 전체를 읽었는데, 그 한 부분씩을 발췌한 것들을 배우는 것이었구나.' 하는 생각이 들었다. 수학과 자연과학 분야를 제외하고는 별로 도움도 되지 않는 것들을 배우는 것 같은 생각이 들었다. 그동안 나는 소설들을 읽으면서 문학예술이 어떤 것인지 어렴풋이 느끼기도 했고, 교과서에 나오는 내용들이 우리가 찾아 누려야 할 사상의 극히 작은 한 부분씩이라는 것도 짐작하고 있었던 것 같다.

어떤 때는 선생님들의 가르치는 내용이 좀 더 광범위하고 체계적이었으면 좋겠다는 아쉬움도 있었다. 내용은 깊이 모르면서 내 독서의 양에 비해 교과 내용이 지나치게 축소되어 있다는 생각도 했다.

그러나 그 1년은 모든 것에 감사했다. 선생님들은 우리를 위하고 사랑해주었다. 성경 선생은 민족애에 대한 충고를 아끼지 않았다. 나는 동급생들보다 1년 동안에 더 철들어 있었다는 생각도 했다. 많은 독서와 가르쳐본 경험이 약간의 성숙함을 얻게 했는지 모른다. 여름방학에는 숭실학교 학생들만이 갖는 하기 아동 성경학교의 교사가 되어보기도 했다. 시골의 교회들이 숭실학교의 학생들을 주일학교 어린이들을 위한 여름방학 동안의 교사로 초청하는 일이 있었던 때였다. 시골에서는 숭실학교가 유일한 기독교 교육의 중요기관이었던 시대였다.

나는 그 여름에 평남 영유에 있는 덕지리 교회에 가서 어린이들을 가르치기도 하고 강연을 하는 처음 경험을 했다. 그 성과가 뜻밖으로 좋았기 때문에 스스로 감사한 마음으로 다녀오기도 했다. 그것이 내 일생을 통한 처음 교회의 집회가 되리라고는 생각지 못했다.

여름방학을 끝내면서부터는 나도 공부다운 공부를 해야겠다고 다짐했다. 시간이 나는 대로 약간 수준 높은 독서도 했다. 선생님들의 사랑과 사제지간의 정이 얼마나 귀한지도 체험하고 있었다.

그런데 그해 겨울부터 뜻하지 못했던 풍문이 들려오기 시작했다. 3숭 학교 모두를 총독부에서 폐쇄한다는 것이었다. 드디어 그 풍문이 사실로 나타났다. 숭실전문학교는 대동공업전문학교로 개편되었다. 숭의여자중학교는 폐쇄하고 서문여자중학교로 편입시켰다. 우리 숭실중학교는 평양 제3공립중학교로 개편되면서 역사의 무대에서 사라지게 된 것이다.

평양에는 일본 학생들만 다니는 제1공립중학, 한국 학생들이 다니는 제2공립중학, 한국 학생과 일본 학생이 함께 교육을 받는 제3공립중학이 있었는데, 그 제3공립중학이 된 것이다. 오랜 전통을 자랑하던 평양고보는 그 자리를 유지하면서 명칭만 새로워졌으나 숭실중학은 완전히 일본 학교가 되어버린 것이다.

개편이 되면서 두 반으로 되어 있던 학급을 한 반만 남기고 한 반에 해당하는 학생들은 유급을 시켰다. 나는 한 반으로 된 5학년 학생이 되면서 일본 공립학교의 학생이 된 것이다. 두세 명의 고등사범학교 출신의 한국 선생만 남고 모든 선생은 해직시켰다. 교장과 교감은 숭실 학생들을 황국신민으로 개조하는 세뇌교육의 책임을 맡고 부임했고, 나머지 선생들도 (우리가 보기에는) 실력보다도 사상교육을 강요하는 질 나쁜 선생들로 교체되었다.

기독교 교육은 물론 한국적 교육 프로그램은 자취를 감추어버렸다. 그뿐만이 아니었다. 교내에서는 일본어만 전용케 강압했고, 한국말을 하는 학생은 처벌을 받았다. 세 번 이상 한국말을 하다가 들키면 정학에서 퇴학까지 시키는 엄한 규칙을 내렸다. 아침 조회 시간마다 황국 신민 서사를 낭독했고, 일본 신민이 되기 위한 훈화를 들었다. 우리 학년을 담임했던 스기하라 선생은 강의를 하다가도 일본 천황 얘기를 할 때면 눈물을 흘리기도 했다.

학업과 공부는 뒷전이었다. 실력이 모자라는 선생일수록 정신교육에는 더욱 열성이었다. 가정이나 정신적 분위기가 기독교적이거나 민족주의 성향의 모습을 나타내면 체벌도 삼가지 않았다. 나도 학창생활에서 단 한 번 호되게 담임한테 끌려가 여러 선생들이 보는 교무실에서 얻어맞은 일이 있었다. 구체적인 이유는 없었다. 실컷 때린 뒤에 "너희 아버지는 너와 같은 정신 상태냐?"라고 물었다. 나는 "아버지는 아닙니다."라고 거짓말을 했다. 부친까지 불려오게 되면 안 되겠다는 생각이었다. 두 뺨이 붉게 피어오른 모습을 하고 교실로 들어가고 싶지 않았으나 피할 길이 없었다. 생각이 있는 친구들은 언젠가는 자기 차례가 될지도 모른다고 생각했을 것이다. 옆자리에 앉은 친구가 "무엇 때문이야?"라고 물었다. "나도 모르겠다."고 대답했다.

언제 무슨 이유로 퇴학을 맞을지 모른다는 불안한 마음을 갖고 한 해를 참아 넘겼다. 졸업식이 끝난 뒤에야 자유를 얻은 것 같은 기분이었다. 어떤 친구들은 그래도 공립학교가 되어서 취직에는 도움이 되겠다면서 스스로 위로하기도 했다. 또 어떤 면에서는 그럴 수도 있었다. 숭실학교를 졸업했다면 공공기관에는 취직할 수 없었으니까.

공립학교의 1년은 사랑하고 위해주던 친어머니는 떠나가고 질 나쁜 계모 밑에서 자라야 하는 세월이었다. 나는 어렴풋이 이런 것이 전체주의 사회의 교육이라고 생각했다. 후에야 안 일이지만 일본 안에서는 우리 학교와 같은 식민지 교육을 감행하는 학교가 없었다. 꼭 공산주의 치하의 교육 그대로였다. 제3공립중학교는 공산주의 사회가 되면서는 폐쇄되고 말았다. 지금은 그 동창생들이 서울에서 모이곤 하는데, 내가 제1회 선배 교우로 되어 있다. 일본에도 같은 학교를 다닌 동창들이 있다. 그들도 우리 모교는 사라졌다면서 한국 동창회를 찾아오는 때가 있었다. 세월이 지나면 그 동창들도 모두 세상을 떠날 것이다. 한 학교의 운명도 정당한 과정을 밟지 못하면 소멸되고 마는가 하는 생각이 든다. 그러나 숭실학교는 몇 해 뒤 서울에서 다시 문을 열었다. 나는 타의에 의해 학교를 1년간 다녔기 때문에 재건된 숭실중학에서 명예 졸업장을 수여받았다. 호적이나마 친 가정으로 돌아온 기분으로 지내고 있다. 그렇게 해서 나는 3중보다도 숭실의 아들이 된 셈이다.

1945년 해방이 되는 해에 나는 25살이었다. 8월 14일 밤에 잠들었다가 놀라운 꿈에서 깨어났다. 내가 마우리 선교사와 같이 진남포와 같은 바닷가로 나갔는데, 아무도 인기척은 없었다. 바닷가에는 엄청나게 큰 창고가 둘 있었다. 문을 열어 보았더니 나체로 된 일본인들이 창고마다 가득히 쌓여 있는데, 모든 시체들이 바닷물 때문인지 비대해져 있었다. 둘러보았더니 내 일본의 대학 동창들의 시신도 섞여 있었다. 너무 큰 충격 때문에 놀라면서 꿈에서 깨어났다.

다시 마음을 가다듬고 잠이 들었다. 또 꿈을 꾸었다. 15일 새벽이었을 것이다. 커다란 붉은 태양이 서산으로 지고 있었다. 나는 어두움이 찾아드는 시간인데 열심히 소에 멍에를 맨 채로 밭을 갈고 있었다. 밭은 옥토였는데 한없이 넓었다. 어두움이 찾아들기 전에 조금이라도 더 갈아야겠다고 마음을 가다듬고 있다가 꿈에서 깨어났다. 두 꿈이 다 이상했다. 조반을 먹다가 아버지에게 그 얘기를 했다. 부친은 한참 말이 없다가, "내가 네 나이쯤 되었을 때 꿈을 꾸었는데 동쪽 산 위로부터 작은 태양들이 수없이 밀려들어와 이상하다고 생각했는데, 일본 국기인 일장기가 우리나라 전역을 채운 일이

있었다. 아무래도 무슨 일이 벌어진 것 같으니까 아침에 평양까지
가봐라." 하고 당부했다. 그러나 평양은 아무 변화도 없이 여전했
다. 도심지를 달리는 전차 안에 있었는데 정오가 되었다. 전차가 멎
었다. 가게에서 방송이 들려왔다. 천황 폐하의 대국민 담화가 방송
된다는 것이다. 전차에서 내려서 가게 안으로 들어섰다. 일왕의 방
송이었다. 일본은 무조건 항복하고 전쟁을 끝낸다는 방송이었다.

나는 태양이 제자리에 있는가를 의심했을 정도였다. 하늘은 한없
이 맑았다. 나는 그대로 집을 향해 발걸음을 옮겼다. 20리가 아니라
200리라고 해도 걸을 수 있을 것 같았다. 해방, 광복, 독립의 꿈이
다가온 것이었다.

그러나 아무 준비도 갖추고 있지 못했던 엄청난 변화에는 어떻게
대응해야 할지 몰랐다. 그 준비를 갖추고 있는 정치 세력은 공산당
간부와 스티코프 소련군 지휘관뿐이었다. 공산당은 조직 당시부터
세계 어디에서나 똑같은 혁명 과업과 정서를 준비하고 있었다.

해방되고 얼마가 지났다. 앞마을 만경대 김성주의 집에서 오래
국외로 나가 있던 김성주가 돌아와 환영 조찬이 있으니까 오라는
연락이 왔다. 나는 나이도 젊고 어른들의 모임에는 참석할 처지는
아니었으나, 우리 고장에서는 유일한 대학 출신이었기 때문에 참석
했다. 그때 곧 김성주가 아닌 김일성으로 추대되어 나타날 장본인
을 만났다. 김일성은 그 자리에서 앞으로 우리가 할 일로 첫째, 친
일파 숙청, 둘째, 전 국토를 몰수해 국유화할 것, 셋째, 모든 산업시
설을 국유화할 것, 넷째, 지주들과 부를 누리던 재산가의 재산을 몰

수해 국유화할 것, 다섯째, 사회주의 정책을 반대하는 세력을 배제할 것 등등을 조목조목 얘기하는 것이었다. 그는 내가 그동안 만나지는 못했으나 학식이 높거나 공부한 사람은 아닌데, 저렇게 교과서 항목을 낭독하듯이 말하는 것을 보니까 나는 그가 공산당원이라는 것을 직감할 수 있었다.

그리고 그해 가을이 다 가기 전에 김성주는 김일성으로 변신해 북조선인민공화국의 수령으로 올라섰다. 김일성 환영식을 보기 위해 평양 공설운동장까지 갔던 동네 어른들이 나에게 뜻밖의 얘기를 들려주었다. 김일성은 50대 후반의 평남 사람으로 알고 갔는데, 앞동네의 김성주였다는 것이다. 내가 잘못 본 것이 아니냐고 물었더니, 가까이까지 가서 보았는데 틀림없었다는 것이다. 나는 그가 공산당원인 것은 짐작했으나 북한의 정치 책임자가 되리라고는 상상하지 못했다.

김일성은 내가 2년 동안 다닌 창덕소학교의 여러 해 선배이기도 했다. 북에서는 만경대에서 태어나 자랐다고 선전하지만, 만경대가 아닌 하리(下里), 일명 칠골이라고 불리는 외가에서 태어나서 그곳에서 자라 창덕소학교를 졸업하고 일찍 만주로 간 것으로 알려져 있다. 만경대에는 그의 조부모, 삼촌 가족이 살고 있었다. 그의 사촌 동생들은 후에 내가 가르치기도 했다. 그의 부친인 김형집은 숭실학교에 다닌 일이 있으나, 만경대에 거주한 기간은 기억하는 이가 별로 없었다.

평양을 중심으로 건국준비위원회가 생기고 후에는 북조선인민공화국이 탄생되었다. 세계 어디서나 공산주의 국가가 설립되는 순서대로 빨리 정권을 갖추고 6 · 25 전쟁까지 대비하는 과정을 진행시켰던 것이다.

나는 고향을 떠날 생각을 하지 않았다. 송산리를 중심으로 농촌교육에 헌신하고 싶었다. 처음에는 내가 4년 동안 어린 시절을 보냈던 초등학교를 재건해 교장이 되었다. 초등학교가 정비되면서 교장직은 후임에게 넘기고 농민학교가 있었던 시설을 인계받아 중고등학교 과정을 위한 송산중학교를 착수해 학생들을 모집했다. 미숙하지만 교장직은 내가 맡아야 했다. 대학을 나온 친구들이 공산주의 세력을 피해 나를 도와주었다. 교실이 정리되고, 기숙사가 생기고, 적당한 농장도 갖추게 되었다. 나는 우리 마을을 중심 삼는 여러 지역에서는 중등교육을 받지 못하는 젊은이가 없도록 도와주자는 목표를 세웠다. 그런대로 자리가 잡혔다. 이제는 내용만 충실히 채우면 될 것으로 믿고 있었다.

그러나 공산정권의 통치력은 빠르게 진전되었다. 사상교육의 핵심 요항들이 학교교육을 파고들기 시작했다. 민청(민주청년동맹) 조직이 학생들을 포섭하기 시작하면서는 선생들의 동향까지 당에서 파악하고 감시했다. 나와 선생들은 우리도 모르게 사찰의 대상이 되고 있었다.

설립자로 있으면서 재정적 후원을 해주던 김현석 장로는 탈북을 계획하고 평양에서 고향에 있는 노모에게 작별 인사를 하기 위해 숨어 들어왔다가 체포되었다. 그 뒤에는 어디서 어떻게 되었는지 아는 이가 없다. 김 장로는 내 부친의 친구이기도 했다. 아무래도 공산 치하에서는 교육은 물론 살아남을 수가 없을 것 같으니까 탈북하라는 귀띔을 나에게 남긴 은인이기도 했다.

공산주의 사회는 체험해보지 못한 사람은 누구도 모른다. 일제강점기에는 조용히 농촌 등지에 머물러 살면 스스로와 가정을 유지할 수는 있었다. 그러나 공산 치하에서는 예외자는 있을 수 없다. 극단의 근본주의적 종교집단이 신앙을 강요하는 것과는 비교가 안 될 정도로 사상적 통제와 강압이 보통이 아니다. 그 일에 회의를 느끼거나 반대하는 사람은 살아갈 수가 없다. 주기적으로 전 국민을 끌어내다가는 정치교육을 시키면서 자기반성을 강요하는 것이다.

그들은 노동자, 농민의 정권을 위하기 때문에 지주나 부자는 용납하지 않는다. 공산주의 사상과 배치되거나 순종하지 않는 사람은 그 지방에서 숙청당하게 되어 있다. 종교 신앙을 가진 사람은 자유로이 살아가지 못한다. 종교는 아편보다 위험하다는 것이다. 흔히 쓰는 말이 있다. 민족주의자는 공산주의자로 전향할 수 있어도 크리스천은 공산주의로 돌아올 수 없으니까 배제해야 한다고 본다. 우리는 북쪽의 회유를 뿌리치고 남으로 와서 군부에서 활약한 백선엽, 채명신 장군들이 기독교 신앙을 지키기 위해 탈북했다는 사실을 잘 알고 있다. 자유주의 사상을 가진 민족주의자, 특히 대학을 나온 지성인들은 필요할 때까지 이용하지만, 때가 되면 권좌에서 밀려날 뿐 아니라 숙청당한다. 그들은 공산당을 위한 빨치산과 같은 혁명사업에는 적합하지 않기 때문이다.

내 중고등학교와 대학 동창이기도 했던 두 친구가 있었다. 대단히 가까운 친구였고, 둘 다 크리스천으로 성장했다. 한 친구 허갑

(본명은 허경남)은 내가 탈북할 때 평양 공산당 선전부장으로 있었다. 후에는 당 교육기관 교수로 강등되었다가 숙청될 것을 알고 자살한 것으로 알려지고 있다. 다른 한 친구는 아버지가 목사였고, 형은 유명한 공산주의 이론가였다. 박치우이다. 그는 경성제국대학 한국인 졸업생의 세 수재(秀才) 중의 한 사람으로 꼽히고 있었다. 유진오, 이강국의 뒤를 이은 수재였다. 현대일보(로 기억하고 있다) 논설주필로 월북할 때까지 사회주의 논객으로 주목받고 있었다. 그러나 무슨 책임을 맡았는지 모른다. 들리는 말에는 김일성이 당신 같은 이론가는 필요가 없으니까 빨치산 경험을 하라고 지시해 전사한 것으로 전해지고 있다. 그의 친동생인 박치원은 6·25가 터질 때까지 서울대에서 강의를 했다. 전쟁이 끝나면서 월북했다. 그 뒤부터는 아무 흔적도 보이지 않고 있다. 우리는 김일성대학의 교수직쯤은 예상하기도 했으나, 그에 관한 소식은 어디에도 없었다.

나는 이런 사실들을 보면서, 우리 주변에서 세 가지 성격의 자유주의자들을 생각해보는 때가 있다.

예를 들면, 고려대의 서양사학자였던 김성식 교수 같은 이는 38선이 생기고 북에는 소련의 공산군이 진주하게 된다는 사실을 알고는 모든 재산과 가정을 정리해서 탈북했다. 그래서 혜화동에 좋은 사택을 준비하고 평양에서와 같은 생활을 유지했다. 그는 공산사회가 되면 재산을 몰수당하고 자신과 같은 신앙과 경력을 가진 사람들은 숙청당한다는 사실을 알고 있었던 것이다. 그렇게 해서 인명과 재산의 피해를 극소화시킨 사람들이 있었다.

그와 다르게 38선 이남에 있는 교수와 지성인들 중에는, 전쟁이 나고 공산군이 점령한다고 해서 나 같은 사람이 고난을 당할 이유는 없지 않은가, 또 공산정권이 나쁘다고 해서 이승만 정부같이 부정부패야 심하겠는가, 죄를 지은 사람은 모르겠으나 애국심을 갖고 서울에 남아보자는 생각을 갖는 사람도 있었다. 고려대의 현상윤 총장 같은 이였다. 인촌이 "다 피난을 가는데, 같이 떠나는 것이 좋겠다."고 권고했던 것 같다. 그러나 현 총장은 자신의 양심과 애국심을 믿었다. "내가 공산정권이 들어온다고 해서 도망가야 할 정도의 죄인은 아니다."라고 믿고 있었다. 그러나 그런 지성적 지도자들은 강제로 압송당하고, 6 · 25 후반기에 교살당하는 결과가 되었다.

세 번째는 나 같은 사람이다. 북한에서 공산주의를 체험했기 때문에 공산군이 들어오면 나는 숙청 대상임을 알고 있었다. 그 때문에 고생을 무릅쓰고 피난길에 올랐던 것이다. 6 · 25 전쟁이 극심한 위기에 직면했을 때는 미군과 우리 정부가 군경 가족은 일본의 오키나와로, 크리스천들은 제주도로 이송하는 계획을 세우기도 했었다. 숙청 대상이었기 때문이다.

일본 정부가 일제 때 일본과 한국 안에 있는 공산주의자들을 색출해 엄벌에 처한 것은, 그들이 정권을 잡으면 일본의 천황제를 폐지하고 토지 국유화 등의 수순을 밟을 것을 당의 강령으로 갖고 있었기 때문이다. 그래서 공산당원 안에는 친일분자가 없었던 것을 지금까지도 민족의 정통성으로 주장하고 있다. 중국과 같은 큰 나라에서 국토 국유화가 단시일 내에 이루어지는 것을 본 사람들은 짐작할 수가 있다. 소련에서는 크리스천과 자유주의자는 무자비하게 숙청당했던 것이다.

그래서 그 당시에는 공산당원이 된다는 것은 누구에게나 일생에 걸친 중요한 선택과 결단이었다. 당원과 비당원의 거리는 신부와 평신도의 관계보다 심각했다. 스님이 되는 것과 불교 신도의 질적 차이보다도 심각했다. 나는 북에서 경험해보았으나, 다 성장한 아들이 공산당원이 되면 부모나 심지어는 자식들보다도 당원 간의 의리는 절대적이다. 평양에 있던 내 후배 친구는 당원이어서 국군과 미군이 평양으로 진주할 때 아내와 두 아들을 내버려두고 당원들과 북으로 도망갔다. 그 장인이 우리나라 기독교의 거물 목사였기 때문에 사위와 딸은 물론 가족을 데리고 남하하기 위해 데려오도록 했다. 딸과 외손자들은 서울로 왔으나, 사위(신영길)는 당원이기 때문에 찾지도 못하고 데려오지도 못했다. 내 후배는 남으로 올 수 있는 기회는 있었으나 북한에 남았다. 당원 여자와 결혼하고 딸들을 낳아 기르면서 살았다.

서울대 사회학과의 S 교수는 누구도 그가 남로당원인 줄을 몰랐다. 나도 가까운 사이였다. 그 교수는 절대로 정치에 관한 얘기는 하지 않았다. 북한 정권을 칭찬하는 일도 없었고 대한민국 정부를 비난하는 일도 없었다. 나도 사회학교수로서는 너무 정치에 무관한 것을 이상히 여기곤 했다. 그 교수는 우리나라 정책 연구 분야에서 중책을 맡기도 했다. 물론 그의 부인도 남편이 남로당원인 줄은 모르고 지냈다. 정보당국에서 뒷조사를 하다가 그가 당원인 것을 알고 체포하려 했을 때 당에서 그 교수에게 탈출 지령을 내렸다. 그래서 중국으로 도망가기 위해 공항까지 나가 수속을 밟다가 체포된 일이 있었다. 그 후에는 복역을 당했고 지금은 고인이 되었다.

공산당 조직은 하부 세포 회의에서 상부에 질의는 할 수 있으나, 상부의 지시는 물론 명령은 절대 복종이다. 그렇다고 탈당을 하지도 못한다. 배반사가 뇌년 생녕을 거는 대가가 치러지기 때문이다.

그러니까 공산사회가 되면 전통적인 모든 사회질서가 파괴되고 새로운 가치관을 받아들여야 한다. 가족관계는 공산당의 동지관계에 비하면 2차, 3차의 문제가 된다. 우리는 북에서 당의 허락이 있어야 결혼을 한다는 얘기를 이해하지 못한다. 상위 급에 있는 당원은 당에서 반대하면 마음대로 결혼을 하지 못한다. 당의 지시와 명령은 절대 권위에 속하기 때문이다.

물론 이런 이야기는 아시아 지역의 사실을 말하는 것이며, 공산당이 탄생되고 정권을 장악할 때까지의 현상들이다. 특히 남북이 대결하고 있는 우리의 실정이다.

유럽 사회의 공산당은 우리와는 실정이 달랐다. 자원해서 입당할 수도 있으나, 또 탈당할 수도 있다. 공산당이 정권을 장악하지 못했기 때문이다. 그리고 러시아와 중국, 한국과 같은 후진사회가 아닌 자유의 가치를 알고 있는 사회였기 때문에, 선택의 자유와 또 다른 가치관의 철학들이 이미 존재해 있었던 이유이다. 그래서 마르크스주의는 북경을 거쳐 런던으로 간다는 얘기가 전해질 정도였다. 국제 공산당은 후진사회인 중국, 인도를 먼저 공산화한 후에 선진사회인 유럽과 런던에까지 도달한다는 뜻이다. 북경에 갈 때는 정치력이 필요하나, 공산사회의 완성을 위해서는 무력을 필요로 할 수 있다는 뜻이기도 하다.

4

고향을 떠나 강단에 서다

고향을 등지고 떠나다

1947년 여름방학을 갖게 되면서 나는 조국의 반인 북한을 떠나 38선을 넘어야겠다는 벼랑 끝에 놓여 있는 나 자신을 느끼기 시작했다. 사무실과 교실에는 당에서 지시해온 대로 공산주의를 찬양하는 내용의 족자들이 붙어 있고 민청(민주청년동맹)의 학생들이 써 붙이는 글귀도 보이기 시작했다. 그 학생들은 원하든 원하지 않든 간에 상부의 지시에 따를 수밖에 없었다.

깊어진 밤 시간에 사무실을 떠나면서 언제, 어떻게 절차를 밟을지 고민하기 시작했다. 방학 동안에 해안이 아닌 육로를 택하기로 했다. 8·15의 경축행사가 전국적으로 벌어지는 시기가 좋을 것 같았다. 경계가 느슨해질 것 같은 착각을 했던 것이다.

그 여름 8월 16일.

내가, 태어난 지 열 달밖에 안 되는 큰아들은 아내가 업고, 빈손으로 집을 나서려고 했을 때였다. 친구인 유응기 선생이 찾아왔다. 그는 후에 장로교 신학교에서 교수를 겸한 목사가 되었다. 나보다 3년 선배이면서 우리 학교를 돕고 있었다. 나는 평양의 누이동생 집에 다녀오기 위해 간다고 친구에게 거짓말을 했다. 내 말을 그대로 받아들인 유 형은, 그러면 잘되었다는 듯이 헌책방에 들러서 ○○ 책을 좀 구해달라고 부탁했다. 나는 책값을 거절하면서 돌아와서 받겠다고 했다. 친구는 다시 학교로 돌아갔다. 방학인데도 학교 기숙사 사택에 남아 있었던 것이다.

내 집이 산 밑 외진 곳이었기 때문에, 부모와 큰딸 성혜가 소나무 길이 끝나는 곳까지 따라왔다. 나는 큰딸을 안아주면서 말했다. "평양 갔다 올게. 선물이 있으면 사 오고…." 내 말을 있는 그대로 믿은 세 살배기는 평상시와 같이 한 손을 흔들어 보였다. 부친은 내 아내를 불러 세우더니, "우리 장손이 얼굴이나 한 번 더 보자."면서 잠들어 있는 큰아들 성진의 모습을 살펴보았다. 그것이 장손자를 마지막으로 보는 것이라는 어떤 예감이라도 있었을까? 그 후 부친은 다시 손자를 대면할 기회를 갖지 못했다.

두세 주일이 지난 뒤에 부친을 만난 내 삼촌은, "요사이 형석이가 보이지 않는데 어디 갔습니까?"라고 물었다. 부친은 "그래, 떠났어."라고 대답했다. 삼촌은 "잘 갔다는 소식은 모르시지요?"라고 물었다. 부친은 "그랬기를 바라고 있어. 연락이 없는 것을 보니까."라고 대답했다. 말 못할 비밀이 형제간에는 잘 통하고 있었던 것이다.

그날 밤을 평양 누이동생 집에서 보낸 우리는 사리원까지 가는 기차를 탔다. 이른 시간이어서 그런지 쉬 자리를 잡을 수 있었다. 사리원에서 해주로 가는 기차를 갈아탔다. 자리가 없어 기차 칸 문 앞자리를 겨우 얻었다. 그 자리는 차 문 칸을 등지고 앉는 자리와 마주 보는 좀 어색한 자리였다. 그 자리에는 30-40대로 보이는 두 장정이 먼저 자리를 잡고 있었다. 나와 아내는 큰아들을 서로 돌보면서 맞은편 자리에 앉아 있는 사람이 어떤 사람일까 궁금했다. 몇 정거장을 지나면서 그들의 정체를 알게 되었다. 월남하는 사람을 체포해서 넘겨주는 사복 보안서원이었던 것이다. 기차가 멎으면 한두 사람씩 끌고 내려가 역에서 대기하고 있던 보안관에게 인계하곤 했던 것이다. 우리는 한층 더 불안해졌다. 내가 어린 아들을 아내로부터 옮겨 받으면서, "장연에 가면 할아버지 할머니가 너를 좋아서 반겨줄 것이다."라는 거짓말을 꾸미기도 했다. 등잔 밑이 어둡다는 말이 맞는 것 같다. 두 형사는 마주 앉아 있는 우리에게는 관심을 두지 않는 것 같았다.

나는 창문을 통해 보이는 장수산과 구월산의 장엄하고도 아름다운 풍경을 바라다보면서, "이렇게 정다운 산천을 등지고 어디로 가고 있는가?"라고 스스로에게 묻고 싶었다. 20퍼센트의 사상적 공간과 자유가 허락된다면 떠나지 않있을 것이다. 아니 떠닐 수가 없있을 것이다.

늦은 오후에 우리는 무사히 황해도 해주 기차역에 내렸다. 나에게는 내일 아침 일찍이 바닷가로 나가면 어선들이 다가와 월남하느냐고 묻고 태워줄 것이라는 정보밖에 없었다. 바닷가는 '용당'이라는 한적한 어촌으로 알고 있었다.

밤 꿈이 좋지 않았다. 내가 지옥과 같이 깊은 땅속에서 길을 잃고 있는데, 어떤 여인이 절망 속에서 구원을 호소하는 것과 같은 애절한 비명소리를 지르고 있었다. 사람은 보이지 않았다. 꿈에서 깨어난 나는 아내에게는 아무 말도 없이 함께 기도를 드렸다. "주님의 뜻을 믿고 여기까지 온 저희를 버리시지 말아주십시오."라는 간절한 기도였다.

다음 날 아침은 월요일이어서 그런지 거리가 한산했다. 좀 기다리면 내왕하는 사람이 많아질 것 같아 늦은 아침에 어린 것을 업은 아내가 앞장서고, 나는 떨어져 앞뒤를 살피면서 걷고 있었다. 그때였다. 파출소에 있던 보안서원이 내 아내와 이야기를 나누더니, 내가 있는 곳까지 함께 다가왔다. 아내는, "이분이 조사할 것이 있다면서 같이 가자고 해 돌아섰다."는 것이다. 아내는 돈이라도 좀 주어보면 어떨까 싶은 모양 같았다. 나는 장연의 친척집으로 가는데, 잊은 물건이 있어 다시 여관에 들어갔다가 늦었다고 꾸며댔다. 그러나 우리 속셈을 모를 사람이 아니었다. 우리를 이끌고, "조사를 해보면 된다."면서 월남하다 잡힌 사람들의 수용소까지 끌고 갔다.

입구에서 계장님이라고 부르는 담당자에게 우리를 넘기고, 그는 다시 파출소로 가버리는 것이었다. 계장은 익숙한 자세로 어디 가느냐고 묻더니 아내를 현관 옆 빈자리로 떨구어둔 채로 나를 조사실로 데리고 갔다. 살펴보니까, 초등학교 교사(校舍)를 월남하다 잡힌 사람들의 수용소로 삼고 있는데, 앞 교실에는 100명이 훨씬 넘어 보이는 남자들이 갇혀 있었고, 뒤채 교실에는 수십 명의 여자들이 수용되어 있었다. 나와 아내도 저렇게 될 것이라는 직감이 들었다. 그리고 평양까지 끌려가 심문을 받게 될 것이라는 생각이 떠올랐다.

계장이 조서를 꾸미기 위한 책상 앞에 앉아서 심문을 시작하려고 하는데, 벽기둥에 달려 있던 전화통이 크게 울려왔다. 계장은 누구 전화 받을 사람이 없느냐고 묻더니, 아무도 없으니까 자기가 가서 전화를 받았다. 그런데 전화 소리가 또렷하게 나에게까지 들려오는 것이었다.

"저 ○○○ 계장입니다."

"거기에도 월남하다 잡혀 오는 놈들이 많습니까?"

"예, 이상하게 오늘은 아침부터 끌려오는 것들이 많습니다."

"지금 바로 평양에서 연락이 왔는데, 이제부터 잡혀 오는 놈들은 무조건 떠난 곳으로 되돌려 보내라는 지시가 내려왔습니다."

"알겠습니다."

이런 통화 내용을 나는 자리에 앉아서 듣고 있었다.

전화를 끊고 난 계장은 다시 자리에 앉아 나를 쳐다보더니, 그제야 전화 내용이 확인되었는지 나에게, "어디로 가신다고요?"라고 물었다. 장연으로 가기 위해 해주까지 왔다고 말했다. 계장은 일어서서 밖으로 나가더니 서원 한 사람을 데리고 들어와, "이분과 밖에 있는 부인을 데리고 버스 정류장까지 가서 장연으로 가는 버스를 타는 것을 확인하고 오라."고 지시했다.

버스 정류장까지 간 우리는 서원에게, 표를 사고 기다려야 할 테니까 안심하고 돌아가라고 권했다. 수행했던 서원은 꼭 그렇게 하라고 말하면서 돌아갔다. 나는 정류장 안에서 내가 초등학교 교감으로 있을 때 교사로 있었던 조 선생의 누님 집을 찾기로 했다. 조 선생은 내가 요구하지도 않았는데, 자기 누님이 해주에 사는데 탈북하는 사람을 돕고 있다는 얘기를 하면서 주소를 적어 준 일이 있었다. 연락을 하고 찾아갔더니 반가이 맞아주면서 대문을 잠갔다. 경찰이 불시에 찾아들 것 같아 경계를 하는 것 같았다. 아내는 방으로 안내를 받았는데, 탈북하려는 몇 부인네들이 얘기하고 있었다. 나에게는 좀 불편하더라도 사용하고 있지 않은 위층 마루방에서 좀 쉬고 있으라는 것이다. 말하자면 혼자 숨어 있으라는 뜻이다.

그 집에서 하루를 지냈다. 나는 아래층에 내려왔다가는 인기척이 나면 창고로 쓰던 마루방으로 올라가곤 했다. 외출은 할 수가 없었다. 19일 화요일 밤이 깊었다. 새벽녘에 안내원이 올지 모르니까 준비하라는 이야기였다. 자정이 지났을 정도로 깊은 밤이었다. 안내원이 왔다. 나와 아내는 집 가까이 있는 길이라고는 생각되지 않는 숲속 길을 지나 갈밭으로 들어섰다. 발은 진흙탕 속에 빠지곤 했다. 안내원은 거듭해서 애기가 울면 안 된다고 주의를 주었다. 한참 뒤에 갈밭을 지나 바닷가가 보였다. 좋은 날씨여서 그런지, 바다 위에는 고깃배와 쪽배들이 여기저기 지나다니고 있었다. 경비 서원이 100미터쯤 간격으로 지나갔다가는 다시 오곤 했다. 그 틈을 타서 쪽배가 바닷가에 와 닿으면 5명씩 올라타고는 곧 떠나는 것이었다. 여기저기서 호루라기 부는 소리가 들려왔다. 경비서원들의 암호였던 것 같다.

쪽배가 큰 배 옆에 숨어 있다가 우리가 있는 해안으로 들어섰다.

대기하고 있던 사람들이 타기 시작했다. 아내와 애기는 탔는데, 나는 그들을 도와주느라 탈 자리가 없어졌다. 그 배는 떠났다. 또 30분쯤 지났을까. 다른 한 쪽배가 다가왔다. 나도 탈 수 있었다. 넓지 않은 바닷가는 크고 작은 불빛과 호루라기 소리로 쉴 곳이 없는 것 같았다. 사공은 온몸이 땀범벅이 되어 있었다. 노를 젓다가, 만일 경비선이 따라오면 잡히면 안 될 사람과 수영을 할 수 있는 사람은 바다로 뛰어내려 어선들 밑에 숨어야 한다고 주의를 주었다. 우리 곁으로 오는가 싶었던 경비선 한 척이 다른 배를 쫓아 뒤따르고 있었다. 기계배였기 때문에 눈독을 들이면 잡히지 않을 수가 없었다. 나는 아내가 탄 배가 잡히지 않기를 기원했다. 그리고 옷을 벗어 쥐고 있었다. 최악의 경우에는 바다로 뛰어내려야 할 것 같았다. 바다 위에서 쫓기고 쫓아가는 작은 배들로 머물 곳이 없을 것 같았다.

바다 경계선을 넘은 것 같았다.

사공이 앉으면서 이제는 안심해도 된다고 말했다. 나는 옷을 다시 입고, 앞 배가 무사하기를 빌었다. 뭍이 나타났다. 모두가 만세를 불렀다. "자유 만세!", "대한민국 만세!" 소리가 여기저기서 터져 나왔다. 사공은 우리에게 잘 가라고 말하면서 빨리 대한민국이 북한을 점령하고 자유를 주었으면 좋겠다면서 돌아갔다.

바닷가에는 여기저기 모닥불이 피워져 있고, 그 불이 있는 곳마다 10여 명씩 둘러앉아 쉬거나, 잃어버린 가족을 찾아 나서곤 했다. 서북청년단들이 거의 조직적으로 탈북자들을 위해 뛰어다니고 있었다. 나는 그중 한 사람을 찾아 내 아내와 애기를 찾아달라고 부탁했다. 약 20분쯤 지났을까. 아내는 그 청년과 같이 내 곁으로 다가 왔다. 같은 배에 타지 못해 미안하고 걱정했다고 말했더니, 애기가 울지 않아 다행이었다면서, 오히려 내 걱정을 하고 있었다면서 마음을 가라앉히는 것 같았다.

불을 쪼이면서 기다리고 있는데, 날이 밝아오기 시작했다. 공기도 하늘도 자유로 가득 차 있는 것 같았다. 탈북자 대기소에서 이틀을 보내고 서울로 이송되어 왔다.

그해 10월에 안착된 곳이 중앙중고등학교의 교사직이었다.

다음 해 봄이었다. 학생들에게 시험 답안지를 나누어 주고 감독하는 시간에 밖을 내다보았더니, 교정에 피어 있던 복숭아나무에서 꽃잎들이 계속 떨어지고 있었다. 그 모습을 바라보고 있던 나는 혼자 속으로 중얼거렸다. "나는 이미 이상주의를 포기하고 있었다." 어렸을 때부터 톨스토이에 심취했고 간디를 존경했던 나는 철없는 이상주의를 신봉하고 있었다. 그런데 지금은 그 이상주의가 나에게서 사라져버린 것이다. 그렇다면 많은 시련을 겪는 동안에 내가 현실주의자가 되었던가? 그렇지는 않아야 할 것 같았다. 안타까웠다. 속으로는 울고 싶기도 했다. 그동안에 나 자신 속에 꽃피우고 싶었던 꿈은 다 사라진 것이었다.

지금은 그것이 휴머니즘의 출발이었던 것으로 받아들이고 있다. 그러나 그때는 모든 꿈이 신기루가 되어버리는 것같이 마음이 텅 비어왔던 것이다.

다시 철학과 현실의 괴리점에서

이런 젊은 시절을 보냈다. 그러나 대한민국에서 겪은 시련은 더 큰 것이었다. 나도 철이 들었으니까 더욱 그러했다.

내가 학문 분야보다도 교육계에 투신해서 좋을 것 같다는 뜻을 세워본 것은 나와 사회의 거리를 접목시켜야 한다는 요청 때문이었다.

내가 겪어야 했던 고민은, 과연 철학 공부가 우리 사회에 무슨 도움을 줄 수 있는가, 철학이라는 상아탑 주변의 작은 공원을 만들고 그 안에서 우리끼리 즐기며 정신적 자족감을 채우려는 과오를 범하는 것이 아닌가 하는 회의가 드리우고 있는 것이었다.

언젠가 신문을 보았다. 친구 김태길 교수가 아들(김도식 교수)이 학업을 마치고 귀국했을 때 아들에게, "학위논문이 무엇이었다고?" 하고 물었다. 인식론에 관한 문제였던 것이다. 아버지인 김 교수는 "그것이 우리 사회에 무슨 필요가 있나?"라고 반문했다는 얘기였다. 아버지가 전공한 윤리학에 비하면 인식문제는 철학계에서는 가장 전통적인 과제이다. 철학계에서는 높이 평가받아야 한다. 그러나 아버지의 현실감각은 그것은 선진국가의 철학계에서 학자 간의 중요과제이지만, 우리 사회는 누가 공감해주며, 또 무슨 도움이 되겠는가 하는 고민스러운 자기반성이었던 것이다.

나도 대학에서는 칸트를 소개하기도 하고 헤겔을 강의하기도 했다.

칸트의 『순수이성비판』은 철학계에서는 고전적 정평을 받는 대표적 저서 중의 하나이다. 철학계가 남겨준 역사적 유산이기도 하다. 그러나 그 책을 읽고 얼마나 많은 사람이 이해했을까? 또 그들이 이해했다고 해서 그것이 우리 사회에 어떤 영향을 주었을까? 어디서 읽었던 생각이 떠오른다. 독일의 천재적인 시인인 괴테의 친구 실러가 괴테에게 그 책을 권했던 모양이다. 괴테는 실러가 권하는 것이면 사양하지 않을 정도로 존경과 신의를 갖고 살았다. 아마 괴테도 『순수이성비판』을 어느 정도는 읽었을 것이다. 그 당시에는 그 책이 지성사회의 교과서와 같이 읽혔으니까. 그러나 내가 예상하기에는 괴테가 그 복잡하고 까다로운 큰 책을 다 읽지는 않았을 것이다. 얼마쯤 읽다가 "그렇게 생각할 수도 있지. 그러나 다른 철학자는 또 다른 의견을 제시할 수도 있을 것이다."라면서 중단했을 것 같다. 괴테의 앞선 지식수준으로서는 칸트의 노고에 공감은 하면서도 그것이 절대적 진리로 받아들여질 것은 아니라고 보았을지 모른다.

칸트의 제2의 저서는 『실천이성비판』이다. 윤리학에 관한 고전이다. 우리도 읽고 강의하곤 한다. 그러나 칸트가 그렇게 치밀하게 논증하고 있는 윤리규범에 관한 내용은 바이블의 "남에게 대접을 받고자 원하는 대로 남을 대접하라."는 교훈과 비교해보면 어떨까 싶은 생각이 들기도 한다.

나는 칸트로부터 많은 것을 배우고 깨달은 바가 컸다. 그것은 내가 철학도였기 때문이다. 그의 철학하는 자세와 삶에 대한 경건한 자세는 무엇보다도 존경스러웠고 경건했다. 내가 인간에게 있어 가장 소중한 삶의 지표는 성실함이라고 믿고 살다가, 성실함보다는 경건함을 더 높이 흠모하게 된 것도 칸트의 유훈이라고 생각한다.

그것이 나에게 혜택을 주었듯이 다른 사람에게도 줄 수 있었을 것이다. 그러나 철학 강의에서는 그 인간적 깊이에까지는 미치지 못했을 것이다.

지금도 철학계의 대표적 논문집인 『철학』이 배달되어 온다. 관심이 있는 부분들을 살펴본다. 후배 학자들의 노고에 고마움을 금치 못한다. 그러나 "이런 논문들이 고뇌를 거듭하고 있는 젊은 학생들과 지성사회에 무슨 도움을 주고 있을까?" 하고 자문했을 때는 자랑스러움은 되지 못한다.

한마디로 말하면 내가 강의하고 가르치고 있는 철학과 사회적 현실 사이에는 큰 정신적 공간이 자리 잡고 있다는 점이다. 마치 기관차가 강북에서 한강 남쪽에 있는 객차나 화물차량들에게, "여기, 나와 우리가 있는 곳까지 오라."고 얘기하는 것 같은 거리감을 느끼는 때가 있다.

문제는 기관차가 객차나 화물차들이 있는 곳까지 돌아가 그 차량들을 끌고 와야 한다. 건너올 다리가 없으면, 다른 학문들, 말하자면 인문학의 넓은 협조를 얻어 다리를 건설하는 책임까지 담당할수 있어야 한다.

그러기 위해서는 기관차의 임무를 맡은 철학자 자신들이 달라져야 한다. 가능하다면 칸트가 독일 철학을 개척했듯이, 우리는 우리자신의 철학문제를 제시하고 해답을 주어야 한다. 철학도들은 주변의 지성인들이 공감하고 접근할 수 있는, 우리의 문제에 대한 철학적 해답을 주어야 한다. 그것을 출발점으로 해서 더 높고 더 넓은 과제로 개척해나가야 한다.

그런데 서양철학을 전공하는 사람들은 그 일이 쉽지 못하다. 선배 교수였던 박종홍 선생의 회고담이 생각난다. 결국은 한국철학을 하고 싶어, 그 방법론을 찾기 위해 서양철학을 연구했다. 겨우 이런 방법을 갖고 접근하면 될 것 같다는 자신이 생긴 것 같은데, 이미 늙어버려서 마지막 못 풀었던 한국철학에는 손도 대보지 못하고 말았다는 것이다. 아직 동양철학이나 한국철학은 누가 더 많이 읽고 아느냐는 단계이지, 철학적 방법론이 없어 학문이라고 보기에는 미숙했다는 견해였다.

우리 세대에 와서는 김태길 교수가 비슷한 학구적 노력을 계승해서 한 길을 열어주는 수고를 감당했던 것 같다. 나 자신은 대학에 있으면서 그런 문제로 고민하다가, 철학의 주류가 되는 이론철학이나 인식론의 문제는 단념하기에 이르렀다. 나의 기초가 없는 능력으로서는 담당할 수도 없었다. 또 어떤 철학자를 연구하는 데 많은 시간을 다 바치는 것도 바람직스럽지는 못했다.

그래서 실천철학이라고 볼 수 있는 윤리, 역사, 종교 분야의 철학을 위해 학구적 노력을 바쳐보고 싶다는 선택을 해보았다. 이런 문제 중의 하나만을 택한다면 전체성을 상실할 것 같았다. 합쳐서 고찰한다면 어떤 공통된 견해와 출구가 보일 것 같기도 했다.

그 하나의 예를 든다면, 시간에 관한 고찰이다. 이론철학의 위치에서 많은 철학자들의 시간관이 주어져 있다. 그러나 실천철학 분야에서 시간문제를 다룬다면 또 다른 차원의 시간관이 밝혀질 것 같은 생각을 했다. 그래서 지금 돌이켜본다면 부끄럽기도 하고, 공감은 얻어도 미숙한 논문 비슷한 글을 써보기도 했다. 「시간의 실천적 구조」, 「시간의 종말론적인 고찰」 등이었다. 실천철학에서 보는 공간문제도 가능할 것 같았으나, 사회학이나 역사철학의 기초가 없었기 때문에 손을 대보지 못했다. 대학 초창기에 관심을 모았던 문제 중의 하나였다.

그러나 그런 관심을 가졌기 때문에 역사철학, 종교철학, 윤리학 등을 강의하는 데 어떤 공통과제가 있었던 것 같은 생각을 하고 있다. 그리고 역사, 윤리, 종교의 문제는 동서양의 간격이 없으며, 과거와 더불어 미래의 문제이기도 했고, 우리의 철학적 과제이면서 인류 전체의 문제이기도 했기 때문이다. 다른 철학자의 학설을 소개해야 하면서도 나 자신의 견해도 삽입시켜야 하는 문제들이었다. 해석과 방법은 다를 수 있어도 모두가 우리 전체의 문제들이기도 했다.

기억나는 선배와 동료 교수들

내가 연세대에 부임한 것은 1953년 34세 때였다. 막상 강의를 시작하고 보니까 내가 학창생활을 할 때 선배가 아닌 스승 격의 교수들이 있었다. 국문과의 최현배, 김윤경, 양주동 교수도 있었다. 최현배 선생과 김윤경 선생은 한글을 위해 일제 때 고초를 겪은 감옥 동창이기도 했다.

그 당시에는 문과대학 안에 반갑지 않은 행사들도 있었다. 교수회는 아니지만 전체 교수들이 회식을 하는 기회가 생기면 여흥이라고 할까, 거의 억지로라도 노래를 부르는 습관이 있었다. 후배 교수들은 그런대로 들을 만한 노래를 부르곤 했다. 영문과의 이봉국 강사는 자진해서 '희망의 노래'를 멋지게 부르기도 했다. 어쩌다가 최현배 교수의 차례가 되면 자기는 부를 노래가 없다고 사양하다가는, 그래도 차례는 지나야 하겠기 때문에 옛날 불렀던 '학도야, 학도야 젊은 학도야'라는 노래를 불렀다. 곡이 있는 것도 아니고, 노래인지 타령인지 구별이 안 되는 노래를 부르곤 했다. 차례가 김윤경 선생이 되면 그 어른은 사양은 하지 않으면서, 나는 교회에서 부르는 폐회 찬송인 3장 찬송밖에 모른다는 것이다. 그렇게 되면 우리는 그 찬송을 부를 바에는 그만두는 것이 좋겠다고 해 웃어넘기기도 했다.

김윤경 선생의 호는 '한결'이었다. 정말로 한결같이 사신 분이다. 평생에 그분이 거짓말을 하는 것을 들어본 사람은 없을 것이다. 연세대학에서 전해 내려오는 재미있는 이야기가 있다. 한 학생이 김윤경 선생의 국어 강의를 들었다. 교양과목이니까 필수였을 것이다. 그 학생이 학점 미달로 그해에 졸업을 못하게 되었다. 운동부 학생이었는지는 모르겠다. 한번은 이 학생이 술에 취해가지고 몽둥이를 들고 김 교수 집을 찾아갔다. 때려준다고 기염을 토했던 모양이다. 사모님이 기겁을 했다. 어떻게 하냐고 걱정했는데, 김 선생이 뜰 안에서 그 학생을 보더니, "자네, ○○ 아닌가! 무슨 시험을 그렇게 보았나. 내가 아무리 점수를 올려주려고 애써보았지만 49점밖에 안 되대. 안타깝지만 할 수 없었네. 조금만 더 잘 보았으면 되는데."

라고 얘기해, 그 학생이 "죄송합니다."하고 돌아갔다는 얘기다.

　나는 김윤경 선배 교수의 가르침을 받은 때가 있었다. 새해가 되어 후배 교수들이 세배를 드리러 갔다. 김 선생은 한 사람씩의 큰절을 받고는 꼭 한마디씩 덕담 비슷한 말을 했다. 내 차례가 되었다. "김 선생은 새해에 무슨 좋은 계획이라도 있으세요?"라고 물어왔다. 나는 심각하게 생각하지 않고, "지금까지는 적지 않은 시간을 방송과 강연 같은 대외적인 행사에 많이 빼앗겼는데, 새해부터는 좀 더 공부하고 강의하는 노력을 해야겠다고 생각하고 있습니다."라고 대답했다. 한 사람씩의 얘기가 끝나고 차를 마시면서 즐거운 시간을 보냈다. 다 끝나고 뜰 안을 거쳐 대문으로 나서는데 김 선생이 나를 따로 찾더니, "김 선생, 아까 얘기하는 것을 들으니까 앞으로는 방송이나 강연을 줄이겠다는데, 그렇게 하지 마세요. 공부는 시간을 따로 만들면 되고 평생 동안 공부할 여유는 있어도, 사회를 위해 봉사하는 일은 누구에게나, 또 언제나 오는 것이 아닙니다. 나도 해방이 되니까 여기저기서 부탁도 오고 초청도 받아서 강연도 하고 방송도 했는데, 몇 해가 지나니까 내가 하고 싶어도 기회가 오지 않았습니다. 다른 사람들과 후배들이 대신하게 되던데요. 그러니까 김 선생도 요청을 받는 대로, 지금 힘껏 봉사하세요. 사회와 나라를 위해 일하는 기회가 언제나 있는 것이 아닙니다. 내 부탁이라고 생각지 말고 일제 때 생각을 해서라도 사양하지 마세요."라는 충고를 했다. 그 어른의 뜻은 엄중했다. 일제강점기를 살아온 옛날의 애국심이 그대로 깔려 있는 당부와 충고였다. 그 표정이 너무 엄숙해서 나는 부친에게서나 느끼는 간곡함을 발견했기 때문에, "말씀에 따르겠습니다." 하고 대답했다. 김 선생은 내 얘기를 듣고는 "고맙습니다." 하고 만족해했다. 나는 그분의 애국심어린 권고를 거절할 수가 없었다. 그렇게 진심 어린 충고일 수가 없었다. 그것이 한 원인이었을까. 그 뒤부터 나는 김 선생을 마음으로 존경하게 되었다. 그리고 지금까지 대외적인 활동을 계속하게 하는 원동력이 되기도 했다. 내 학문보다는 겨레의 앞날이 더 소중한 것은 다시 생각할 문제가 되지 못했다. 고마운 분이었다.

양주동 선생과 나는 특별한 인연이 있었던 것 같은 생각이 든다. 숭실중학에 다닐 때 학생웅변대회가 있었다. 나는 연사는 아니었다. 관심이 있어 참석했다. 심사평은 두 분이 하게 되어 있었다. 숭실전문의 양주동 선생과 채필근 교수였다. 양주동 선생이 먼저 나와 심사평을 하고 수상 후보를 지명했다. 그 뒤를 이어 등장한 채 교수가 "이런 심사평은 나보다 양 선생이 적격자입니다. 양 선생은, 좀 미안하지만, 주둥이가 둘이어서 말씀을 잘하시는데, 나는 입이 하나밖에 없어서 말을 잘 못합니다."라고 말해 청중 모두가 폭소를 한 일이 있었다.

그것이 내가 양 선생을 처음 뵌 때였는데, 지금은 같은 교수직을 맡게 되었던 것이다. 그 시절에는 양 선생의 인기는 대단했다. 언론계는 물론 심지어 결혼식 주례까지 양 선생의 이름이 없는 곳이 없었다. 그분은 일찍이 향가 연구의 업적으로 일본 학계에서도 "최초의 한국 학자다운 인물이 나왔다."고 평가했을 정도였다. 그러나 양 선생은 누구보다도 달변가였다. 박식했을 뿐 아니라 강연을 하게 되면 마음대로 웃기면서도 흥미 있는 강연을 하곤 했다. 아마 우리 나라에서 그분만큼 많은 강연을 하고 성공한 분은 적었을 것 같다.

그러나 가까이 지내보면 그분은 어린아이 같은 순진하고 소박한 면도 있고, 개인생활에서는 그 자세를 그대로 노출시키는 것이었다. 자기 자랑을 즐겼고 체면 같은 것은 생각지 않았다. 영문과의 최재서 교수는 지나가다가 복도에서 양 교수를 만나면 고개를 돌리고 지나가곤 했다. '저런 체면 없고 창피스러운 이가 어떻게 교수가 되었나?' 하는 자세 같기도 했다. 그래서 어디 가나 재미있는 에피소드를 남기곤 했다.

한번은 안병욱 교수가 나에게, "양주동 선생이 젊었을 때는 유도 선수였다는데, 김 선생도 그것을 알고 있었어요?"라고 물었다. 내가 "금시초문인데요. 아닐 겁니다. 그분이 운동을 했을 것 같지도 않고, 더욱 유도 같은 운동은 못했을 겁니다."라고 말했더니, 안 교수가 "아니에요. 학생들한테 강연을 하면서, 내가 이래 봬도 젊었을 때는 유도가 4단이었다고 말했다던데요?"라는 것이었다. 안 선생도 미심쩍기는 했던 모양이다. 대학에서 만나면 한번 물어보라는 부탁이었다.

내가 학교에서 양 선생을 만났을 때, "양 선생님 젊었을 때에는 무슨 운동을 하셨어요? 유도가 4단이리고들 그러던데요?"라고 물었더니, "내가 무슨 운동을 해? 운동할 시간이 있었나?"라는 것이었다. "지난번 강연을 하시면서, 내가 젊었을 때는 유도가 4단이었다고 하셨다면서요?"라고 물었더니, "누가 그래? 이야기하다가 한 번 웃기느라고 후라이 까본 것이지."라는 대답이었다. 아무것도 아니라는 듯이 웃어넘기는 것이었다.

전두환의 신군부가 들어서고 얼마 되지 않았던 때로 기억하고 있
다.

어느 날 새벽녘에 전화가 왔다. 미국에 사는 애들이 무슨 일이 생
겨서 전화를 했는가 싶어 전화를 받았다. 들려오는 목소리는 "김 교
수요? 나 양주동올시다."라는 것이었다. 무슨 일로 이렇게 이른 시
간에 전화까지 주셨느냐고 물었다. 양 선생은 "신문에서 보셨지요?
내가 대학(당시 동국대학에 적을 두었다)에서 쫓겨났습니다. 반정
부 교수 명단에 올랐다고 해서 정부에서 해임시켰어요."라는 것이
었다. 내가 "어떻게 되었던가요?"라고 물었더니, "지난번에는 나는
빠지고 다른 교수들만 이름이 올라 좀 창피했거든요. 그래서 이번
에는 내 이름을 제일 앞자리에 넣어달라고 했지요. 그랬는데 정부
에서 해임시킨 겁니다. 그래서 많이 걱정을 했어요. 여러 가지 생각
을 했는데 내가 실업자가 되면 어떻게 하겠어요. 먹고살기는 해야
겠고. 밤새도록 생각해보았는데, 김 교수께 한 가지 부탁을 해야겠
어요. 김 교수는 여기저기서 강연 부탁을 많이 받고 있는데, 그 강
연의 절반쯤을 좀 나한테로 양보해주세요. 다른 방법이 없어 그럽
니다."라는 것이었다. 나는 "오래지 않아 다시 복직하게 될 것입니
다. 그 여러 교수가 다 직장에서 떠나면 되겠어요? 그리고 부탁하신
것은 저도 고려해보겠습니다." 하고 위로해드렸다.

거리감 없이 나 같은 후배에게 부탁해오는 마음이 고맙기도 하
고, 또 '저렇게 순진한 분이 어떻게 학문적 업적을 쌓았는가?' 하는

생각에 잠기기도 했다.

한때 그 당시 지성인들의 사랑을 받고 있던 월간지 『사상계』에서, 서울대의 이숭녕 교수와 양 교수가 논쟁을 벌인 일이 있었다. 국립대학의 대표적인 국문학자와 사립대학을 대표하는 연세대 교수의 논쟁이었기 때문에 독자들의 관심이 대단했다. 후에 들려오는 이야기들에 따르면 양 교수의 판정승이라는 평이었다. 이 교수보다는 다양하고 폭넓게 논쟁을 전개시켰던 것 같아 보였다.

나는 여러 교수와 많은 사람을 대해보았으나, 연세대의 백낙준 총장과 양주동 교수만큼 기억력이 탁월한 사람은 없었다고 기억한다. 양 선생은 기억력이 대단한 분이었다. 한번은 교수 휴게실에서 양 교수가 혼자 중얼거리고 있는데, 우리말도 아니고 영어 같기도 한 발음이었다. 내가 "선생님 지금 외우고 있는 것이 어떤 것입니까? 음악의 가사는 아닌 것 같고…"라고 물었다. 양 선생은 "듣고 있었소? 내가 대학 때 외우고 읊었던 키츠의 시가 생각나서 읊어보는 것입니다."라는 것이었다. 대학원에 다니던 미국 학생의 얘기를 들으면 영어 단어는 양 교수가 자기보다 더 많이 알고 있다는 것이었다.

당신이 언제나 자랑하는 대로 대한민국 국보 제1호이기는 하나, 그렇게 소박한 인간미는 벗어나지 못하고 있었다.

내가 1960년대, 1970년대에 지방 강연회에 가보면 항상 자주 만나는 교수들이 있었다. 숭실대의 안병욱 교수와 고려대의 조동필 교수이다. 나와 안 교수는 비슷한 내용의 강연을 하지만 조동필 교수는 경제학 분야를 맡고 있었다. 조 교수는 언변도 좋고 경제학교수답게 재정적 보수도 잘 이끌어내는 편이었다.

한번은 제주도로 강연을 간 일이 있었다. 나보다 먼저 강연 연단에 나선 조 교수는 강연을 하다가, "여러분, 경제적 가치도 다 같은 대접을 받는 것은 아닙니다. 우리를 초청하는 경제단체의 책임자들은 사장들이니까 수입이 많지 않아요? 아마 요릿집에 가면 팁으로 주는 돈만 해도 몇 십만 원 될 것입니다. 그런데 저 같은 교수가 와서 강연을 하면 힘껏 해야 30만 원 정도 주겠지요. 저는 괜찮아요. 그것도 감사해야지요. 그러나 저와 같이 온 김형석 교수님은 그렇게 대접하면 안 되지요. 그런 분이 돈 바라고 오셨겠어요? 여러분을 위해 이곳까지 마다하지 않고 오셨지요. 그런 분에게 30만 원이면 안 되지요. 제주시민 여러분의 체면을 위해서라도."라고 말한다. 그러면 청중들은 모두 웃음을 터트린다. 그러면 조 교수는 "그 얘기는 더 하지 않겠습니다. 알아서 하시겠지요."라면서 강연 줄기를 다른 데로 돌리곤 한다. 내 옆에 와서는 "50만 원이야 주겠지."라고 귓속말을 한다.

그래서 안병욱 교수는 강사료가 적을 때는 "조동필 교수가 다녀간 뒤에 올걸 그랬네."라면서 웃곤 했다.

모두 옛날얘기다. 두 분이 다 내 곁을 떠났다. 조 교수는 오래전이고.

한번은 우이동 아카데미하우스에서 강연회가 있었다. 100명 정도의 대졸 회사원들이 모였는데 공교롭게도 연대와 고대 출신이 대부분이었다.

조동필 교수가 먼저 강연을 했다. 강연 도중에 "여러분 교수생활이 좋은 줄 아세요? 이렇게 2시간씩 강연을 하고 나면 전신의 에너지가 다 빠져나간다고요. 기진맥진해 집에 돌아가면 마누라는 또 못살게 요구해오지요. 강연이 얼마나 힘든 줄은 모르고."라고 얘기해 온통 웃음바다로 만든다. 목소리가 좋기 때문에 처음부터 마지막까지 기를 올리면서 정부 욕도 하고 사회를 비난하기도 한다. '나쁜 자식들', '엉터리 같은 친구들' 같은 욕설도 삼가지 않는다.

10분 쉬고는 내 차례가 되곤 한다.

나는, "여러분! 조 교수님 말씀에 피곤하셨지요? 목소리가 크면 듣는 사람들이 힘들어지는 줄 잘 알면서도, 조 교수님은 아직 조교수밖에 안 되기 때문에 젊어서 그렇습니다. 나는 정교수가 되고도 10년이 지났으니까 여러분을 위해서 조용조용히 할 테니까 힘들이지 말고 가만히 들으면서 함께 생각해주세요. 조동필 교수님도 나같이 정교수가 되면 크게 떠들지 않을 것입니다. 아직 젊어서 그렇지…."라고 응수하면 연대 출신 사원들이 박수를 치면서 야단을 한다. 저녁 시간이 되면 조 교수는 이렇게 말한다. "나도 김 선생같이 힘들이지 않고 조용히 얘기하면 좋은데, 그렇게 안 된단 말이야…." 라면서 습관을 고칠 수는 없는 것 같다고 얘기해온다. 나는 나보다 연장인 조 교수에게 "나도 젊었을 때는 조 선생같이 떠들었다고요. 지금은 나이 들어서 그렇지…."라면서 웃곤 했다.

생각해보면 그 시절이 그리워지기도 한다.

철학계의 삼총사 이야기

'삼총사'라는 말은 프랑스의 작가 뒤마의 소설로부터 시작되어 널리 사용되고 있다. 1884년에 발표된 작품이다.

1960년대에서 약 20~30년 동안에는 우리 주변에서 다른 분야보다는 철학계가 정신계와 독서사회에서 영향력이 컸던 것 같다. 『사상계』에서 활동하다가 숭실대학의 교수가 된 안병욱 교수가 그 한 몫을 차지했고, 내가 가담했는가 하면, 미국에서 돌아와 연세대를 거쳐 서울대 철학과 교수가 된 김태길 교수의 역할이 사회적으로 평가를 받았던 것 같다.

김태길 교수는 학문과 학자다운 업적을 남겼고, 안병욱 교수는 사회활동에 많은 노력과 공헌을 했다. 나는 그 중간쯤에 해당하는 위치를 차지했다. 나는 여러 가지 활동 면에서 안병욱 교수와 자주 만나면서 가까워졌고, 김태길 교수와는 연세대의 인연도 있고 남다른 우정을 나누면서 지냈다. 그러나 안 교수와 김 교수는 가까이 지낼 시간이 많지 않았다. 그래서 나와 안 교수, 나와 김 교수는 아주 가까운 사이였으나, 김 교수와 안 교수는 약간 거리가 있었을 것 같다. 그래도 같은 철학도였고 직간접적으로 떨어질 수 없는 사이여서 밖에서 보면 차이점보다는 공통점이 더 많았다.

우리 셋 모두는 대학 강의와 더불어 전공 분야에도 큰 차이가 없었다. 그리고 서울대, 연세대, 숭실대에서 차지하는 비중도 비슷했다. 지금도 숭실대 졸업생들은 안 교수를 따라 숭실대에 갔다는 이들이 많이 있다. 한때 안 교수는 흥사단에서 활동하기도 했다. 도산 안창호를 많이 흠모하고 있었다. 또 고향이 북한 평안남도 용강이어서 나와 동향이기도 했다. 우리 둘 다 평양에서 중고등학교 교육을 받았고, 같은 기간에 일본에 건너가 철학공부를 했다. 김태길 교수는 충청도가 고향이었다. 비슷한 때에 일본 도쿄대학에서 수학을 한 공부꾼이었다. 후에 서울대에서 대학을 끝내고 미국으로 가 존스홉킨스대학에서 윤리학을 전공했다. 정년퇴임 후에는 '성숙한 사회 가꾸기 운동'을 주도하기도 했다.

우리 셋은 1920년 동갑이다. 한번은 셋이 모여 생일을 따진 일이 있었다. 김태길 교수는 연하의 동생뻘이 되는 것을 피하기 위해, 자기는 선친이 호적을 늦게 신고했기 때문에 생년월일이 실제와 어긋난다고 했다. 내가 "나도 그런데 실제는 언제냐?"고 물었더니, 1920년 정월 초하루 0시 2분이라는 것이다. 그래서 내가 "그래도 2분의 양심은 남아 있네."라고 웃었다. 그러니까 김 교수가 제일 연하의 동생인 셈이다. 한번은 대구의 경북대학에 같이 강연을 간 일이 있었다. 내가 학생들에게 "경상도 분들이 예절 바르다는 말은 들어왔으나, 오늘 보니까 모든 면에서 예의를 지키는 것을 보고 감탄했습니다. 연하의 동생인 김태길 교수를 먼저 강단에 서게 하고, 형님뻘 되는 나는 그 뒤에 강연하는 것이 순서라는 것을 잘 보여주어서 고맙습니다."라고 했더니 학생들은 폭소를 했고 김 교수는 뒷자리에서 "그 얘기를 하려고 나보고 좀 더 앉아 있으라고 그랬어?"라고 중얼거리기도 했다.

지금은 내 생일이 음력 3월, 안병욱 교수가 음력 6월, 김태길 교수가 양력 12월로 밝혀진 셈이다.

　김태길 선생은 강연보다는 문장력이 좋은 편이다. 모든 글들이 모범생답게 쓰여 있을 정도이다. 안병욱 선생은 문장도 좋고 강연도 훌륭한 편이다. 그리고 서예를 했기 때문에 달필이기도 하다. 나도 강연과 문장 모두가 뒤지지 않는데 글씨는 몹시 악필이다. 내 큰아들과 김 교수의 외아들은 철학교수가 되기도 했다. 내 아들은 운동을 좋아해서 정구를 치기도 했다. 김 교수도 정구를 오랫동안 즐겼다. 나보고는 80이 넘어서도 정구 실력을 자랑했는데, 다른 사람의 얘기를 들으면 실력은 늘지 않았다는 것이다. "나는 정구를 안 치는 대신 내 아들은 정구를 치라고 했어. 아마 김 교수보다 잘 칠걸…."이라고 했더니, "그래도 아들이 아버지보다는 훌륭하구먼, 정구를 칠 줄도 알고…."라면서 정구 자랑을 했다. 안 선생은 말년에 요가를 좀 했다. 나보고도 건강에 좋다면서 물구나무서기의 모범을 보여주기도 했다. 나는 운동이랄 것은 못 되고, 그래도 건강을 위해 무슨 운동이라도 해야 좋을 것 같아서, 가벼운 수영을 시작했다. 자유로운 시간에 부담 없이 할 수 있겠다고 생각했다. 시작하고 보니까 중단할 수가 없어 30년 동안 조금씩 계속해왔다. 그것이 도움이 되었는지 모르나 내가 더 오래 많은 일을 할 수 있어 다행이라고 생각한다. 한편으로는 혼자 남아 죄송스럽기도 하고.

　두 친구와 같이 지내다 보면 충청도와 평안도의 기질이 그렇게 다를 수가 없다. 안 선생은 무슨 생각이 떠오르면 다 얘기해버린다. 남겨두는 것이 없어 그 생각과 속마음을 누구나 짐작할 수가 있다.

그러나 김 선생은 양반스럽게 3분의 1쯤 얘기하고는 눈치를 보면서 다음 이야기를 꺼내기 때문에 그 깊이를 짐작하기 어렵다. 아마 우리 셋의 자녀 세대들은 서로 만나면 그런 구별은 모를 것이다. 다 대한민국 서울에서 자랐으니까.

비교를 해서 하는 얘기는 아니지만, 머리가 좋기는 김태길 선생이 앞선다. 나와는 수십 년 지나는 동안에 악의 없는 기 싸움을 많이 했다. 그때마다 내가 지곤 했던 것을 보면 김 선생의 사고력(?)이 앞섰는지도 모른다.

나만 아는 한 가지 비밀을 말해두면 그분의 면모를 보는 데 도움이 될 것 같다.

김 교수는 반세기가 넘는 동안, 단둘이 만나기만 하면 자기가 나보다 미남자라는 얘기를 한다. 1960년대 중반쯤이었을까. 한번은 나보고 "김 선생은 KBS TV 같은 데 출연하면 한 번에 출연료를 얼마씩 받았소?"라고 물었다. "지난번 갔을 때는 36만 원을 받았던 것 같은데요."라고 했더니 "왜 그렇게 적나? 내가 받은 사례금의 반밖에 안 되네."라는 것이다. "그렇게 많이 올랐어요? 나도 최근에 다녀왔는데…."라고 했다. 잠시 후에 김 교수는 "아 참! 내가 잘못 생각을 했군. 김 선생은 출연료는 있어도 플러스알파가 없어서 그랬구나."라는 것이다.

"무슨 출연료에 플러스알파가 있나? 세금을 감하기는 해도…."

"그건 김 선생은 모를 거야. 얼마 전부터 있어."

"무언데?"

"글쎄, 얘기해도 잘 모를 거야. 실은 우리 몇 사람에게는 미남 수당이 따로 있는데, 김 선생은 그것이 없어서 그런 것을 내가 미처 생각을 못 했네…."라는 것이다. 내가 웃고만 있으니까, 김 선생은 "그건, 비밀일 거야. 나도 다른 사람들이 누군지는 잘 몰라. 몇 사람 안 될 거야. 아마 신성일 배우쯤은 끼어 있을 것 같고…."라면서 내 표정을 살피는 것이다. 마치 그 표정이 "오늘은 한 방 먹었지?" 하는 것 같았다.

한 가지만 더 추가하기로 하자.

그로부터 10년 가까이 지났을 것이다. 다른 이야기들을 하다가 내가 "참, 얼마 전에 혜화동에서 강남으로 이사를 갔는데, 지금 간 곳은 환경이 좋으세요?"라고 물었더니, "환경도 좋지만, 또 다른 이유가 있어서 이사를 했어."

"이사 가는데 무슨 이유가 있어요? 대학이 가까우니까 편하겠지만…."

"아니 그런 이유는 아니고…. 김 선생, 혹시 강남에 미남 미녀들만이 사는 단지가 있다는 얘기 들으셨어요? 아마 잘 모를 겁니다. 강북에야 기자촌이나 있고 교수단지는 있어도…. 최근에 강남에는 미남, 미녀만이 사는 특수지역이 생겼어요. 나도 입주하라고 해서 간 거예요."

"또 무슨 얘기를 하고 싶은지는 다 아니까 그만합시다."

"그래, 와보지 못했으니까 믿어줄 리가 없지. 혹시 미인 도금봉 여배우라고, 이름은 들어보셨어요? 내가 바로 그 옆집에 살고 있어요."

"무슨 뜻인지 모르겠네요. 결국은 김 선생이 미남자라는 것을 인정받고 싶어 하는 얘긴데, 내가 기회만 있으면 김 교수가 자신을 최고의 미남자로 믿고 있다고 선전할게요."

"이미 다 알려진 사실이니까, 김 선생까지 수고해주지 않아도 되고…, 그저 그렇다는 것만 알아주면 됩니다."는 것이었다.

후에 알고 보니까, 연예인들이 모여 사는 지역으로 이사를 갔던 것 같았다.

이런 얘기를 다섯 번쯤 들었다. 그 마지막은 노무현 대통령이 취임하고 얼마 안 되었을 때까지 계속했으니까, 수십 년의 숙원(?)이었던 것 같기도 하다.

한번은 광화문에서 사회 원로들이 모인 일이 있었다. 약간 늦게 참석한 김 교수가 내 맞은편에 앉으면서, "김 교수님, 넥타이가 아주 좋은데 양복에도 잘 어울리고…, 내가 백화점에서 고를 때는 그렇게 잘 조화가 될 줄은 모르고 사서 보냈는데…."라는 것이다.

아마 서영훈 선생의 말이었던 것 같다. "다른 사람들이 두 분 사이가 각별하다는 것은 알고 있으나, 넥타이까지 선물해 주시곤 합니까?"라면서 감탄 섞인 말을 했다. 다른 사람들도 '그거 참…' 하는 눈치였다. 하기야 그렇게 말하는 김태길 교수의 지세기 충청도 양반같이 점잖았으니까, 누구나 믿었을 것이다. 때로는 근엄스럽기도 했으니까.

나는 아무 말도 하지 않기로 했다. 또, 넥타이를 사 주고 싶은 마음은 가지고 있을 정도로 서로 위해주고 있으니까. 몇 사람의 관심을 끌어놓고는 "요사이는 바빠서…. 이전에는 여러 가지로 도와주곤 했지요."라면서 마치 자기가 내 형님이나 보호자라도 된 듯이 으스대는 것이었다.

나는 져주기로 했다. 그런데 옆에 앉았던 분이 "김태길 선생이 김 교수보다 몇 해나 연상이 되세요?"라고 물어왔다. 나는 또 참았다. 그저 "그건 김태길 선생이 더 잘 알고 있습니다."라고 넘겨버리고 말았다.

모두가 우리의 우정에서 우러나오는 옛날의 얘기들이다.

우리 셋이 80대 후반에 들었을 때였다. 안 선생이 나에게, "지금까지 서로 바빠서 자주 만나지도 못했는데, 새해부터는 우리 셋이서 1년에 네 번쯤, 춘하추동에 한 번씩 모여 얘기라도 나누면 좋을 것 같습니다. 김 교수님이 나보다 더 자주 만나니까, 김태길 교수께 한번 연락해보시면 어떻겠어요?"라는 전화를 했다. 나도 좋겠다고 공감했다. 김 교수에게 전화를 걸어 그 얘기를 했다. 나는 반가이 응해줄 것으로 믿었다.

전화를 받은 김 교수는 "좋기는 한데, 또 다른 생각도 해보셨어요? 지금 우리 모두가 90이 가까워지는데 오래지 않아 누군가 먼저 떠나가지 않겠어요? 그러다가는 혼자만 남고…. 가는 사람이야 모르고 가겠지만 남는 사람은 어떻게 합니까? 누군가는 혼자 남을 텐데…. 그저, 이대로 소식만 전해 들으면 되는데, 다시 정을 쌓았다가 헤어질 때는 더 힘들고 부담을 주게 되고요. 다 같은 시기에 가는 것도 아니고, 마지막 남을 사람은 어떻게 하고요?"라는 것이다.

안 선생에게 그 얘기를 했더니 안 선생도 "그렇겠네요. 한 가지만 생각했는데, 그 말씀이 맞네요."라는 의견이었다.

그래서 그 모임은 성사되지 못했다. 몇 해 뒤인 2009년 5월에 김태길 선생이 우리 곁을 먼저 떠나갔다. 먼저 갈 것을 예감했을까 싶었다. 4년 후에는 병중에 있던 안 교수도 세상을 떠났다.

두 교수를 보내고 나 혼자 남았다. 지금은 얘기를 나눌 친구들도 없어졌다.

혼자 남는 것이 이렇게 힘들고 허전할 줄은 몰랐다. 한 가지 위로가 되는 것은 때가 오면 나와 안 교수는 양구 호숫가 공원에 함께 잠들도록 예정되어 있는 약속이다.

5

교육에 대하여

다시 교육에 대한 관심을

중앙중고등학교를 떠나 연세대로 올 때는 교육보다 학문을 생각하고 있었다. 대학에서는 연구와 강의가 중심이었기 때문이다. 그러나 세월이 지나는 동안에 학문은 교육정책과 동떨어져 있을 수가 없고, 교육정책은 정치문제와 별도일 수가 없다는 생각이 점차로 강하게 느껴지곤 했다. 우리 청소년들이 교육다운 교육을 받지 못하고 있는데, 대학에 마음 편히 안주할 수도 없었다. 당장 대학입시 문제는 어떻게 하는가 하는 것이 한국 교육과 대학의 장래와 직결되어 있기 때문이다.

대학이 연구와 학문의 상아탑이라는 관념은 오래전에 사회 여건이 단조롭고 문화적 수준이 높은 사회에서는 가능했으나, 우리와 같은 후진사회에 있어서는 정치, 교육, 학문이 모두 한 지붕 밑에서 복합적으로 자라거나 병들어버리는 환경이었다.

다행인지, 없어야 했는지는 모르나, 나는 초등학교, 중고등학교, 대학교 교육을 다 받아왔으면서도, 또 그 세 단계의 교육자로 머무는 체험을 했기 때문에 교육에 대한 관심은 높을 수밖에 없었다. 뿐만 아니라 여섯 애들에 대한 관심도 소홀히 할 수가 없었다. 가난한 농촌교육의 체험도 겪어본 셈이다.

그 과정과 더불어 내가 직면했던 문제들을 정리해보아야 할 것 같기도 하다.

해방이 되면서 북한은 공산사회를 위한 이념교육이 전부이면서 절대목표였기 때문에 인간교육이나 민주교육은 버림을 당하고 말았다. 러시아가 공산사회로 변전되었다가 지금의 러시아로 복귀되면서 1세기 동안 경주해왔던 이념교육이 얼마나 무의미했는지를 살펴보면 쉽게 이해할 수 있는 사례이다. 나는 혼자 생각하곤 했다. 서구문화의 흐름이 영국, 프랑스, 독일, 러시아를 거쳐 미국으로 뻗어갈 것이라고 믿고 있었다. 그것이 역사의 흐름이었다. 내 제자로 서울대학의 교수가 된, 나에 비하면 젊은 편이었던 세대들도 같은 생각을 하고 있었다. 톨스토이, 도스토예프스키, 차이코프스키를 아는 사람들은 그런 역사의 흐름을 공감했을 것 같다. 그러나 불행하게도 러시아는 공산주의를 선택한 후유증으로 그 대열에서 벗어나고 말았다. 한 세기를 빼앗긴 셈이 되었다. 북한이 그와 같은 과정을 밟고 있어 안타까운 마음이다.

대한민국은 해방 이후 상당히 오랜 기간을 일제 식민지 시대의 교육을 연장해온 셈이다. 그 주역을 맡은 교육자의 대부분이 일본식 교육을 받았고, 일제 때 사범학교와 고등사범학교 출신들이 그 중심 역할을 맡기도 했다. 나 같은 사람은 기독교 교육을 받기는 했으나, 그 정신적 전통을 이어받지 못하고 있었던 것이 사실이다.

그러는 와중에 지금은 잊힌 하나의 사건이 생겼다. 6·25 전쟁 때 일이다. 우리 정부가 부산에 내려가 있을 때, 당시 문교부장관이었던 것으로 기억되는 백낙준 박사가 미국에 요청해 교육사절단을 청원했던 것 같다. 5명의 미국 교육사절단이 뽑혀 우리의 교육을 돕기 위해 한국에 왔던 일이 있었다. 그 당시에 나는 중앙학교 교감으로 있었기 때문에 그 사절단과의 공동 세미나에 참석하게 되었다. 초등학교 교장과 중고등학교 교감이 의무적으로 참석하도록 되어 있었다.

그 공동 세미나의 목적은 전통적인 한국식 교육과 일본식 교육 외에는 경험해보지 못한 교육자들에게 서구식 새 교육을 접목시켜야겠다는 당면과제 때문이었다.

나는 그 과정을 겪으면서, 스승과 부모를 공경하고 뒤따르면 된다는 과거의 교육에서 스승과 제자, 부모와 자녀가 함께 가는 교육으로 변화한 것이 가장 큰 변화라고 받아들였다. 서구식 새 교육은 상하관계가 아닌 평행관계이며, 가르치고 배우는 것으로 그치지 않고 대화도 할 수 있는 교육의 2차원적 자세를 갖는 것이라고 받아들였다. 지시에 따르는 제자나 자녀가 아니고, 대화하고 협력해서 같이 가는, 교육의 기본입장을 바꾸는 것이라고 공감했다.

그러나 그것으로 그쳐서는 안 된다. 앞으로 한 걸음 더 전진한 미래 교육은 제자들과 자녀들을 앞세우고 스승과 부모들은 뒤에서 도와주는 교육으로까지 진전해야 한다는 암시를 받았다. 어린이들이 자라는 과정과 절차에 따라, 또 어린 학생들의 성장과정과 더불어 '나를 따라오라'는 단계에서, '이제는 함께 가자'는 단계가 되고, 늦기 전에 '너희들이 앞서고 우리는 뒤에서 도와줄게' 하는 변화는 필수적이라고 느껴지기도 했다.

그때 있었던 한 가지 '우문현답(愚問賢答)' 같은 우스운 일이 기억에 떠오른다.

한미 교육 공동 세미나가 끝나는 마지막 대회가 부산 초량에서 열렸다. 단상에 자리 잡고 앉아 있는 교육사절단에게 우리가 질문을 하는 시간이었다.

서울에서 온 한 초등학교 교장이 질문을 했다. "당신들은 반 학생이 까불고 말썽을 부릴 때는 어떻게 벌을 줍니까?"라고 물었다. 사절단원들은 대답을 보류하고 서로 마주 보다가 한 사람이 대답을 했다. "우리는 그런 학생들 때문에는 걱정하지 않습니다. 이번에 미국의 대통령으로 당선된 아이젠하워가 초등학교에 다닐 때 그런 학생이었습니다."라고 대답했다. 모두가 웃었다. 그러나 그런 고민거리가 아직은 우리 교실에 남아 있는 것 같기도 하다.

그런 일이 있은 지 4년쯤 후에 나는 연세대학교로 갔다. 그때는 박정희 정권이 완전히 자리 잡기 전이기도 했고, 교육을 모르는 사람들이 교육정책을 수립하니까 정부와 교육계, 특히 정부와 대학

간의 간극은 우리도 모르는 동안에 점점 심해져가고 있었다. 그 해결을 맡은 사람이 교육계의 원로들이었고 문교부의 당사자들이기도 했다.

그때까지 연세대학교 문과대학에는 교육학과가 정착되지 못했다. 그러니까 자연히 서울대학교 사범대학 출신의 교수들이 연세대 교수로 와 있었다. 또 우리 동료 교수들도 교육계의 전문가들이니까 교육의 이념과 방향 설정에는 잘못이 없을 것이라고 생각했다. 일부 미국이나 간혹 유럽에서 교육학을 전공했거나 관심이 있었던 교수들이 있었으나, 군사정권이 되면서 그들의 주장과 세력은 점차로 약화되었던 때였다.

1971년 10월에 있었던 일이다. 박정희 대통령의 뜻이었을 것이다. 전라북도 전주에서 전국교육자 및 교육학자대회가 열렸다. 정부에서는 박 대통령의 뜻을 받들어 '과학하는 교육'의 진로를 개척하려는 계획을 추진했다. 그 당시 그 선택은 옳았고, 그 결과도 좋았다. 그런데 그 회의에서 뜻하지 못했던 한 가지 결정이 내려졌다. 그렇게 중요한 회의에서 사립 초등학교를 폐지하자는 건의안이 채택된 것이다. 상상도 할 수 없는 제안이 보도 내용으로 전해졌다.

나는 학교에 갔다가 우리 대학의 교육학과를 책임 맡고 있던 H 교수에게 "어떻게 그런 터무니없는 제안을 했느냐?"고 물었다. 그것도 교육학자들의 제안이었던 것이다. H 교수는 "아마 리라초등학교와 같이 스쿨버스로 통학하는 특수층 교육을 방지하기 위해서 그랬을 것이다."라는 대답이었다. 나는 한층 더 놀랐다. H 교수도 그 주동자 중의 한 사람이었을 것 같았다. 얘기를 종합해 짐작해보니까, 박 대통령이 그런 특수층 사립학교가 생기는 것을 좋아하지 않았기 때문에 그의 의도에 맞추기 위해 제안한 것 같았다. 그런 결의안을 제출하고 통과시킨 학자들이 서울대학교 사범대학 출신들이었던 것 같다.

연세대 교육학과에 또 다른 두 교수가 부임하게 되었다. 두 분 모두 서울대 사범대학 출신이었다. 연희전문학교 때부터 연세대에는 교육학과가 없었기 때문이다. 그러나 H 교수는 정년으로 대학을 떠났고, 두 교수도 지방대학 책임자로 부임하기 위해 떠났다.

나는 같은 학과는 아니나 오랫동안 함께 일하는 동안에 그분들을 포함한 국립대학 출신들이 상당히 관(官) 지향적인 성향이 강하다는 사실을 발견했다. 관 지향적이라는 것은 정치성에 공감하고 있다는 뜻이다. 출세욕이 많으며, 더 높은 직책과 지위를 잠재적으로 원하고 있다는 뜻이다. 그들은 정부나 교육부의 정책을 비판하거나 반대하지 않는다. 대통령이나 장관의 뜻을 따르면서 이용하고 있는 듯싶은 성향이 우리와는 달랐다. 같은 뜻에서는 아니나 내 친구였던 안병욱 교수는 언제나 야당적 성격이 강했다. 그러나 김태길 교수는 안 교수에 비하면 훨씬 정부 측에 가깝곤 했다. 나나 안 교수는 우리도 모르게 우리 일터에는 구별되는 두 영역이 있어서 선택과 비판은 불가피하다고 믿고 있었다. 그러나 김태길 교수는 주어진 한 밭에서 일하면 된다는 생각이 더 많았던 것 같다. 장단점이 두 편에 다 있다. 그래서 좋은 것이다. 나의 단순한 생각인지도 모른다. 유진오 고려대 총장이나 김태길 교수 같은 분들은 공립학교와 국립대학을 이어왔기 때문에 한 밭에서 자란 셈이고, 나 같은 사람은 사립학교에서 자랐기 때문에 생긴 결과인지도 모르겠다. 그래서 나는 자녀교육을 이끌어갈 때 국공립학교에서만 교육을 받는 것을 좋아하지 않는다. 사립학교에 다녀보는 경험이 있으면 좋다고 생각한다. 미국 사회가 다양한 다원사회를 육성할 수 있었던 것은 사립학교의 교육, 특히 미국을 이끌어가는 대학들이 대부분 사립대학이기 때문이 아니었는가 싶은 생각을 갖는 때가 있다. 공산사회에는 사립대학이 없다. 미국에서는 얼마 전부터 사립대학을 앞지르려는 주립대학들이 성장을 거듭하고 있다. 이런 현상은 부러울 정도다.

먼저 이야기로 돌아가는 것이 좋겠다. 우리 교육학과의 그런 현상을 보면서, 박정희 대통령이 자유로운 대학교육을 체험해보지 못했기 때문이 아닐까 생각했다. 그분은 일제 때 초등학교 교사 양성기관으로 당시 수재들이 입학하는 대구사범을 나온 것으로 알고 있다. 그 후에는 일본 육군사관학교에서 교육을 받았을 것이다. 그렇기 때문에 자유로운 인문학이나, 일본식 교육의 한계를 넘어선 정신 및 사상교육을 체험해보지 못한 단점을 안고 살았다. 그것이 잘못이라고 생각지는 않는다. 그러나 그런 과거 때문에 대학을 포함한 세계적 교육의 흐름에는 동참해보지 못한 것은 사실이다. 그리고 박정희 대통령은 군 지휘관으로 있었기 때문에 하향식 명령을 배제하거나 극복할 수 없는 정신적 체질로 자란 편이다. 그렇다고 해서 교육을 교육자들에게 맡길 수 있는 성격과 통치수단을 갖춘 것도 아니었다. 그런 상황에서 사범대학 출신의 교육계 교수나 교사들이 박 대통령 밑에서 그 교육정책을 그대로 따른다면 대한민국의 교육은 어떻게 되겠는가. 그렇지 않아도 우리 대학에 와 있던 교육학과 출신 교수인 학생처장이 여학생들에게 교복을 입히자는 주장을 해서 나 같은 사람까지도 반대했던 일이 기억에 떠오르기도 한다. 어떻게 그런 발상을 했고, 그것을 학칙화하려고 했는지 모르겠다. 나는 그렇게 생각하고 있었다. 그것도 교육학을 전공한 분이.

그러는 동안에 나의 편견이 아니기를 바라면서도, 군 출신 대통령과 그 밑에서 순종만 하는 서울대 사범대 출신의 합작으로는 우리나라의 교육계가 잘못될 수도 있다는 혼자만의 생각을 굳히게 되었던 것이다.

물론 그런 교육이 필요한 시기였다고 변명할 수는 있다. 그러나 대학교육까지 그렇게 될 수는 없는 것이다. 대학은 대학의 자유와 자율을 지켜야 한다.

몇 가지 사건들

나는 철학과 소속이었기 때문에 자세한 내용은 잘 모른다.

백낙준 총장이 교양과목의 세 주류인 인문학, 사회과학, 자연과학 분야의 기초과목을 '사람과 사상', '사람과 사회', '사람과 자연'의 세 영역으로 구분하여 교재를 개편하면서 학과목 명칭을 새로 제정한 일이 있었다. 대학의 기초과목이 지금도 그 셋으로 나누어져 있다. 문과대학, 사회과학대학, 자연과학대학으로 불리고 있을 정도다.

그런데 얼마 후에는 그 세 기초학의 학과목과 명칭이 사라져버리고 말았다. 들려오는 이야기로는 교육부에서 왜 규정에 없는 명칭을 만들어 혼란스럽게 하느냐고 반대했던 모양이다. 심지어는 대한민국 교육부가 더 높으냐, 연세대학이 더 높으냐며 불쾌감을 드러내 연세대학이 양보했다는 것이다.

그것이 사실이라면 우리나라 교육부는 큰 문제가 된다. 오히려 교육부가 연세대학의 선택과 정책을 다른 대학에 알려주면서 참고해보라고 권했어야 한다고 생각한다. 미국에서는 전통적인 2학기 제도를 4학기 제도로 바꾸기도 하고, 내가 아는 대학은 3학기 제도를 택하기도 했다. 하버드와 같은 2학기 제도는 유지하면서 겨울의 한 달은 한 과목만 집중적으로 수업하는 제도였다. 그 한 달 한 학기에는 프랑스 어학이나 문학을 택한 학생들은 프랑스에 가서 머물기도 했다. 내가 아는 그 대학의 교수는 동양학을 선택해서 중국에서 20일 동안 체류하기도 했다. 대학정책연합회에서는 그런 사례들을 종합해 널리 알려주어 선택에 도움을 주곤 했다. 지금은 어떨지 모르겠다. 어떤 대학이 학기제를 제 맘대로 바꾼다면 교육부가 어떻게 나올지 모르겠다.

또 하나의 사건이 있었다.

정부에서 필수적으로 '국민윤리'를 교양과목으로 하여 전 대학생이 수강하도록 하라는 지시가 떨어졌다. 박정희 정부의 의도나 방향이 전적으로 잘못되었다는 것은 아니다. 그 당시에는 그 요청이 필요했을지도 모른다. 그러나 세계적인 추세에서 본다면, 그것은 뒤처진 선택이다. 중고등학교라면 용납될 수 있을지도 모른다. 그러나 대학의 정신적 영역은 세계와 인류를 단위로 삼아야 한다. 대학에서는 국민교육이라는 개념은 있을 수 없다. 한때는 초등학교를 국민학교로 호칭하기도 했다. 지금 생각해보면 역사를 역행하는 처사이기도 하다. 민주주의 사회에서는 용납되기 어려운 착상이다. 그렇다고 정부의 지시를 반대할 수는 없었다. 그래서 우리 철학과에서는 국민윤리 대신에 '인간과 윤리'라는 교재를 만들었다. 인간문제는 세계적인 공통과제이고, 윤리는 인류와 통하는 문제이기 때문이다. 그래서 철학과가 그 과목을 담당했다. 내용은 윤리학개론을 취급했던 것이다.

세월이 지나는 동안에 교육부는 '국민윤리'를 철학과가 아닌 교육학 전공을 한 교수의 몫으로 전환시키기 시작했다. '국민윤리'가 국민교육의 과제라는 이유에서였다. 최근에는 교육학 전공과 철학 전공 진영에서 어느 편이 적합한가를 가리는 상황이 된 것으로 전해 듣고 있다. 아마 수적으로 열세에 몰리는 철학과가 판정패의 위치로 몰려 있는 것 같다.

그러나 대학에서는 '국민윤리'는 필요한 학과목이 아니다. 전 세계가 윤리학으로 통하고 있다. 윤리는 인간과 인류의 보편적 과제이다. 국가마다 그들의 국민윤리를 내세운다면 어떤 결과가 되겠는가. 열린사회로 가는 세계사를 역행하는 결과가 된다.

또 하나의 사건은 「국민교육헌장」의 제정과 선포였다. 아마 일본의 「교육에 관한 칙어」를 본떴는지 모른다. 일본에서는 우리의 「국민교육헌장」에 해당하는 내용을 일왕이 직접 선포하여 모든 학교에서 국가적 행사 때마다 낭송하게 하곤 했다. 그 선언문의 내용은 서울대 철학과의 박종홍 교수가 주도해 작성했다. 나도 한번은 그 마지막 단계를 위해 참석해본 일이 있었다. 그것이 꼭 필요했느냐고 물으면 누구도 긍정적인 대답을 할 자신은 없었을 것 같다. 그렇다면 불필요한가? 반드시 그렇다고 말할 수도 없었을 것이다. 한 모임에서 "당분간은 도움이 되겠지만 언젠가는 그보다 더 중요한 내용이 사회적으로 요청되기 때문에 그때는 버림을 받게 될 것이다."는 의견을 내놓은 일이 있었다. 그 때문에 당시의 교육부장관의 비위를 건드리지 않았나 싶기도 했다.

결국은 안 해도 될 일을 했던 것으로 귀착되고 말았다.

전두환 정권 때 또 한 가지 큰 정책이 결정되었다.

전국적으로 수능고사를 치르고, 그 성적이 대학입시의 결정적 역할을 하는 제도였다. 사실은 누구도 그런 착상은 못했을 것이다. 컴퓨터가 보편화되면서 그 방법의 가능성이 인정받게 된 것이다. 그즈음에는 서울대 사범대학 출신이 아닌 E 교수가 교육부를 맡고 있을 때였다. 그분은 철학과 교수이면서 독일에서 교육철학을 관심 있게 연구한 것으로 스스로 인정하고 있었다. 한국교육학회 회장으로 출마한 일도 있었던 것으로 알고 있다.

쉽게 생각하면 몇 십만 명을 동시에 국가가 관리해 시험을 보게 되면, 컴퓨터의 도움을 받아 채점하기도 쉽고 가장 공정한 채점 결과가 나올 수 있다. 각 대학은 그 성적에 따라 신입생을 선발하면 된다. 부정이나 불공평을 걱정할 필요도 없어진다. 선택할 수 있는 최상의 방법으로 등단(登壇)하여 채택되었다. 그리고 30여 년 동안 그 방법을 개선해가면서 오늘에까지 이르고 있다.

앞으로도 그 제도는 폐지되거나 근본적으로 개선되는 일은 없을 것 같다. 그러나 교육적으로 깊이 살펴보면, 그 방법에는 장단점이 있을 뿐 아니라 오래 지속하면 할수록 비교육적인 요소가 점차로 커질 수도 있다.

초등학교 때는 90퍼센트까지 동일한 교재에 따른 같은 내용의 교육을 해도 괜찮다. 교육의 보편적인 기초를 위한 것이기 때문이다. 그러나 중학생이 되면 서서히 개성과 자기 개발의 길을 찾기 시작한다. 누구나 다 같은 교육과 인생의 길을 걷는 것이 아니다. 고등학생이 되고 상급반에 이르게 되면 뚜렷한 자아의식과 자기 능력의 방향을 정하게 된다. 적어도 대학에 진학하기 위해서는 그 과정이 절대적이다.

그 학생들이 대학에 진출한다는 것은 각자가 자기 길을 선택하는 것이다. 그렇게 하지 못하는 학생은 대학에 가서도 즐겁게 공부하며 성공하는 인생을 찾기가 힘들어진다. "백 사람에게는 백의 길이 있다." 같은 인문학 분야를 선택하더라도 모두가 제각기의 인생과 직업을 갖는 것이 인생이다.

그런데 각자가 자기 길을 가야 할 학생들을 성적에 따라 한 줄로 서게 한다면, 그 획일적인 사고와 가치관이 그들의 인생에 얼마나 큰 영향을 미치겠는가. 색다른 얘기가 되는 것 같다. 일본에서는 노벨문학상을 받은 사람들이 도쿄대학 출신들이다. 또 그 수준에 속하는 그 대학 출신의 작가들도 적지 않다. 일본 사람들은 누구나 잘 알고 추앙하는 작가 아쿠타가와도 도쿄대학 출신이다. 그런데 해방 후 지금까지 서울대학에서는 국민들의 존경을 받는 소설가나 시인이 배출된 적이 없을 정도다. 학생 수준이 낮아 그런 것은 아니다. 선택의 방향과 방법에 잘못이 있었던 것이다.

교육에서 가장 위험한 것은 획일적 사고와 가치관이다. 수십 만 명의 학생을 한 가지 방법으로 취급한다는 일 자체가 주는 폐해가 잠재해 있음을 알아야 한다. 물론 수능시험 출제관의 차이는 있다. 그러나 백 사람이 백의 학문과 인생을 선택하는 데 약간의 구별을 두었다고 해서 만족해서는 안 된다.

우리가 잘 아는 대로 미국의 명문대학에서는 입학생을 선발할 때, 학업성적은 절대적이거나 큰 비중을 차지하지 않는다. 학업성적과 예능 분야도 참작하며, 신체적 건강도 중요한 조건이 된다. 인간관계에 있어서의 리더십도 큰 비중을 차지한다. 그리고 반드시 봉사정신과 경험은 필수적이다. 대학을 다닌다는 것은 지도자의 길이며, 지도자에게 필수적인 것은 사회에 대한 봉사정신이다. 학업성적은 그 다섯 가지 중의 하나인 셈이다.

내가 잘 아는 한 한국 가정이 버지니아비치에 있었다. 그 아들이 참 우수한 성적으로 고등학교를 졸업했다. 그 부모는 자신을 갖고 하버드, 프린스턴대학 등에 지원했는데, 다 떨어졌다. 결국은 부모가 세금을 내는 버지니아의 주립대학으로 갔다. 그렇다고 해서 그 학생이나 학부모가 왜 우리 애는 떨어지고 성적이 낮은 학생은 입학이 되었느냐고 질문하거나 항의하지는 않는다. 고등학교 때 성적이 인생을 결정짓는 것이 아니며, 고등학교 때의 성적이 대학에서 하는 학문의 가능성을 갖추는 것도 아니기 때문이다.

우리가 수능시험을 개선했다고 해서 수십만 명을 네 줄, 다섯 줄로 세우면 된다는 사고방식은 인정될 수가 없다. 시험제도를 위해 학생들을 묶어놓기보다는 그 학생들 한 명 한 명의 장래를 위해주어야 한다.

내가 잘 아는 어느 후배 교수는 아들과 딸이 고등학교 3년 동안 수능시험 준비에 매달리는 것을 볼 수가 없어서, 애들이 고등학생일 때 국제적으로 인정받고 있는 미국의 고등학교에 교환학생으로 보내 2년 동안 미국 가정에 홈스테이하면서 공부하도록 이끌어주었다. 그곳에서는 그런 시험만을 위한 교육은 받지 않기 때문이다. 그 후에는 미국 대학에서 학업을 계속하고 있다. 우리의 고등학교 학생들은 시험을 위한 준비교육에 매달려 자율적인 교육은 받지도 못하며 자력으로 자신의 길을 찾아가지도 못한다. 어떤 학생의 고백이다. 독서를 해야겠다 싶어서 교과목 외의 책을 읽고 있었는데, 그것을 본 선생이 "수능시험이 내일모레인데 책을 읽고 있으면 어떻게 하느냐?"고 나무랐다는 것이다.

또 다른 문제도 있다.

수십만 명을 채점하기 위해서는 컴퓨터의 힘을 빌릴 수밖에 없다. 그러기 위해서는 객관식 문제를 제출하여 정확한 하나의 답을 얻어야 한다. 그렇게 되면 학생들은 모든 문제의 정답으로 주어진 하나의 답을 얻어야 한다. 그러니까 많이 알아서 기억하는 학생이 우수한 성적을 얻도록 되었다. 마치 사법고시를 준비하는 학생들이 법전을 외워야 하는 것과 큰 차이가 없다. 그러니까 기억력이 우수한 학생들이 좋은 성적을 얻게 된다.

그렇게 되면 기억력보다 소중한 이해력과 사고력은 측정할 수 있는가? 심리학자들의 주장도 그렇지만, 체험해본 사람들은 동양 학생의 기억력이 16-17세까지 왕성히 자란다고 보고 있다. 그 후에는 기억력보다 이해력이 폭넓게 증대한다. 그 기간은 그렇게 길지 못하다. 그다음에는 대학 상급반이 되면서 사고력이 오래 자라게 된다. 그렇다면 대학생을 선발하기 위해서는 그 학생들의 이해력과 사고력을 측정할 수 있어야 한다. 그럼에도 불구하고 객관적 답을 위해 기억력에만 중점을 둔다면 우수한 대학생을 어떻게 식별할 수 있겠는가.

수능시험제도를 계속한 지 몇 해 뒤부터 그 결과가 나타나기 시작했다. 서울대학 교수들의 얘기다. 수능시험 성적에 따라 신입생을 선발했더니 두 가지 결함이 나타났다는 것이다. 학생들이 시험 공부만 할 줄 알지 학문하는 자세를 모르고 있다는 것이다. 오히려 대학 3, 4학년이 되니까 수능성적이 좋았던 학생의 성적이 뒤지고, 입학 때 수능 성적이 낮았던 학생이 앞서는 성적을 차지했다는 것이다. 시험 준비 교육에 매달려 있는 동안 자율적이고 창의적인 사고력이 약화되었다는 것이다.

그 당시에는 나도 대학에서 강의를 하고 있었다. 연세대학에서도 수능시험 성적과 대학 공부의 성적이 역행했다는 통계가 나왔다. 대학에서는 이해력과 사고력이 중요하지, 기억력에 따라 많이 알면

되는 식의 공부는 학문이 되지 못한다. 그즈음에 한번은 서울대 사학과의 한우근 교수를 만났다. 이런 걱정을 하다가 더 놀란 것은 서울대학 국사 전공 대학원 지망생이 2명밖에 없다는 걱정이었다. 그렇게 되면 서울대학의 존재의미가 어디 있다고 생각해야 하는가. 개성과 학문보다는 시험 성적 위주의 교육을 했던 것이다.

고등학교의 교육도 그 자체가 목적은 되지 못하고 대학입시를 위한 수단과 방편으로 격하되고 말았다. 딸을 키우는 부모가 누구네 집에 시집보내기 위해 딸을 거기에 맞추어 키우는 법이 어디 있는가. 부모라면 소중한 딸을 그의 개성과 인격에 맞게 키워 인격적인 삶을 살도록 돕는 것이다. 그렇게 되면 신랑감을 가진 가정에서 선택하는 것이 순리이다. 수능시험의 절대성이 고등학교 교육을 목적이나 수단으로 격하시킨 것이다. 심하게 말하면, 한창 자라야 할 청소년들을 시험의 굴레로 구속하는 결과까지 초래한 것이다.

이런 폐단을 개선하기 위해 고안해 낸 대안이 주관식 문제의 보충이었다. 학생들의 이해력이나 사고력을 높여주며, 그들의 개성을 키워야 한다는 교육적 책임에서였다. 그러면 주관식 문제는 누가 출제하며 채점하는가? 그것은 컴퓨터의 기능을 초월하는 것이다. 학생들을 선발하는 대학의 임무가 된다. 그래서 한때는 주관식 문제는 대학에 돌려주어야 한다는 개선안을 내놓기도 했다.

그렇다면 주관식 문제가 어느 정도 그 학생의 사고력과 창의성을 찾아 개발할 수가 있는가? 그래서 한 발 더 앞서게 된 것이 논술고사인 것이다. 인문학이나 사회과학 분야에 있어 우수한 학생을 선발하는 방법은 논술고사가 가장 적절하다고 본 것이다. 지금은 그

단계에까지 도달하고 있다. 앞으로 어떻게 될지는 누구도 모른다. 또 그 책임을 맡아야 한다는 기구도 걱정하는 사람도 없는 것 같다.

오래전에 있었던 사실 하나를 소개하겠다.

미국에서 고 3에 해당하는 학생이 여름방학을 이용해 한국에 왔다. 가능하다면 두 가지 문제를 찾아보고 싶었던 것이다. 하나는 한국의 학생들 안에서 왜 반미감정이 증가되고 있는가 하는 조사였다. 다른 하나는 세계에서 한국에만 있는 제주도의 해녀들에 대한 연구였다. 그 학생은 조사한 두 가지 중 한 연구 내용의 개요를 한국일보의 자매지인 영자신문에 발표했던 것으로 알고 있다.

그 학생은 대학에 입학원서를 제출할 때 그 논문을 첨가하여 제출했다. 그 학생은 예일대학에 합격이 허락되었다. 고등학교 때 연구가 인정을 받았던 것이다. 그 학생은 지금 미국의 상위권 대학의 의과대학 교수로 재직하고 있다.

우리와는 너무 거리가 먼 입학제도이다. 대학에 가서 입학시험을 보는 일 자체가 없으니까.

그렇다면 이런 국가적 행사인 수능시험을 그대로 존속하는 것이 좋은가, 아니면 더 크게 개선해야 하는가.

결론부터 얘기한다면, 대학입시의 주체는 대학이어야 한다. 중고등학교에서는 모르나, 대학의 자율성 없이는 국가교육의 앞날을 창의적으로 이끌어갈 수가 없다. 모든 대학은 자기 학생들을 스스로 선발할 기준이 있어야 한다. 정부나 교육부가 주관할 문제가 아니다. 정부는 그 일을 뒤에서 도우면 된다. 사실은 중고등학교도 교육은 교육자 자신이 책임져야 한다. 박정희 대통령이 서거하고 정부의 공백기가 생기면서, 당분간 임시정부가 그 임무를 대행한 일이 있었다. 그때 길지 않은 기간이지만 이화여대 김옥길 총장이 교육부장관의 책임을 맡은 일이 있었다.

김 장관이 한번은 중고등학교 교장들에게 "민주주의 교육은 여러분 자신이 책임을 지고 이끌어가야 한다. 정부는 그 일을 도우면 된다."고 말했다. 그 얘기를 들은 한 교장이 "시키는 일도 따라가기 힘든데, 어떻게 교장이 그 일을 다 할 수 있나?"라고 걱정스러운 고백을 한 일이 있었다. 군사정권 당시의 교육부는 그런 교장이 많이 생기면 정부가 그 교장들을 이끌어가면 된다고 생각했을지 모른다. 그래서 교육공무원들은 학생들을 직접 가르치기보다는 교육행정관이 되기를 원했다. 지금도 그런 경향을 어디서나 볼 수가 있다. 심지어는 전교조를 비롯한 교직원 단체들도 또 하나의 행정적 위치를 차지하기 원하는 것 같다. 학생들을 사랑하는 사람이 교육 책임을 맡아야 한다.

옛날에 있었던 일 한 가지까지 기억에 떠오른다. 충청도의 어떤 초등학교 교사가 나한테 보내온 편지가 있었다.

그 선생의 호소였다. 학교에서 담임 반 학생들을 가르치기에도 시간이 없는데, 행정부 각 기관에서 오는 공문을 받아 처리하는 일이 산적해서 학생들과 교실에서 마음 놓고 시간을 가지는 일도 어렵고, 학업을 끝내고 학생들을 귀가시킨 다음에는 그런 공문 처리를 위해 긴 시간을 빼앗기게 된다는 호소였다. 교육계의 상부기관만이 아니다. 군청에서도 여론조사를 하라고 지시하기도 하고, 심지어는 면사무소에서까지 심부름을 시킨다는 것이었다. 마음 편히 사랑하는 제자들을 가르쳤으면 좋겠다는 호소였다.

그런 글을 나한테 보낸 이유가 있었다. 자기네들은 호소할 곳도 없고 누구도 상대해주지 않으니까, 교수님께서 이런 걱정에 동의하시면 여론에 호소해달라는 요청이었다.

그 당시는 그러했다. 중고등학교에서도 그랬고, 대학에 대한 요청도 있었으니까. 그래서 그 교사의 편지를 한국일보로 보내 게재한 일이 있었다.

지금도 모든 대학이 정부에서 주는 예산 때문에 대학의 행정 담당자들은 교육부의 동정을 살펴야 하는 상황이다. 대학교육은 정부가 자진해서 모든 권한을 대학에 돌려주어야 한다. 어떤 이들은 일부 대학의 비리는 누가 감독하느냐고 걱정한다. 대학 안의 비리를 관에서 처리해주기를 바라는 대학이 있다면, 그런 대학이 어떻게 사회와 국가적 사명을 책임질 수 있겠는가. 또 한두 대학의 부정과 비리를 견제하기 위해 모든 대학의 자율성을 억제한다면, 국가의 장래는 어떻게 되겠는가. 그런 비리는 언론과 사법기관이 맡아야 할 것이다.

그렇다면 수능시험은 어떻게 했으면 좋은가? 우선 전국적으로 국가적 행사처럼 추진하는 것은 바람직스럽지 못하다. 1년 내내 수험준비를 했던 학생이 그 하루 이틀 동안에 병에 걸리거나 하는 부득이한 사정으로 또 1년을 고생해야 한다면 어떻게 되겠는가. 한때는 외국어 청취를 위해 비행기 통과 지역과 시간을 걱정했던 일까지 있었다.

앞으로는 선진국들이 시행하는 것같이 특수한 과목, 특히 수학이나 외국어 같은 과목을 위해 교육계와 사회가 공인할 수 있는 기관에서 1년에 3, 4회씩 공개시험을 치르게 하고, 그 성적을 요청하는 대학 지원자들이 그 공인된 성적표를 제출하면 된다. 대학은 그것들을 참고자료로 삼아 그 객관적 성적과 실력이면 해당 대학의 입학조건에 적합한가를 평가하고 학생을 받아들이면 된다. 그러면 대학은 따로 시험을 보지 않아도 된다. 지금과 같이 한두 점이나 두세 점의 차이로 당락을 결정짓는 것만큼 위험한 것은 없어져야 한다. 한 인간의 일생에 관한 평가를 한 차례의 시험 점수로 평가한다는 것은 공정성과 객관성을 위해 인간을 점수화하는 과오를 범하는 결과가 된다.

그리고 대학은 그런 성적들을 참고자료로 삼는 것은 좋으나, 합격과 불합격의 척도로 삼아서는 안 된다. 내 제자 중에 의사인 안광원 교수가 프로비렌스에 살고 있었다. 그 아들이 하버드대학에 1차라기보다는 특차로 합격된 일이 있었다. 그 학생은 고등학교 때 성적이 상위권에 속했다. 학생회장을 한 경험으로 리더십을 인정받았다. 봉사활동에서도 많은 업적을 남겼다. 정구 선수이기도 했다. 확실치 않으나 예능 분야에서도 상당한 조예를 갖추고 있었을 것이다. 하버드는 그 학생을 키우면 아메리카의 지도자의 위치로까지 성장할 것으로 믿었던 것이다.

나는 연세대학교 문과대학에 있으면서 문학이나 예술을 전공해서 성공한 학생들이 학교 공부보다 독서와 상상력 증진을 위해 더 많이 노력하는 것을 얼마든지 보아왔다. 그들이 그 분야에서 사회적 업적을 남긴 것은 학과목보다도 과외활동으로 볼 수 있는 노력의 결과였던 것이다.

교육문제는 끝나지 않았다

YS 대통령 때의 일이다.

그 당시에는 중고등학생들의 폭력범죄 사건으로 사회 전체가 걱정하고 있었다. 일본에서도 같은 문제로 교육계가 대안을 내놓지 못하고 있었다.

우리 정부에서는 이 문제를 교육부의 문제이기보다 사회 전체가 관심을 가지고 해결해야 한다는 여론이 높았다. 그래서일까. 당시는 정계 제2인자라고 불리던 김종필 씨가 책임을 맡아 교육의 개혁 방안을 모색하게 되었던 것 같다.

교육계와 사회 유지들을 초청해 청소년 학생들의 폭행문제를 어떻게 치리했으면 좋겠는가 하는 세미나라고 할까, 경청회를 연 일이 있었다. 63빌딩에서 20여 명이 모였던 것 같다.

초청을 받아 갔더니 대부분 총리를 지낸 사람들, 교육부장관이나 대학 총장을 맡았던 연로한 원로들이 모여 있었다. 관직이 없었던 사람은 나와 김태길 교수뿐이었다. 실무자가 그 당시 이세기 국회의원이었던 것으로 보였다. 그가 나와 김 교수 옆으로 오더니 다른 분들의 얘기는 이미 사회적으로 다 알려져 있으니까, 두 분께서 기탄없이 말씀을 해주면 좋겠다는 귀띔을 해주기도 했다.

내 차례가 되었다. 나는 두 가지 제안을 했다. 하나는 교육 전반에 걸친 문제이고, 다음은 중고등학교 폭력에 관한 구체적인 사례에 대한 발언이었다.

처음의 문제를 위해서는 초등학교부터 중고등학교를 거쳐 대학을 끝낼 때까지 인도주의 정신과 인간에 대한 존엄성, 그리고 경건한 정신적 가치와 자세를 잠재적 기초로 삼은 교재 및 강의에 학생들이 들어가도록 하자는 제안이었다. 수신(修身)이라고 해도 좋고, 윤리(倫理)라는 명칭을 쓰고 안 쓰는 것보다는 생명에 대한 존엄성, 인격적 가치의 고귀성, 친구와 다른 사람에 대한 존경심, 서로 사랑하는 삶의 가치 등을 교재 및 강의의 기초로 삼고 싶다는 뜻이었다. (그때는 강조하지 못했으나) 그러기 위해서는 중고등학교에서는 학생들에게 위인전이나 존경하는 사람들의 자서전 또는 전기를 몇 권씩 꼭 읽게 하고, 대학에서는 고전을 읽어 폭넓은 휴머니즘에 동참하도록 이끌어주자는 평소의 소신을 얘기했다. 인간목적관과 인간애의 정신을 교육의 바탕으로 삼는 일이 너무 적었다는 지적이었다.

두 번째는 시급한 중고등학교 학생들의 폭력문제에 관한 것이었다. 이를 위해서는 중고등학교 기간 동안에 사랑이 있는 봉사경험을 갖게 하자는 주장이었다. 선진국에서는 이미 다 실천하고 있는데도 우리는 공부에만 매달려 더 소중한 인생의 체험을 소홀히 하고 있다는 지적이었다.

몇 가지 얘기 중의 하나였다. 그 이전에 내가 군정신교육 지도위원 책임을 맡았을 때의 경험이다. 군대생활 안에서는 우리가 알기도 하고 모르기도 하는 사건들이 자주 벌어지곤 했다. 우리 위원회에서는 그 방지책이 무엇인가를 찾아야 하는데, 마땅한 결론이 나오지 않았다. 남녀문제도 있고, 계급의 상하관계도 떠오르곤 했다. 그렇게 여러 가지 문제를 취급하다가 한 가지 예상 못했던 사실이 발견됐다. 그것은 중고등학교 연령대에 사회봉사에 가담한 경험이 있는 군인들은 부대생활을 하는 동안에 폭력이나 범죄 사실이 나타나지 않았다는 통계였다. 그 당시 사회적으로 유행했던 보이 스카우트나 YMCA 회원으로 봉사경험이 있었던 이들은 청년이 되어 군대에 있으면서도 불미스러운 행동이나 범죄를 저지르지 않았다는 결론이었다. 그들은 남에게 도움을 주거나 봉사를 하지 못해도, 적어도 다른 사람에게 고통과 피해를 주는 일은 저지르지 않았던 것이다. 그래서 선진국에서는 그 연령의 학생들에게는 선하고 아름다운 인간관계를 높이 평가하며 봉사활동을 의무화하고 있다는 내용을 예시하기도 했다.

그런 뜻이 공감을 얻을 수 있었다. 그래서 한때는 중고등학교 학생들을 봉사활동에 의무적으로 동참하게 하고, 심지어는 점수를 주기도 했다. 그러나 그 결실은 뜻대로 채워지지 못했다. 여유가 있는 집 어머니들은 자동차에 애들을 태워 가서는 어머니가 대신 봉사를 하고 점수만 따는 일까지 생겼다. 애들은 공부를 더 많이 시켜야 성적도 오르고 좋은 대학에도 간다는 욕심 때문이었다. 오히려 위선적인 결과를 가져오기도 했다.

물론 학부모의 책임도 있으나, 선생님들이 교육의 의미를 이해하지 못했던 것이다. 제자들의 인격과 장래는 위하지 않고, 상급학교에 입학시키기 위해서는 수단방법을 가리지 않았던 것이다. 일류대학에 입학시키기 위해 학생들의 소질과 개성을 무시하기도 했다. B급 대학에 갔으면 행복과 성공을 누릴 수 있는데, 적성에 맞지도 않는 A급 대학의 전공할 수 없는 학과를 강요하는 일까지 있었다. 생각해보면 학교의 명예를 위해 학생들의 인생을 이용했다고 해도 과언이 아닐 정도이기도 했다.

교육의 평준화는 필요한가

박정희 대통령 때의 일이다. 대통령은 청와대에 있으면서 북한의 현실들을 국민들보다 더 잘 알고 있었을 것 같다. 그 당시 우리는 북한 방송을 듣는 것까지도 금지되어 있었다. 북에서는 모든 중고등학교가 평준화되어 있다고 선전했다. 사실은 그런 것은 아니다. 만경대에 있는 유가족학교는 북한의 지도자들의 유가족이나 현직 간부들의 자녀들이 다니는 곳이다. 귀족학교라고 보아도 좋을 것이다. 그 학교를 거쳐 김일성대학을 졸업하면 북한 사회의 지도자로 진출하게 되어 있다. 공산정권 초창기에는 지주, 사장, 종교계 지도자들은 성분이 나쁘다고 하여 그 자제들은 원하는 교육을 받을 권리까지 누리지 못했다. 지금도 성분이 좋지 못한 가정의 어린이들은 지방에서 교육다운 교육을 받지 못한다.

그러나 평양 시내나 대도시의 중고등학교에는 우리와 같은 입시경쟁은 없다. 모든 교육이 행정기관의 획일적인 계획대로 진행된다. 그런데 우리는 그렇지 않았다. 경기중고등학교나 서울중고등학교, 경기여고나 이화여고는 학부모와 학생들의 선망의 대상이 되어 있었다. 정치가나 장관의 자녀들의 꿈이기도 했다. 그래서 입시경쟁은 도를 넘어 극성에 가까울 정도였다.

그것을 본 박 대통령은 우리도 저런 입시경쟁에서 오는 사회적 갈등을 줄이고 모두가 가까이 있는 학교에 갈 수 있는 교육제도를 찾을 수 없겠는가 하는 뜻을 표명했던 것으로 추측된다. 그래서 교육 행정가들이 내놓은 방안이 소위 일류학교들을 격하시켜서 평준화하자는 방법을 택한 것이다. 언론과 일부 교육계에서는 하향식 평준화라는 말까지 나왔다. 그것은 북한식 평준화와 맥을 같이할 수 있는 것이었다.

물론 그것이 백 퍼센트 나쁘다는 것은 아니다. 사회생활에는 100과 0의 중간이 없는 논법은 존재하지 않는다. 중간이 있을 뿐이다. 물리학자들은 흑과 백은 이론적 개념이지, 존재하지 않는다고 본다. 존재하는 것은 흑과 백의 중간인 회색일 뿐이다. 하향식 평준화가 필요한 경우도 있을 것이다. 그러나 생각해보면 그것은 크게 잘못된 교육정책이다. 내가 아들딸 여럿을 키우는 아버지가 되었다고 상상해보자. 그 애들 가운데 한둘이 우수하고 앞선다고 해서 그 우수성을 억제하거나 빼앗는 일은 할 수가 없다. 처진 아이들을 더 잘 키워서 우수한 애들로 올라갈 수 있도록 돕는 것이 부모의 마음이다. 사랑이 있기 때문이다.

경기나 이화 같은 학교를 더 많이 만들면 입시경쟁의 걱정은 감소되는 것이다. 교육은 언제나 선의의 경쟁이 있어야 한다. 교육은 정치의 대상이 아니다. 인간적 사랑에서 이루어지는 것이다.

지금 이야기는 옛날 일이다.

노무현 정권 때 있었던 일도 이야기해서 교육계와 사회의 평을 받고 싶은 마음이다. 소망스러운 교육을 위해서.

우연한 기회가 생겨서, 노무현 정권의 정치 및 사상과 교육의 브레인이라기보다는 지도력을 갖고 있다는 원로 교수의 발표를 듣게 되었다.

그가 교육정책을 얘기하다가, "지금은 중고등학교 평준화는 잘 진행되고 성공하고 있으나, 앞으로는 국립대학의 평준화 과제가 남아 있고, 사립대학의 평준화까지 가능해지면 우리의 교육개혁은 완성된다."고 하는 것이었다. 그 발표를 들으면서 나는 그 말이 무슨 뜻이고, 무엇을 지향하고 있는 것인지 전혀 이해할 수가 없었다.

지금 세계적인 큰 과제는 어느 사회와 국가가 유능하고 탁월한 사상가와 지도자를 키워내는가를 경쟁하고 있으며, 대학 경쟁에서 뒤진 나라가 성장과 발전에서 낙후된다는 사실을 모두가 걱정하고 있다. 그런데 우리는 대학까지 평준화한다는 것이 무슨 뜻인지 알 수 없었다.

나도 공감하고 있었으나, 후배 교수의 얘기가 생각난다.

150년 전에는 누구도 미국이 독일을 앞지를 것이라고는 생각지 못했다. 독일 학계와 사회가 너무 앞서 있었기 때문이다. 그런데 지금은 앞으로 100년 동안에 독일이 미국보다 앞서는 나라가 될 것이라고 믿는 사람은 없을 것 같다. 그 큰 원인은 어디 있는가? 우리가 보기에는 대학 경쟁에서 독일이 졌다는 것이다. 한국식으로 말하면, 독일은 평준화된 국립대학들뿐인데, 미국은 한 대학의 예산이 독일 대학의 몇 대학보다도 앞서는 재원을 가지고 인재를 키워내고 있다는 얘기였다.

그 교수는 독일에서 학위를 받았고 강의도 하다가, 지금은 한국에서 대학에 봉직하고 있다. 학회나 세미나 관계로 여러 번 미국을 다녀본 뒤에 나보고 하는 얘기였다.

지금은 전 세계가 대학 경쟁을 하고 있는데, 우리는 대학의 평준화까지 주장하고 있었던 것이다. 정치적 성향이 지나치게 강해지면 대학교육까지 관할 지배해야 한다는 과오를 범하는 것 같다. 그런 상황은 종교적 근본주의에 빠지게 되면 교육 방향을 상실하게 되는 것과 비슷하다. 세계 역사에 크게 역행하는 모순인 것이다.

다른 이야기 하나만 추가해보기로 하자.

일부 교육학자들이 자신들이 전공하는 분야의 연구 업적을 너무 확대시켜가는 것도 먼저 문제와는 대조적으로 비판의 대상이 되기도 한다.

나는 한때 강연회를 위해 서울 주변을 자동차로 내왕하는 일이 자주 있었다. 그 시간을 이용해 주로 KBS 방송을 듣곤 했다.

그 당시의 얘기다. 지금 그분의 성함은 기억하지 못하나, 여자 교육학자가 어린이들을 영재나 천재로 키우는 방법을 선전에 가까울 정도로 강의하곤 했다. 자연히 욕심스러운 어머니들이 아들딸들을 잘 키우기 위해 경청하면서 질의응답을 하는 장면들도 있었다. 강사인 여교수는 차분하게 여러 가지 세심한 주의와 가르침을 주곤 했던 기억이 떠오른다. 모두가 그럴듯한 이야기이며, 그렇게 키우면 우리 애들도 영재나 수재는 물론 가능하다면 천재가 될 수 있을 것 같다는 희망적인 내용이었다.

물론 그 교수의 얘기는 좋다. 버릴 것은 없다. 연구가들의 통계와 노력에서 얻은 결과들이다. 그런데 내 옆에서 나와 함께 열심히 듣고 있던 사람이, "저 교수님의 자녀들은 영재나 천재가 될 수 있을까요?"라고 물었다. 나는 웃으면서, "힘들 겁니다. 나도 욕심을 부려보았는데, 자녀교육은 지식보다도 지혜가 필요하고, 지혜보다는 자녀들의 인격과 장래를 걱정해주는 것이 더 좋았던 것 같습니다."라고 얘기한 일이 있었다.

애들을 키우는 것은 거대한 과일나무를 가꾸는 것보다 몇 배나 더 복합적이고, 환경의 영향력도 강하다. 한두 가지 기술이나 관찰로 되는 것이 아니다. 넓은 과수원도 살피면서, 나무 하나하나를 북돋워주어야 한다. 그래서 교육의 과학적 연구와 더불어 교육철학도 필요하며, 제자와 자녀들을 긴 안목으로 사랑해본 사람들의 지혜도 소중한 것이다.

6
고향에서의 인연들

나의 고향

지금으로부터 100년쯤 전이었을 것이다. 나는 부친이 왜 송산리 고향을 떠나 평북 운산 북진에 있는 금광을 찾아 떠나갔는지 모른다. 내 조부는 고향에서 가업으로 작은 양조장을 차렸고, 적지 않은 농토를 갖고 있었다. 맏아들이었던 부친은 그 가업을 계승하기가 싫었던 것 같다. 몸이 허약한 편이어서 육체노동을 꺼렸던 것은 사실이다. 또 언제부터 기독교 신앙을 가졌는지는 모르나 양조업은 바람직스러운 직업이 못 된다고 여겼을 것 같기도 하다. 나보다 3살 위인 첫딸을 조부의 집에 맡기고, 내 모친과 더불어 운산의 금광을 찾아갔던 것 같다.

특별한 기술이 있는 것도 아니고, 직장이 탐나서 갔을 리도 없었다. 많은 한국 노동자들이 고용되어 일하고 있었는데, 부친은 광석 운반을 위한 철로를 건설하는 일에 종사했던 것 같다. 미국 기술자 밑에서 측량을 도와주고 설계를 위한 조수 비슷한 업무를 맡았던 것 같다. 정확하진 않으나 이름이 B 발음으로 시작하는 미국인이었다.

거기에 있는 동안에 내가 태어났다. 우리 가문에서는 장손이었다. 그런데 태어나서 얼마 되지 않은 때부터 병약해서 병원 신세를 져야 했던 것 같다. 다행히 그곳에는 미국인들을 위한 파워라는 의사가 있어서 나는 그 의사의 도움과 치료를 받기 시작했다. 모친의 말에 따르면 나는 자주 깜짝깜짝 놀라면서 의식을 잃고 쓰러지곤 했다는 것이다. 지나치게 허약하게 태어났던 것 같기도 했다. 언제 어떻게 될지 모르는 나는 처음부터 집안의 애물단지 같은 존재가 되었다. 모친은 장손이라고 해서 업고 나가면 누구도 잘생겼다든지, 튼튼해 보인다든지, 사내답다고 칭찬해주는 이가 없었다고 했다. 기껏 하는 얘기가 "아들이에요?"라든지, "살이 좀 쪘으면 보기 좋겠다."는 정도의 말이었다. 2살 때 고향을 다녀간 일이 있었는데, 조부께서도 "아들은 아들인데, 제구실을 할 것 같아 보이지는 않는다."고 실망하셨던 모양이다.

내가 짐작해도 그랬을 것 같다. 바싹 마른 얼굴에 코만 보이고, 눈은 큰 셈인데 하도 못생겼으니, 모친도 잘못된 아들을 낳았다고 걱정했다는 것이다. 그래도 일주일에 한 번씩 파워 의사한테 가면 정성스럽게 보아주면서 "이 애기는 아버지가 의사라야 될 텐데…." 라면서 걱정했다고 했다. 그 얘기를 전해 들은 부친은 그때부터 의학에 관한 책을 읽었고, 약에 대한 상식도 공부했다. 고향에 돌아와 서는 농촌에서 필요한 일반 약을 구해다가 동네 사람들에게 팔기도 하고, 면허 없는 의사 비슷하게 되어 옆 마을에서까지 찾아와 진단 을 받는 이들도 있었다. 내가 나이 들었을 때까지도 모친은 "너는 파워 의사가 아니었으면 어려서 버림받았을지도 모른다."고 할 정 도로 파워 의사에게 고마운 마음을 갖고 있었다.

내 건강도 원인이었을까. 부친은 나를 이끌고 운산을 떠나 고향 인 송산리로 돌아왔다. 조부는 세상을 떠났고 삼촌이 가업을 맡아 운영하고 있었다. 양조업과 농사를 겸하고 있었다. 내가 운산을 떠 날 때 파워 의사는 평양 기휼병원에 있는 친구 의사에게 진단서를 전하라고 권하면서 자신이 처방한 대로 약을 복용하도록 가르쳐주 었다. 나는 그 약과 부친이 평양 기휼병원에서 받아다 주는 약을 7, 8세가 될 때까지 먹은 것을 기억하고 있다.

나는 태어난 곳인 운산에 대해서는 아무 기억도 없다. 부모도 운 산에서의 생활이 행복했던 것은 아닌 모양이다. 그때 얘기는 별로 하지 않았다. 그러나 파워 의사 얘기는 내가 어른이 되어서도 하곤 했다.

내 인생이 언제 어디서부터 나의 것으로 시작되었을까?

송산리 고향에 와서부터는 또렷이 기억나지만, 그 이전 것은 아 무 기억도 없다. 단, 한 가지 어렴풋이 생각나는 것은 소달구지를 타고 높은 산들이 솟아 있는 골짜기 길을 따라가던 장면은 기억에 떠오르는 것 같았다. 소 잔등이 넘실거리는 것 같았고, 나는 어머니품에 안겨 울퉁불퉁한 산길을 지나가던 그림 같은 모습이다. 어떤 때는 내 인생이 고향으로 돌아오는 길 위에서 시작되었나 하는 생각을 해보기도 한다.

이것도 인연이었을까.

1972년 4월 15일 오후였다. 그때 나는 아내와 더불어 미국과 캐나다를 거쳐 유럽, 인도, 동남아시아 등의 나라를 여행하는 기회가 있었다. 미국과 캐나다에서는 주로 교포들을 위한 강연회를 가졌고, 나머지 지역은 종교문제 등에 대한 관심을 갖고 여행을 계획했다.

그날은 미국 댈러스 시에 거주하는 교포들을 위해 90분 정도의 주일예배 겸 강연회를 하게 되어 있었다. 많은 교포들이 모였는데, 내가 서 있는 강단 맞은편 쪽 약간 높은 장소에 두 미국인이 앉아 있었다. 할머니로 보이는 여인과 할아버지 같아 보이는 남자였다. 긴 시간이었는데도 정중히 앉아서 내 얘기에 관심을 가지고 듣고 있는 것 같았다. 강연을 끝내고 차를 마시면서 자유로이 담화를 나누고 있었다. 그때 두 미국 사람이 찾아와 인사를 나누었다. 할머니로 보이는 부인이 "내가 교인들한테 물어보았더니 교수님이 평안북도 운산에서 태어났다고 하는데 사실입니까?"라고 물었다. 나는 그렇다고 말하면서, 어떻게 나에게 관심을 가졌느냐고 물었더니 옆에 있는 남자를 소개시켜주면서 "내 아들이 1920년에 운산에서 태어났는데, 교수님과 동갑인 것 같아서 운산 얘기를 듣고 싶었습니다." 라는 것이었다. 그 할머니는 내가 운산에 오래 살았으면, 그 후의 운산 소식을 듣고 싶었던 것이다. 그 할머니는 내 모친과 나이가 비슷했다. 2살쯤 위인 것 같았다. 내가 "아마 서로 만나는 일은 없었을 것 같은데, 내가 태어날 때부터 병약해서 모친이 자주 파워라는 의사를 찾아가 도움을 받곤 했습니다."라는 얘기를 했다. 그 할머니는 "나도 이 애를 데리고 자주 파워 의사를 만나곤 했는데, 한국 어머니들은 별로 없었습니다."라면서 파워는 외과 의사여서 미국 어린애들을 자주 보아주었지만, 한국 아이들은 별로 없었다는 설명도 했다. 그러면서 어머니가 아직 살아 계시냐고 묻기도 했고, 지금 연세가 어떻게 되느냐고 헤아려보기도 했다. "혹시 만나보면 기억이 날까?"라면서 반가워했다. 나는 어려서 운산을 떠났고, 모친과 동생들은 서울에 머물고 있다는 얘기도 했다. 할머니는 그때 한국에서 가져온 '반다지'도 있고, 기념품 일부를 가지고 있다는 설명도 했다. 내가 내 생명의 은인이었던 파워 의사는 어떻게 되었느냐고 물었더니, 몇 해 전 노환으로 세상을 떠났고 그 부인은 오하이오 주에 살고 있는데, 최근에는 치매가 약간 심해져 사람을 잘 알아보지 못한다는 얘기도 들려주었다. 나는 파워 의사가 살아 있다면 찾아가서 늦게나마 고맙다는 인사를 드리고 싶었다고 했다. 그것이 가능했다면 나보다도 내 모친이 더 감사한 마음을 가졌을 것이라고 했다. 나와 동갑이고 출생지도 운산으로 같은 그 아들도 두 손으로 나와 악수를 나누면서, 그때 더 오래 한국에 있으면서 친구가 되었으면 좋았을걸 그랬다고 서로 웃었다. 자기는 공과 공부를 해서 기술자가 되었는데, 부친이 세상을 떠난 뒤부터는 어머니가 한국과 운산 얘기를 더 많이 한다는 얘기도 들려주었다. 나는 너무 반가웠기 때문에 예배당 문밖에서 헤어질 때까지 손을 흔들어 전송해주었다. 인연이란 우연한 것이면서도 국경과 세대를 초월한 것이라는 생각이 들었다.

　나는 부친과 모친이 지금과 같이 서로 사귀어보고 사랑하면서 지냈다면 결혼을 했을까 하는 상상을 해보곤 했다. 두 분은 여러 면에서 보아 공통점이 너무 없었다. 공통점보다는 양극적인 점이 훨씬 더 많았다. 부친은 1세기 전쯤의 환상이나 이상에 사로잡혀 현실감각이나 현실에 대한 애착은 전무한 편이었다. 그 대신 모친은 현실의식이 전부인 듯이 오늘의 일만을 위해 살았다. 부친은 태어날 때부터 허약한 체질이었으나, 모친은 보기 드문 건강을 지니고 있었다. 옛날이기 때문에 두 분은 서로 만나본 일도 없이 결혼했다. 결혼하는 날에 처음 만났다. 양가에서 결혼을 성사시켰는데, 내 조부는 건강하고 자녀를 많이 둘 맏며느릿감으로 맞아들였고, 모친의 친가에서는 부잣집 맏며느리로 간다니까 허락했던 것 같다.

　모친은 책을 읽거나 글을 쓰지는 않았어도 한글을 깨우치고 있었다. 90살이 넘었을 때도 심심하면 신문의 큰 제목을 살피곤 했다. 손주들이 "할머니는 어느 학교에 다녔어?"라고 물으면, 이렇게 옛날애기를 해주곤 했다. "우리야 학교에 다녔나? 여자들이 공부하면 연애편지 쓴다고 언문(한글)도 못 배우게 했단다.""그런데 어떻게 글을 배웠지?""나야 큰 남동생이 공부하는 것을 옆에서 보면서 배우곤 했지. 내가 동생보다 먼저 깨닫고는 했단다." 철없는 작은놈은 "우리 할머니가 천재다. 그때 대학까지 다녔으면 굉장할 뻔했다."

면서 감탄하기도 했다. 그런데 부친은 언제 어디서 공부했는지 아무도 모른다. 학교에는 가본 일이 없었다. 그래도 성경을 비롯한 책을 많이 읽었고, 주변에는 몇 권의 책이 있곤 했다. 일본어와 영어 공부는 못했으나, 한글과 한문에는 익숙했던 것 같다. 그 당시에 우리 마을에는 신문을 보는 집이 없었다. 이장(里長) 일을 맡아 보던 외할아버지 집에 일주일에 한 번씩 신문이 배달되면, 새 세상 소식을 듣고 싶은 몇 사람이 모여 오고, 이장이나 내 부친이 읽어주면 모두 신기한 듯이 듣고는 했다. 지금도 흥미로운 것은 그 당시에는 여자가 자살을 했다는 기사가 나면 반드시 미인 여성의 자살로 꾸미곤 했다. 한 아주머니가 "나도 신문에만 내준다면 자살하겠다. 신문에 한 번 실리는 것이 얼마나 힘든데." 하던 말이 생각난다. 하기야 지금도 TV에 자주 나오다가 유명세를 타게 되면, 국회의원으로 출마하기도 하고 대선 출마도 하지 않는가. 따져보면 신문에 내준다면 자살하겠다고 한 것은 옛날 아주머니만의 잘못은 아니다.

아마도 부친은 그런 유식한 위치에 있었기 때문에 가정의 생업을 포기하고 타향으로 떠났는지도 모르겠다. 부친은 일을 싫어했고 대단히 게으른 편이었다. 그와 반대로 모친은 무척 부지런히 많은 일을 했다. 모친은 한때 할머니가 계시는 숙부네 집에서 주로 일을 많이 했다. 생업을 멀리하고 조부의 슬하를 떠났던 부친은 조부로부터 물려받은 재산이 별로 없었다. 숙부는 재리(財利)에 밝고 경영능력이 뛰어났으나, 부친은 아무 욕심도 없고 재산이 모두 숙부에게 갔어도 관심이 없는 것 같았다. 그래서 모친의 불평과 고생은 배가 할 수밖에 없었다. 후에 약간의 논밭을 차지하게 되었을 때에도 부친은 집에서 책을 읽고 모친이 모든 농사일을 처리하는 편이었다. 나는 그렇게 고생하는 모친을 돕기 위해 모친이 하는 일이면 무엇이나 함께 도와주곤 했다. 솔직히 말하면, 안 해본 일이 없었다. 농사일은 물론 집안일까지 도와주었고, 심지어는 여자들이 하는 일까지 하곤 했다. 논밭에서 모친과 함께 허리가 끊어질 것같이 아픈 농사일을 하다가 집에 들어오면 부친은 책을 읽고 있었다. 모친은 입버릇같이 "장손이 너만 없어도 죽어버리고 말지. 이런 고생은 안 한다."고 말하기도 했다. 어떤 때는 "우리 장손이가 건강만 해도 나는 세상에 없었을 게다."라고 하면서 눈물을 흘리기도 했다. 집안의 생계는 모친이 꾸려나갔고, 맏아들인 나는 어머니를 위해 남들이 안 하는 고생을 무척 많이 해야 했다. 그래도 부친은 또 남다른 데가 있었다. 가을이 되면 겨울에 쓸 땔감을 구하기 위해 집 옆에 있는 산으로 나무를 하러 가곤 했다. 그때는 철없는 나에게 같이 가자고 했다. 나는 집에서 혼자 있는 편이 좋았다. 그러면 부친은 지게를 태워주고 옛날얘기를 해준다고 유혹했다. 지게를 타고 가는 재미는 있었으나, 옛날얘기는 별로 흥미가 없었다. 그때는 무슨 얘기인지 몰랐으나, 후에 알고 보니 석가님 이야기, 예수님 이야기가 많았다. 그러고는 나를 위해서 세계적으로 알려진 영웅이나 위인들의 이야기도 들려주었다. 석가님이 들길을 산책하다가 장례꾼들이 지나가는 것을 보고 가정교사에게 왜 저러느냐고 물었더니 사람이 죽어서 묻으러 간다고 가르쳤고, 어린 석가는 그때부터 죽음이 무엇인가고 생각하기 시작했다는 얘기도 해주었다. 내 인생에서 가장 먼저 떠오르는 관념의 하나가 죽음이었던 것도 그 때문인지 모른다. 부친은 내가 종교적 신앙을 가졌으면 좋겠다는 기대를 했던 것 같다. 그렇게 자랐기 때문에 나는 어려서부터 내가 감당할 수 없는 두 가지 극단적인 삶의 영역을 살아내지 않았나 하는 생각을 해본다.

내게는 언제나 조화가 되지 못하는 두 가지 성향이 있었다. 사색에 빠져 현실을 소홀히 여기는 부친의 성격과, 일에 매달리게 되면 모친처럼 상상력이나 추리력을 상실하는 폐단이다. 그래서 중앙학교에서 일찍 교감의 일을 맡았을 때는 어머니의 자질이 드러나 제법 일 처리를 잘했다. 연세대학교에 와서는 행정이나 사무적인 일거리는 가급적 외면하고 싶었다. 부친의 장점을 살려야 했기 때문이다. 둘 중에 한 편향으로 평생을 보내야 행복하고 성공할 수 있다고 타이르면서 살았다. 그 대신 내가 남보다 잘할 수 있는 한 가지 장점은 있다. 회의를 진행시키는 사회자의 직무는 남보다 우수했던 것 같다. 그런 위치에 도달해보지 못해 밖에서 인정받지는 못하나 맡겨주면 제법 일 처리는 잘한다. 그래서 정부의 청을 받았을 때나 위원회 회원으로서는 제대로 일 처리, 즉 회의 진행은 잘하는 편이다. 한번은 큰 기관은 아니었으나 내가 위원장이 되어 회의를 주관해야 하는 일이 있었다. 다 끝낸 뒤에 김태길 교수가 나에게 "어떻게 그렇게 회의 진행을 잘하는지 부러웠다."고 말한 적도 있었다.

연세대학에서는 1년에 한 번씩 교직원 수양회가 열린다. 2박 3일이 보통이다. 마지막 종합토론회가 되면 총장이 좀 불편해지는 때가 있다. 교수들 중에는 개인적인 불만도 있고 봉급문제를 언급하기도 한다. 그래서 2시간 안에 끝나는 일은 없었고, 결국은 수양회가 즐겁지 못하게 끝나는 경우도 생긴다. 그러나 교목실이 있기 때문에 잘 마무리가 되기는 한다. 한번은 교무처장이 아무 직책도 없는 나에게 마지막 종합토론의 사회를 좀 맡아달라는 요청을 해왔다. 내가 맡을 만한 일도 아니고 직책도 아니었다. 교무처장은 속으로 뜻이 있어 부탁하는 것 같았다. 내가 맡기로 했다. 토의 주제는 누구나 속으로 짐작하고 있었다. 가벼운 문제들은 그 주제가 해결되면 자연히 풀려나가게 되어 있다. 어쨌든 내가 사회를 맡았는데, 50분 정도로 다 끝나고 말았다. 자기가 맡아야 하는 사회를 내가 진행하여 끝냈기 때문에 총장이 나에게 와서 감사하다는 인사까지 했다.

자랑할 것이 없어서 꺼내보는 이야기이기는 하나, 그 때문에 위원회나 이사회 같은 데는 한 번 참여하게 되면 오래 계속하곤 한다. 내가 그만두기는 해도 밀려나지는 않는다. 지금도 작은 이사회의 이사로 있다. 98세가 되면 임기가 종료된다. 아마 그때가 되면 그만두라고 할지 모르겠다. 나와 함께 일해본 사람들은 그 장점은 인정해줄 것 같다.

초등학교 이야기

작은 마을에는 학교가 있을 리 없다.

가깝지는 않으나 부친에게는 차종식이라는 친구가 있었다. 그는 후에 목사가 되었다. 그가 마을에서 놀고 있는 어린아이들을 모아 글을 가르치기로 했던 것 같다. 부친이 나보고도 그 서당에 가보라고 했다. 그러니까 유치원이나 초등학교 1학년쯤의 나이였을 것이다. 가보았더니 10명도 채 안 되는, 작은 아이들보다는 큰 아이들이 모여서 글을 배우고 있었다. 가르쳐준 글을 따로 외우지 못하면 언제나 체벌을 받는 것이다. 그런데 선생이 학생들을 채찍으로 때리는 것이 귀찮으니까 나보고 대신 이 학생은 10대, 이 아이는 5대라고 일러주면서 때리라는 것이다. 주로 손바닥이나 옷을 걷어 올린 팔뚝을 때리는 것이다. 처음에는 아픈 것 같아 가만히 때린다. 그러면 선생이 팔뚝에 자리가 나도록 힘껏 때려야 한다고 나에게 꾸지람을 주는 것이었다. 그런데 매를 맞는 학생들 중에는 외삼촌뻘 되는 아저씨도 끼어 있었다. 그 아저씨는 눈을 껌벅껌벅하면서 가만히 때리라는 표정을 짓는 것이었다. 하는 수 없이 가만히 때리면, 선생이 다시 힘껏 때리라는 명령을 내린다. 내가 제일 어려서 그랬는지, 나는 맞아본 기억이 없다. 얼마 동안 다니다가 그만두기로 했다. 내 또래가 있어야 좋을 것 같기도 했고.

다음 해쯤이었을까. 동네 어른들이 목사님에게 부탁을 했던 것 같다. 교회 예배당을 학교 교실 대신에 사용해서 본격적으로 초등학교 교과목을 가르치기로 했다. 그리고 윤옥경 선생이 부임해 왔다. 선생 한 분이 1, 2, 3학년 과목을 가르치는데, 예배당 구석구석에 몇 명씩 모여 앉아 차례로 돌아가면서 한글을 배우는 것이다. 나도 그때 정식으로 한글을 배웠다. 교과서도 있었던 것 같다. 학생들을 모두 합치면 30명 정도가 되었던 것 같다. 내가 좀 빨리 배웠던 때문인지, 몇 달 뒤에는 2학년 반에 가서 공부를 했다.

우리 마을에 학교가 생겼다는 소문이 인근 마을로도 알려졌는지,

학생들이 좀 많아지고 선생이 한 분 더 있어야 한다고 교회에서 합의를 보았던 것 같다. 그리고 예배당보다는 학교를 따로 건축하자는 운동이 일어났다. 그래서 동네 동쪽에 운동장이 생기고, 기와집 교사가 건축되었다. 제법 독립된 초등학교가 된 것이다. 학교 이름은 신망(信望)학교로 명명되었다. 교회학교였기 때문에 지어진 이름이다. 나도 비로소 신망소학교의 정식 학생이 된 것이다. 물론 관에서 인가해준 학교는 아니다. 선생도 두 분이었던 것 같다. 나는 그 학교에서 3, 4년을 보냈다. 우리 반에서는 3학년과 4학년이 한 반에서 공부를 했다. 20여 명 학생이 있었다. 우리 마을만이 아니라 멀리서 찾아오는 학생들도 있었다.

내 수필에 나오는 B 양과의 사랑 이야기도 그때의 이야기다. 나는 세상에 태어나서 처음 여자 친구와 사랑을 했고, 그것이 삼각관계가 되어 마음을 태우기도 했다. 내 아내는 60살이 될 때까지 내 첫사랑 이야기를 하면서 나를 놀리기도 했고, 때로는 가벼운 질투심 비슷한 불만도 꺼내곤 했다. 참 옛날이야기다. 아내가 85세에 먼저 간 지도 10년이 지났으니까.

신망학교에서 4학년을 끝낸 나는 앞으로 어떻게 할지를 몰랐다. 부친이 이곳저곳을 알아보았는데, 인가를 받지 못한 학교를 나와서 공립학교로는 갈 수가 없었다. 또 한 면(面)에 하나씩 있는 공립학교는 너무 먼 거리에 있었다. 두 후보지 학교를 찾아보다가 하리(下里)에 있는 교회학교에 가기로 결정을 했다. 하리 동네를 '칠골'이라고 부르기도 했기 때문에 모두 칠골학교라고 부르고 있었다.

겨울은 아니었던 것 같은데, 그날 부친을 따라 칠골학교라 불리기도 하던 창덕소학교에 갔더니 교무실에 화덕 불이 피워져 있었다. 교감직을 겸해 맡고 있던 선생이 나에게 구두시험을 보는 것이었다. 그러면서 일본어 공부를 했느냐고 물었다. 나는 못 배웠다고 대답했다. 한마디도 모르느냐고 물으면서 책을 읽어보라고 했다. 읽지 못했다. 선생은 내 부친에게 5, 6학년에서는 일본어를 알아야 하는데, 안 되겠다고 했다. 부친은 속으로 그러면 4학년부터 다시 공부시키면 어떻겠느냐고 양보할 생각이 있었던 모양이다. 그때 다른 일 때문에 교무실에 들렀던 칠골교회 심 목사가 옆에 있다가, "배우지 못했으니까 어떻게 아나? 애가 똑똑해 보이니까 넣어주도록 하지…"라고 말했다. 심 목사가 교회 목사이면서 교장이었던 것을 후에 알았다. 그렇게 해서 나에게는 제2의 초등학교인 창덕소학교 5학년생으로 편입이 허락되었던 것이다. 내가 입학하기 5-6년 전에 김일성이 이 학교의 선배 졸업생으로 다녀간 사실은 해방 후에야 알았다. 그 당시는 김성주라는 본명이었고, 그의 다른 가족들은 송산리 앞 동네에 살고 있었다. 창덕학교에서의 2년 동안은 고생의 연속이었다. 그러나 나에게 있어서는 잊을 수 없는 인생의 한마디가 되었다. 그 2년이 없었으면 내 인생의 성장 가능성도 힘들었을지 모른다.

새 학년 새 학기 첫 시간이었다. 담임이었던 윤태경 선생이 들어와 출석부를 보면서 학생들의 성명을 일본어로 불렀다. 학생들은 "하이" 하면서 대답을 했다. 나는 내 이름을 일본어로는 몰랐기 때문에 대답을 못했다. 선생은 내 이름을 두 번째 불렀다. 내가 대답을 못하는 것을 보고, "네 이름을 모르느냐?"고 물었다. 모른다고 대답했더니 모두가 웃어댔다. 비로소 내 이름을 일본어로 알게 되었다.

이렇게 시작된 첫 학기였으니, 다른 고생이야 말해 무엇 하겠는가. 그래도 열심히 배우고 공부했다. 학기 말이 되었다. 윤 선생은 성적표를 나누어 주면서 "조심들 해야 한다. 제 이름도 모르던 형석이가 이번에 2등을 했으니까. 너희들은 어떻게 된 셈이냐?" 하고 경고를 내렸다. 나 자신도 놀랐다. 1등을 한 학생은 나보다 두세 살 위인 여학생이었다.

공부는 따라갈 자신이 생겼는데, 추운 겨울과 볕이 따가운 여름에 10리나 되는 거리를 왕복하는 일은 큰 고역이었다. 영하 20도가 넘는 이른 아침에 타박타박 혼자서 눈 발자국을 남기며 등하교를 하던 때를 생각하면 누가 보아도 가엾은 고행이었다. 건강도 제구실을 못하는 처지였지만, 그래도 그것이 운명이었다.

2년 과정을 끝내고 졸업식 날이 되었다. 나는 모친과 함께 졸업식장까지 걸어가기로 했다. 부친은 다른 뜻이 있어 숙부네 자전거를 빌려 타고 뒤늦게 따로 오기로 했다. 모친은 짚신을 신고 졸업식장에 갈 수가 없으니까 누구네 집에서 빌려왔는지 고무신을 신고 함께 걸어갔다. 집에서 떠날 때는 버선이 험해지면 안 되겠다고 벗어서 치마 밑에 숨겨 가지고 가더니, 졸업식이 있는 예배당 앞에서는 버선을 신고 들어갔다. 돌아올 때는 또 벗어 가지고 왔다.

졸업식이 끝났다.

부친이 내 옆에 오더니, "너는 자전거 뒤 짐틀에 타고 나와 함께 의사한테 들러보자."고 했다. 부친에게는 숨겨둔 뜻이 있었다. 의사에게 내 건강 상태로 중학교에 가도 된다는 확답을 얻고 싶었던 것이다.

의사는 나를 데리고 진찰대가 있는 옆방으로 들어가더니 누워보라고 했다. 여기저기를 다 살펴보고는 옆방으로 갔다. 그때 출입문을 꼭 닫았다면 나는 아무 말도 듣지 못했을 것이다. 문틈으로 들려오는 의사의 말이었다. 중학교에 가기 위해 맘 쓰지 말고 집에서 조용히 안정하는 것이 좋겠다는 의견이었다. 의사는 내가 누워 있는 방으로 들어오더니, "아주 건강하고 좋은데, 한 2년쯤 지나면 훨씬 더 건강해질거야."라면서 위로해주었다. 나는 부친이 운전하는 자전거 뒤 짐틀에 앉아서 여러 가지 생각에 빠져들었다. '우리 마을 앞산에는 공동묘지가 있었다. 저 무덤들이 있는 곳에 나도 잠들게 될 것이다. 부모님이 슬퍼하시다가 세월이 지나면 다 잊어버리게 되겠지. 내 인생도 끝나고….' 그런 생각을 했다. 병약했기 때문에 느낌과 상상력은 더 풍부했을지 모른다.

부친이 나를 의사한테 데리고 간 데는 내가 모르는 이유가 있었다. 그해 정월 초하룻날 밤에 모친이 꿈을 꾸었다. 내가 혼자 두 손으로 무릎을 감싸고 앉아 있다가 그 모습 그대로 하늘로 올라가버리고 마는 꿈이었다. 모친이 할머니에게 그 꿈 얘기를 했더니, 할머니는 원망스럽다는 듯이 며느리인 모친을 나무라더니, "장손이가 금년에는 죽을 꿈이다."라면서 "할 수 없지 타고난 팔자인걸." 하고 단념하는 자세였다는 것이다. 그런 사실을 알고 있었던 부친이 나의 건강을 타진하기 위해 평소부터 친분이 있던 의사를 찾아갔던 것이다.

　나는 졸업식이 끝난 뒤 며칠 동안 여러 가지 생각에 잠겨 있었다. 그런데 죽는다는 것은 무섭지 않았던 것 같다. 의식을 잃고 졸도해 있을 때는 일손을 멈추고 달려온 어머니가 나를 품 안에 안고 한숨과 더불어 눈물을 흘리고 있곤 했다. 내가 의식을 회복하고 눈을 떴을 때는 어머니의 눈물이 온통 내 얼굴에 젖어 있기도 했다. 모친은 내 얼굴을 쓰다듬어주면서 "많이 아프지?" 하고 물었다. 나는 "아프지 않아."라고 대답했다. 어머니에게 미안해서 하는 말이기는 했으나, 아프지는 않았다. 의식이 없는 동안은 아주 편안한 것 같았다. 깨어나면 머리가 터질 듯이 아팠고, 그날 하루는 누워 있어야 했다. 나는 어머니가 저렇게 슬퍼하고 마음 아파할 바에는 차라리 일찍 죽는 것이 편할 것 같다는 생각을 해보기도 했다. 모친이 나를 100까지 사랑했기 때문에 나도 그 몇 분의 하나라도 보답하는 길이 무엇인가를 생각했던 것 같다.

　그러나 이상한 일이었다. 나는 중학교에 갈 수 있고 건강이 좋아질 수도 있겠다는 한 줄기 희망이 있었다. 그것은 부모나 의사는 어떻게 할 수 없어도 하느님이 계시다면 하느님께서는 나를 위해주실 것이라는 믿음 비슷한 희망이었다. 그래서 어떤 날 기도를 드렸다. 뒷산에 올라가서 소나무 밑 바윗돌이 파인 곳에서 세상에 태어나서 처음 기도다운 기도를 드렸다. "하느님! 저에게 건강을 허락해주시면 저는 저를 위해서가 아니고 하느님의 일을 위해서 건강 모두를 바치며 살겠습니다."

기도가 믿음이었다. 나는 부친에게 중학교에 가고 싶다고 말했다. 부친은 나에게 마음의 상처를 주고 싶지 않아서, "노력해보자. 그러나 안 되면 건강해질 때까지 기다리면 되니까…."라고 동의해 주었다. 부친도 아마 같은 기도를 드렸을지도 모른다.

나는 지금도 그때의 담임이었던 윤 선생의 사랑을 잊지 못한다. 부친보다도 내가 중학교에 가기를 그렇게 소원하고 있었다. 그 학교를 졸업한 학생이 중학교에 간 일이 없었기에 더욱 열성적이었는지도 모른다. 집이 가난했기 때문에 학부모의 재산을 쓰는 칸에는 부자인 양 부풀려 적어주기도 했다. 어색해하는 부친에게는 숙부님이 부자이니까 많이 적어도 된다면서 자진해 도와주기도 했다.

어쨌든 나는 중학생이 되었다.

1학년 때였다. 지금 생각해도 쥐구멍이 있으면 들어가고 싶을 정도로 창피스러운 일도 있었고, 자랑스럽게 여겨도 괜찮을 사건도 있었다.

중학생이 된 후에 2-3주간은 교복을 챙겨 입지 못했다. 학교 측에서 준비를 갖추고 있지 못했기 때문이다. 나는 시골에서 통학을 하면서 입을 옷이 마땅치 않았다. 솜바지저고리에 검은색 두루마기를 입고 다녔다. 그런데 하루는 소나기를 흠뻑 맞아서 두루마기는 벗어놓을 수밖에 없었다. 그런데 저고리는 분홍색, 애들이 입는 그대로였다. 채플 시간에 그런 촌스러운 저고리와 바지를 입은 애들은 없었다. 저고리 색깔도 그랬고, 채플에는 들어가지 않을 수도 없었다. 들어섰더니 500명이 되는 학생들이 나만 바라보는 것 같았다. 담임선생이 "너, 그 옷이 어떻게 된 거냐?"고 물었다. 비를 맞아서 그렇다고 했더니 선생은 기가 찼던 모양이다. "내일은 그 옷은 안 된다."고 말하면서 들여보냈다. 우리 학교가 생긴 뒤 처음이자 마지막 일이었을 것 같기도 했다.

다른 사건도 있었다.

1학년이 끝나갈 무렵이었을 것 같다. 그날 예배시간에는 호주에서 세계일주 여행을 하던 유명한 목사님이 우리 학생들에게 설교를 했다. 설교를 끝내면서, "내가 여러분과 함께했던 예배시간을 기념하기 위해 수수께끼를 남기고 갈 테니, 정답자는 교장선생님을 통해 상을 받으세요."라고 얘기하면서, "이 세상에서 제일 강한 것은 무엇일까요?"라는 문제를 꺼냈다. 우리 꼬마들은 세상에서 제일 강한 것은 코끼리다, 고래다, 지구의 인력이다, 태양의 열이다 등을 얘기하면서 강당 문을 나섰다. 내 생각은 달랐다. 목사님의 수수께끼는 인생을 살아가는 데 있어 가장 강한 것은 무엇인가를 묻는 것이라고 생각했다. 그리고 그것은 정의일 것이라고 생각했다. 그래서 답을 써 넣었다. "세상에서 제일 강한 것은 정의입니다. 사람이 의롭게만 살면 두려울 것이 없기 때문입니다."

일주일쯤 지났을까. 우리 교장선생은 그에 대한 상을 발표하면서 시상했다. 1등은 "사랑입니다."라고 쓴 3학년 선배가 차지했다. 나는 그 대답은 잘못되었다고 생각했다. 정의는 사랑보다 강하기 때문이다. 그런 생각을 하고 있는데, 교장선생이 "2등, 정의입니다."

라는 발표를 하면서 내 이름을 불렀다. 우리 반 학생들은 놀란 표정이었다. 1학년 꼬마였으니까.

집으로 돌아와 보았더니 상품은 성경책이었다. 성경책 뒷면에는 "전교생이 모인 곳에서 정의라는 답으로 2등 상을 준다."고 쓰여 있었다. 나는 아무리 생각해도 정의가 사랑보다 약하다고는 믿어지지 않았다. 그래서 '2' 자를 문질러버리고 '1' 자로 바꾸어 써놓았다. 내가 1등을 받아야 옳다고 믿고 싶었다. 그리고 먹을 갈아 쓸 줄도 모르는 붓글씨로 '義' 자를 써서 책상 앞 종이 벽에 써 붙였다. 누가 무어라고 해도 정의는 사랑보다 강하다는 생각은 변치 않을 줄 알았다.

그 후 8년 동안 나는 많은 어려움과 고난에 직면하곤 했다. 대학생 때였다. 가난에 쪼들려 고생하고 있을 즈음에 몇 사람으로부터 사랑의 도움을 받았다. 아무 대가도 없는 도움이었다. 은사인 마우리 선교사는 나를 위해 항상 기도하고 있다는 소식을 전해주기도 했다. 그런 사랑을 받고 깨닫게 되었다. 나는 잘한 것이 아무것도 없었다. 다른 사람은 도와주지도 못했다. 그런데 그분들은 나를 사랑해주고 있다. 그때 비로소 나는 사랑이 정의보다 강하다는 사실을 체험했고, 깊이 깨닫는 바가 있었다. 예수는 정의가 아닌 사랑을 베풀기 위해 오셨다는 사실도 실감할 수가 있었다. 그런 사고와 가치관의 변화가 오는 데 8년이 걸린 것이다. 지금은 더 많은 것을 깨닫고 있다. 구약은 정의의 하느님을 가르쳤으나, 신약은 하느님을 아버지라고 부르는 사랑의 하느님이다. 이 엄연한 진리를 떠나서는 기독교의 생명력이 세상을 바꿀 수 없는 것이다. 지금도 많은 사람들이 교회 안에서 정의를 위해 싸우는 것을 보면, 그 당시의 사실을 회상해보는 때가 있다. 예수는 하느님을 아버지라고 부르도록 가르쳐준 유일한 분이었다.

돌아오지 못할 강을 건넜다

중학교 1학년, 크리스마스가 가까워졌다. 중학교와 같은 캠퍼스에 있는 숭실전문학교 소강당에서 전문학교 학생들을 위한 신앙부흥회가 있다는 소식을 들었다. 나 같은 중학생이 참석해도 되는지 궁금했다. 쫓겨나면 할 수 없다는 생각으로 가보기로 했다. 5층 강당은 좁고 기다란 공간이었다. 일찍 가서 맨 앞자리에 자리를 잡았다. 중학교 선배 몇 명도 동석하게 되어 마음이 편해졌다.

강사는 두 분이었다. 감리교 원로인 김창준 목사와 장로교에서는 영국서 돌아온 지 얼마 안 되는 윤인구 목사가 초청을 받았던 것이다. 나는 두 분 목사의 설교를 들었다. 특히 윤인구 목사의 설교는 인상 깊었다. '사랑 안에는 두려움이 없다'는 제목의 설교도 있었다. 그분들의 설교를 듣는 동안에 나는 내가 기도드렸던 하느님이 어떤 분이며, 나와의 영적 관계가 무엇인가를 깨달을 수가 있었다. 어떤 영감이 그 진리를 깨닫게 해주었던 것이다. 부흥회를 끝내면서 나의 신앙은 확실해졌다. 나는 되돌아갈 수 없는 인생의 강을 건넌 것 같은 생각이 들었다. 신앙인이 되었다는 사실을 스스로에게 확인할 수 있었다. 그 출발이 지금까지 이어져오리라는 생각은 하지 못했다.

내 글 가운데 이런 얘기가 있다. 예를 들면, 내가 대학생 때는 부관 연락선을 자주 타곤 했다. 부산에서 일본 항구까지 가는 연락선이었다. 내가 신앙에 들어서고 나니까, 그 바다를 건너던 생각이 났다. 신앙이란 부산에서 일본 항구까지 이어지는 밧줄과 같다는 생각이 났다. 나는 부산에서 헤엄을 쳐서 그 바다를 건너는 것과 같은 일생이다. 파도가 심하고 해류가 빨라도 걱정할 필요가 없다. 밧줄이 있기 때문이다. 지쳤을 때는 밧줄에 매달려 쉴 수도 있다. 파도가 심해도 밧줄을 붙들면 안전해진다. 서두를 필요가 없다. 의지와 노력만 있으면 바다 맞은편까지 갈 수 있기 때문이다. 그 밧줄이 없었다면 어떻게 되는가? 나는 곧 난파하거나 파국을 맞을 수밖에 없다. 내가 신앙을 갖게 되었다는 것은 그 밧줄을 잡은 것과 마찬가지라고 느껴졌다. 그런 마음을 가지고 새 출발을 한 때문이었을까. 나는 회복되는 건강을 발견하기 시작했다. 모든 것에 자신을 갖게 되었다. 나에게는 누구에게서도 얻을 수 없는 믿음의 밧줄이 생긴 것이다. 90보다 100에 가까운 나이가 되는 지금까지.

2학년이 되었을 때였다. 전문학교와 중학교 중간에는 도서관이 있었다. 주로 전문학생들을 위한 도서관이었다. 호기심에 끌려 들어가보았더니, 중학교 상급생들이 도서관에서 아르바이트를 하고 있었다. 서고에는 많은 책들이 꽂혀 있었다. 한 선배에게 좀 들어가 보아도 되느냐고 물었더니, 그러라고 허락해주었다. 내 눈에 띈 3

권으로 된 책이 있었다. 『전쟁과 평화』라는 제목이었다. 철없는 나는 세상에서 가장 중요한 문제가 전쟁과 평화이니 한번 읽어보자는 욕심을 가졌다. 빌려 가도 되느냐고 물었다. 선배는 네가 이렇게 큰 책을 읽을 수 있겠느냐는 표정이었으나 빌려주기는 했다. 아마 내가 누군가의 심부름을 하는 것으로 착각했을지도 모른다.

나는 학교 공부를 제쳐놓고 『전쟁과 평화』를 읽었다. 무슨 내용인지도 몰랐고, 그런 것이 대표적인 장편소설이라는 것도 모르고 읽었다. 상당한 부분을 읽고 난 후에야 그것이 톨스토이의 소설이라는 것을 알았다. 읽을수록 더욱 흥미로워졌다. 작품에 빠져들면서 톨스토이의 작가로서의 위대함도 느껴지는 듯싶었다. 많은 인생의 이야기가 담겨 있었다. 그때는 가장 기억력이 좋았던 나이였기 때문일까. 지금도 러시아의 귀족들이 파티에서 춤을 즐기는 장면, 전쟁터에서 나폴레옹이 안드레이 공작을 대면하는 장면, 모스크바를 앞두고 벌어지는 전쟁의 장면들이 기억에 떠오를 정도로 풍부한 양식을 얻은 듯싶었다.

뒤늦게는 『안나 카레니나』도 읽었고, 『부활』도 읽었다. 시간과 여건이 허락되는 동안 톨스토이의 많은 책들을 읽었다. 대학 예과에 입학할 때까지.

예과 1학년 여름방학이 끝나고 새 학기가 시작되었을 때였다. 서양사 강의를 맡았던 교수가 새 학기 첫 시간인데 20분쯤 시간을 할애해줄 테니까, 혹시 여름방학 동안에 읽은 책 가운데 관심 가질 만한 내용이 있으면 발표할 학생이 있느냐고 여유로운 제안을 했다.

다들 침묵을 지키고 있는데, 누군가가 "김○○ 군이 독서를 많이 하는데 추천합니다."라고 말했다. 또 다른 두세 명이 좋겠다고 동의했다. 아마 한국 친구들이었을 것 같다.

나는 교수의 지명을 받았기 때문에 나설 수밖에 없었다. 자신이 있는 것은 톨스토이였다. 그 당시에는 톨스토이에 관심 없는 젊은 이는 없었다. 일본에서도 톨스토이의 열풍이 대단했던 때였다. 나는 톨스토이에 관해서는 두세 시간도 강의할 만큼 많이 읽었고, 또 어렸을 때부터 심취되어 있었다. 일본 학생들의 관심을 끌어야 하겠기에 '톨스토이와 인도주의 정신'을 중심으로 이야기를 시작했다. 말년의 톨스토이에 관한 부분이 중심이었다. 얘기를 하다 보니까 20분이 다 되고 말았다. 중단하려고 했다. 그런데 흥밋거리를 좋아하는 학생들이 계속하라고 제안했고, 교수도 허락해주었다. 그만 나 혼자서 50분을 다 채우고 말았다. 내용이 좋았는지, 동료 친구들의 호기심이 작용했는지는 모르겠다. 그 뒤부터 나는 톨스토이 연구 학생이 되어버렸다. 그러나 사실 나는 그즈음에 톨스토이를 떠나고 있었다. 도스토예프스키를 읽기 시작했고, 칸트에 관심을 갖게 되면서는 톨스토이로 만족할 수 없었다. 작가로서의 톨스토이와 견줄 사람은 없어도 그의 사상은 같은 비중을 차지하는 정도는 아니었다. 나 자신도 조금은 더 성장한 것 같기도 했다. 톨스토이와 더불어 읽은 빅토르 위고의 『레미제라블』에 대한 감명도 컸다. 그 책을 끝냈을 때는 여름이었다. 시골길 포플러나무 밑을 거닐면서 얼마나 깊은 감동에 젖어 있었는지 모른다. 가슴 깊은 곳으로부터 무엇인가가 피어오르는 것 같았다.

그동안에 나는 인도의 마하트마 간디의 자서전을 읽었다. 식민지 시대였기 때문에 간디로부터 받은 교훈과 감격은 한평생 내 인생의 길을 설정하는 데 큰 길잡이가 되었다. 간디의 저서나 사상에 관한 책은 더 읽지 않았다. 간디는 삶의 지표를 준 은인이었다. 그의 사상은 복잡하지 않았다. 그러나 그의 정신력은 나 같은 사람은 감당할 수 없이 큰 것이었다. 간디 선생을 얼마나 존경하고 애모(愛慕)했던지 꿈에서도 만나곤 했다. 일본으로 유학을 떠나서 처음 하숙방을 정하고 잠이 들었을 때였다. 꿈에 나타난 장소는 중국 대륙 남쪽 같았다. 넓은 들에 강단이 놓여 있고, 강단 둘레에는 가난하고 정신적으로 굶주린 사람들이 모여 있었다. 나도 그 가운데 있었다. 강단 앞에 자리를 잡고 간디의 연설을 듣고 있었다. 연설을 끝낸 간디가 오늘은 내 후계자들을 소개하겠다면서 내 손을 이끌고 연단으로 올라오게 하더니, 이 젊은이가 내 후계자 가운데 한 사람이라고 소개하는 바람에 깜짝 놀라 꿈에서 깨어났다. 20대 초반의 일이었다. 그런 일들을 겪으면서 나는 지금까지 간디를 높이 존경하고 있다.

1962년과 1972년에는 인도를 여행하면서 간디의 유적들을 찾아보기도 했다. 1948년 정월, 눈이 많이 내려 쌓인 아침에 간디가 흉탄에 맞아 서거했다는 라디오 방송을 들었을 때는 그렇게 마음이 아플 수가 없었다. 간디의 이상은 간단했다. 인류 역사에서 모든 거짓은 사라지고 진실이 가득 찬 사회와 온갖 폭력이 끝나고 사랑이 넘치는 세상이 되기를 염원했다. 그리고 자신부터 그 뜻을 실천으로 옮겼던 것이다.

지난 초여름에는 영국 런던의 국회의사당 앞 크지 않은 공원에 간디의 동상이 건립되었다. 영국의 지도자들의 동상들과 더불어. 그런데 그곳을 찾는 관람객들은 어떤 영국 지도자들보다도 간디를 더 존경하는 마음을 품었다는 것이다. 그럴 수밖에 없었을 것이다. 간디는 영국의 누구보다도 인류 역사의 바른길을 제시해준 정신적 지도자였다. 지금 생각해보면 나는 철이 들면서부터 톨스토이, 간디와 더불어 자랐다. 그러는 동안에 철없는 이상주의자가 되었던 것이다. 그러면서도 한편으로는 기독교에 관한 책들을 읽었다. 그 당시는 한국에서 발간되는 책들이 없었기 때문에 일본에서 작은 책자들을 주문해서 읽었다. 일본 구세군에서 펴내는 책자들, 기독교 서적을 전문하는 출판물들을 손쉽게 접할 수 있었다. 야마무로라는 구세군 중장의 책도 읽었다. 일본에서 많은 독자를 차지했던 카가와의 『사선(死線)을 넘어서』도 읽었다. 우치무라의 책들에서도 깊은 감명을 받았다. 그러는 동안에 내 신앙의 터전을 견고히 할 수 있었다.

　중학교 1학년 여름이었던 것 같다. 나는 평양의 친지 집에서 임시로 하숙을 한 일이 있었다. 토요일 오후에 송산리 집까지 와서 하루를 지내고, 일요일 오후에 평양 하숙집으로 가기 위해 신작로 길을 걷고 있었다. 그런데 그 당시에는 드물게 볼 수 있는 승용차가 내 앞에 멈춰 서더니 한 선교사 목사가 나에게 숭실중학교 학생이냐고 물었다. 학생모에 흰 줄이 있어서 멀리서 보아도 눈에 띄는 모자였다. 1학년 학생이라고 대답했다. 그 선교사는 자기 차를 타고 가자면서 옆자리에 앉게 해주었다. 나는 세상에 태어나서 처음으로 고급스러워 보이는 자가용을 타보는 경험을 했다. 하숙집 가까이에서 내리면서 인사를 했더니, 자기는 선교사인데, 숭실전문학교에서 가르치면서 평양 부근의 여러 교회를 돌보아주고 있다고 했다. 그것이 인연이 되어 나와 마우리(E. M. Mowry) 선교사는 평생의 사제 관계를 갖게 되었다. 송산리 교회에 오는 일이 있으면 찾아가 만나기도 했다. 중학교 4학년부터는 시골 교회를 방문할 때, 나와 동행해 학생들을 가르치게도 했다. 어떤 때는 자기 대신에 나를 강단에서 설교하도록 부탁하는 일도 있었다. 나는 사양했다. 그러나 목사님은 주님의 일을 돕는 데는 사양해서는 안 된다고 타이르기도 했다. 어떤 때는 장티푸스 환자를 평양까지 차에 태우고 와서 기휼병원에 입원시키기도 했다. 밤늦게 왔을 때는 자기 집의 서재에서 재우고 병원으로 데리고 가는 일도 있었다. 나는 사정이 허락하는 대로 그 일을 도왔다. 중학교 4학년 겨울방학 때였다. 마우리 목사는 나에게, 4박 5일 동안 숭실전문학교 농장에 있는 교회에서 신앙부흥회를 하는데, 가서 도와주라는 부탁도 했다. 물론 나는 사양했다. 목사님이나 다른 분이 갈 때 따라가 돕기는 하겠으나, 나 혼자 가는 중책은 피하고 싶다고 고집을 부려보았다. 그러나 목사님은 자신이 부탁한다고 생각지 말고 주님께서 보내는 것으로 알라면서 간곡히 부탁했다. 농장교회 책임자인 우 장로에게는 다 약속해두었다는 것이었다. 나는 하는 수 없이 그 책임을 맡아야 했다. 그전에 영유 덕지리 교회의 경험이 있었던 때문일까. 끝내고 왔을 때에는 목사님이 "가기를 잘했지요?"라면서 감사의 뜻을 보여주었다.

2-3년 더 마우리 선교사와의 교류는 계속되었다. 그러나 일본 총독부는 선교사들을 모두 추방하는 절차를 밟았다. 마우리 목사는 일제의 경찰을 피해 몰래 나와 만나는 일을 추진하곤 했다. 미국으로 떠나기 전에는 나를 위해 간곡히 기도를 해주었다. 떠난 후에도 여러 면으로 나를 도와주었다.

6·25 전쟁 후에는 미국에 방문하는 한국 사람을 만나면 나에 대한 안부를 묻곤 했다. 그러다가 누군가를 통해 내가 연세대학의 교수로 있다는 소식을 전해 듣고는 대학으로 편지를 보냈다. 오랫동안 소식을 모르고 있었는데 연세대학의 교수로 갔다는 소식을 들었다는 반가운 편지였다. 나는 그분을 잊고 지냈는데, 목사님은 계속 나를 생각하며 기도해주었을 것을 생각하면, 그런 것이 신앙인들의 사명을 위한 우정이라는 생각이 들었다. 마우리 선교사는 말년에 숭실대학의 초청을 받아 한국을 다녀간 일이 있었다. 그것이 마지막 해후가 된 셈이다.

2-3년 뒤였다. 여름이 끝나가는데, 크리스마스카드와 더불어 목사님에게서 편지가 왔다. 크리스마스까지 기다렸다가 카드를 보내고 싶었는데, 혹시 그전에 주님의 부르심을 받을 것 같은 예감이 들어서 좀 일찍 카드를 보낸다는 내용이었다. 그리고 얼마 후에 세상을 떠났다는 연락을 받았다. 그렇게 해서 30여 년의 사귐이 끝난 셈이다.

파워 의사가 처음 은인이었다면, 마우리 선교사는 제2의 은인으로 잊을 수 없는 사랑을 받았다. 두 분 모두 고향이 미국 오하이오

주었다. 지금은 같은 주에 내 막내딸이 교수로 있고, 딸의 남편은 심장외과 의사로 일하고 있다. 두 분에 대한 작은 보답을 하는 것 같아 위로를 받는다.

물론 내 아들딸들이 미국에서 공부를 했고, 지금은 16명의 가족이 미국에 살고 있다. 누구도 예상 못했던 사랑의 인연이 맺어지는 것 같다. 먼 후일에는 인류가 한 가족과 같아지는 평화와 사랑의 역사가 이루어졌으면 좋겠다.

7

철학, 그리고 교육에 대한 생각들

철학에 대한 생각들

대학교에서 강의를 하고 있을 때니까, 오래전 일이다.

서울 동쪽에 있는 한 기업체에 강연을 가게 되었다. 회사에서 보내준 20대 후반의 기사가 내 왕복 차편을 책임 맡게 되어 있었다. 회사에 도착해 강당으로 안내를 받아 들어섰다. 사회자가 나를 소개하면서 Y대학교에 있는 유명한 철학교수라고 했다. 50분씩 두 차례에 걸친 비교적 긴 강연을 끝냈다. 집으로 돌아오기 위해 강당 밖으로 나왔는데, 대기하고 있어야 할 기사와 차가 보이지 않았다. 직원 한 사람이 말하기를 저 앞에 차는 있는데 기사가 보이지 않는다는 것이다. 나는 "좀 기다리지요."라고 말하면서 나무 그늘 밑에 있는 의자에 앉아 부사장으로 보이는 사람과 얘기를 나누고 있는

데, 기사가 땀을 흘리면서 숨이 가쁘게 뛰어 올라왔다. 부사장이 어디를 다녀오느냐고 물으면서 나무라는 표정이었다.

나는 차가 있는 곳까지 걸어가 차에 타면서, 서두르지 않아도 되니까 천천히 떠나자고 위로해주었다. 한참 가다가 기사가 입을 열었다. "저는 선생님이 그렇게 유명한 철학가인 줄은 몰랐습니다. 대학에서 가르치시고 계시니까 보통 철학가와는 다르시겠어요. 대학을 정년으로 떠나시게 되면 서울 한가운데에 사무실을 내셔도 되겠네요."라고 하는 것이었다. 나는 무슨 뜻인지 몰라 그대로 말없이 있었다. 그 기사는 다시 "차 안에서 죄송합니다. 사실은 제가 선생님이 유명한 철학가라는 것을 알고 다시 모실 기회가 없을 것 같아서 집에까지 뛰어가 사진들을 갖고 왔습니다. 저는 강원도가 고향인데, 두 달쯤 전에 서울 아가씨와 약혼을 했습니다. 약혼 사진을 보시고 제 아내 될 여자의 관상을 좀 보아주시면 좋겠어요. 고향 부모님은 아가씨는 못 보고 사진만 보았는데, 관상이 좋다고 그랬어요. 선생님이 보셔야 확실하지 않겠어요? 그래서 집에 가서 사진을 갖고 온 것입니다."라는 것이었다. 그 얘기를 듣고서야 나는 그 기사가 나를 관상도 보고 운명도 예고해주는 철학의 집, 점치는 철학가로 알고 있구나 하는 생각을 했다. 지금 와서 내가 그런 철학가가 아니라고 하면 얼마나 실망할까 싶기도 해서 망설이다가, "고향이 강원도 어딥니까?"라고 물었더니 정선 깊은 산골이라는 것이다. 그러면서, "차 안이지만 관상을 좀 보아주세요. 저와 잘 어울려 복 받을 것 같습니까?"라고 하는 것이었다. 사진들을 받고 보니까 약혼 기념사진이라서 그런지 꽤 큰 인물사진이었다. 기사는 "어떻습니까. 아들딸도 낳고, 부자는 못 돼도 가난하게 살지는 않겠지요?"라는 것이다. 나는 두 남녀의 사진을 보다가 나도 모르게 "두 분 다 신수가 좋은데요. 정직하게 부지런히 일하면서 살아가면 잘 사시겠네요. 마음을 합쳐가지고 서로 위해주면서 열심히 살아가세요."라고 말해주었다. 기사는 다시 "제가 외아들이거든요. 부모님은 아들 둘을 꼭 낳아서 키우라고 하셨는데, 아들 복도 있었으면 좋겠어요. 그런 건 관상으로는 안 되고 손금까지 보아야 하는가요?"라는 것이다. 나는 할 말이 없었다. "그것은 결혼한 다음에 천천히 다시 둘이서 의논해보세요. 지금은 누구도 확실히 모르니까요."라고 하고는 얘기를 중단해버렸다. 나는 사진을 다시 앞자리 운전기사 옆에 놓아주면서, "팔자를 믿지 말고 많이 배우고 열심히 노력하는 것이 복입니다."라고 한마디 추가해주었다. 그 기사는 유명한 철학가의 말이어서 그런지 "고맙습니다. 그렇게 하겠습니다."라고 인사를 했다. 나를 믿고 땀에 젖으면서 집에까지 가서 사진을 가져왔던 기사에게는 그 이상의 도움을 줄 수는 없었다.

옛날이야기다.

40년이 지난 후에 강원도 양구에 나와 안병욱 교수를 위한 기념관이 생겼다. 어떤 명칭이 좋겠느냐고 이야기를 하다가 '긴형서 안병욱 교수 철학의 집'이라는 이름을 붙였다. 누군가가 그렇게 되면 점치러 오거나 사주를 보러 오면 어떻게 하느냐고 걱정했다. 그러나 교수라는 호칭이 있으니까 괜찮을 것이라고 결정한 일이 있었다.

철학을 생각하는 사람들의 견해는 제각기 다르다는 생각을 했다.

1961년 연말쯤이었다.

나는 시카고대학교의 인터내셔널 하우스에 머물면서 어떤 모임에 초대를 받았다. 여러 개의 테이블에 5-6명씩 자리를 같이하고 있었다. 미국인들이 외국서 온 손님들을 초대하여 저녁식사를 대접하는 시간이었다.

사회자가 나를 한국에서 온 교수라고 소개해주었다. 그 얘기를 들은 내 왼쪽에 앉았던 초로의 여성이 나에게 "무엇을 가르치는 교수입니까?"라고 물었다. 나는 많은 수는 아니지만 한국의 대학교에서 철학을 강의하고 있다고 말했다. 초대받은 외국인 중에는 철학 전공이 보이지 않았기 때문이다. 그런데 내 얘기를 들은 그 여인은 그러냐는 표정을 짓더니, "결혼은 했습니까?"라고 물었다. 나는 좀 당황했다. 아직 나를 대학원생 정도로 보았는가 보다 싶었다. 그런 일은 자주 있다. 미국 사람들은 동양 사람의 나이를 낮추어 보는 경우가 많았기 때문이다. 나는 결혼한 지 오래되었다고 대답했더니, 그 여인은 "다행입니다."라고 얘기하면서 자기가 치른 얘기를 하는 것이다.

그녀는 아들이 둘 있는데, 큰아들은 철학공부를 한다면서 긴 세월을 고생고생하다가 박사학위를 받았는데, 이번에는 취직이 안 되어 또 몇 해를 지내다가 겨우 한 대학에 정착하게 되었다. 강사와 조교수 시절의 어려움은 말할 것도 없었다. 논문을 써야 하고, 그 논문이 인정을 받아야 한다. 강의에 실패하면 또 학교를 옮길 수밖에 없다. 그렇게 고생하다가 재작년에 겨우 부교수가 되고, 이제는 자리가 잡혔다고 생각을 했으나, 그러는 동안에 결혼도 못했고, 지금은 40대 중반이 되었다는 것이다.

부모의 입장에서 보면 교수로 정착하는 것보다 결혼을 해야 하겠는데 혼기를 놓쳤다는 얘기였다. 내가 지금까지 결혼을 못했느냐고 걱정을 해주었더니, 다행히 가르치는 제자가 결혼을 해줄 것 같아 기다리고 있다면서, 그 아가씨가 자기에게는 구세주 같아 보인다는 설명이었다. 그러면서 미국에서는 교수가 되는 것이 큰 고역이라는 얘기도 추가해주었다. 내가 작은아들은 어떻게 되었느냐고 물었더니, 그 애는 형이 그렇게 고생하는 것을 보고 학자가 되기를 단념하고 기술자가 되었고, 벌써 결혼해서 애가 둘이나 되고 수입도 형보다 많다는 것이다. 부모의 입장에서는 그럴 법도 했다. 고생의 대가로 따진다면 교수는 대우를 받지 못하는 셈이다. 철학교수는 더욱 어려웠을 것 같기도 하다.

철학과 교수로 오래 있으면, 때로는 다른 학과에는 없는 일이 생긴다.

한번은 지방의 유지로 보이는 이에게서 전화가 왔다. 정중히 자기를 소개하면서 연구실로 좀 찾아가도 되겠느냐는 문의였다. 그러라고 해서 만났다. 그의 청은 뜻밖이었다. 자기 아들이 고 3이 되었는데, 대학에 가서는 철학을 전공하려 한다는 것이다. 그래서 취직하기도 쉽고 사회적으로 인정받을 수 있는 학과를 갈 성적도 되는데, 철학공부는 왜 하느냐고 반대했다고 한다. 그래도 아버지의 얘기는 듣지를 않으니까 교수님이 한 번 만나서 철학공부는 하지 말라고 설득해달라는 것이다. 왜 그렇게 반대하느냐고 물었더니, 집안의 가업이 의학인데 의사가 되는 것이 싫으면 경제학 같은 공부를 하라고 해도 아들은 철학을 하고 싶다고 한다는 것이다.

나는 할 말이 없었다. "철학교수가 어떻게 철학공부를 하지 말라고 하겠어요? 다른 학과의 교수님한테 가보셔야지요."라고 웃었더니, "그 애가 교수님을 좋아하는 것 같아서 교수님 말씀이면 따를 것 같아 찾아왔습니다."라는 것이다.

나는 속으로 철학이 무슨 죄가 있어 그러나 싶어, "무슨 공부를 하든지 가장 앞서기만 하면, 다른 공부에서 뒤지는 것보다 더 성공할 수 있고 본인도 행복합니다."라고 말했다. 그리고 쑥스럽지만 내 자랑을 해서 돌려보냈다.

"우리 대학의 의과대학 교수들은 아침 8시에 출근했다가 어떤 때는 6시가 되어서야 퇴근합니다. 방학도 별로 없습니다. 환자가 찾아오면 밤에도 돌보아주어야 하고요. 그런데 나 같은 문과대학 교수는 일주일에 사흘만 나오면 됩니다. 주어진 9시간 강의만 하면 되고요. 여름방학, 겨울방학이 5개월은 되고요. 그런데도 나 같은 사람은 우리 의과대학 교수들보다 수입이 많습니다. 월급 외에도 여러 가지 일을 하니까요. 댁의 아드님도 그렇게 되면 다른 공부보다 하고 싶은 공부를 하는 것이 행복하고 좋지 않겠습니까."라고 이야기해주었다.

그런데 철학과에 오래 있어도 입학을 간곡히 청탁해오는 학부모는 별로 없다.

철학과에서 학부를 끝내고 독일로 유학을 갔던 한 여학생이 있었다. 그 학생이 졸업을 하면서 사은회에서 한 말이 기억난다. 철학과에 가겠다고 했더니, 아버지가 "제발 철학과에만은 가지 마라. 이다음에 결혼도 못한다. 철학과를 나온 여학생과 어떤 남자가 결혼을 하겠니?"라고 하면서 말리는 것을 뿌리치고 철학과를 지망했다고 했다. 필기시험을 끝내고 면접시간이 되었다. 철학과를 졸업한 후에는 어떻게 할 것이냐고 물으면 대답을 해야겠다고 마음먹고 있는데, ○○○ 교수님이 "철학과를 나오면 남자 친구들이 결혼하기를 꺼릴지도 모르는데, 그래도 괜찮을까?"라고 물어서 당황스럽고 화가 나기도 했다는 것이다.

우리가 그 교수에게 "왜 그런 얘기를 해서 4년 동안 마음 쓰게 했나?"라고 물었더니, "내 딸 같은 생각이 나서 걱정해준 거지. 그렇게 오래 마음에 새겨둘 줄이야 알았나?"라고 하면서 웃었다.

나도 속으로 생각해보았다. 내 딸 중의 하나가 철학 얘기를 해서, 철학보다는 사회학이 좋을 것 같다고 얘기했던 일이 있었다.

연세대학교 철학과에 지망하는 학생 모두가 철학을 전공해서 학자가 되겠다고 생각하지는 않는다. 그런 학생들은 대학원까지 진학해서 석사나 박사과정을 밟기도 하고, 대부분이 석박사과정은 외국으로 가는 코스를 밟는다. 전에는 유럽으로 가는 학생이 많았다. 그러나 요사이는 미국을 택하는 학생들이 더 늘어나고 있다. 유럽에서는 대학원생들이 등록금을 내지 않기 때문에 더욱 도움이 되기도 했다. 그리고 전통적으로 독일을 철학의 본고장 비슷하게 생각하는 학생들도 있었다. 나와 비슷한 세대의 교수들이 대부분 독일 철학을 강의하는 경우가 많은 것도 그 원인이 되었을 것이다.

그러나 철학과를 택하는 학생들 중에는 철학과를 거쳐 신학을 전공하려는 학생도 적지 않았다. 연세대학교와 숭실대학교는 기독교 대학이었기 때문에 더욱 그러했다. 신학을 공부하는 학생들이 조직신학을 전공하게 되면, 그 내용은 철학과 통하는 것이 보통이다. 그리고 교회사를 전공하려는 학생이 사학과를 택하기도 했다. 또 학부에서는 교육학을 공부하는 신학 지망생도 있었다. 숭실대학교의 철학과는 학생의 반 이상이 대학원에 가서는 신학을 전공하고 목사가 되는 이들이 많았다.

또 어떤 학생은 철학과를 끝내고 대학원에서는 다른 분야를 공부하는 이들도 간혹 있었다. 그리고 지금은 그렇지 않으나 한때는 철학과의 입시 커트라인이 좀 낮았기 때문에 철학보다는 연세대학교에 입학하기 위해서 철학과를 선택하는 학생들도 있었다. 그런 학생들은 철학과에 있으면서 다른 학과목을 선택하기도 했다.

그런 상황이었기 때문에 철학과 출신의 졸업생들의 사회활동 분야도 다양했다. 문과대학에서는 영문과 출신이 그랬다. 영어학이나 영문학 전공보다는 영어를 갖고 취직을 했기 때문이다. 철학과 출신으로 정현종 시인이나 오태석 씨 같은 이는 누구도 그들이 철학과 출신이라고는 생각지 못한다. 정현종 시인은 후에 국문과 교수가 되었다. 그러나 그들은 모두 철학과를 선택한 것을 후회하지는 않는다. 가장 좋은 선택이었다고 믿고 있다. 삶의 근원과 사상의 뿌리를 터득할 수 있었기 때문이다. 철학의 깊이만큼 삶의 영역이 깊어졌고, 그것이 시와 연극예술의 바탕이 되었기 때문이다.

오래전의 일이다. 세무 분야 공무원들을 위해 강연을 간 일이 있었다. 그 당시의 남대문세무서에 가서 서장과 얘기를 나누고 있는데, 총무부장이 들어와서 인사를 했다. 알고 보니 철학과 출신이었다. 서장의 얘기였다. "세무에 관한 사무적인 것들은 기술적이고 교과서식이어서 배우면 됩니다. 그러나 공직생활의 가치관과 인간적 소양은 기술이나 사내교육보다 더 중요한데, 역시 대학에서 어떤 가치관과 문제의식을 갖추었는가 하는 것이 중요한 것 같습니다. 저 친구는 철학과 출신이기 때문에 세무서 전체의 방향을 잘 이끌어가고 있습니다."라고 하며 긍정적인 평가를 하고 있었다. 철학과를 나오고 세무사 공부를 했던 것이다.

최근에 두 제자와 지방에 간 일이 있었다. 한 제자는 철학교수였는데, 다른 제자는 우리나라 은행에서 미국 지점장으로 추천을 받아 근무했던 제자였다. 그 제자도 학부는 철학과였고 후에는 금융 관계 공부를 했던 것이다. 정신적 사상과 가치관은 철학에서 배우고, 실무적인 공부는 직업을 위한 선택이었던 것이다. 내가 잘 아는 제자는 상당히 큰 기업체를 운영하는 회장직을 맡고 있다. 언제나 고맙게 생각하는 것은 그 제자의 기업적 가치관과 운영의 목표 설정이다. 규모에 비해서는 교육사업과 사회적 의미를 확대하는 데 높은 비중을 두고 있었다.

그래서 대학에 있을 때는 철학 전공의 후배와 제자 교수들과 낳은 시간과 협력을 갖게 되나, 사회에 나와 보면 사회 각 분야에서 활동하고 있는 철학과 출신의 제자들에게 더 존경스러운 고마움을 느끼는 때가 있다.

인문학적 사유로서의 철학

그러는 동안에 사회도 변하고 대학에도 새로운 책임이 주어지기 시작했다. 그리고 그런 변화는 선진국이 걸어온 길이기도 했다. 특히 경험주의와 실용적 가치를 존중하는 앵글로색슨 계통의 전통이 우리 사회에도 많은 영향을 미친 것 같다.

예를 들면, 연세대학교와 같이 문과대학이 있고, 그 안에 문학 계통, 역사학 계통, 철학 분야가 과별로 존재하던 대학제도가 융합과 전체적인 사회적 대응을 위해 발전적 변신을 하게 된 것이다. 문과대학이라는 학과별 특성을 내포하는 조직과 기능보다는 인문학 분야라는 포괄적 개념으로 바뀌고, 과별 전공은 학부의 상급반이나 대학원을 통해 전공하는 방향으로 발전하고 있다. 적어도 학부에서 2년 정도는 문학, 역사, 철학을 통합하는 인문학적 교양교육으로 이끌어가는 것이 바람직하다는 대학제도로 서서히 변하는 추세가 되었다. 과거에는 철학적 사유나 학문이 위주였으나, 지금은 그 전공 분야보다는 인문학적 사유와 가치관 형성이 선행되어야 한다는 사회적 요청을 받아들이게 된 것이다.

최근 우리는 색다른 사회적 변화를 보는 때가 있다. 그것은 인문학의 필요성을 강조하는 사람들이 대학에 있는 학자들보다도 기업체의 지도급 인사라는 사실이다. 그들도 기업체에서 과장이 되고 부장으로 승진할 때까지는 인문학의 필요성을 느끼지 못했을 것이다. 그러다가 큰 기업체의 운영을 책임 맡게 되면서는 무엇인가 자신들의 정신적 빈곤과 결함을 발견했음이 틀림없다. 한마디로 말하면, 정신적 가치관의 빈곤이다. 성장하는 사회의 원동력이 되는 정신 및 윤리의식의 빈곤을 느꼈을 것이다. 그것은 그만큼 우리 사회의 희망이 될 수도 있다. 그 결함과 결격이 어디서 왔는가? 구체적으로 지적하면 고전적 가치가 있는 독서를 못했다는 사실이다. 그들이 외국에서 정상적인 대학교육을 받았다면 고전들을 읽었을 것이며, 그 고전들을 통해 인문학적 교양을 터득할 수 있었을 것이다.

그보다도 더 절실하게 후회되는 것은 인문학적 사유와 사상에 접근해보지 못했다는 아쉬움이었을 것이다. 그 빈자리를 채우기 위해서는 기업체의 희망과 장래를 위할 수 있는 가치관을 갖춘 후배를 선발해야 한다는 요망을 갖지 않을 수 없었을 것 같다. 그래서 앞서가는 대표적인 기업체의 책임자들이 인문학적 소양을 갖춘 후배들을 필요로 하는 것 같다.

또 그와 비슷한 예는 다른 데서도 보게 된다. 지성적인 국민들의 안목에서 본다면, 정치계 특히 우리나라의 국회의 현상을 볼 때, 국회의원들의 가장 결핍된 것이 무엇이냐고 물었을 때는 역시 인문학적 소양이었다. 오히려 정치계 밖의 국민들과 지도자들은 정신적 가치와 인간적 삶의 의미를 찾아 누리고 있는데, 국회의원들의 사고와 가치관을 보면 사회에서 가장 버림받아야 할 집단이기주의적 사고와 가치관을 극복하지 못하고 있다.

그 하나의 예를 들어보자.

지성인은 자유와 개성 및 자신의 인격을 위하고 지키는 법이다. 어떤 사회나 공동체에 가든지 편 가르기는 하지 않는다. 특히 그 편 가르기가 이기적인 목적이 될 때는 사회악을 증대시킬 뿐이다. 인문학적 가치와 사유를 경험한 사람은 자신의 인격과 삶의 가치를 위해서라도 어떤 편 가르기를 추종하지 않는다. 물론 사람들은 사회활동을 하면서도 사는 집이 있고 가정이 필수적이듯이 정책에 따라 소속 정당이 있다. 그러나 하는 일의 목표와 방향은 확실하다. 국가와 겨레를 위해서이다. 소속된 정당이나 조직은 그 목적에 도달하기 위한 과정이며 행위의 영역이다. 이기적인 목적을 위한 집단이나 힘을 키우고 행세하기 위한 집단은 선한 결과를 창출할 수가 없다. 그 중간이 되는 집단이 목적이 되거나 전부가 될 수는 없다.

국회나 정당 자체가 국가나 겨레를 위한 중간 존재이다. 그 속에서 편 가르기를 한다는 것은 목적 상실인 동시에 자아 상실이기도 하다. 역시 인문학적 사유와 가치관의 결핍을 보여주는 실례가 되기도 한다.

역사가들은 또 다른 지적을 한다.

선진사회나 국가는 초창기의 긴 기간은 인문학적 뿌리로 기초를 닦는 시대로 삼았다. 모든 학문이 인문학이었다. 그 긴 기간이 끝난 후에 그 뿌리와 밑동 위에 사회과학이 줄기와 가지로 풍성히 자랐다. 그 후에 자연과학이 태어나고 자라서 오늘의 사회를 만든 것이다. 건전하게 자란 선진사회와 국가는 그 과정을 밟았다. 그러나 우리는 기계문명과 산업사회의 기술과 기능을 먼저 받아들였기 때문에 아직도 우리 사회를 이끌어갈 사회과학적 가치관을 찾지 못하고 있다. 자기 민족과 국가를 위한 사회과학적 역사의식과 가치관이 없는 국가는 선진국가가 되지 못한다. 정신적 가치는 외부로부터 빌려오고, 산업과 경제적 가치만 가지고 역사를 창조해가는 선진국가는 있을 수가 없다.

우리가 바로 그런 딜레마에 빠져 있는 것이다. 그래서 때늦은 감은 있으나 인문학적 사유와 가치관을 갖추지 못한 사회 각 분야의 지도층 인사들에게 실망하고 있으며, 역사적으로 갖추지 못했던 인문학적 사유와 가치관을 우리 모두가 요청하고 있는 것이다. 청년기와 장년기를 헛되게 보낸 노년기가 있다면 그 뉘우침을 되풀이해서는 안 되겠다는 자책감은 당면한 자기반성이기도 하다.

내가 대학에 있을 때 일이다.

자연과학 계열의 한 교수가, 우리가 학생들의 성적을 채점할 때에는 어느 교수가 언제 채점하더라도 같은 답이기 때문에 성적의 객관성이 인정되는데, 철학이나 문학 계통 교수들의 채점은 교수들의 주관에 따라 다르니까 객관적 기준이 없어서 공정하지 못하다는 의견을 내놓았다. 나는 긴 설명을 할 수도 없고 할 필요도 없을 것 같아 그 교수들도 자신들의 채점 기준과 강의 내용의 공통성은 갖고 있을 것이라고 말했다.

우리는 수학이나 자연과학의 경우에는 하나의 물음에 대해서는 하나의 유일한 대답을 원한다. 그러나 사회과학의 경우에는 하나의 물음에 여러 가지 해답이 나온다. 또 나올 수밖에 없다. 최근 많이 화두에 오르는 개념 중 하나인 '정의'도 그에 대한 해답은 하나일 수가 없다. 시대와 사회에 따라서 달라질 수도 있다. 그렇다고 해서 그중의 하나의 답만 받아들일 수도 없다. 그 타당성은 시대와 사회에 따라 동일할 수가 없기 때문이다. 그래서 상대적이기는 하나 그 타당성 여하를 가리게 된다. 그런데 인문학의 경우는 완전히 다르다. 어떤 물음에 대한 대답이 같을 수가 없다. 제각기의 견해를 갖고 있기 때문이다. "인간에게 어떤 목적이 있는가?"라고 묻는다든지, "사랑이란 어떤 것인가?"라고 물었을 때, 똑같은 오직 하나의 답을 내리라고는 요청할 수도 없고, 또 요청해서도 안 된다. 그리고 우리의 삶은 자연과학, 사회과학, 인문학, 이 세 가지 성격의 문제와 내용을 함께 가지고 사는 것이다. 모든 문제의 해답을 유일하고 절대적인 것으로 얻고자 하는 사고는 대단히 위험하고, 역사와 사회적 현실과 부합되지 않는다. 그렇다고 사회적 삶의 모든 문제와 내용이 시간, 공간에 따라 달라져야 한다는 사고도 위험하고 현실적이 못된다.

이 셋이 공존하는 역사적이며 사회적인 삶이 현실이라면, "인문학적 사유와 가치관의 특수성은 어떤 것이고, 왜 그것이 필요한가?" 하는 것이 문제인 것이다.

우리가 인간적인 삶, 특히 사회적 공동체 안에서 살아가는 동안에 가장 위험하며 있어서는 안 되는 몇 가지 암적 요소가 있다. 어떤 사람은 그것을 선입관념이나 고정관념의 노예가 되어 있는 자세라고 부른다. 또 다른 이들은 그에 못지않게 위험한 것은 편견이라고 지적하기도 한다. 그런 것들은 그 개인을 불행하게 만들 뿐 아니라 사회적 병폐를 만든다. 그런 사고방식과 가치관이 굳어지게 되면, 그 사회는 폐쇄사회가 되며 그 구성원들은 불행과 고통을 모면할 수가 없다. 그런 사고와 가치관이 지도층을 지배하고 있는 국가나 사회는 결과적으로 독재나 전체주의 사회가 된다. 그리고 그 사상적 결론은 절대주의적 가치관으로 응고된다. 우리는 그런 현실적 결과를 히틀러 시대의 독일에서 보았고, 일본의 왕실 중심의 군국주의에서 체험했다. 북한은 지금도 그런 절대주의적 가치관의 패악(悖惡)을 극복하지 못하고 있다. 그러면 이제 그런 고정관념, 선입관념, 그리고 편견에서 벗어날 수 있고 새로운 가치관을 창출할 수 있는 길은 무엇이겠는가? 그것이 인문학적 사유이며 가치관인 것이다. 그것이 전부라고 주장하지는 않는다. 또 언제 어디서나 같은 역사적 결과를 약속하지도 않는다. 그러나 온갖 편견과 고정관념, 과거의 노예로 자족하는 선입관념에서 벗어나기 위해서는 인문학적 사유와 지성적 사유는 절대로 필요한 것이다.

최근에는 세계적 사상가들이 다 같이 공인하는 하나의 역사적 과정과 지향점이 있다. 절대주의 시대를 끝내고 서로가 공존하는 상대주의 시대로 발전해야 하며, 그 열린사회로의 길이 다원적 가치 사회로 발전해야 한다는 세계사적 과제이다. 그런 길을 개척해주고 가능케 하는 사고가 바로 인문학적 사유인 것이다. 열린사회로의 가치관의 확립인 것이다. 문학적 상상력도 그 하나이며, 건설적 역사의식도 그 임무를 도와주고 있다. 그리고 철학적 특색의 하나는 모든 사고와 가치관을 역사적 현상과 현실의 근저에서 보는 자세이며, 가장 넓게 탐구하려는 가능성을 찾는 길이다. 철학은 언제나 형이상학적 사유를 견지해왔다. 모든 사물과 현실의 근원적 과제를 탐구하려는 의도였다. 그리고 또 하나의 과제는 모든 문제를 더 넓게 멀리까지 관찰하려는 세계관의 수립이다. 그런 노력은 언제나 창조적 가능성을 동반하며, 자유로운 희망의 역사를 기약해준다고 믿기 때문이다.

교수다운 교수이고 싶었다

내가 연세대학에 부임했을 때 느낀 현상 중 하나는 상당히 많은 교수들이 보직에 대한 관심이 많다는 것이었다. 특히 총장 주변의 실무자들이 그런 것 같았다. 군에서는 계급에 따라 직책이 달라진다. 그러니까 승진을 한다는 것은 더 중대한 직책과 직결된다. 별을 달고 못 다는 것의 차이는 대단히 중요하다. 공무원들도 비슷한 성격을 갖는다. 과장과 국장의 차이는 직책의 차이이기도 하며 사회적 관심의 대상이 될 수도 있다. 그러나 교수사회는 다르다. 강사, 전임강사, 조교수, 부교수, 정교수 등의 차이는 있다. 미국에서는 부교수 이상이 안정된 대학의 직책이 된다. 그리고 학문적 업적에 따라 평가되기 때문에 그 계층의식은 중요하지 않다. 조교수의 업적이 정교수보다 앞설 수도 있다. 또 연한이 찼는데도 승진이 못 되면 학문적 업적에 따라 제재를 받을 수도 있다. 문제는 학문적 업적에 따른 평가가 중요하다.

교수회의에서도 그렇다. 원로 교수라든지 정교수의 제안이기 때문에 채택되지는 않는다. 조교수의 발의가 받아들여지는 경우도 얼마든지 있다. 모두가 평등한 발언권과 결정권을 갖는다. 그렇다면 대학에서는 보직을 맡는다는 것은 그만큼 자기의 학문적 성장에는 도움보다도 손해가 되는 일이다. 더 주어지는 것이 있다면 보직수당이 따를 뿐이다. 그럼에도 불구하고 학문적 손해를 보면서도 보직을 선호하는 교수들이 적지 않다. 그것은 군이나 공무원들의 사회적 관념이지 대학사회에서는 어울리지 않는 생각이다.

바깥 사회에 나가면, 그 보직 여하가 교수 평가의 기준이 되기도 한다. 신문에서도 그렇다. 학장을 지냈다든지 학회장을 지냈다면 그만큼 우대를 받는다. 그러니까 교수들도 그 길을 밟는다. 물론 대학을 위해 보직이 필요하다면 누군가는 그 직책을 맡아야 한다. 무능한 교수보다는 유능한 교수가 책임을 지는 것도 잘못이 아니다. 그러나 대학 측에서 본다면 학문적 성과와 기여도가 높은 교수를 보직 때문에 손해 보게 하는 처사는 바람직스럽지 못하다. 또 학구적 과제를 소홀히 하면서 보직을 원한다면, 그것은 교수다운 선택이 못 된다. 그런 점들을 고려했기 때문에 나는 가급적 대학에서 보직은 맡지 않는 것이 옳다는 생각으로 지냈다. 물론 이기적인 복적 때문은 아니다. 나보다 유능하게 보직을 이끌어갈 사람이 있으면 양보하면서 그를 추천하는 것은 당연한 책무여야 한다.

한번은 총장에게서 전화가 왔다. 오후 2시에 어디에 있느냐고 물었다. 나는 집에 있을 것 같으나 용무가 있으면 지금 말씀하라고 했다. 총장은 오후 2시에야 전달할 수 있으니까 꼭 집에 있으라는 것이다. 2시가 되었다. 전화가 왔다. 다음 학기부터 교양학부장 책임을 맡아주어야겠다는 것이다. 나는 안 되겠다 싶어 사양하려고 했다. 총장은 지금 인사위원회가 시작되는 시간이어서 더 얘기할 시간이 없다면서 전화를 끊어버렸다. 시간의 여유를 주면 내가 사양할 것 같으니까 전화로 통고한 것이다.

할 수 없이 교양학부장직을 주어진 기간 동안 맡을 수밖에 없었다. 그렇다고 나에게 주어진 책임을 소홀히 할 수는 없다.

1971년 말쯤이었다. 서울대학교 철학과의 Y 교수와 서강대학교의 K 교수가 집으로 찾아왔다. 찾아온 목적은 두 가지였다. 가장 중요한 것은 다음 차례 한국철학회장직을 맡아달라는 것이다. 연세대학교의 순서가 되었다는 것이다. 나는 대단히 죄송하지만 1년간 미국 대학에 출강하게 되어 있고, 돌아오는 길에 긴 여행이 결정되어 있기 때문에 맡을 수가 없으니 용서해달라고 부탁했다. 내 실정을 받아들인 두 교수는 양해해주었다.

다음 문제는 철학회의 예산이 부족해서 항상 고민인데, 발간하는 기관지의 평생회비제를 추진하고 있으니 좀 부담이 되더라도 그 처음 회원이 되어 회비를 내주면 고맙겠다는 것이다. 아마『철학』연구지 발행에 드는 비용 때문에 그 방법을 택했던 것 같았다. 나는 웃으면서 "철학회장을 하라고 요청해오지 않으면 지금 당장 그렇게 하겠다."고 대답했다.

그래서 많지 않은 평생회비를 선납하기로 했다. 그 덕택으로 지금까지 『철학』지가 계속 배송되어 온다. 너무 오래 살아서 미안할 정도로 혜택을 받고 있다. 속으로는 '철학자들이 겨우 찾아낸 방법이 손해 보는 길밖에는 연구하지 못했나.'라면서 웃는다.

또 다른 방법들

가장 교수답게 산다는 것은 교수 현장을 지키는 일이다.

언젠가 한번은 미국 샌프란시스코를 방문한 일이 있었다. 그곳에 있는 연세대학교 출신의 제자들이 환영만찬을 준비하여 나를 초대했다. 미안한 마음을 갖고 갔는데, 20여 명이 모였다. 졸업생 대표의 인사말이 있었다. "교수님, 적게 모였다고 섭섭하게 생각지는 마세요. 지난번 부총장께서 오셨을 때는 6명밖에 모이지 못했습니다. 오늘은 교수님 강의를 직접 들은 제자들이 많아 이 정도라도 모인 것입니다."라고 했다.

나는 즐거운 시간을 끝내고 숙소로 돌아오면서 생각해보았다. 부총장은 행정직 책임자로 다녀갔으니까 직접 제자는 적거나 없을 수도 있다. 그러나 나는 교양과목을 맡았으니까 수강생이 많았을 것이다. 그 고마운 혜택을 내가 받고 있는 것이다. 사제 간의 정은 교실을 통해 생기는 것이다. 행정하고는 성격이 다르다. 그래서 교수는 강의나 연구 현장을 떠나지 않을수록 좋다. 교육행정을 위해 교수 현장을 떠나는 것은 옳은 선택은 아니라고 생각한다.

정년퇴직하고 몇 해가 지났을 때 일이다.

한 지방대학에서 총장직을 맡아줄 수 있겠느냐는 청원이 있었다. 물론 사립대학이다. 나는 생각해보지도 않고 거절했다. 그리고 "나에게 특별한 사정이 있어 강의를 해 줄 수 있겠느냐고 물으면 재고해보겠으나, 총장직은 내가 바라는 길이 아닙니다."라고 대답했다. 나는 교수직이 귀하기 때문에 행정직을 원하지 않는 일생을 지켜왔기 때문이다.

교수생활을 하다 보면 여러 가지 대외 활동에 참여하게 된다. 그런 경우에도 따져보면 교수로서의 사회참여의 정도(正道)가 있어야 한다. 해야 할 일이 있고, 해도 그만 안 해도 그만인 것도 있다. 또 해서는 안 되는 일도 있다. 그것을 식별하는 일은 어렵지 않다. 그런데 어떤 교수들은 대외 활동을 찾아다니기도 한다. 그것이 자랑거리가 되기도 했다. 그러나 찾아다니는 일까지는 없으면 좋을 것 같다. 가부(可否)를 가리는 것은 초청을 받았을 때의 일이다.

그중에서도 어려운 일은 정부 측에서 요청을 해오는 경우다. 대개의 경우 그런 것은 정부시책을 위해 교수의 협조가 필요했을 때의 요청이다. 한때는 평가교수제도가 그러했다. 확실하지는 않으나 정부 측에서 대학에 모 교수를 추천해달라고 하거나 정부가 직접 요청해오기도 했던 것 같다.

내 경우는 대학에서 맡아주었으면 좋겠다는 청이었다. 그 경우는 정부가 지명해온 요청이었을 것 같다. 나는 사회과학 분야가 아니었기 때문에 평가교수에 참여할 일이 별로 없었던 편이다. 3년 임기였던 것으로 기억하고 있다. 1년 반이 좀 넘었을 때였다. 정부 측에서 내가 바쁘기도 하고 또 정부의 시책과 어긋나는 경우도 생기니까 더 수고해주지 않아도 좋겠다는, 말하자면 해임 통지가 왔다. 잘되었다고 생각했다. 짐작되는 바가 없지 않았다. 비교적 자주 지방에 강연회 등에 참여하게 되는데, 정부시책을 긍정적으로 평가하기보다는 부정적으로 얘기하는 일이 보통이었기 때문에 불만이었던 것 같았다. 그렇다고 사실이 그런 것을 아니라고 내 생각을 바꿀 수는 없는 것이다.

교수들에게 찾아오는 유혹에 가까운 정부 측의 요청은 감투, 즉 명예와 얼마 안 되는 보수였던 것 같다. 정부가 요청한다고 해서 다 그런 것은 아니다. 그래서 교수로서의 자세와 의무를 지키는 것은 소중한 판단이었던 것 같다. 그래서 한때는 어용교수라는 말까지 있었다. 그러나 정부와 협력한다고 해서 일률적으로 어용교수로 보아서도 안 된다. 그렇게 본다면 영국이나 미국의 교수들 대부분은 어용교수가 되어야 할 것이다. 그 사회의 교수들은 정부나 사회 일을 돕는 것은 당연한 임무라고 생각한다. 또 그래야 할 것이다. 정부의 일은 정부만이 책임지고 사회적 지도자는 그 일을 비판하거나 반대만을 일삼는다면, 결국은 국가적 손해가 된다. 그러나 프랑스의 지성인들과 교수들은 정부의 일에 비판 또는 반대하는 경우가 더 많다. 우리도 한때는 그러했다. 생각해보면 영국이나 미국의 교수들은 경험주의적 전통을 지켜왔기 때문이며, 프랑스와 독일은 합리주의 전통을 계승한 사상과 사고의 역사적 차이였을 것 같다. 이 때 가장 소망스러운 것은 교수들 자신의 건설적 평가이다. 교수에 게도 애국심은 절대적이며, 더 많은 사람이 인간답게 살도록 도울 수 있는 일을 외면하거나 포기해서도 안 된다. 비판을 받아도 할 일 이 있고, 칭찬을 받아도 해서는 안 되는 일이 있다. 그 객관적 가치 를 평가하는 것이 지성인과 교수의 책임인 것이다.

오래전 미국 대학을 참관하면서 느낀 두 가지 생각을 기억하고 있다.

하나는 교수들에 대한 호칭이다. 하버드대학교에서는 누구를 소 개할 때 가장 초보적인 호칭이 박사이다. 예를 들면, 대학의 교수 (University Professor)가 자신의 조교나 보조교수를 소개할 때는 ○○○ 박사라고 부른다. 학생들에게, 나를 보좌하고 있으나 박사 학위는 갖고 있는 분이라고 밝혀주는 호칭이다. 그러니까 박사라는 것은 앞으로 학문을 할 자격을 얻었다는 뜻이기도 하다. 우리에게 있어서도 그렇다. 외국이나 국내에서 박사학위를 취득했다는 것은 이제부터는 본격적으로 학문을 할 자격을 검증받았다는 뜻이다. 그 런데 학위를 취득했기 때문에 이제는 다 성숙한 학자가 되었다고 착각하는 사람은 그것으로 학문적 성장은 끝나게 된다.

하버드대학교에서 박사보다 인정받는 호칭은 교수(Professor)이 다. 교수라는 호칭은 학문적으로 인정받을 뿐 아니라 교수의 자격 을 인정받았다는 뜻이다. 적어도 부교수 이상은 되었을 때의 호칭 이다. 그러다가 사회적으로나 때로는 세계적으로 인정받는 교수가 되면 존칭으로 미스터라는 칭호를 쓴다. 우리말로는 선생에 해당이 될지 모르겠다. 세계적인 원로 교수는 미스터 ○○○이라고 부르고, 대통령도 미스터라고 부르기도 한다. 미스터라는 말은 직업적인 교수를 넘어 인간적, 인격적으로도 스승이 되는 사람에 대한 존칭일 것 같기도 했다.

우리도 점차 그렇게 되는지 모르겠다. 교수직을 지낸 큰 스승은 ○○○ 선생으로 부르는 것이 더 어울리는 호칭인 것 같다. 우리 주변에서도 도산 안창호 선생이라고 부르는 것이 보통이다. 내가 중앙학교에 있을 때는 중앙과 고려대학교의 교수는 물론 정치계에서도 인촌(仁村) 선생이라고 김성수를 부르곤 했다.

한 가지 얘기만 더 추가하기로 하자. 교수다운 교수는 우리 대학들 간에서는 어떻게 평가하는 것이 좋을까? 내가 후배 교수들과 신임 교수들에게 하는 얘기가 있다. "어떤 대학이 가장 훌륭한 대학인가? 총장의 존경을 받는 교수가 많은 대학이다." 세계적인 대학의 총장들은 많은 사람이 기억하지 못한다. 그러나 A대학교의 ○○○ 교수, B대학교의 ○○○ 교수는 널리 알려져 있다. 그 교수들은 누구인가? 총장의 존경을 받아 초빙받은 교수들이다. 또 그 교수들은 물론 행정 책임자인 총장을 존경한다. 서로 존경을 하면서도 총장보다는 교수가 더 존경받는 경우가 보통이다. 아직도 우리는 그런 대학과 사회의 관계에는 이르지 못하고 있다. 그러나 점차로 그런 사회로 변해가고 있는 것만은 사실이다. 어느 대학교에 어떤 총장이 있었다는 사실은 몰라도 같은 대학교에 있었던 몇 교수들은 사회저으로 더 존경받는 일이 많아지고 있다. A대학교에서 노벨상을 받은 학자가 배출되었다고 상상해보자. 그 교수는 총장보다 높은 평가를 받는 것이 사실이다. 총장은 그런 학자들을 초빙하고 연구할 수 있도록 이끌어주었기 때문에 존경을 받게 되는 것이다.

교수는 어느 정도의 교육자인가

좋은 교수일지는 모르나, 교육자적 자질을 갖추지 못했을 뿐만 아니라 인간적인 결함이 있는 교수들이 사회적 평가의 대상이 되는 경우가 자주 나타나곤 한다. 또 사회 여론은 정치인이나 기업가가 그런 과오를 범했다면 눈감아줄 수도 있으나, 교수직을 가진 사람이 그런 실수를 했다면 용납할 수가 없다는 질책을 가한다. 그래야 할 것이다. 교수는 교육자이기 때문에 스승다운 모범을 보여주어야 하는 까닭이다. 또 그만큼 기대가 많았다는 것은 교수들에 대한 존경심이기도 하다. 그래서 교수들은 그런 기대와 존경심을 가볍게 여겨서는 안 된다.

정치인도 사람이며, 기업을 하는 사람도 인간이다. 교수도 같은 인간이다. 실수도 있고 과오를 범하는 것이 인간이 아니겠느냐고 생각할 수는 있다. 그러나 그것은 옳은 생각이 아니다. 의사가 환자를 돈벌이의 대상으로 삼을 수 없듯이, 자녀들을 믿고 맡겨야 하는 학부모나 사회인의 기대와 존경을 가벼이 본다면, 그것은 사회인으로서의 자격도 상실하는 것이다. 그중에서도 가장 교수들을 부끄럽게 하는 사건은 경제적, 재정적 비리이다. 그런 잘못은 건전한 사회인들도 빠지지 않는 유혹이다. 돈 때문에 교수나 교육자의 양심을 눈감게 해서는 안 된다. 그런 문제는 교육계에 몸담지 않았어도 이미 정신적으로 해결짓고 있어야 할 문제이다. 경제적, 재정적 유혹에 넘어가서도 안 되지만, 그런 것들을 가지고 동료나 제자들을 유혹하는 행위가 있다면, 그것은 교육자의 자격을 포기한 사람이다. 그것은 인간적으로는 물론 교수다운 교수가 되기를 스스로 포기한 것이다. 세상 어디에 가든지 있어서는 안 될 일 중 하나는 돈이나 물욕을 극복하지 못하는 것이며, 더 나쁜 것은 그것으로 다른 사람을 유혹하거나 이용하는 일이다. 최소한 교수나 교육자는 물질적인 욕망의 노예가 되어서는 안 된다. 자신의 양심과 인격을 금전이나 물욕의 대가로 포기하지는 말아야 한다.

정신적인 직업에 종사는 사람들, 특히 종교계나 교수사회에서 일하는 사람들에게는 또 하나의 유혹이 있다. 명예욕이다. 물질적 욕망이나 부에 대한 욕구는 극복할 수 있어도 명예에 대한 욕망은 거의 노년기까지 뒤따르는 것 같다. 가수나 탤런트들은 대중을 상대로 하기 때문에 인기가 중요하다. 다수인 대중의 인기가 성공과 실패를 가름하기도 한다. 때로는 정치인들도 그렇다. 선거제도가 유지되고 있는 동안은 대중과의 영합은 불가피하다.

그러나 교육자나 교수는 인기 종목이 아니다. 다수의 투표에 의해서 결정되는 직업이 아니다. 수가 적더라도 괜찮다. 존경을 받는 스승이 되는 것이다. 군인이 명예를 생명과 같이 여긴다면, 교수는 존경받는 교수가 되는 것이 목표이다. 그런 사람이 참스승이다.

우리 주변에는 그런 사람이 적지 않다. 나는 오래전에 강연회를 위해 철학계의 선배인 박종홍 교수와 동행한 일이 있었다. 그때 그가 남겨준 이야기를 지금도 기억하고 있다. 그는 논문을 정리하고 싶어서 주말을 이용했다. 토요일과 일요일 밤까지 자지 않고 진행했다. 월요일 아침식사까지 잘 먹고 학교로 나서다가 대문 앞에서 졸도해 쓰러진 것이다. 의사가 오고 야단을 했다는 것이다. 그러면서 하는 이야기였다. 60세 이전까지는 밤잠을 안 자고 공부해도 무리인 줄 몰랐는데, 60세를 넘기고 나니까 무조건 자야겠다는 것이었다. 왜 60세가 넘은 교수가 밤잠을 설치면서 공부해야 했는가? 한 가지 확실한 것은 명예를 위해서는 아니다. 그보다 좀 위였다. 고려대학교의 김경탁 교수가 택시 안에서 했던 얘기다.

"김 교수님은 어떤지 모르겠는데, 저는 요사이 학생들을 대하기가 항상 부끄럽기만 합니다. 논문이라고 써서 발표해봅니다. 그러나 세월이 지나면 제자들이 이런 걸 논문이라고 썼냐고 할 것 같고요. 저서를 남겼다고 해도 다른 교수들이 보고는 차라리 저서를 남기지 말아야 했다면서 책을 접을 것 같아 부끄럽기만 합니다. 그래서 요사이 한 가지, 그래도 제자들에게 실망시키지 않을 방법을 찾았어요. 죽을 때까지 책상에 엎드려 공부하다가 죽으면 후에 제자들이 '우리 교수님은 죽을 때까지 공부하시다가 돌아가셨다면'서 용서해줄 것 같아요."

고려대학교 김성식 교수의 문상을 갔을 때였다.
어떻게 그렇게 갑자기 세상을 떠났느냐고 물었다. 아드님의 대답이었다. "동아일보에 보낼 원고를 쓰다가 저를 찾기에 방에 들어갔더니, 아무래도 감기가 심해 더 쓸 수가 없으니 약국에 가서 감기약을 사다 달라고 하시기에 약을 사다 드렸어요. 약을 드시면서 30분쯤 자고 일어날 테니, 시간이 되면 와서 깨워달라고 하셔서 30분 후에 들어가 보니 세상을 떠나 있었습니다." 사모님은 오랜 병중이어서 대학병원에 머물렀고, 혼자 외로이 학문에만 열중하고 있을 때였다.

존경을 받는 삶은 주어진 일에 최선을 다하는 삶이다. 그러기 위해서는 앞선 사람과 주변 사람들의 좋은 면을 찾아보기 때문에 자신은 점점 낮아지고, 선한 동료들을 높여주는 자리에 머물게 된다. 그것이 학문의 길이다.

지금의 나이가 되면서 크게 후회하는 일이 있다.

옛날부터 다른 무엇보다도 자식 농사를 잘 지어야 한다는 얘기가 있었다. 교수는 제자들을 훌륭하게 키워야 한다. 그보다 더 중요한 일은 없다. 그런데 나는 그 일을 소홀히 했던 것이다. 내가 할 책임을 다하면 제자들은 또 자신들의 길을 개척해갈 것이라고 생각하고 있다. 힘껏 도움을 준 것이 있다면, 교수로서의 한 모범을 보여줄 수 있기를 원했다. 그리고 제자들 모두가 성공하고 행복해졌으면 좋겠다는 염원이었다. 또 사회적으로 보람 있는 일을 하는 제자들을 볼 때는 자랑스럽고 더 좋은 일을 많이 할 수 있기를 기원하는 마음으로 지냈다. 학문적으로도 나보다 더 앞서고 훌륭한 후배들이 배출되었으면, 그보다 더 자랑스러운 일은 없었다.

　그런데 그 책임을 다하지 못했다. 다시 한 번 교단으로 돌아간다면 진심으로 제자들을 위하고 밀어주고 싶은 마음이다. 그런 소망은 내 제자들에게만 갖는 것이 아니다. 다른 대학교 출신이라도 내가 해야 할 일을 대신해주는 후배에게는 도움과 협조를 아끼지 않았어야 했다는 것을 깨달았을 때는 이미 그 기회를 놓친 뒤가 되었다.

　교수는 존경받는 스승이 되는 것이 본래의 길이었던 것이다.

8
또 하나의 길, 신앙적인 성장

숭실학교와 더불어

중학교 1학년 때 부흥회를 끝내면서 나는 연초에 내가 건강을 잃고 기도를 드린 하느님이 누구인가를 깨달았다. 그리고 내가 믿는 하느님이 어떤 분인가를 알게 되었다. 어머니는 내가 하늘로 들려 올라가는 꿈을 꾸었는데, 그 꿈은 가족들이 생각했던 대로 내가 죽을 꿈이 아니라 신앙인으로 다시 태어날 것을 예고한 꿈이었던 것이다. 물론 후일에 깨달은 내용이기는 해도.

그러면서 나는 신앙으로 굶주린 정신적 욕구를 채우기 위해 노력하다가 한 방법을 찾았다. 우리나라에는 신앙을 위한 책들이 없었으나 일본은 이미 적지 않은 기독교 신앙에 관한 책들이 출간되고 있음을 알았다. 그래서 소개를 받는 대로 일본 구세군과 개신교 출판계를 통해 발간되는 서책들을 주문해서 읽기 시작했다. 짤막한 내용들이었으나 감명 깊은 신앙적 수기와 체험담들이었다. 요사이 우리는 그런 내용을 간증적 수기라고 부를 것 같다. 많은 책을 읽으면서 신앙적 체험이 어떤 것인지 알게 되었고, 나에게도 그런 은총의 사건들이 벌어질 것이라는 마음을 굳힐 수 있었다.

지금도 기억하는 몇 가지 체험기가 있다.

도쿄에서 대표적인 중고등학교를 졸업하고 도쿄대학에 입학한 한 젊은이가 불치의 피부병을 앓게 된다. 온몸이 가렵고 심한 통증 때문에 견딜 수가 없이 괴로웠다. 그런데 물속에 들어가 있으면 그 가려움과 통증을 이길 수 있었다. 그 젊은이는 학업을 중단하고 고향에 돌아가 자기 몸에 맞는 목욕통을 준비하고 그 속에서 생활하면서 병 치료를 받아야 했다.

자기 신세를 비관한 청년은 자살을 계획해서 야반에 손목의 동맥을 끊는 비극을 저지른다. 이상하게 예감을 느낀 모친에게 발각되어 어머니와 아들은 붙들고 울었다. 어머니는 아들에게 "네가 죽으면 나도 따라 죽을 테니까, 스스로 목숨을 끊으려면 함께 죽자."고 애원한다. 아들은 자살을 않겠다고 약속한다.

어떤 날 어머니는 길가에서 한 동네의 부인을 만나 자기 처지를 하소연하면서 너무 힘들다고 눈물을 흘린다. 그 어머니의 마음을 헤아린 부인은 내가 다니는 교회의 목사님과 함께 방문해도 좋으냐고 양해를 구한다. 아들을 둔 모친은 너무 고맙지만 미안하다는 말 뿐이었다.

그렇게 되어서 교회 목사가 욕조에 들어가 있는 젊은이를 찾아 우정을 나누게 된다. 목사는 특별한 일만 없으면 매일 한 차례씩 찾아와 대화를 나누곤 했다. 그리고 성경책을 주면서 마음이 내키면 읽으라고 권했다. 젊은이는 혼자 있는 시간에는 성경을 읽었다. 성경말씀에 나오는 내용들을 통해 그는 인간들의 생활 속에 내재하는 모든 삶의 목적과 가치관이 더 높은 차원의 인생관으로 바뀌어야 함을 깨닫게 된다. 그는 목사와의 우정과 신앙적 대화를 통해 얻은 새로운 깨달음과 기도를 거듭하는 동안에 주어지는 은총의 사실과 내용을 기록에 남기기 시작했다. 그 일부는 친구들에게 보낸 편지로 알려졌고, 위로와 희망을 체험하는 신앙적인 수상과 은혜에 대한 감사의 글들을 기회가 있는 대로 발표하게 되었다. 자기가 출석하지 못하는 교회의 신도들과 함께 있지 못하는 지난날의 친구들에게도 그가 남긴 간증의 내용이 큰 감명을 전해주었다.

나도 그에 관한 기록과 남긴 글들을 읽으면서 깊은 감명에 잠기곤 했다.

또 하나의 자서전적 수기는 『철창생활 20년』이라는 책자였다.

한 외교관의 집에서 가사를 도우면서 외교관의 비서 일을 맡은 젊은이가 있었다. 어린애가 없는 외교관 부부는 친동생과 같이 그 젊은이를 믿고 지냈다. 한번은 외교관이 집을 비우고 일주일간 외국으로 나가게 되었다. 부인의 친절을 사랑으로 착각한 젊은이는 혼자 잠든 부인 방에 침입해서 성적 욕망을 채우려고 했다. 부인의 놀라움과 반항에 겁을 집어먹은 젊은이는 주인 남편이 돌아왔을 때를 생각했다. 자신도 모르게 더 큰 범행을 저질렀다. 그 부인을 살해한 것이다. 이 사건을 은폐하기 위해 젊은이는 석유를 뿌리고 방화해서 집 전체를 태워버린다. 급보를 듣고 달려온 외교관은 부인의 실수로 인한 화재로 알고 젊은이를 떠나보낸다. 그러나 후일에 다른 일과 연루되어 그것이 살인과 방화였음이 밝혀지면서 젊은이는 무기징역형에 처해지고 그 당시의 관례에 따라 북해도의 탄광에서 종신노동을 하는 판결을 받는다. 그 젊은이는 자포자기 상태에서 여생을 원망과 절망 상태로 보내게 된다.

그때 아들을 먼 북국으로 보낸 혼자 된 어머니는 1년에 한 번씩 면회를 오곤 했다. 그러나 아들은 어머니의 면회까지도 거부해버리곤 했다. 한번은 모친으로부터 편지가 왔다. 나이도 많아지고 살날이 많지 않으니까, 마지막 면회에는 얼굴을 보게 해달라고 간곡한 호소를 했던 것이다. 마지막 면회를 끝낸 어머니는 "나는 너에게 더 할 일이 없기 때문에 이 책을 두고 갈 테니까 읽어라."라고 하면서 성경책을 남겨주고 떠났다. 어머니는 속으로 '내 노력과 기도에는 한계가 있으니까 주님께서 내 아들을 버리시지 말라.'는 기도를 드리고 떠나갔다.

같은 방에 숙식하는 죄수들은 그의 모친이 주고 간 성경책을 필요할 때마다 앞뒤로 한 장씩 뜯어서 코를 풀거나 화장실에 가 써버리곤 했다.

어떤 날 그 죄수는 뒤늦게 광산으로 나가다가 어머니 생각이 나 앞뒤가 떨어진 성경책을 뒷주머니에 넣고 뒤따라갔다. 갱도 안에서 점심을 먹고 잠시 쉬는 시간이었다. 그 죄수는 다들 잠든 자리를 떠나 전등불이 밝은 갱도 한쪽 구석으로 갔다. 어머니가 주신 책이 다 사라지기 전에 남은 부분이라도 읽는 것이 어머니에 대한 못난 자식의 도리일 것 같았던 것이다. 책을 읽고 있는 한순간에 큰 굉음과 더불어 앞이 캄캄해졌다. 갱도가 무너진 것이다. 정신을 차리고 보니까, 잠들어 있던 친구들은 모두 석탄과 흙더미 속에 묻혔다가 목숨을 잃고 자기만이 살아남게 된다.

감방에 혼자 돌아온 죄수는 어머니가 아무 필요도 없는 내 목숨을 살리기 위해 이 책을 주고 갔다는 생각을 했다. 계속 읽고 또 읽었다. 뜻밖의 변화가 찾아왔다. 그 책 속의 예수와 하느님이 자기를 찾아왔다는 생각이 들었다. 눈물을 흘리면서 기도를 드렸다. 세상은 나를 버렸고 나도 나 자신을 버렸는데, 주님께서는 나를 찾아주셨다고 느껴졌다.

그 일이 계기가 되어 그는 신앙을 갖게 되었다. 그리고 곧 해야 할 일이 생겼다. 외롭고 버림받은 죄수들의 친구가 되고, 그들을 위해 기도하고 사랑을 베푸는 일을 시작했다. 감옥의 간수들이 하지 못하는 섬김과 사랑을 베풀기 시작했다. 환자가 생기면 밤이 새도록 돌보아주면서 기도를 해주었다. 다른 사람들은 상상도 못할 헌신적인 봉사를 즐겁게 감당해주었다.

그 사실이 인정을 받아 모범수가 되어 감형이 되었다. 그리고는 가출옥이 허락되었다. 그러나 그는 내가 도와야 할 사람들이 여기에 있다며 떠나지 않고 남았다. 두 번째 특사 때도 거절하고 남기로 했다. 그렇게 20년을 감방에서 생활을 했다. 이제는 늙은 몸이 되어 더 도울 수 없게 되었을 때 세상을 떠난 어머니 곁으로 돌아왔다.

그리고 그때까지의 모든 기억을 되살려 자신의 과거를 숨김없이 기록으로 남긴 것이 『철창생활 20년』이었다.

많은 죄수들이 그 때문에 신앙을 갖게 되고, 그 속에서도 행복을 나누는 삶을 갖게 된 이야기들이 실려 있었다.

나는 이런 책들과 더불어 기독교와 성경 이해에 도움이 되는 책들을 읽었다. 내가 읽은 책 중에는 야마무로(山室) 구세군 중장의 책들이 있었고, 우치무라(內村) 성서주의자의 것도 있었다. 중학교 2학년 때 직접 강연을 들을 수 있었던 카가와(賀川) 작가의 책도 있었다. 모두가 감명 깊었다.

그렇게 되어서 나는 설교를 듣고 신앙을 갖게 되었으나, 신앙을 키우고 나의 인생관과 가치관을 신앙으로 받아들이게 된 것은 독서에 의해서 가능했던 것이다. 대학생활을 하면서는 더욱 그러했다. 후에 깨닫게 된 일이지만 선진국의 크리스천들의 대부분은 교회 설교보다는 독서를 통해 신앙을 갖게 되는 것이 대부분이었던 것이다.

중학교 4, 5학년 때 두 차례의 교회 부흥회 강사로 다녀온 경험은 내가 앞으로 교회를 위해 할 일이 너무 많다는 의무감 비슷한 책임을 깨닫게 했다. 그 일들은 마우리 선교사의 도움과 기도가 컸고, 평양에 와 있던 선교사들의 헌신적인 노력에서 배운 바가 컸던 것 같다. 인간은 뜻만 있으면 어디서나 많은 것을 배우고 깨닫게 되는 것임을 체험했다.

대학생으로 있으면서

내가 예과와 학부를 다닌 대학은 천주교 예수회에서 세운 동양 유일의 가톨릭 대학이었다. 소피아(Sophia) 또는 조치(上智)대학으로 통하는 독일 계통의 대학이었다. 모든 대학이 다 특성이 있는 법이다. 조치대학의 교수는 대부분 가톨릭 신부와 신자들로 구성되어 있었다. 물론 천주교와 관계가 없는 교수들도 있었다.

그러나 천주교 대학들은 개신교 대학과 달리 신앙을 위한 대학이기보다는 학문 위주의 대학이었다. 나는 연세대학에 몸담고 있었기 때문에 천주교와 개신교 대학의 차이를 비교적 가까이서 체험할 수 있었다. 조치대학에 입학하는 학생의 90퍼센트 이상은 천주교인이 아니다. 그리고 대학에 있는 동안은 우리 대학이 천주교 계통의 대학이라고 느끼는 경우는 거의 없다. 일반 대학과 마찬가지다.

내 선배가 되는 경제학 전공의 조기준 고려대 교수는 한 번도 자신이 천주교의 영향을 받았다고 얘기하는 일이 없었다. 나와 함께 연세대에 있었던 정경석 교수는 나에게 우리 대학(조치)이 천주교 대학이라는데, 다른 대학과 무엇이 다르냐고 물었을 정도였다. 조기준 교수와 동기였던 왕학수 교수는 교육학이 전공이었다. 나는 그 교수가 천주교인인 것을 고려대 교수가 된 후에야 알았을 정도였다.

그러나 내 위치는 달랐다. 나는 개신교에서 자랐기 때문에 천주교와 개신교의 차이점을 항상 느끼곤 했다. 그것은 마치 내가 내 친구에게, 네 두 아들을 보곤 하는데 어쩌면 그렇게 한 부모 밑에 자랐기 때문에 같을 수가 있느냐고 묻는 것과 같다. 그러나 친구는 "그래, 밖에서 보면 모두가 형제니까 똑같다고 말하는데, 나는 안에서 보니까 그런지는 몰라도 두 놈이 형제인데도 그렇게 다르게 보인다."고 말한다. 나와 부모인 내 친구의 얘기는 둘 다 옳은 판단이다.

나는 예비지식이 좀 있는 편인데도 개신교와 천주교의 거리는 먼 것으로 느껴지곤 했다. 그러나 4, 5년의 세월이 지나는 동안에 천주교, 그리스정교, 개신교는 기독교라는 큰 나무의 크고 작은 가지들일 뿐, 같은 뿌리와 밑동에서 자란 한 나무라는 견해가 강해지기 시작했다. 오히려 개신교를 이해하지 못하는 일부 신부 교수의 견해가 아쉬웠고, 천주교를 적대시하거나 잘못된 신앙이라고 강조하는 일부 목사들의 견해가 시정되어야 한다는 생각을 확인할 수 있었다. 좀 지나친 자찬의 얘기일지 모르나 천주교와 개신교의 거리를 만든 것은 신부와 목사들의 과오이지 기독교는 그런 신앙이 아니라는 것을 깨닫게 되었다. 그것은 아마 내가 기독교 사상과 정신을 철학자들이나 인문학적 위치에서 폭넓게 받아들인 때문일 것 같다. 내 입장에서 본다면 파스칼이나 도스토예프스키 사이에는 거리가 없었다. 키르케고르도 마찬가지였다. 세 사람은 모두 교파가 달랐다고 볼 수 있으나, 같은 인간의 문제를 그리스도를 통해 해결지으려 했던 사상가들이었다. 신학자나 신부, 목사들에게는 교파, 교단 간의 차이가 있으나, 철학자나 지성인의 위치에서 본다면 하나의 큰 나무의 가지들인 것이다.

나는 부끄러운 생각이 나서, 일찍 천주교와 개신교의 거리를 두지 않았던 것은 옳은 판단이었다고 믿는다. 나무가 크면 많은 가지가 필요하다. 그래야 더 많은 열매를 맺을 수 있다. 지금도 때로는 내가 천주교에 대한 불만이나 걱정을 하면 개신교 사람들은 왜 다른 집 얘기를 하는가 하고 의아해하는 이들이 있다. 그것은 마치 아버지가 형이나 동생 걱정을 하는데, 한 아들이 아버지는 왜 동생 걱정을 하는지 모르겠다고 하는 생각과 비슷해진다.

그런 신념을 갖고 있었기 때문에 1950년대 후기에 『현대사상강좌』 10권을 편집할 때는 대거 천주교 철학자들, 흔히 말하는 스콜라 철학 계통의 인사들을 통해 그 분야를 소개한 일이 있었다. 그러나 후에는 그런 방향의 노력은 자취를 감추고 말았다. 종교적 신앙은 지식이기보다는 믿음이기 때문에 자기반성과 새로운 창조성을 갖추기 힘든 것 같아 보인다. 지식은 항상 새로워질 수 있으나, 신앙은 객관성보다는 주관적 아집을 벗어나기 힘든 것 같기도 하다. 신앙은 언제나 창조적 희망이어야 하는데, 어떤 신앙에 빠지면 새로운 진리로서의 지식도 거부하는 경향이 있을 것 같다.

대학에서 철학을 공부하기 시작하면서 신앙보다 이성을, 신보다는 세계관적 관심을 갖기로 했다. 자연히 무신론적 철학자들에 대한 관심이 많아졌다. 사실 따져보면 철학자들 가운데는 무신론자가 더 많았다. 또 기독교적 신앙을 부정하지는 않으면서도 철학자들은 신을 믿는 자세로서는 철학의 자주성을 입증할 수가 없게 된다. 그 점에 있어서는 칸트의 『이성의 한계 안에서의 종교』가 타당한 위치였을 것 같다. 헤겔도 처음에는 그런 종교적 위치를 지켜왔다. 그러다가 말년에 국립대학의 교수로서의 자격을 검증을 받으면서 자신은 일찍부터 전통적인 기독교 신앙을 지켜왔다고 발표하기도 했다. 그러나 헤겔의 철학은 전체적으로 보았을 때 전통적인 기독교적 신앙은 갖고 있지 않았던 것 같다.

아마 철학적 저서 가운데 가장 흥미 있는 것을 고른다면, 쇼펜하우어의 『의지와 표상으로서의 세계』가 으뜸일 것 같다. 우선 내용이 흥미롭고 인간적 삶과 연결성이 풍부하기 때문이다. 그는 대표적인 무신론적 철학자이기도 하다. 그리고 독일뿐 아니라 세계적으로 널리 읽힌 니체의 저서들도 반기독교적이다. 내가 학생일 때에는 모두가 니체에 매료되어 탐독하기도 했다.

그런데 이상한 것은 그런 무신론과 반기독교적 철학자들을 접하면서 나는 한층 더 기독교 신앙에 깊이 자리 잡는 것 같은 인상을 받았다. 파스칼의 말대로 신이 존재하지 않는다고 생각하면서 찾는 인생과 세계보다는 신이 존재한다고 믿는 것이 훨씬 더 합리적이며 긍정적인 세계관임을 느꼈다. 사실 니체의 인상 깊은 저서들에 매료되기는 하면서도 그의 사상과 세계관은 내게 건설적인 가치관을 제시해주지는 못했다. 어떤 면으로 본다면 역사적 위험성을 내포하고 있는 것도 사실이다. 히틀러가 가장 존경했던 철학자가 니체였던 것은 일맥상통하는 면이 없지 않다.

그 당시의 많은 젊은이들이 그러했듯이 나도 니체와 더불어 키르케고르를 읽었다. 두 사람 사이에는 유사한 점이 많으면서도 상반된 종교관과 세계관을 갖고 있었다. 두 철학자가 다 비상한 천재성을 지니고 있었다. 막상막하의 문장력을 갖추기도 했다. 슈바이처 (A. Schweitzer) 박사가, 프랑스어로 쓰인 저서 중에서는 루소의 『민약론』이 최고의 문장이고, 독일어로 저술된 책 가운데서는 니체의 『선악의 피안』이 최상의 문장이라고 평한 것을 보았다. 두 사람 다 그리스 사상에서 철학적 사유의 원천을 찾고 있다. 그러나 종교, 즉 기독교 이해에 있어서는 완전히 상반되는 결론을 얻고 있다. 니체는 기독교적 전통의 신을 거부한다. 그러나 키르케고르는 기독교적 신에 귀의하는 신앙의 길을 받아들인다.

나도 이 두 사람의 저서들에 접하면서 키르케고르의 뒤를 따르는 길을 택했다. 아우구스티누스, 파스칼, 키르케고르는 나를 기독교 신앙으로 이끌어주는 큰 길잡이가 되었다. 그리고 도스토예프스키의 작품들도 그런 나의 인생관과 세계관을 확고히 해준 셈이다. 오히려 인간문제를 취급하기보다는 신학과 기독교 전통을 이어온 철학자들에 대해서는 깊은 공감을 얻지 못했다. 예를 들면, 슐라이어마허 같은 철학자는 독일에서는 대표적인 기독교 철학자로 군림한 때가 있었으나, 나에게는 큰 도움을 주지 못했다.

한때 나는 대학생으로 있으면서 종교철학에 대한 관심이 높았고, 그 분야를 전공할까 하는 생각을 가져보기도 했다. 그러나 종교학과 종교철학 그 자체는 생명력 있는 철학적 과제가 아닌 듯이 느껴졌기 때문에 점차로 관심에서 멀어지는 스스로를 발견했다. 나에게 있어서는 기독교 사상의 철학적 이해가 더 가까운 과제 같기도 했다. 내가 쓴 『종교의 철학적 이해』가 바로 종교철학과 기독교 철학의 융합된 문제가 아니었는가 하는 생각을 한다. 깊이는 부족한 개설적 저서이기는 해도.

이런 과정을 밟으면서 나는 중고등학교 때 받아들였던 기독교 신앙을 철학적이며 인간학적인 과제로 정리하면서 대학과정을 끝냈다.

한 가지 기억나는 에피소드가 있다.

아마 예과 1학년 여름방학 때였을 것 같다. 평양 북쪽에 있는 숙천에 갔던 때였다. 그곳은 작가 황순원 선배의 고향인 듯싶었고, 그분의 처남인 김동수 씨가 그 당시 경성제대에 적을 두고 있었던 것으로 기억하고 있다.

어떤 일요일 오후에 교회의 정식 예배가 끝나고 오후에 특별 강연회를 개최한 일이 있었다. 내가 연사로 초빙을 받았던 것이다. 강연을 하러 교회당에 들어섰더니 상당히 넓어 보이는 예배당에 거의 가득히 교인들이 모여 있었다. 그런데 강단 아래에는 책상이 따로 준비되어 있고, 그 책상에는 경찰관이 두 사람 앉아 있었다. 내 강연을 감시하기 위해 파송된 고등계 형사였던 것 같았다. 뜻밖의 사태에 교인들은 긴장한 듯싶었고, 나도 슬그머니 걱정스럽기도 했다. 경찰관은 나에게 종을 눌러 소리가 한 번 울리게 되면 '주의하라'는 신호이고, 두 번째 울리는 것은 강연을 '중단하라'는 것이라고 경고를 했다. 그래도 계속하면 체포해 간다는 암시 같았다. 나는 교회 안에서 갖는 예배시간이고 강연이기보다는 설교를 맡은 셈인데, 무엇 때문에 일제의 경찰관까지 입석했는지 이해가 가지 않았다.

내 강연은 신앙과 인생에 관한 설교였다. 감시를 받을 내용은 전연 없었다. 강연이 끝나고 흩어질 때까지 좋은 울리지 않았다. 또 울릴 만한 내용도 없었다. 나는 경찰관들과는 인사도 나누지 않고 출입문 밖으로 나섰다. 그리고 그 길로 평양까지 기차로 돌아왔다.

후에 황 선배의 처남이었던 김동수 씨가 부친의 얘기라면서 전해 주었다. 형사가 돌아가면서 "그 대학생이 강연을 참 잘하더라."라고 했다는 것이었다.

그런 일을 끝으로 여러 해 동안 나는 설교나 교회에서의 강연다운 강연을 할 기회는 없었다. 태평양전쟁이 벌어졌고 신앙과 사상의 자유는 억제되어 있었기 때문이다.

국내에서의 교회와 신앙활동

그리고 5, 6년 후에 나는 탈북했다. 1947년 겨울이었을 것이다. 신촌에 부엌도 없는 좁은 단칸방에 몸담고 있었는데, 대광고등학교 학생 두세 명이 찾아왔다. 크리스마스 예배를 드리게 되어 있는데, 설교를 맡아달라는 청이었다. 나는 깊이 생각할 여유도 없이 사양했다. 마음의 여유도 없었으나, 사실은 입고 나설 만한 겨울옷도 마땅치 못한 처지였다.

실망스러운 표정으로 돌아서던 한 학생이 장소는 학교가 아니고 가까운 광화문에 있는 새문안교회로 정해두었는데 좋은 강사님을 찾지 못했다는 것이었다. 나는 나도 모르게, "새문안장로교회?"라고 물었다. 그 학생은 장소는 이미 결정되어 있다고 말했다. 나는 잠시 다시 생각해보겠다고 말한 뒤, "장소가 그곳이라면 내가 갈게."라고 대답했다. 학생들은 고맙다고 하면서 돌아섰다. 왜 내가 생각을 바꾸었는지는 몰랐을 것이다.

사실은 내가 월남해서 신촌으로 온 뒤였다. 김일성 암살사건에 연루되었다고 해서 이북에서 검거되어 잡혀 있다가 김일성의 할아버지가 구출해주어서 풀려나 나보다 먼저 사촌 동생이 월남해 있었다. 그리고 그 동생은 연세대학교 신학과에 적을 두고 있을 때였다.

사실 내 사촌 동생은 몇 친구들이 모여 만든 김일성 반대조직에 가담해 있었다. 그러나 그 당시에는 공산당을 반대하는 젊은이들이 세상 물정을 모르고 그런 조직을 만들었다가 희생을 당하는 일이 자주 있었다. 내 사촌 동생도 그런 성격의 조직에 있었다. 사촌 동생이 잡혀간 것을 안 외조모가 김일성의 조부를 찾아가, "김일성 장군이 칠골에서 태어났을 때 장군의 어머니가 젖에 고름이 나는 병에 걸려 내가 석 달 동안이나 어머니 대신에 김일성 장군을 젖 먹여 키웠는데, 우리 외손주를 잡아가는 일이 어디 있느냐?"고 야단을 했다. 그 얘기를 들은 김일성의 조부가 "그러면 안 되지. 내가 찾아가 풀어주도록 할게!"라면서 김일성의 만경대 집을 돌보던 경찰관과 사무원에 해당하는 이들에게 부탁해 풀려나온 일이 있었다. 그때 잡혀갔던 몇 젊은이는 러시아로 압송되었다.

그 외조모에게는 영수, 영국, 영훈이라는 세 아들이 있었다. 위로 두 아들은 반공분자로 몰려 사형당했고, 막내 아저씨는 월남해서 국군에 지원해 갔다. 형들에 대한 원수를 갚는다면서….

그렇게 풀려나온 내 사촌이 하루는 나와 시내로 산책을 나갔다가 광화문을 지나게 되었을 때였다. 나와 함께 새문안교회 앞에 앉아 이야기를 하던 동생이, "형님 저쪽에 가면 우리나라에서 제일 먼저 세워진 정동예배당이 있고, 이 예배당이 언더우드 선교사가 건립한 우리나라 최초의 장로교회입니다."라고 설명해주었다. 나와 사촌은 장로교에서 자랐기 때문에 동생이 그곳으로 나를 안내했던 것이다. 나는 그 예배당을 바라보면서 마음으로 기도를 드렸다. "작은 교회에서 저를 지금까지 자라게 해주신 하느님께서 서울에 머무는 동안 저런 큰 교회에서도 기억해주셔서 주님의 뜻을 섬길 수 있었으면 감사하겠습니다." 너무나 분에 넘치는 기도였다.

그런 일이 있었기 때문에 나는 대광학교 학생들이 새문안교회라고 하는 말을 들었을 때 가야겠다고 생각을 바꾸었던 것이다. 그 후에도 나는 그 교회의 교인이 되지는 못했다. 신촌의 작은 교회가 옆에 있었기 때문이다. 그러나 새문안교회와의 인연은 작지 않았다. 새문안교회 100주년 역사를 보면 목사도 장로도 아닌 평신도인 내가 교회의 신앙부흥회를 맡았던 유일한 부흥 설교자로 되어 있다. 2년 정도는 내가 이끄는 성경 강좌를 새문안교회에서 가졌던 일도 있었다. 그 모임에는 수녀님들과 구세군 장교들도 참여했다. 다른 곳에서는 보기 드문 강좌 모임이었다. 그리고 우리나라에서는 최초로 키르케고르 강연회를 새문안교회에서 가졌는데, 그 예배당이 초만원일 정도로 성황을 이루기도 했다. 고려대학교의 표재명 교수는 우리나라에서 키르케고르 연구의 대표적인 학자인데, 그때 서울대학교 철학과 학생으로 참석했다고 얘기한 일이 있었다. 또 한 사람의 키르케고르 연구가인 임춘갑 씨도 그랬을 것 같다.

이런 일들을 겪으면서 나의 신앙적 교회 및 기독교학교를 위한 활동이라기보다는 봉사가 시작되었다.

6·25 전쟁 와중에 나는 큰 신앙생활의 전환을 체험하게 되었다.

피난생활을 하고 있던 어떤 날, 나는 부산의 국제시장을 찾았다. 그곳에 가면 뜻하지 못했던 사람을 만나기도 하고, 서울에서 흘러들어온 책들 중에 관심 있는 분야의 책이 발견되는 때도 있었다. 그날은 별로 얻은 것도 없이 대청동 쪽으로 발걸음을 옮기고 있었다. 바로 중앙장로교회 맞은쪽 길을 지나고 있을 때였다.

친면이 있는 구회영 장로가 교회 정문 입구에 서 있다가, "김 선생, 여기입니다."라면서 나를 찾았다. 나는 무슨 뜻인지 몰라, "예?" 하고 물었더니, "장로교 총회에 방청하러 오시지 않으셨어요? 제가 방청권을 나누어 주고 있습니다."라는 것이다. 나는 그런 목적은 아니었으나, 오늘 모이는 장로교 전국총회가 어떤 모임이라는 것은 잘 알고 있었다.

고맙다고 인사를 하면서 2층 방청석으로 올라가 시간을 기다렸다. 그 당시에는 장로교가 우리나라 개신교의 대부분을 차지하고 있었다. 그런데 김재준 목사가 이끌어오는 한국신학대학은 진보적인 신 신학이라고 해서 가능하면 그 신학교를 보수적인 진영에서 빼앗으려 했고, 그 일이 성사되지 않으면 그 계통 신학교와 김재준 목사 중심의 신학자와 교회들을 이단으로 추방하려 했다. 새로운 보수적인 신학을 유일한 대표적인 신학으로 독립시킬 주도권을 누가 쟁취하느냐 하는 결전이 벌어지는 총회였던 것이다.

양측을 대표하는 목사들과 전국에서 대표로 참석한 유력한 장로들이 모이는 장로교의 총회인 동시에 전국기독교대표자회의와 별 차이가 없는 중대한 회합이었던 것이다. 처음 예배시간에는 점잖게 순서가 진행되는 듯싶었다. 예배를 끝낸 목사와 장로들이 본회의에 들어가게 되니까 싸움이 시작되었다. 있어야 할 혹은 역사적 안목에서 본다면 한 번은 치러야 할 과정이었는지는 모른다. 그러나 그 대립과 분쟁과 싸우는 장면은 지혜로운 세상 사람들만도 못해 보였다. 그것은 종교적 신앙을 가진 사람들의 회의는 아니었다.

그때가 어떤 때였는가. 공산군이 대구와 경주, 마산까지 진격해서 대한민국의 존폐가 눈앞에 다가온 때가 아니었는가. 정부와 군에서는 부산까지 공산군이 진격하게 되면 군경 가족들은 죽임을 당하게 된다고 해서 일본의 오키나와 섬으로 피신시키고, 크리스천 가족들은 제주도로 이송해 피해를 막아야 한다고 내정하고 있을 때였다. 나라의 운명이 풍전등화와 같은 때였는데, 기독교의 지도자들이 그런 모습을 국민에게 보여준다는 것은 상상도 할 수 없는 일이다. 그런 기독교가 무엇을 할 수 있다고 신도들이 띠를 수 있겠는가.

나는 도중에 회의장을 나섰다. 내가 믿고 따랐던 기독교가 이럴 수 있는가 하는 회의와 절망감을 안고 대청동 거리에 자리 잡고 있는 USIS(미국홍보기관) 큰 건물 앞을 지날 때였다. 어디선가 전연 생각지 못했던 음성이 들려왔다. "죽은 자들로 하여금 죽은 자들을 장사 지내게 하고, 너는 하늘나라를 위해 새 길을 열어가라."는 성경말씀이었다. 나는 너무 뜻밖이어서 음성이 들려온 듯싶었던 건물 뒤쪽 하늘을 쳐다보았다. 구름도 없이 맑은 하늘이었다. 그 사실이 나의 신앙과 교회생활에 큰 방향 전환을 만들었다.

그 총회를 계기로 우리나라에서는 기독교장로회와 예수교장로회가 나누어졌다. 어떤 이들은 한국에서는 그리스도와 예수가 대립되어 있다고 걱정했다. 보수성이 강한 예수교장로회는 그 후에 다시 통합 측 장로회와 합동 측 장로회로 분열되었다. 통합보다는 합동 측이 더 보수적이고, 그것으로 만족할 수 없는 고려신학 측의 고신파와 장로교가 부산을 중심으로 교회를 굳혀가고 있다.

그 후에는 감리교, 성결교 등의 교세가 커지면서 분열과 대립의식은 약해지고 다시 연합 사업에 뜻을 모으는 시대로 변해오고 있다. 그 일을 계기로 내가 깨달은 것 중의 하나는 기독교 공동체 가운데서는 교회가 그 중심을 이루고 있으나, 예수는 한 번도 좋은 교회나 큰 교회를 바란 적이 없다는 것이다. 교회는 하늘나라를 위한 과정과 수단일 수는 있으나, 교회 자체가 목적은 못 된다. 그럼에도 불구하고 교회가 기독교를 대신하게 되면, 교회는 죽은 자들을 장사 지내는 일에 모든 시간과 정성을 바치는 큰 과오를 범하게 된다는 것은 부정할 수가 없었다.

그래서 루터(M. Luther)는 중세기의 교회주의를 비판하고 성경말씀에 기초를 두는 개신교를 탄생시키는 개혁의 계기를 만들었던 것이다. 일본의 우치무라(內村) 같은 이는 신앙을 얻고 교회에 갔다가 실망한 나머지 무교회주의를 표방하는 성서주의자가 되었다. 일본에서는 그 무교회주의 영향이 대단히 컸다. 우리나라에서도 그 영향을 받은 김교신, 함석헌, 노평구, 류달영 등이 그 뒤를 따르기도 했다.

나 자신은 무교회운동을 찬동하지는 않는다. 교회는 기독교 안의 여러 공동체 중의 대표적인 것이다. 초대 교회로부터 그러했다. 그러나 중세기와 같이 기독교는 기독교회라는 생각은 옳지 못하다. 교회가 아닌 공동체는 얼마든지 있다. 가정이 그 하나이고, 직장도 소중한 신앙의 공동체가 될 수 있다. 기독교학교는 변천이 얼마나 많은가. 그리고 신앙의 동지들이 하고 있는 일들이 얼마든지 있을 수 있다. 나 같은 사람은 교회를 통해서보다는 독서를 통해서 신앙을 키워왔기 때문에 그 시대, 그 사회가 요구하는 사명의식을 갖는다면 교회 밖의 책임은 얼마든지 있을 수 있다고 믿는다. 그러나 간곡히 요청하고 싶은 것이 있다. 교회는 "죽은 자들로 하여금 죽은 자를 장사 지내게 하라."는 예수의 교훈을 신중히 생각하고 받아들이지 않으면 안 된다. 감리교의 대표적 선교사였던 스탠리 존스 목사의 말이 생각난다. 그는 인도의 선교를 위해 머물고 있을 때, 교회가 신앙적 책임을 다하지 못하면 주님께서는 교회 밖에서 그 책임을 맡아야 한다는 가르침을 주셨다는 것이다. 중한 것은 교회가 아니고 하늘나라 건설이기 때문이다.

이러한 과정을 밟는 동안에 나는 부족하지만 목사나 지도자는 되지 못해도 어떤 신앙적 봉사를 해야겠다는 생각을 했다. 처음에는 남대문장로교회의 청년과 대학생들을 위한 성경반을 이끌어가는 책임을 맡았다. 그런데 예상 못했던 결과가 나타났다. 교회에 소속되어 있는 청년 간부들은 성경 공부에는 성의와 관심도 없었다. 누가 회장이 되고 어떤 감투를 쓰느냐 하는 것에만 관심을 두고 있었다. 성경 공부보다는 행사를 위한 행사가 더 중요한 것으로 믿고 있었다. 오히려 외부로부터 찾아온 교회 밖의 젊은이들이 진심으로 말씀에 귀를 기울이는 것이었다. 그런 청년회 간부들은 나의 진지한 말씀 연구보다 성경 공부를 하나의 교회 행사로 삼아버리는 습성에 빠져 있었던 것이다. 나는 1년 후에 그 책임을 사양했다. 그것이 교회에 어떤 부담을 주는 것보다 좋으리라고 생각했다. 실망도 했고, 내 뜻과는 다른 방향으로 가고 있었다.

더 충격적인 사건도 있었다.

우리나라에도 KSCF(Korea Student Christian Federation)라는 기독교 대학생 조직이 있었다. 국제적 관련을 갖는 기독학생전국연합회이다. 1년에 한 번씩 전국대회가 개최되곤 했다. 1954년 8월 3일, 여름방학에도 수원 농대 캠퍼스에서 열렸다. 나는 그 마지막 총회의 설교를 맡아 갔다. 그런데 불행한 사건이 벌어져 있었다. 전북대학의 김두헌 총장의 아들이 그 대회에 참석했다가 서호(西湖)에서 실수해 익사한 사건이 벌어졌다. 영락교회 측이 내세우는 전국연합회 회장 후보와 정동교회 측에서 추천하는 회장 후보가 전국 대표들을 찾아다니면서 끈질기게 선거운동을 하는 것을 마땅치 않게 여긴 몇 명이 서호로 밤에 수영을 갔다가 벌어진 비극이었다.

내가 마지막 총회 예배 설교를 위해 갔을 때는 김 군의 시신이 안치된 위층 강당에서 예배가 진행되고 있었다. 예배를 끝낸 학생들이 회장 선거를 하게 되면서, 그래서는 안 되는 공작과 선동이 이만저만이 아니었다. 양 진영의 대학생들을 지도하는 명성 있는 목사들도 예외는 아니었다. 그들은 학생들을 그리스도에게로 안내하는 것이 아니고, 자신들의 세력 규합에 앞장세우고 있었던 것이다. 정동교회의 K 목사는 기독교장로교에 속하는 이였고, 영락교회의 보수 진영 목사는 예수교장로교의 거물 목사였다.

그런 사태를 2년 연속 겪으면서 나는 교회가 청년들을 잘못 이끌어주면 기독교의 앞날이 어떻게 되겠는가 하는 우려를 금할 수가 없었다.

그래서 교회 밖에서 믿지 않는 대학생들과 청년들을 위한 신앙운동을 위해 기독교 신앙 강좌를 시작했다. 장소와 시기를 바꾸어가면서 지금까지 하여온 신앙운동을 다 합하면 50년의 긴 세월을 계속해왔다. 나와 비슷한 운동을 시도한 사람은 여러 명이 있었다. 함석헌 선생은 월남하기 전 일제 시대에도 그런 운동을 했다. 김교신 선생은 서울에서 오래 『성서조선』을 발행하기도 했다. 노평구 선생은 가장 오래 그 일을 계속했다. 함 선생은 너무 크게 서울에서 시작했다가 오래 계속하지 못했다. 그 밖에도 개신교의 뜻있는 목사들이 시도했다가 끝내곤 했다.

나는 가장 오래했으나 성공했는지 실패했는지 스스로 평가를 못하고 있다. 모이는 이들의 시대적 반응과 문제의식이 변하는 데 따른 것 같기도 했다. 이런 운동은 양이 아닌 질의 문제이기 때문에 누구도 정당한 평가는 내릴 수 없을 것이라고 생각한다. 그러면서도 나는 신앙적 요청은 거절할 수가 없었다. 그것은 내 인생의 사명이기도 했다.

기독교 계통의 중고등학교들은 1년에 한 번씩은 신앙부흥회를 하는 것이 보통이었다. 그런 행사에 강사로 초청을 받아 나서곤 한 것이 거의 전국적인 것으로 확대되었다. 우리나라 대도시에 가면 공립중고등학교가 있고, 그와 맞먹는 사립학교가 있다. 그 사립학교의 대부분은 기독교학교가 차지하곤 했다. 여학교도 비슷한 상황이었다. 그 모든 학교에 한두 번씩은 다녀온 셈이다.

그런 신앙운동 중에서 가장 인상에 남는 학교는 대구의 계성고등학교이다. 신태식 교장과 교목의 초청을 받아 여러 차례 설교를 했다. 지금도 서울에서 60대가 넘는 연세대 송복 교수를 비롯해 서울대, 이화여대의 교수들이 그 당시 내 설교를 들었다는 고마움을 전해준다. 다 좋은 사회의 지도자들이다.

여자 중고등학교에서는 김수진 교장이 시무할 때 두 번 도움을 주었다. 한번은 부흥회를 끝내면서 교목에게 신앙을 갖고 새로운 삶을 살겠다고 다짐하는 학생들이 얼마나 되느냐고 물었더니, 1천 명이 넘는 수가 되기도 했다. 물론 어린 학생들의 결심이기 때문에 모두가 그 뜻을 살려갈 수 있는 것은 아니다. 그러나 일생에 몇 차례씩 삶의 새로운 선택과 출발을 다짐해보는 일은 대단히 소중한 것이다.

대학에 있으면서 나는 잊을 수 없는 감격스러운 체험을 했다.

1960년이었을 것이다. 세브란스의 김명선 부총장이, 의과대학과 세브란스병원을 위해 1년에 한 번 1주씩 신앙 강좌 행사가 개최되는데 금년에는 내가 맡아주었으면 좋겠다고 청해왔다. 나는 사양할 수밖에 없었다. 그런 책임은 으레 목사님들, 그것도 명성 있는 목사님들의 책임으로 통하고 있었던 것이다. 그런데 김명선 부총장의 생각은 달랐다. 하느님께서 의사와 학생들을 위해 하는 일인데, 꼭 목사만이 하라는 법이 어디 있느냐는 확고한 주장이었다. 나는 교목의 생각은 어떠시냐고 물었다. 김 부총장은 "내가 벌써 교목과 금년 강사는 김 교수로 합의를 보았습니다."라는 것이다.

그 당시에는 없었던 일이고, 또 일반적으로는 받아들이기 힘든 일이었다. 함석헌 선생이 한두 차례 특강을 한 것으로 알고 있으나, 신앙 주간은 성격이 달랐다.

어쨌든 그 책임을 맡아야했다. 많은 이들의 반응도 좋았던 것 같다. 한 의과대학 학생은 오랫동안 그때의 고마움을 전해주기도 했다. 그 일을 계기로 나는 김명선 박사의 지도와 도움을 그분이 떠나가실 때까지 받았다. 신앙과 사회생활에 개성적 견해와 판단이 특이한 면이 많았던 분이다. 내가 김명선 박사를 도와드리기보다는 그분의 나에 대한 고마운 배려는 잊을 수가 없다.

그리고 몇 해가 지난 뒤였다. 백낙준 총장이 채플 시간의 강사를 목사에게 국한시키지 말고 일반 교수에게도 기회를 주라는 뜻을 밝혔다. 그래서 목사가 아닌 나에게도 기회가 주어지곤 했다.

한번은 신앙 강좌 주간의 교내 강사로 내가 추천된 일이 있었다.

교목실에서는 좀 난처해졌을 것이라고 생각한다. 그래서 그 주간에는 두 강사를 초빙하는데, 나도 목사가 아닌 교수로 참여하게 되었다. 아마 연세대학교에서는 처음 있는 일이었을 것이다. 그렇게 되면서 다른 기독교 대학의 초청을 받기도 했다. 숭실대학교 70주년 기념 부흥회는 여러 면에서 중요한 행사였다. 평신도인 내가 강사를 맡았다는 것은 나로서는 감격스러운 일이 아닐 수 없었다.

기독교 대학이 아닌 서울대학교나 고려대학교의 기독학생회의 초청을 받아 강사로 가는 일은 자주 있었다. 동국대학교에서도 초청받아 갔다가 불교대학이어서 문제가 생긴 일도 있었다. 목사가 아닌 나였기 때문에 더 어려움은 확대되지 않았다. 그런데 기독교 대학보다도 그런 비기독교 대학의 기독학생들은 훨씬 더 순수하고 신앙적이었다. 한때는 홍창의 의과대학 교수가 서울대학교 기독학생회를 지도하고 있었다. 그분의 영향을 받은 서울대학교 의과대 학생들은 지금도 기억에 남을 만큼 순수하고 열성적이었다. 슈바이처 박사의 정신을 이어받아 헌신적인 노력을 계승하는 이들도 있었다.

자연히 학교를 떠나 교회에 봉사하는 경우도 많아졌다. 처음에는 국내의 교회 봉사를 했으나 후에는 미국과 캐나다에 있는 한인 교회를 위해서도 적지 않은 도움을 주었다. 주로 방학 기간을 이용했다.

서울에서 가졌던 가장 인상 깊었던 집회가 두 차례 있었다.

1950년대 중반이었다. 그 당시 나는 몇 명 안 되는 대학생들을 위해 덕수교회에서 성경 공부를 이끌어가고 있었다. 주로 교회 경험이 없는 신앙 초보의 대학생들이었다. 그 학생들이 우리만 성경 공부를 하지 말고 좀 더 많은 청년들과 대학생들이 모일 수 있는 특별 강연회를 갖자는 의견의 일치를 보았다. 그 몇 학생들이 자기들이 다니는 대학에 벽보도 붙이고, 어떤 학생들은 교회 게시판에 알리기도 했다. 그리고 그 강연회를 위해 모여서 기도를 드리기도 했다.

그 결과는 놀라운 것이었다. 강연회 기간 동안 2층 좌석까지 만원이 되는 상황이었다. 덕수교회 교인들은 별로 없었다. 모두가 대학생과 젊은 층들이었다. 집회를 끝내면서 나는 우리 젊은이들이 얼마나 진리와 생명력 있는 말씀에 굶주리고 있었는가를 깨닫게 되었다.

또 한 번의 모임은 그보다 20년쯤 후에 동대문감리교회에서 있었다. 교회의 주최가 아니고 그 교회의 청년회가 중심이 되어 신앙 강연회를 주관했다. 5일간 계속한 것으로 기억되는데, 그 교회 창설 이래 젊은이들을 위한 최대의 강연회가 되었다. 학생들이 30분쯤 먼저 와 자리에 신문이나 잡지를 놓고 나갔다가 들어오기도 했다. 의자에 앉을 수가 없어 강대 위에도 올라오고 밖에서 서서 청강하는 학생들도 적지 않았다.

지금도 그 당시를 회상할 때는 우리 젊은이들이 그렇게 성실하고 순수하게 삶의 지혜와 가치를 갈망했는가 싶어 감격스러워지는 때가 있다. 그러나 돌이켜보면 다른 면도 있었다. 두 차례의 집회가 있었으나, 교회 지도자들은 관심도 적었고 방관하는 자세였던 점이다. 연로한 장년층은 모르겠으나 교회의 관습에 젖은 30-40대의 교인들도 지나가는 행사 중의 하나로 치부해버리는 자세였다. 두 차례의 집회에 참석한 젊은이들은 교회 청년들보다는 진리에 대한 굶주림을 느끼는 젊은 세대들이었다. 그들은 신앙의 유무를 떠나 삶의 성실성을 추구하고 있었던 것이다.

미국과 캐나다의 경우는 또 달랐다. 외국에서는 교회가 그 지역 사회의 정신적 센터 역할을 맡고 있었다. 교회 밖의 교포들도 조국과 고향에 대한 그리움을 채우기 위해 교회를 찾는 경우가 많았다. 재미교포들 가운데 완전히 교회를 떠나 사는 사람은 적었을 것이다. 교회에서 고향 사람도 만나고 한국의 소식도 전해 듣는 일이 많았다. 그런 실정이기 때문에 교회 수는 많았으나 교회다운 교회는 많지 못했다. 나는 미국과 캐나다의 대도시에 있는 교회는 거의 방문했을 정도로 많은 시간을 할애했다. 1970년대 초반부터 1980년대 중반까지는 한국에 있는 교회보다도 재외교포들을 위한 봉사가 더 많았던 것 같다. 나에게 있어서는 그 기간이 가장 소중했다. 그 이후에는 그런 봉사 기회도 줄어들었고, 또 다른 이들이 그 뒤를 계승한 것으로 보인다.

워싱턴 D.C.의 한인교회에는 10여 차례 방문했을 것 같다. 내 가족이 거기에 살았기 때문이다. 그중 반쯤은 신앙집회를 맡았다. 2008년에 마지막으로 방문했을 때도 많은 교우가 모였고, 설교가 끝난 뒤에는 모두가 일어서서 박수를 보내주었다. 내 나이가 88세였기 때문에 딸 집에 돌아왔을 때는 눈시울이 뜨거워지기도 했다.

LA에 있는 동양선교교회에서는 임동선 목사 때였다. 어떤 익명의 신도가 두 해에 걸쳐 현금으로 1만 달러씩 연보를 하면서 나에게 맡겨달라고 해서, 교회가 도와준 3천 달러를 합쳐 2만 3천 달러를 장학금으로 연세대학교에 전달하기도 했다. 자기 이름은 알리고 싶지 않아 현금으로 헌금했던 것이다. 아마 LA에서도 그 당시는 찾아보기 어려운 집회였던 것 같다.

1978년 8월 1일이었다. 뉴욕의 한인교회의 최효섭 목사가 시무하는 교회에 갔을 때였다. 네 차례의 집회가 모두 상상 밖의 성황을 이루었다. 최 목사가 전해주는 말에 따르면, 젊어서부터 이 예배당의 관리 일을 맡아보는 흑인 아저씨가 그 집회를 지켜보다가, "내 평생소원이 이 큰 예배당에 교인들이 가득 차는 것을 보는 일이었는데, 이번에 가득 차는 것을 보니까 이제는 마음 놓고 눈을 감아도 좋겠다."고 했다는 것이다. 참석했던 모든 사람들은 뉴욕에 사는 지성층들이었다.

캐나다 토론토의 집회도 좋았다. 동행했던 아내가 "이제는 당신이 하고 싶었던 일의 대부분을 끝낸 것 같다."고 말했다.

토론토에서 밴쿠버로 갔을 때였다. 한인교회의 반병섭 목사가 다시 오는 기회가 없을지도 모르니까 네 차례의 집회를 가졌으면 좋겠다고 청했다. 바로 얼마 전에 영락교회의 한경직 목사가 집회를 끝낸 뒤였고, 또 다른 교회에서는 순복음교회의 조용기 목사의 집회가 있은 뒤여서 많이는 모이지 못할 것 같다는 뜻을 전해주었다.

나는 그분들에 비하면 교회적으로는 알려진 편이 아니다. 조용기 목사 때는 LA에서까지 열성적인 교인이 참여했다는 얘기였다. 반목사와 나는 대예배실보다는 70-80명이 앉을 수 있는 회의실을 집회 장소로 정했다. 그러나 결과는 예상 밖이었다. 다시 장소를 대예배실로 바꾸었다. 네 차례의 집회 모두가 성황이었다. 두세 시간씩 걸려 먼 곳에서 온 사람들은 내 설교 시간이 길었으면 좋겠다는 제안을 하기도 했다.

내용을 정리하다 보니까 내 자랑을 늘어놓은 것 같다. 송구스럽다. 물론, 이런 상황이 언제나 그런 것은 아니다. 그러나 그 당시의 교회 현실에는 무엇인가 암시하는 바가 있었던 것도 사실이다.

이런 일에 동참하고 있는 동안에도 세계 종교와 기독교 안에서 많은 변화가 벌어지고 있었다.

9
교수생활의 어려웠던 문제들

진정한 교육자

만일 내가 사랑하는 아들이나 딸 혹은 제자가 초등학교 교육에
몸 바치겠다고 한다면 나는 반대하지는 않을 것이다. 그러나 한 가
지는 꼭 부탁할 것이 있다.

"네가 초등교육을 위한 일에 평생을 바치는 일은 귀중한 책임이
고 사명일 수 있다. 그렇지만 네 인간적 성장이나 인격적 높이는 중
고등학교 교사나 교장들, 그리고 대학의 교수들과 동등할 수 있는
위치까지 올라가 있어야 한다. 인간적·품위는 100을 갖추고 있으면
서 직업은 제각기 다를 수 있는 개인과 사회가 되어야 하기 때문이
다."

나 자신이 10년 가까이 중고등학교에 몸담고 있을 때도 그러했

다. 내 지식과 인간적 성숙은 사회의 어떤 위치에 있는 사람들과 비교해도 뒤지고 싶지 않았다. 대학 동창이나 선배들은 나보다 먼저 대한민국에서 교수 자리를 차지했고, 나는 뒤늦게 탈북해 와서 중고등학교 교사가 되었다. 그러나 대학에 있는 교수들과 비교했을 경우 뒤지고 싶지 않았고, 내 친구들도 그것을 인정하고 있었다.

내가 교감직을 맡고 있을 때는 새로 부임해 오는 선생들에게 우정 있는 충고를 했다. "선생이 우리 학교에 와서 함께 있는 동안에 공부를 계속해서 학자가 되든지 교육에 관심을 두어 교육자가 되어야 합니다. 이것도 저것도 하지 않고 몇 십 년의 세월을 보낸 뒤 후회해서는 안 됩니다. 자기 인생의 공허감을 발견하는 것만큼 불행한 일은 없습니다."

부끄러운 표현이지만, 그렇게 말하는 나 자신도 중고등학교에 주어진 수준보다는 언제나 높은 위상을 차지해야 한다는 마음 자세였다. 그런 생각을 하는 것은, 많은 초등학교 교사는 그 직업 수준만큼 성장하며, 중고등학교 선생들은 그 위상보다 더 높아지려고 하지 않는 타성에 젖어들기 쉽기 때문이다. 어떤 직업에 종사하든지 내 지식과 인간적 성장은 최상의 위치를 유지해야 한다.

그런 생각을 갖고 있었기 때문에 연세대학에 왔을 때는 그 걱정은 하지 않았다. 나는 부족하지만 선배 교수들은 다 나보다 존경스러운 인격도 갖추고 있을 것이라고 생각했다. 나는 30대 중반이었고 원로 교수들은 내 스승 격에 해당하는 분들이었다. 연세로 보아서도 아버지 격의 선배였기 때문이다. 그러나 세월이 지나는 동안에 내 생각은 조금씩 변하기 시작했다. 교수로서의 전공 분야의 학문은 갖추고 있었지만, 더불어 지내는 동안에 인간적인 장점은 누구나 갖고 있으나 단점이나 부족한 면이 예상보다 많다는 사실도 알게 되었다. 전체적으로 보았을 때는 초등학교 교사나 중등교육에 종사하는 선생들보다 앞선 점이 많이 있으나, 좀 더 교수다운 인품과 인격도 갖추고 있었으면 좋겠다는 마음을 갖는 때가 있었다. 내 기대와 예상이 너무 높았던 것 같기도 하나, 내가 중앙학교 때 윗사람으로 지냈던 교장이나 인촌 선생의 모습이 그리워질 때도 있었다. 물론 다수가 그런 것은 아니다. 존경스러운 선배들이 더 많았던 것은 사실이다. 그분들의 가르침과 충고를 많이 받은 것이 나의 성장에도 큰 도움이 되었다.

이런 생각들이 자리 잡고 있었기 때문인지는 모르겠다. 한번은 연세대학의 총장직을 가장 오래 책임 맡았던 P 총장에게 물어본 일이 있었다. 오랫동안 총장직을 맡으면서 여러 이사장과 이사들을 모시고 함께 일했는데, 어느 이사장님 때가 가장 일하기 편하였느냐고 물었다. 그런데 P총장의 대답은 약간 뜻밖이었다. 최재유 선생이 이사장으로 계셨을 때가 제일 좋았다는 것이다. 그분은 많은 사람이 기억하지 못한다. 초창기에 세브란스를 나온 의사였고, 이승만 정부 기간에 잠시 보사부장관을 지냈을 뿐이다. 교육계나 기독교계의 누구도 그분을 잘 모른다. 아주 조용한 성격이다. 오래 이사장직을 맡지도 않았다. 그런데 그분이 높은 평가를 받은 셈이다.

나는 최 이사장을 잠시 만난 일밖에는 없다. 그러나 두 가지는 믿고 있었다. 사심이 없는 사람이다. 공선사후(公先私後)의 정신이 몸에 밴 인품이었다. 그리고 누구보다도 합리적인 판단을 내리는 성격이었다. 그렇다면, 그분이 사회적으로 널리 알려진 사람이 아니었음에도 높은 평가를 받게 된 것은 합리적이고 객관적이었기 때문이다. 그래서 인촌을 모시고 지냈을 때 배운 것이 떠오르곤 했다. 공동체 생활을 할 때에는 적어도 아첨하는 일, 동료를 비방하는 일, 편 가르기는 하지 말아야겠다는 다짐을 해보기도 했다.

동양의 스승이었던 공자의 『논어』를 읽어보면, 공자는 언제나 선하고 아름다운 인간관계를 강조하고 가르쳤다. 학문은 학문대로 소중하다. 그러나 선하고 아름다운 인간관계는 어떤 학문보다도 우리의 삶의 가치와 행복을 더해주는 것이다.

대학에 있으면서도 배우고 싶은 뜻이었다.

교수도 존경받고 있는가

사회생활에 있어 버려야 할 몇 가지 습성이 있다. 선입관념이나 고정관념의 노예가 되어서는 안 된다. 그런 사고를 넘어서지 못하는 사람은 평생 동안 편견에 사로잡혀 지성적 자유를 상실하게 된다. 이런 사람은 자유로운 지성사회, 대학과 같은 공동체에서는 존경을 받지 못한다.

오랜 세월 동안 사회생활을 하다 보면 많은 동료들 중에 두 부류에 속하는 사람들이 그런 불행스러운 위치에 머물곤 한다. 정치인들의 대부분이 그렇다. 자신들이 소원하는 야망과 욕망이 강하기 때문에 모든 가치판단을 내릴 때, 그 목표와 기준을 넘어서지 못한다. 지금 우리 주변의 정치인들의 다수가 그렇다. 그중에서도 정치적 이념의 노예가 된 공산주의적 사고에 빠진 사람들은 한평생을 그 색안경을 끼고 살아간다. 그들은 자기가 과오를 범했다든지 잘못했다는 생각도 발언도 하지 않는다. 나는 북한에 살면서 그런 현실을 보고 너무 강하게 느꼈기 때문에 정치적 이데올로기는 득보다 해가 더 많으며, 선보다는 악이 더 많다는 사실을 배제하지 않는다.

나 자신도 그렇다. 여당을 지지하고 있을 때는 야당이 하는 모든 것은 마땅치 않아 보인다. 야당 편을 드는 사람들은 같은 일을 해도 여당이 잘못되었다고 생각한다. 선입관념과 고정관념에 빠지면 사회적 편견을 극복하지 못한다. 사태의 진실성을 찾지 못하며 객관적 가치판단을 내리지 못한다. 우리와 같은 후진사회에 사는 사람들은 정치에 대한 관심과 참여를 떠날 수가 없고, 나도 모르게 항상 편견에 빠지기가 일쑤다. 그래서 신부들이 4대 강 보수공사는 하느님의 뜻에 어긋나기 때문에 반대해야 한다는 미사를 드리기도 한다.

또 하나의 편견을 가진 사람들이 있다. 보수적인 종교 신앙을 가진 사람들이다. 나도 그중의 한 사람일 수 있다. 그들은 믿는 바가 있기 때문에 자신이 믿는 바와 어긋나는 지식이나 관념은 수용하지 않는다. 누런 안경을 쓴 사람은 세상 모든 것을 누런색으로 볼 수밖에 없다. 그래서 역사가들은 공산주의는 100년을 유지할 수 없으나, 종교분쟁은 앞으로도 수 세기가 더 걸릴 것이라고 우려하고 있다.

왜 우리는 이런 문제를 꺼내고 있는가? 적어도 대학은 지성사회여야 하며, 교수들은 편견이나 선입관념과 고정관념의 노예가 되지 않아야 하기 때문이다. 그런데 우리의 대학은 그렇지 못했다. 해방 직후에는 말할 필요도 없었다. 좌우의 정치적 편 가르기 때문에 모든 대학은 마치 정치 수련장 비슷해진 때가 있었다. 심지어는 중고등학교에서도 그러했다. 내가 중앙학교에 있을 때에도 고등학교 상급반 학생들은 서로 경계하면서 등지고 지냈다. 그러다가 6·25 전쟁을 계기로 상당 기간은 좌우의 대립과 분규는 지하로 숨겨진 듯했다. 그 후 군사정권 때 민주화투쟁을 계기로 다시 한 목적을 위한 두 갈래의 갈등이 심화되기 시작했다. 민주화운동은 독재군사정권에 항의하는 방법이었으나, 참가자들의 목적은 달랐다. 우파 운동권은 보수정권의 개혁을 원했고, 좌파 운동권은 진보를 통한 좌파 정권을 목적 삼고 있었다. 그러면서 대학에서도 다시 한 번 정치적 대립과 갈등이 심화되기 시작했다. 주로 명문대가 그 시련을 겪어야 했다. 이런 일은 있을 수 있는 일이며, 있어서 도움이 되기도 했을 것이다. 그러나 학원의 질서 유린과 대학다운 정신의 혼란의 극대화는 삼가야 했다. 그러는 동안에 건국대의 도서관 방화사건이 벌어졌는가 하면 연세대에서는 문과대 교사가 방화에 의해 소실되는 상황에까지 이르게 된 것이다. 그것은 있을 수 없는 일이며, 있어서도 안 되는 사태였다. 이런 대학을 누가 대학다운 대학으로 인정하며, 그 안에 있는 교수들에게 책임이 없다고 말할 수 있겠는가. 연세대가 불타는 것을 바라본 나는 30여 년의 수고가 버림받았다는 생각에 빠져들기도 했다. 왜 내 책임은 없겠는가. 어째서 외부 사람

242

을 끌어들여 방화와 파괴를 저지른 학생들을 질서를 존중히 여기는 방향으로 이끌어주지 못했는가. 대한민국 전체가 책임져야 할 것을 교수들이 어떻게 책임질 수 있겠는가 하고 방관한다면 문제는 달라진다. 교수의 한 사람인 나는 대한민국의 교수가 아니어도 된다는 뜻이다. 그런 교수들이 젊은 학생들의 존경을 받을 수 있겠는가.

내가 문제 삼고 싶은 것은 교수들 가운데 소수라고 해도 학생들을 정치적인 목적에 이용하거나 방편으로 삼는 교수는 없어야 한다는 것이다. 교수들에게 학생은 애정의 대상이고 인격적 성장의 목적이지, 정치의 수단도 아니고 종교적 신앙의 방편이 되어서도 안 된다.

내가 잘 알고 사회적으로도 인정받고 있는 좌파 교수가 있었다. 그의 아들이 한때 성행했던 위장취업을 했다. 학교에는 나오지 않고 공장에 취업해서 노동운동을 하고 있었다. 어떤 날, 그 아들이 집에 들렀다가 교수인 부친과 자리를 함께했다. 부친이 아들에게 다른 학생들은 몰라도 너는 한창 공부할 시기인데 학업을 끝내고 노동운동이나 정치활동을 해도 늦지 않을 것이고, 네가 노동투쟁보다는 학자나 교수가 되었으면 좋겠다는 바람이라고 말했다. 그 얘기를 들은 아들은 "아버지는 그러면 지금까지 강조했던 것이 위선이었습니까? 남의 자식에게는 지시하고 내가 하면 안 되는 것입니까?" 하고 항의를 했다.

그 아버지가 친구에게 한 얘기였고, 나는 그 친구 교수로부터 들었다.

그 교수와 친분이 있는 S 교수가 있었다. 좌파 학생들을 뒤에서 도와주었고, 실질적으로는 지도해준 교수였다. 그는 뜻을 같이하는 학생들 모임에서 기도를 드리면서 내 양심을 걸고 기도드린다고 했다. 많은 학생들의 공감을 얻었다. 자신은 기독교 신자는 아니었기 때문이다. 우리 대학을 떠난 지 얼마 후에 좀 일찍 세상을 떠났다. 학생들은 그 교수를 '참스승'이었다고 찬양했다. 애도의 뜻을 바치기도 했다.

나도 믿는 바가 있으면 그렇게 했을지도 모르겠다. 그러나 학생들을 정치나 또 다른 목적을 위해 수단으로 삼는 일은 옳지 못하다. 내 아들딸들이 그렇게 되기를 원하는 아버지가 아니라면 학생들의 고귀한 인격과 장래를 쉽게 흔들어서는 안 된다. 나는 그렇게 살았다고 얘기할 수는 있다. 그러나 아무리 내가 신봉하는 이데올로기라고 해도 학생들을 수단과 방편의 도구로 삼아서는 안 된다. 나는 한 번도 학생들에게 데모에 나서라고 말해보지는 않았다. 그럴 바에는 내가 먼저 데모에 나서면 되지 않겠는가 싶었다.

이야기가 나왔으니까 부연하는 것이 좋을지 모르겠다. 그 S 교수는 우리 교수들 사이에서는 신뢰나 존경을 받는 이는 아니었다. 때로는 그분의 얘기를 믿어도 되는지 모르겠다는 동료들도 있었을 정도였고, 우리 학과에서는 신의를 잃고 있는 편이기도 했다.

우리 대학의 한 교수는 정년으로 대학을 떠나는 고별 강의를 했을 때 좌파 학생들로부터 항의의 데모에 부딪치기도 했다. 보수 진영을 옹호하는 강연과 방송을 했기 때문이다. 대학에서는 있어서 좋은 일은 아니다.

또 그런 학생들은 정치적 발언이나 주장을 하지 않는 교수들은 애국심이 없고 현실 참여를 못하는 무능한 교수로 치부한다. 공공연히 하는 얘기가 있다. 교수들보다는 자신들이 국가와 민중을 위해 앞장서야 한다고.

나는 한 번 어처구니없는 일을 당하기도 했다. 한 어린 여학생이 찾아와 학점을 바라지는 않는데 내 헤겔에 관한 강의를 청강하도록 허락해달라는 것이다. 내가 몇 학년이냐고 물었더니 1학년 학생이었다. 헤겔은 우리 과에서도 강의를 듣기 힘들어하는 학과목인데 무엇 때문에 그렇게 무리하게 서두르냐고 물었더니, 자신들이 모이는 서클에 갔는데 선배들이 마르크스를 알기 위해서는 헤겔을 알아야 한다고 해서 청강하고 싶었다는 것이다. 그 당시는 세계적으로 '뉴레프트 운동'이 한창인 때이기도 했다.

종교적 편견은 더 심한 때가 있다.

숭실대학은 연세대학보다 더 보수적인 기독교 전통의 대학이다. 한번은 그 대학의 김성락 총장이 찾아왔다. 다른 부탁도 있었으나, 그 문제가 더 심각했던 것 같아 보였다. 김성락 총장은 오랫동안 미국에 거주하고 있다가 모교인 숭실대학의 총장으로 추대되어 서울에 와 머물고 있었다. 한국 실정을 잘 모르는 면이 있었다. 나에게 의견을 물어온 사건은 뜻밖이었다. 그 대학의 널리 알려진 안 교수가 동아일보에서 토론 좌담을 했는데, 그 좌담 사진에서 안 교수가 담배를 물고 있었던 것이다. 그 사진을 본 같은 대학의 교수가 총장에게 그런 교수는 기독교대학에서는 용납할 수 없으니까 문책해야 한다고 강하게 주장했던 것이다. 미국 같으면 아무 일도 아닌데, 그 것이 그렇게 큰 문제가 되는 것인가를 나에게 물어왔던 것이다. 나는 "그렇게 앞장서 주장하는 교수가 보직을 맡고 있는 H 교수이지 요?"라고 물었다. 총장이 놀라면서 그렇다는 것이다. 나는 아마 자기 뜻이 통하지 않으면 다른 교수들과 함께 더 강력히 요청할지도 모르니까, 담배를 피우고 안 피우는 것은 문제가 되지 않으니까 다른 교수들도 안 교수와 같이 대학의 명예를 높여줄 수 있었으면 좋겠다고 단정적인 말씀으로 차단하는 것이 좋겠다고 제안한 일이 있다.

얼마 후에 학원민주화운동이 일어나면서 H 교수는 대학을 떠나게 되었다. 모든 교수들이 교수답지 못하게 보았던 것이다.

비슷한 사례는 대전에 있는 한 기독교대학에서도 있었다.

총장은 열성적인 신앙인이었다. 좋은 대학을 위해 몇 교수들과 함께 새벽기도회를 갖기로 했다. 이른 새벽 시간에 대학을 위해 기도회를 갖는 것이다. 몇 교수가 참여했다. 그런데 보직을 가진 교수는 총장의 뜻에 따라 거의 의무적으로 참석했다. 그러니까 다른 교수들의 위치가 말없이 부담스러워질 수밖에 없었다. 대학을 위해 있을 수 있는 일이다. 신학대학 같으면 으레 있어서 좋은 모임이었다. 그러다가 민주화운동이 일어나면서 대부분의 교수가 총장 배척에 가담했다. 기독교학교로서 어느 편이 좋았는지는 묻지 않아도 된다. 그러나 그런 자세는 대학의 본래의 사명보다는 종교적 신앙을 앞세웠던 것으로 받아들여졌던 것이다.

한번은 나 자신이 난처한 위치에 몰렸던 일이 있었다.

동국대학은 불교대학이다. 그런데 동국대학 학생들 중의 기독학생들이 기독학생회를 대학의 허가를 받지 않고 조직했다. 조직하고 보니까 어떤 행사를 해야겠다는 욕망이 생겼다. 그래서 제1회 기독교 사상 강연을 열기로 했다. 목사나 신학자를 강사로 모셔오면 대학에서 허락하지 않을 것 같으니까, 철학교수인 나를 강사로 초청한 것이다. 그런 대학 안 사정을 자세히 알아보지 못했던 나는 기꺼이 강사로 가기로 했다. 그 모임을 알리는 벽보가 대학 게시판에 붙으니까 문제가 터진 것이다. 대학생들 중 불교학생들이 문제를 삼았고, 대학에서는 지도교수가 누구냐고 묻게 되었다. 결국은 지도교수도 없는 학생 서클이라고 해서 대학 내에서는 어떤 행사도 허락할 수 없다고 하여 집회장소를 대학 가까이에 있는 침례교회로 옮기기로 하고 내가 강사로 가 강연을 했다. 그런 사실이 밖으로 알려지게 되면서 기독교 계통의 언론들이 문제 삼기 시작했다. 종교 탄압이라는 말까지 나왔다. 기독신문사에서 기자들이 찾아와 어떻게 생각하느냐는 질문을 해왔다. 나는 동국대학의 처사가 잘못되었다고는 생각지 않는다고 말했다. 내가 있는 연세대학에서도 불교학생회를 허락하지 않고 있으며, 교목실에서도 좋아하지 않을 것이라고 대답했다. 사실 연세대에도 그 당시에는 불교학생회를 허락하지 않았다. 내 대답은 기독교가 먼저 문을 연 후에 동국대학의 처사를 얘기해야 할 것이 아닌가 하는 것으로 보였던 것이다.

나는 동국대에서 있었던 일들을 친구인 이기영 동국대 교수로부터 전해 들었다. 그리고 이 교수와 같이 연세대에 불교학생회를 허락하도록 노력할 테니까 동국대도 신앙의 문을 열도록 해보자고 부탁했다. 우리 교수들의 입장에서 본다면 대학이 그런 편견에 빠져서는 안 되겠기 때문이다. 몇 달 뒤 동국대에서는 '종교에 따른 인간학의 문제'라는 주제로 대대적인 세미나를 교내에서 개최했다. 이기영 교수가 나에게 '기독교의 인간관'에 대한 강연을 청탁해왔다.

여러 해가 지난 후에 나는 유동식 교수에게 부탁해 불교학생회가 생기거든 지도교수를 맡아달라고 부탁했다. 지금은 불교학생회가 활동하고 있다. 지도교수가 없으면 학생회는 허락이 되지 못하는 규례가 있기 때문이다.

적어도 대학에 있어서는 편견에 빠진 정치활동이나 종교활동의 벽이 존재해서는 안 된다. 대학사회에서 종교 간 대화의 협력이 거부된다면 그 사회의 앞날이 어떻게 되겠는가.

역사적으로 살핀다면, 인문학은 모든 종교 간의 대립과 갈등을 해소하는 임무를 담당했던 것이다. 대학의 정신과 사상적 영역은 인문학에 속한 과제와 책임인 것이다.

대학에서 겪었던 몇 가지 사건들

대학에서 상당한 세월을 보낸 때였다. 한번은 총장실에서 만나자는 연락이 왔다. 총장의 부탁이었다. 너무 방송과 강연 등으로 대외활동이 많은 것 같으니, 학교 내에서의 임무에 좀 더 충실해주었으면 좋겠다는 권고였다. 다른 내용은 없었다. 나는 알겠다고 대답했다. 그러나 내가 휴강을 했다거나 강의를 소홀히 해서 학생들이 불만스러워했던 일은 없었을 것으로 알고 있다고 대답했다.

돌아 나오면서 좀 어색한 기분이 되었다. 누군가가 총장에게 얘기했을 것이며, 총장은 그 얘기를 전해 듣고 나에게 충고를 했을 것이라고 생각했다. 사실 나는 휴강을 한 일은 없었다. 외국에서 돌아왔을 때도, 오전에 도착해서 오후의 강의도 휴강하지 않았다. 수강생의 수가 많았던 것으로 미루어보아 강의가 부실했다고는 생각지 않았다. 그러나 총장으로서의 권고는 내 생각보다 타당성이 있었을 것이다. 또 대외 활동이 지나치게 많았던 것도 사실이다. 그리고 저서도 많이 출간되어 독자의 수도 자리 잡히고 있을 때였다. 연세대학을 위한 교수로서의 면목은 지켜야 한다고 생각했다.

몇 해 후에 새 총장이 임명되었다. 세브란스 측에서 뽑힌 총장이었다. 비교적 사회적 활동이 넓은 편이었다. 직접 전화를 걸어서 좀 총장실로 와달라는 것이다. 그렇게 가까운 사이는 아니었으나 소탈한 성격이어서 편하게 대할 수 있는 분이었다.

"김 선생, 나 좀 미안한 부탁을 할게."라면서 말을 꺼냈다. "총장이 되어서 보니까 대학 동문들의 가장 큰 관심이 두 가지인데, 하나는 왜 연고전에서 패했느냐는 항의가 가장 많아. 그리고 두 번째는 지방의 대도시에서는 자주 서울에 있는 대학의 교수들을 초청해 강연회를 개최하곤 하는데, 서울대와 고려대의 교수들은 초청을 받아 오는데 왜 연세대의 교수는 없느냐는 불평이 많아요. 숭실대의 교수도 있는데 연세대는 어떻게 된 것이냐는 항의가 많아요. 그러니까 김 선생이 좀 수고해주세요. 학교 강의는 좀 휴강을 하더라도 연세대의 명예를 위해서 수고해주세요. 부탁입니다."

내가 지방 강연에 자주 간 일이 있기 때문에 짐작이 가는데, 지방의 동문들이 실망했을 것이라는 심정은 충분히 이해할 수 있을 것 같았다.

전 총장 얘기가 생각났다. 두 분 다 학교를 위한 충고와 부탁이었다. 그러나 한 교수로서의 내 인품과 판단에는 큰 변화가 있을 수 없었다. 대외적인 활동도 학교와 사회를 위해서였고, 학교 안에서의 책무도 소홀히 할 수는 없었다. 학생들보다 더 귀한 책임은 있을 수 없기 때문이다. 총장은 교수들의 인격을, 교수들은 총장의 뜻을 서로 위하고 받드는 일이 쉽지는 않다고 생각했다.

박정희 정권 말기에 있었던 일이다.

그 당시의 연세대 총장이 대학을 떠나게 되었다. 총장 자신도 그런 판단을 내리고 있었다. 그때 총장을 돕고 있던 측근 교수 한 사람이 나를 찾아왔다. 여러 가지 실정을 얘기하면서, 어떻게 좀 더 뜻을 남기면서 떠날 수 없겠는가를 문의해왔다. 나는 총장이 내 뜻을 받아들일 수 있다면 내 생각을 전하겠다고 말했다. 총장은 결과와 목적만 좋다면 수용하겠다는 소식을 전해왔다. 지금 우리나라의 가장 큰 문제는 박정희 정권과 대학 간의 갈등과 대립인데, 누구도 대학의 입장은 이렇다는 정치적 발언을 못하고 있는 때였다. 그것은 곧 총장의 퇴진을 자초하는 결과가 되겠기 때문이다. 우리 총장이 그 결단을 내릴 수 있다면, 대정부 성명을 발표할 내용은 내가 도와주겠다고 약속했다.

그래서 대정부 선언문을 작성해주었다. 총장은 그 내용을 거의 가감 없이 발표했다. 솔직히 말해서 서울대학이나 고려대학 등의 관계자들은 상상할 수 없는 일이었다. 사회적으로 큰 이슈가 된 것이다. 언론들은 크게 보도하였고, 연세대학의 관계자들까지도 그 성명에 경의를 표하게 되었다.

그에 대한 정부의 대응은 강경했다. 총장은 파면을 당하기 전에 스스로 총장직을 떠났다. 그러나 구속이나 법적 조치는 없었다. 예상했던 대로였다. 그 대신 총장에게 협조했던 몇몇 교수들은 대학을 떠나야 했다. 만일 나에게도 책임이 온다면 받아들여야 할 처지였다. 그러나 총장과 몇 교수의 퇴진으로 마무리가 되었다. 그 일의 결과로 우리 총장은 일본의 모교에서 민주화 공로자로 명예로운 대우를 받았고, 연세대는 한국 대학 중에서 떳떳한 위상을 찾게 되었다.

이런 일의 내막은 관여했던 몇몇 사람들만의 사실로 끝났다. 나는 지금도 우리 총장의 결단과 용기는 내가 생각했던 것보다 훌륭했다고 감사하고 있다. 나 자신은 자랑할 바도 없고 잘한 일이라고는 생각지 않고 있다. 그때는 그렇게 하는 것이 대학과 교육계, 좀 더 크게 말하면 사회가 요구하는 역사적 임무의 하나이었다고 생각했다. 생각을 갖는다는 것보다는 실천할 수 있는 용기가 소중한 시기였다.

성격은 다르지만 비슷한 사건이 또 한 번 있었다.

전두환 정권 때 일이다. 군사정권인 정부가 수립되면서 대학은 물론 사회 전체가 적지 않은 시련과 격동기를 맞고 있었다. 몇몇 대학의 교수들은 반정부 성명을 발표했다고 해서 강제로 해임당하기도 했다. 그즈음 연세대학은 총장이 정부 측 압력으로 거취문제가 제기되어 있었던 것 같다.

각 단과대학에서 선출된 교수 대표들이 모여 연세대학의 위상과 진로를 위해 어떤 자세를 굳혀야겠다는 합의를 보았다. 나는 원하지 않았으나 문과대학 대표로 참여하게 되었다. 여러 가지 안건들이 제기되었다. 그러다가 얻은 결론은 전체 교수회를 학교가 소집하고, 우리가 결정한 성명서를 제시해 채택하는 방법을 택하기로 했다. 문제는 총장을 비롯한 몇 사람에게만 책임을 묻지 말고 연세대학교 교수 전체의 합의로 이루어진 대학의 진로를 결정하자는 뜻이었다. 그런 방도는 정당했던 것으로 생각되었다. 연세대학교 전체의 책임이라면 누가 보든지 타당성이 인정되겠기 때문이다. 누가 그 기초의원이 되는가가 문제였다. 결국은 나와 신과대학의 김찬국 교수가 뽑혔다. 김찬국 교수는 다 알려진 대로 진보적 성향의 교수였다. 나는 온건한 보수 진영으로 다른 교수들이 보았을 것 같다.

그러면 언제까지 기초 안을 제출할 것이냐고 물었더니, 지금까지 언급한 과제들이 있었으니까 두 교수에게 일임하고 재론하지 않기로 가닥을 잡았다. 일 처리는 간단하지만 우리 둘의 책임은 더욱 무거워진 셈이다. 교수들 대표회의에서 그런 결정을 보았기 때문에 대학에서는 전체 교수회의를 소집하기로 했다. 그 당시의 경영대학원 강당이 장소로 정해졌고, 조교수 이상은 모두 모이기로 했다. 그 사실이 공식적으로 알려졌기 때문에 그 당일에는 많은 신문사와 방송사의 기자들이 취재를 하기 위해 학교로 모여들었다.

오후 3시쯤이었을까. 교수회가 소집되었다. 연세대학 역사상 가장 많은 교수들이 모였다. 의과대학 교수들도 대부분 참석했다. 대학 안과 밖으로 소중한 문제가 결정되는 것 같은 인상과 책임감을 느꼈다. 그러나 교수회는 파행을 거듭했다. 총장의 권위가 서지 못했다. 부총장이 사회를 맡았을 때는 내려가라는 말까지 터져 나왔다. 학생처장이 무엇인가를 발표해야 했는데 단상에 서서 발언도 못했다.

내 짐작이다. 그 당시는 오랫동안 대학의 주인이었던 백낙준 전 총장이 후임자로 선출했던 윤 총장이 명예롭지 못하게 떠났다. 그 후임으로는 미국에서 모교로 돌아왔던 김하태 박사가 목사직을 겸하고 있었기 때문에 이사회에서 총장 후임자로 점치고 있었던 모양인데, 타의 반 자의 반으로 미국으로 돌아갔다. 그 뒤를 이은 이 총장이 있을 때 일이었고, 그 당시의 부총장은 차기 총장이 될 것이라는 얘기가 전해지고 있었을 때였다. 그 부총장의 미국 대학 후배가 학생처장을 맡고 있었다. 그런데 교수들 다수에게 그런 배후의 움직임 등이 반감을 샀던 것 같다. 그러니까 교수회가 원만히 진행되지 못했다.

더 큰 이유가 있었다. 총장을 개인적 위치와 감정으로 반대하던 두 교수가 격렬한 발언들을 쏟아부었다. 객관적으로 보았을 때 총장의 판단과 행정에는 잘못이 없었다. 그러나 두 교수가 다 피해를 입었다는 잘못된 판단을 하고 있었다. 한 교수는 자기가 혼자 운영하는 연구소를 연세대학교의 연구소인 양 소유하고 있었다. 밖에서 보았을 때는 연세대학교의 연구소 같지만 실제로는 개인 소유의 기관이었다. 총장으로서는 제지할 수밖에 없었다. 또 한 교수는 대학 기관의 책임자로 있으면서 자신의 연구 중심의 기관으로 운영했다. 예산과 운영이 자신의 연구를 위한 것인 양 운영했기 때문에 총장이 책임자를 경질했던 것이다. 절차와 방법은 잘 모르겠으나, 두 교수 모두 객관적 타당성은 상실했던 것이 사실이다.

그런데 전체 교수회의 석상에서 두 교수의 격렬한 발언이 터져 나온 것이다. 내용을 모르는 교수들은 그런 일이 있었는가 싶었고, 내용을 아는 교수들은 총장의 입장을 옹호하는 발언을 할 필요도 할 수도 없었다.

오랜 시간 동안 교수회의는 공전하는 상태가 되었다. 일부 교수들은 이런 문제라면 폐회하자는 발언을 쏟아냈다. 결국은 교수회 자체가 우습게 되었고, 총장을 중심으로 한 당사자들은 거센 타격을 받고 말았다. 교수회의를 열지 않은 것만도 못하게 되었다.

그때였다. 누군지 기억이 나지 않는다. 한 교수가, 우리가 단과대학 대표를 뽑아 선언문을 위촉한 일이 있는데, 그 내용이나 들어보고 폐회하자는 발언을 했다. 부총장에게 사회를 위임하고 있던 총장이 그 안을 받아들여 교수 대표가 준비한 성명을 듣기로 했다.

김찬국 교수보다는 내가 정리된 내용을 갖고 있었고, 대부분의 내용을 내가 작성한 셈이기 때문에 내가 나설 수밖에 없었다. 회의장은 다시 조용해졌다. 나는 짧은 경위를 얘기하고 7가지쯤 되는 성명 내용을 읽었다. 모두가 조용해졌다. 한 원로 교수가 그 항목 중의 ○○ 항목은 내용과 표현을 조금 수정하고 원안대로 통과시키기를 동의했다. 모든 교수가 찬동해주었다. 나와 몇 교수가 그 수정을 받아들였고, 밖에서 기다리던 기자들에게 성명서가 전달되었다.

나는 지금도 그 당시를 회상하면 착잡한 심정을 재삼 떠올리곤 한다. 합리적 판단과 객관적 목표가 있으면 아무 일도 아닌 것을 갖고 어려움을 스스로 만들어내는 잘못은 없어야 할 것 같았다.

그때 교수회의가 결의한 바 없이 해산했다면 그 결과는 어떻게 되었을까. 교수들이 자유로운 지성인으로 살기에는 나 자신부터 아직도 많이 미숙하다는 생각을 했다.

다른 교수들은 개인적으로 어떤 생활을 했는지 궁금하다. 그러나 나는 때때로 밖으로 얘기하기 싫은 경험들을 겪어야 했다.

지방에서 강연을 끝내고 집에 돌아오면, 다음 날쯤 누군지도 모르는 사람에게서 전화가 걸려왔다. "어제는 포항에서 강연을 하고 오셨더군요." 하는 식의 전화다. 강연 내용이 마땅치 않으니까 앞으로는 조심하라는 뜻이다. 그런 일은 자주 있었다. 그러나 불쾌하고 화가 나기도 했다.

전두환 정권 때 일이다. 경기도 부천에서 강연회 연사로 초청을 받았다. 나는 성격상 누구를 욕하거나 감정적인 발언은 자제하는 편이라고 스스로 생각하고 있다. 그런데 그 내용이 마땅치 않았던 모양이다. (그 당시는 민정당이었던 것 같다.) 민정당 지방간부가 내 강연을 듣고 그곳 경찰서장에게 연락했던 모양이다. 뒷조사를 해 입건하라는 지시를 했던 것이다. 서장이 주최 측 책임자를 불러다 조사를 하고, 녹음한 내용을 분석해본 모양이었다. 주최 측 책임자가 나에게 그 사실을 알려주면서, "입건이 되면 저는 괜찮은데 교수님께 누가 되어 어떻게 하지요?"라며 걱정을 했다. 2-3일 내로 경찰서에서 나에게 연락이 올 것이라는 얘기였다. 나는 기다려보자는 심정이었다. 두세 차례 경찰에 끌려간 일은 있었어도 그날 오전에 있다가 오후에 돌아오곤 했다. 또 내가 한 강연은 이론적 배후가 있기 때문에 잘못된 표현은 거의 없는 것으로 알고 있다. 그런데 이번에는 정당과 경찰이 동시에 착수했고, 주최 측에서는 마음고생이 심했던 것 같았다. 걱정하고 있었는데, 다음 날 노태우 대통령이 6 · 29 선언을 발표했다. 그 발표는 전국적으로 큰 변화를 예고하는 정치적 선언이었다. 다음 날 부천에서 전화가 왔다. "어제까지 경찰서에 다녀갔는데, 노태우의 6 · 29 선언으로 끝난 것 같습니다. 선생님께 염려를 드려 죄송했습니다." 나는 오히려 나 때문에 당신이 고생을 할 것 같아 걱정했다고 말했다.

지금은 옛날같이 느껴지는 회고담들이다. 근 30년이나 지난 얘기들이다.

예상 못했던 외도(外道)

대학생이었을 때 도쿄에 있는 도립미술관 식당에서 아르바이트를 한 일이 있었다. 그 덕택으로 일본의 대표적인 화가들의 작품을 구경하는 기회가 생기곤 했다. 여러 번 전시회를 보면서 어렴풋이 회화 속에 스며 있는 예술성 비슷한 것을 느끼곤 했다.

1962년 여름에는 미국과 유럽을 다니면서 교과서에서 배웠던 예술작품들, 그중에서도 많은 그림들에 접하는 기회가 생겼다.

그런 것들이 원인이었을 것 같다. 1960년대부터는 서울에서 해마다 열리는 국전에는 빠지지 않고 관람하는 기회를 가졌다. 이해하기 쉬운 것은 회화였기 때문에 그림에 대한 관심은 적지 않았다. 청전과 소정의 그림이 좋았다. 박수근의 그림도 인상 깊었다. 후에는 운보와의 인연도 있어서 그의 그림에도 흥미를 갖게 되었다.

그러나 한국적인 것, 나와 우리를 키웠던 민족적 정서 같은 것은 잘 모르고 지냈다. 그러다가 몇 사람의 문인화에 접하면서 선비정신 비슷한 것을 느끼기 시작했다. 책들을 들추기도 하고, 일본 사람들이 남겨준 서책들을 보다가 우연히 조선 초기의 도자기에 마음이 끌렸다. 당시만 해도 인사동이나 장안평, 청계천에 가면 옛날 도자기들을 얼마든지 감상할 수가 있었다. 1960년대 후반기쯤이었을 것이다. 그때부터는 시간의 여유가 생기면 인사동 일대와 도자기가 판매되고 있는 가게들을 찾아 구경하는 재미를 찾기 시작했다. 고려시대의 도자기는 귀족적이고 청자는 중국의 영향을 많이 받았으나, 조선왕조에 들어오면서는 순수한 한국적인 전통과 정서가 뚜렷이 느껴지곤 했다.

사실 나는 한국적인 것을 모르고 자랐다. 일제강점기에 태어나 일본 교육을 받았다. 그 후에는 서양 학문을 한답시고 동양 것은 물론 한국적인 것을 찾아볼 시간적 여유도 없었다. 일찍부터 기독교 안에서 자랐기 때문에 한국적인 것보다 서구적인 것에 더 많은 노력을 바쳐온 셈이다.

그러다가 옛날 도자기에 배어 있는 한국적인 정감 같은 것을 느끼면서 내 정서생활의 비어 있던 여백을 채우는 것 같은 즐거움을 발견하기 시작했다. 도자기를 보는 동안에 모르고 있던 민화에 접하면서는 더 깊은 한국적인 것을 깨닫게 되었다.

이런 세월이 20년 정도 계속되었다. 한국적인 것들, 그 몰랐던 우리 것을 찾아다니는 동안에 도자기, 민화뿐 아니라 연관성이 있는 골동품에도 관심을 갖게 되었다. 골동품에 관심을 갖게 되면 자연히 힘이 미치는 대로 갖고 싶은 욕망이 생기기 마련이다. 나는 재정적 여유가 없으니까 친구들에게 한두 점씩 권해서 갖게 하는 즐거움도 느꼈다. 그리고 나는 상품가치가 별로 없는 것들, 골동품가게 선반 위나 전시장 구석에 버려져 있는 것들을 갖기로 했다. 두 가지 이유 때문이다. 값이 없어 보이는 도자기들은 우리 선조들, 그것도 서민들이 쓰던 물품들인데, 언젠가는 모두가 버림을 받을 것 같았다. 돈의 가치는 없지만 선조들의 얼과 삶의 흔적이 담겨 있는 것들을 주워보아야겠다고 생각했다. 그리고 값이 있고 고귀한 것들은 개인이 소장해 감추어둘 것이 아니라 박물관으로 보내져 많은 사람들이 관람하는 것이 문화재의 올바른 방향임을 잊어서는 안 된다고 생각했다.

일본이나 미국에 가면 한국 골동품을 취급하는 가게들을 찾아보기도 했다. 한번은 샌프란시스코에 갔을 때였다. 영국인 부부가 경영하는 큰 가게가 있었다. 남편은 일본, 중국, 한국을 다니면서 물건을 수집해 미국으로 들여오고, 부인은 상점에서 판매하는 오래된 상점이었다. 가운데 방에는 중국의 물건이 있고, 양쪽에는 한국과 일본의 상품들이 진열되어 있었다. 한자리에서 세 나라 것들을 비교해보는 좋은 기회가 생겼다. 일본 물건들은 아기자기하고 귀엽기는 해도 역시 한국인의 취향에는 맞지 않았다. 중국의 것은 중후하고 실용적이기는 해도 '생활미(生活美)' 같은 것은 별로 없었다. 주로 목기와 도자기들이 중심이었는데, 한국 것들은 화려하지도 않고 곱게 꾸며져 있지는 않아도 소박한 자연미와 인간적인 생활감이 배어 있어 친근미가 있었다. 선이 단조롭고 서툴러 보이지만 나 자신이 그린 것 같은 간결한 도자기의 그림들은 인간적인 애수와 가난하면서도 청순한 정서가 깃들어 있었다. 몇 점의 도자기는 더욱 그러했다. 한국 방을 살피다가 일본, 중국 것을 다시 보니까, 역시 따듯한 '생활미'는 느껴지지 않았다. 단조롭고 가난한 예술의 아름다움이 있고, 작품을 만든 사람과 내가 함께 있는 포근함을 풍기는 것이 한국의 목기와 도자기였다. 그런 이야기를 했더니, 그 초로의 영국 부인도 일본 것과 중국 것은 구경하고 관상하기에 좋으나 옆에 가 앉아서 머물고 싶은 곳은 한국 방이라고 했다. 자기는 한국의 목기는 너무 정이 들어 팔리지 않았으면 좋겠다고 생각하는 때가 있다고 공감해주었다.

내가 대학에서 강의하고 있을 때, 독일에서 보르노프라는 철학교수가 다녀간 일이 있었다. 그는 시청 앞 프라자호텔에 머물고 있었다. 비행장으로 떠나야 할 시간이 되었다고 안내했더니, 한 20-30분 동안 덕수궁의 지붕들을 좀 더 보겠다고 말하면서, 유라시아 대륙을 가운데 두었을 때 중국과 러시아가 비슷한 데가 있고, 일본과 프랑스가 닮은 점이 있는 것 같은데, 그 중간에 있는 한국과 독일이 유사한 면을 느끼게 한다고 말했다. 그 교수만이 아니다. 한국을 다녀가는 많은 사람들은 전통적인 한국 가옥의 지붕의 곡선미가 자연을 좋아하면서도 겸손히 받아들이는 우리 민족의 선량한 삶의 향기를 풍긴다고 말한다.

한국 도자기를 대표하는 것은 역시 조선왕조 때의 백자들이다. 흰색은 하나일 것 같은데, 그렇게 다양할 수가 없다. 우리 선조들의 고결한 성품, 순박한 정서, 꾸밈을 모르는 순수성, 흰옷을 입기 좋아했던 전통, 밝음을 찾아 한반도까지 찾아왔던 선조들의 마음씨가 그대로 풍기는 것 같기도 하다. 나라 이름에는 언제나 밝고 따뜻함이 배어 있다. 산들의 이름도 그렇고 새 나라가 건설될 때의 개국 임금의 칭호도 그러했다. 신라, 백제, 고구려, 고려, 조선이라는 국명이 모두 밝음을 지향하고 있다. 동명성왕, 박혁거세, 지금의 국회에 해당하는 화백(和白) 등이 같은 뜻을 갖는다. 산 이름도 그렇다. 백두산, 태백산맥, 소백산맥, 한라산 등 모두가 밝고 따뜻함을 품는 명칭들이다. 그러니까 우리 민족이 남겨준 가장 풍부하고도 다양한 도자기들이 그런 자연미 속에서 자랐고 흰색의 예술품들이 된 것이다. 우리는 흰색의 도자기를 대표하는 '달 항아리'를 보곤 한다. 어느 하나도 똑같은 백색은 없다. 그리고 그 백색 속에는 무한한 깊이가 있다. 여러 나라의 도자기들을 같은 장소에 전시해놓고 전등을 끄고 달빛만 들어오게 해보라. 눈에 띄는 도자기는 백자뿐이다. 다른 것들은 모두가 어둠에 잠겨버리고 만다. 백자는 크면 클수록 소담스럽고 작으면 작을수록 소중해 보인다. 그림이 있더라도 화가의 그림이 도자기에 가득 차 보이는 도자기는 관상용으로 만든 것이다. 박물관에 장치해두면 더욱 좋게 보인다. 고려시대 사람들은 귀족문화가 있었기 때문에 관상을 위해 만든 것들이다. 그림이 많은 백자들이 그렇고, 보물급에 해당하는 것들도 그렇다. 그러나 여백이 많은 간소한 그림이나, 화가의 그림이나 글씨가 아니고 이름 없는 서민이 남겨준 그림, 그리고 넓은 여백이 있는 그림은 백색의 여백을 더욱 빛나게 해준다. 일본의 한국 도자기 애호가들, 특히 야나기 씨와 같은 이들은 그 가냘픈 화초의 그림을 보고 애수와 눈물을 느꼈다고 고백하고 있다. 조선왕조 초기에는 그 백색을 바탕으로 많은 종류의 도자기들을 생산했다. 흔히 계룡산이라고 불리는 도자기들은 어떤 현대화보다도 간결하고 풍만한 선으로 예술성을 더해주기도 한다.

나는 이런 도자기들에 빠져 거의 20년쯤의 세월을 외도한 셈이다. 그러는 동안에 한국적인 것을 느끼고 깨닫게 되었다. 흔히 쓰는 말이 있다. 가장 한국적인 것이 세계적이라는 말이다. 그 말은 받아들일 수는 있으나 외국 사람들에게는 통하지 않는다. 가장 에스키모적인 것이 가장 세계적이라고 한다든지, 가장 일본적인 것이 가장 세계적이라고 한다면 우리가 수긍할 수 있겠는가.

그런 특수성을 갖는 개념들 밑에는 더 중요한 개념이 잠재해 있다. 가장 인간적인 것이 가장 세계적인 것이라는 뜻이 깔려 있다. 그런 인간적인 보편성이 있기 때문에 가장 한국적인 것의 특수성이 인정받는 것이다. 그래서 '자연미'와 '인간미' 그리고 '생활미'가 풍부한 한국의 도자기와 특히 백자는 세계적인 예술품인 것이다. 점차로 세계적으로 평가받는 이유가 거기에 있다. 나도 도자기에 관심을 가지면서 외국 박물관에 가면 반드시 도자기 분야는 빼놓지 않는다. 이스탄불에 갔을 때 가장 관심을 모았던 것도 동서양을 아우르는 도자기 홀이었다.

도자기 못지않게 한국적인 것을 대신하는 예술품은 민화이다. 민화에는 화가나 작가의 이름이 없다. 누가 그렸는지 모른다. 그림쟁이가 한 고장을 지나다가 머물게 되면, 동네 사람들이 와서 그림을 그려 받기도 했다. 회갑 잔치에 필요한 것도 있고, 시집을 가는 돈 있는 규수를 위해 병풍을 그려 받기도 했다. 그런 것들은 비교적 고급품이고, 입춘이 되어서 악귀를 막고 행운을 기다리는 뜻에서 까치와 호랑이의 그림을 그리기도 했다. 환쟁이가 없으면 옆집 아저씨에게 부탁해서 받아 오기도 했다. 호랑이를 본 일이 없기 때문에 고양이 같은 호랑이도 있고, 사람의 얼굴을 한 호랑이도 있다. 호랑이가 담배 피울 때를 그리기도 하고, 토끼가 와서 담뱃대를 물려주기도 한다. 화가 운보의 집에 들렀을 때는 오늘의 추상화가들과 차이가 없는 민화를 보기도 했다. 그림을 많이 그리다 보면 좀 장난기도 있고 색다른 추상적 표현을 써보고 싶은 생각도 있었을 것이다.

지금 내가 갖고 있는 것은 별로 없다. 미술품이나 도자기는 제 갈 곳으로 가면 된다. 내 자녀들 중에 나보다 더 안목이 있는 애호가가 있으면 몇 점은 남겨주었으면 좋았을 것 같다. 또 몇 점은 애호가나 박물관으로 가기도 했다. 서울대학 국문과에서 구운몽 연구로 학위를 취득한 교수가 있다. 내가 보관해두었던 구운몽 병풍 8폭으로 된 민화는 그 교수에게로 갔다. 무당이 직접 그린 이상한 그림도 있었다. 광기(狂氣)가 서려 있는 민화였다. 대학 박물관으로 갔다. 버림받기는 아깝고 보관하기는 부담스러운 도자기들은 여러 곳으로 원하는 사람에게 나누어 준 셈이다. 사랑을 받고 있는지 모르겠다.

그러고도 남아 있던 도자기들은 강원도 양구의 근현대사박물관으로 갔다. 400여 점이 넘었을지 모른다. 그 일부가 방 한 공간에 전시되어 있다.

나는 시간이 허락되면 그 방에 혼자 앉아 내 손 밑을 떠난 도자기들을 찾아본다. 모두가 기억에서 사라지지 않는 소중한 정을 간직한 것들이다.

그 자리에 앉으면 내가 살던 옛 고향집에 온 것 같은 포근함을 느끼곤 한다.

10
교정을 떠나 사회 속으로

연세대를 떠나 사회 속으로

1985년은 바쁘게 보냈다.

1985년은 31년 동안의 교수생활을 끝내고 32년이 넘는 사회생활로 들어서는 전환기였다. 그해는 연세대학 100주년 기념 해이기도 했다. 나는 근속 30주년을 넘겼다고 해서 축하도 받았다. 연초에는 백낙준 총장 서거와 장례식도 있었다. 5월에는 연세대 신앙 강화 주간의 강사로 마지막 신앙적 봉사도 했다. 두세 차례 퇴임기념 행사와 회식에도 참석했다. 둘째 아들 성우가 건축공학과의 전임으로 결정되기도 했다. 문과대학 교수회에서는 내가 만장일치로 명예교수로 추대되기도 했다.

6월에 31년간의 강의를 끝내고 여름방학이 되면서 7월과 8월은 미국, 캐나다 등지의 교포들을 위한 강연 여행도 했다. 오래간만에 보스턴 지역을 방문하면서 하버드대학 캠퍼스에 다시 한 번 들렀다.

9월 2일에는 안세희 총장이 주관하는 퇴임기념 예배를 가졌다. 병중의 아내도 참석했다. 같은 기간에 숭실대 안병욱 교수도 퇴임했기 때문에 신문, 방송 등에서 기사화했고 함께 공개 대담 행사에도 합석하곤 했다. 한 방송에서는 두 교수의 퇴임은 사회적인 한 이벤트였다고 평가하기도 했다. 가정적으로도 크고 작은 사건들이 벌어진 해였다.

9월 13일에는 나의 퇴직기념 강연회가 있었다. 문과대학 1층 101 호실에서였다. 그날은 오전부터 연세대학교 설립 이래 가장 큰 학생들의 반정부 데모가 있었고, 그 행사를 진압하는 경찰이 교내 여러 곳을 점유하고 있었다. 정오가 가까워지면서 많은 최루탄 발사 때문에 캠퍼스 전체가 혼란스러웠고, 데모 한가운데 있던 학생들은 눈물을 흘리면서 뛰어들기도 하고 대피하기도 했다.

후배 교수들이 찾아와 오늘의 고별 강연회는 연기해야겠다고 상의해왔다. 나는 그럴 수는 없었다. 같은 과 교수였던 배종호 교수도 연기하자는 의사였다. 그래도 나는 다른 스케줄 때문에 취소하거나 감행하는 길밖에 없겠다고 말했다. 몇 명이 참석해도 좋으니까 감행하기로 했다. 강연 내용이 쉬운 편은 아니었다. 역사와 윤리, 그리고 시간의 구조 비슷한 문제에 대해서 생각했던 것들이었다.

약속한 2시가 되어 강의실에 들어섰더니 큰 교실이 초만원이었다. 최루탄을 맞은 학생들의 복장에서는 독기가 뿜어 나왔기 때문에 실내는 최루탄 냄새로 가득 차 있었다. 나도 재채기를 하면서 들어섰다. 의자에 앉지 못한 학생들은 벽에 기대고 서서 청강을 했다. 몇 신문사의 기자들도 다녀갔다.

강연회는 성황리에 끝났다. 밖에서는 여전히 데모가 벌어지고 있었다. 전두환 정권이 출범하고 얼마 안 되었을 때의 일이었다.

나는 교수로서는 마지막으로 학교를 떠나 집으로 오면서 내가 30년간의 대학생활에서 실패하지는 않았다는 위로를 받았다.

그즈음 과 교수들과 대학원 학생들이 식사를 하는 자리에서 나는 웃으면서 여러 번 있었던 고별사의 한 토막을 다시 반복했다. 이제는 연세대학을 졸업했기 때문에, 모든 졸업생이 그러했듯이 나도 사회에 나서는 초년병의 심정으로 일을 시작해야겠다고 말했다. 가벼운 웃음이 터졌다.

그렇게 새 출발을 가벼이 약속한 셈인데, 지금 꼭 32년을 채운 셈이다. 그해가 내 인생의 63년의 분수령이 되었던 것이다.

32년 전의 옛날 일이다. 이제는 내 나이가 만 98세를 넘기고 있다.

결과는 모르겠으나 많은 일을 했다.

대학에 머무는 31년 동안 정말 많은 일을 했다. 1980년 말에는 이렇게 기록되어 있었다. 약 100회에 걸친 설교(미국과 신앙 강좌에서), 142회의 방송(군 방송과 KY에서), 208회의 기업체 강연, 116회의 일반 강연, 2,400장 정도의 원고 쓰기(두 권의 저서를 위하여), 6,500만 원 정도의 수입. 그 이전에는 더 많은 일을 했을 것 같다. 그 이후에는 조금씩 줄었을 것 같기도 하고.

그것은 결코 자랑스러운 일은 못 된다. 한 가지 일에 더 정성을 쏟았다면 뜻깊은 결과가 될 수도 있었을 것이기 때문이다.

또 어떻게 생각해보면, 30여 년을 그렇게 일했으니까 헛되지는 않았을 것 같다는 위안이 되기도 했다. 그러나 이런 과거에 대해 스스로 평가하는 것은 온당치 않다. 왜냐하면 나는 일찍 신앙적 고백을 하면서 이웃과 사회가 요구하는 일을 거절하지 말자는 약속을 했기 때문이다. 일은 나를 위해서가 아니라 필요로 하는 이들을 위한 봉사이기 때문에 회피하거나 거절할 수 없었을 뿐이다. 그러나 마음에서 떠나지 않는 아쉬움은 있었다. 철학계를 위해서는 죄송스럽고, 사회를 위해서는 고마운 반응을 받으면서 살았기 때문에 그것이 나의 운명적인 선택이었던 것 같다.

정부의 일도 많이 도왔다. 그러나 감투는 쓰지 않았다. 군정신교육지도위원을 비롯해 국방부 일은 오래 도왔다. 그 기간의 국방부의 일은 정부의 일보다 더 소중했기 때문이다.

한번은 아내가 이렇게 말했다. "당신은 왜 욕을 먹으면서도 정부의 일을 돕는지 모르겠어요. 잡혀가기까지 하면서…." 정보부나 어떤 때는 정당 감찰 관계자가, 내가 없을 때 아내에게 전화로 협박을 가하는 때도 있었으니까, 그래서 하는 말 같았다. 나는 할 말이 없어서, "우리와 같은 탈북자는 대한민국밖에는 의지할 데가 없는 것을 어떻게 하겠어요."라고 말했다. 탈북자들은 내가 대한민국을 위해서 하는 일보다 대한민국의 혜택이 더 크다는 사실을 잊을 수가 없었기 때문이다.

그러나 무거운 짐도 있었다.

1981년 3월 25일 새벽, 가정부가 욕탕에 쓰러져 있는 아내를 발견했다. 나는 자다가 깨어나 당황스러웠다. 세브란스병원 응급실로 이송했다. 대기하고 있던 주치의 정 박사가 진단을 시작했다. 정 박사는 미국에 있는 내 큰사위와 동기인 정형외과 의사였다. 정 박사는 나에게는 말하지 않고 내 사위에게, 뇌졸중인데 상태가 너무 심하니까 희망이 없어 보인다고 연락했다. 그래서 미국에 있던 딸 셋은 상복을 준비해 가지고 서울로 향했다. 미시간대학원에서 공부하던 둘째 아들도 귀국을 서둘렀다. 독일 프라이부르크대학에 있는 큰아들도 귀국 준비를 하고 있었다. 서울에는 둘째 딸만 살고 있었다. 대신교회 사모는 항상 환자들을 위해 세브란스로 드나들고 있었기 때문에 교회 분들도 크게 걱정해주었다.

정 박사는 뇌수술을 해보자고 동의를 구했다. 그대로 떠나보낼 수는 없다고 생각한 나도 동의했다. 수술은 잘되었다. 당장 목숨을 잃을 위기는 넘겼으나, 소생할 가망은 보이지 않았다. 이한빈 선생이 뒷집에 살았기 때문에 사모님과 몇 교우인 아내의 친구들과 같이 우리 집에 위로와 도움을 주곤 했다. 교회에서는 장례 절차를 생각하고 있었던 것으로 전해지고 있었다.

그러던 어떤 날, 야반에 전화가 울렸다. 나는 전화를 받았다. 아내가 지옥과 같이 깊은 땅굴 속에서 젊은 운동선수인 양 뛰어 올라오는 꿈에서 깨어났기 때문에 전화기를 들면서 무슨 일이냐고 물었다. 내 남동생의 전화였다. 방금 손가락이 약간 움직이더니 잠시 눈을 떴다가 다시 감았다는 것이다. 그 순간을 가족들이 얼마나 기다렸는데….

다음 날 새벽, 나는 교회에 장례 절차에 관한 상의를 하려고 했던 생각을 접었다. 아내는 다시 눈을 떴다가 감았다. 의사는 일단 깨어날 수 있다는 희망을 주었다. 우리는 그 후유증을 모르기 때문에 그 뒤는 회복이 다 될 것으로 여기고 있었다.

그렇게 해서 아내는 죽음의 문턱에서 되돌아설 수 있었다.

앞뒤를 종합해보면 그것은 작은 기적이었다. 정 박사와 친구이면서 세브란스 동기였던 닥터 양이 나에게, "우리는 다 희망이 없다고 보았습니다. 후유증은 크겠지만 회복은 되었습니다."라고 전해주었다. 내 조카가 그때 의과대학 학생이었다. 한 교수가 강의실에 들어와서, "우리는 환자에 대한 의사의 생각을 섣불리 환자에게 얘기해서는 안 된다. ○층 ○호실 환자는 모든 의사가 회복되지 못한다고 믿었을 정도인데 회복되는 것을 보면 의학적 판단이 전부는 아니다."라고 얘기했다는 것이다. 그 환자가 바로 내 아내였던 것이다.

그러나 후유증은 너무 심했다. 뇌에 대한 수술 부위 때문에 아내는 회복되면서부터 말을 못하게 되었다. 23년 동안 말을 못하는 세월을 보냈다. 대단히 심한 반신불수가 되었다. 몸 한쪽은 완전히 마비가 되어 있었다. 나는 방학이 되자 아내를 이끌고 미국으로 떠났다. 셋째 사위가 재활학과에 근무하고 있었기 때문이다. 최선의 노력을 다했다. 셋째 사위도, "지금까지는 어머니께서 아버지를 섬겨주셨는데, 이제부터는 아버지께서 어머니를 도와드려야 하겠습니다."라고 말했다. 그때도 나는 그 뜻을 몰랐다. 23년이 지난 뒤에야 '그 뜻이었구나!' 하고 깨달았다.

미국에서 몇 달 동안의 치료를 받은 뒤 겨울방학 때 아내를 데리고 집으로 왔다. 거의 1년은 병원과 집을 오가는 세월을 보냈다. 두세 차례는 다시 장기간 입원을 했다. 그렇게 20여 년을 보냈다.

나도 정년퇴직을 했다. 네 딸들은 다 결혼을 했다. 셋은 미국으로 돌아가 자리를 잡았다. 사위 셋이 다 의사여서 안정된 생활기반을 닦았다. 외손주들도 자랐다. 두 아들도 돌아와 결혼을 하고 대학의 교수가 되어 독립해 떠났다.

좁던 집이었는데, 다 떠나고 나는 90을 넘긴 모친과 병중의 아내를 도우면서 지냈다. 셋만의 가정으로 바뀌었다.

1996년 7월, 나는 40년 동안 살던 집을 떠나 지금 살고 있는 연희동으로 거처를 옮겼다. 자의 반 타의 반으로 옮길 수밖에 없었다. 연세대 동문 밖에서 북문 밖 쪽으로 이사를 갔다. 연로한 모친과 병중의 아내 때문에 세브란스를 멀리 떠날 수는 없었다. 내 나이도 있었으니까. 옆에 야산이 있어 산책하기는 좋아 보였다. 인적이 없다시피 한 산이기 때문에 혼자 명상도 하고, 때로는 혼자서 슬픔을 달래기도 할 수 있을 것 같았다.

이사 온 지 1년이 지난 겨울에 모친이 100세를 채우면서 세상을 떠났다. 눈을 감으시기 한 달쯤 전이었다. 당신 생각이 흩어지지 않았을 때 유언을 하시고 싶었던 것 같았다. 마지막 말씀이었다. "내가 네 처보다 먼저 가게 되어 다행이다. 나야 갈 나이가 다 찼으니까 잘되었다. 그런데 ○○ 엄마까지 떠나게 되면 집이 비어서 어떻게 하지…."라는 걱정을 남겼다. 아들을 혼자 두고 떠나는 어머니의 심정이었다.

다음 해 2월 5일에 모친이 가셨다. 떠나신 때는 온 가족이 다 모였다. 미국에서 목사로 지내던 막냇동생도 와서 자리를 함께했다. 참석했던 분들이 유가족들을 고생시키고 싶지 않아 좋은 날씨를 택했다고 말했다.

나는 쌀가마니를 두 어깨에 하나씩 지고 있다가 하나는 내려놓은 마음 같았다. 장남으로서의 사랑의 짐이 무거웠던 것 같다. 형제들도 슬픈 마음은 적었다. 백수를 하셨고, 끝까지 건강하셨다. 정신은 조금도 흩어지지 않으셨다.

새로 이사 온 집에는 아내와 나만 남았다. 간병인 겸 가정부로 수고해주는 아주머니가 집의 모든 일들을 잘 돌보아주었다.

아내가 세상을 떠나기 몇 해 전에 다시 세브란스에 입원을 했다. 병세가 점점 악화되어 있었다. 의사도 모두 바뀌었다. 정 박사의 동기들은 다 정년으로 떠났다.

하루는 교회의 목사님이 문병을 왔다. 간단히 예배를 드리게 되었다. 내 아내는 교회에서 권사직을 맡고 있었다. 목사님은 기도를 드렸다. "이제는 하느님의 부르심을 받을 때가 왔습니다. 권사님을 주님이 준비해두신 하늘나라에서 편히 안식하게 하시고 유가족들은 감사하는 마음으로 이 세상에서 주어진 주님의 뜻을 성취하게 해주시기 바랍니다." 이제는 환자에게는 영원한 안식을, 고생하는 가족들에게는 위로를 주시라는 뜻이었다.

또 병원에서는 새로운 환자들에게 병실을 제공해야 하는데, 어차피 희망이 없는 환자가 장기간 병실을 차지하는 것을 바라지 않았다. 여러 가지 사정을 감안하다가 하루는 내가 중환자실에 들어가 아내의 손을 잡고 기도를 드렸다. 주님께서 원하시는 뜻에 따르겠다는 기도였다. 그런데 내 기도가 끝났을 때 의식이 없을 것으로 생각했던 아내가 또렷하게 "아멘" 하는 화답을 했다. 말을 못하고 있던 아내였다. 그것이 내가 들은 아내의 마지막 음성이었다.

얼마 후에 나는 집에 병원과 같은 시설을 갖추고 퇴원을 했다. 일주일에 한 번씩 간호사가 와서 돌보아주고, 집에서는 우리가 그 지시를 따라 뒷바라지를 했다. 그렇게 해서 병원에서가 아닌 집에서 1년 이상 더 치료를 받다가 아내는 우리 곁을 떠났다. 2003년 8월 9일 오후였다. 임종 시에는 여섯 자녀가 다 모였다. 며느리들도 입석했다. 의사인 큰사위가 마지막 가는 절차를 밟아주었다. 아내는 84세였다. 건강하게 36년, 병중에 있으면서 23년을 나와 함께했던 것이다. 여름이었으나 4일 동안의 장례 절차를 밟는 동안에 우리는 더위를 느끼지 않을 정도로 날씨가 선선했다. 모친 옆에 안식처를 준비해두었다.

아내를 보내고 회상해보면, 발병하기 전해에는 나를 더 도울 수 없겠다는 예감이 있었던 것 같다. 아내 자신도 모르게. 나와 아내는 1972년에 한 학기 동안 미국에 머물다가 유럽을 거쳐 세계일주 여행을 했다. 그리고 발병하기 전해에는 미국에서 막내딸의 결혼식을 위해 워싱턴 D.C.에 들렀다. 막내를 시집보낸 아내가, "이제는 제가 할 일은 다 끝낸 것 같습니다. 막내에게 아무 재정적 도움도 주지 못했는데, 후에 당신이 기억해두었다가 좀 도움을 주세요."라고 말했다. 나는 "당신이 알아서 해야 할 일인데…."라면서, 그런 말을 왜 하는지 모르겠다고 생각했다. 토론토에 갔을 때였다. 교회 집회를 끝내고 왔을 때 아내가 잠들기 전에, "내가 좀 더 오래 당신이 하는 일을 뒤에서 기도드리면서 보아주고 싶어요."라고 말했다. 나도 오늘은 더욱 그런 생각이 난다고 말했다. 후에 생각해보니까 아내는 자신도 모르게 이번으로 그런 기도와 꿈이 끝나지 않는가 싶은 예감이 있었던 듯싶었다.

다음 날 점심을 끝내고 사람들이 한 가정을 방문했다. 한국 가정인데 남편 되는 분이 사진작가로 일하고 있었다. 기념사진을 찍자는 생각들이 있었던 것 같았다. 아내는 그분에게 우리 부부의 사진도 부탁한다고 말하면서, 나의 옆자리에 와 자리를 잡았다. 그러고는 아주 다정하게 내 팔을 껴안고 몸을 내게 기대면서 밝게 웃었다. 사람들이 "사모님은 아직 신혼부부 같은 생각이 드나 보다."라면서 웃었다. 한 사람이 "지금 신혼여행으로 토론토에 오신 거야."라면서 놀렸다. 나도 늙어서 아내가 지나치게 표정을 쓴다면서 사진을 찍었다.

지금도 그 사진이 남아 집에도 걸리고 애들 집에도 있다. 강원도 양구에 있는 '철학의 집'을 방문하는 사람들은 그 사진을 보면서 부러운 듯이 행복해 보인다고 말하곤 한다.

그것이 발병하기 전의 마지막 사진이 될 줄은 우리 둘도 몰랐다.

아내를 보낸 다음 날 아침에 일어나면서, "이제는 어떻게 하지?"라고 말했다. 아무 생각도 떠오르지 않았다. 애들은 다 집으로 돌아갔다. 나 혼자 남았다. 습관대로 뒷산에 올라갔다. 아내가 행복하게 떠나갔다. 여한은 없었다. 그런데 계속 눈물이 흘러내렸다.

집이 비어 있었다. 어머니와 아내가 내 삶의 집이었다. 저녁때가 되면 빨리 집으로 돌아와야 하곤 했다. 이제는 그럴 필요가 없어졌다. 몇 차례 외국에 나갔다가는 한국으로 돌아가야겠다는 생각을 하면서도 집으로 가고 싶지는 않았다. 한번은 LA에서 서울로 오는 비행기를 탔다. 그 옛날처럼 즐겁지가 않았다. 김포공항에 내렸다. 왜 그런지 빈집으로 찾아드는 것이 반갑지 않았다. 그렇다고 갈 곳이 있는 것도 아니었다.

기다리는 것은 해야 할 일뿐이었다. 그 일에서 사랑을 가꾸어가야 한다는 생각이 들었다.

강의 내용들을 정리했다.

정년으로 대학을 떠나고 보니까, 시간에는 여유가 생기고 할 일은 줄어들었다. 내가 맡았던 대학의 강의는 계속하는 것이 학생들에게는 도움이 될 것 같았다. 전공 분야는 후배 교수들에게 맡겨도 좋으나, 개론에 해당하는 것들은 경험이 많은 내가 맡아서 좋을 듯싶었다. 그러나 내 제자들이 외국에서 돌아와 취직자리가 없어 고생하고 있는 것을 볼 때는 생각이 달라졌다. 나 한 사람이 시간을 비우면, 한 사람 반이 들어올 수 있게 된다.

선배였던 박종홍 교수 생각이 났다. 그분은 서울대를 떠난 뒤 성균관대와 한양대에서 강의를 했다. 국민교육헌장을 맡으면서는 박정희 정권의 후원을 받기도 했다. 적지 않은 그의 후배들이 불만과 불평을 얘기하기도 했다. 서울대로 끝내지 왜 다른 대학으로 구명운동을 하느냐는 불만도 있고, 다른 것은 몰라도 박 정권의 심부름을 하느냐는 항의를 받기도 했다. 제자들은 스승을 아끼는 생각으로 그랬을 것이다.

그러나 박 교수는 비교적 객관적 위치에 있는 나에게 진심을 토로한 일이 있었다. "대학을 떠나 수입은 없어지고, 여러 아들딸들의 학비는 누가 책임지나? 배부른 사람들은 굶주린 사람들의 아픔을 모르는 법이다. 그러면 나 같은 사람은 어떻게 하라는 것인가?"라고 걱정했다. "나보고 왜 군사정권에 협력하느냐고 제자들이 찾아와 항의를 하는데, 나도 누구 못지않게 나라를 걱정하고 사랑하는 사람이다. 국민교육헌장을 만든 것이 무슨 잘못이며, 절개가 없다는 것은 무슨 뜻인지 모르겠다. 나라와 교육계에 도움을 주는 일은 누군가는 해야 할 일이 아니겠나?"라는 약간 울분 섞인 하소연을 한 일이 있었다.

그 선배 교수 생각을 하면서 나는 정년 후에는 다른 대학으로 가서 강의를 하는 일은 사양하기로 했다. 연세대에서 시작해 연세대로 끝나는 것이 좋을 듯싶었다. 그리고 후배를 위해 가급적 빨리 강의를 끝내기로 했다. 그런 결정을 하는 데는 또 다른 이유가 있었다. 모아둔 재산은 없어도 사회적인 일의 대가가 있기 때문에 개인의 생계는 이어갈 자신이 있었기 때문이다. 그래서 정년 후 몇 해 동안은 대학에서 했던 강의 내용을 정리해 저서로 남기기로 했다.

『윤리학』은 이미 출간되어 있었기 때문에 더 손댈 필요가 없었다. 내 최초의 저서였던 『철학개설』은 미비한 점이 적지 않은 오래전 저서였다. 연세대에서 나온 철학책이 한 권도 없었기 때문에 시도한 책이었다. 그다음에 나온 책이 『철학입문』이었다. 많은 독자가 있었다. 철학책으로서는 베스트셀러이기도 했다. 그러나 그 책은 철학사와 입문적인 개론을 합친 것이다.

그래서 이번에는 개론을 위한 개론으로 내용을 새로 꾸미기로 했다. 그동안 강의했던 내용들을 정리해본 것이다. 철학이 다루어야 할 여러 가지 문제를 비교적 새로운 학설들을 삽입시켜가면서 서술했다. 학교에 있었으면 교재로 쓰고 싶은 책을 정년 후에야 내놓게 된 셈이다. 옛날 내가 일본에서 학생생활을 할 때 같으면 적지 않은 독자가 있을 것 같은데, 책은 나왔으나 독자는 얼마나 되었는지 모른다. 『철학의 세계: 우리는 그 속에 살고 있다』라는 제목의 책이다.

두 번째 정리한 것은 『종교의 철학적 이해』이다. 처음부터 내 관심 분야였기 때문에 나 자신의 사상을 위주로 취급했다. 과거에 종교철학에 관한 책들은 여러 권 읽었다. 주로 서양적인 것이기 때문에 기독교적인 과제와 세계관이 깔려 있다. 종교철학은 종교와 무관한 사람이 취급할 수도 없고, 어떤 종교를 갖게 되면 그 종교 내용을 대상으로 삼을 수밖에 없어진다. 실제로 불교 철학이나 기독교 철학은 있으나, 그 모든 것을 포함하거나 완전한 객관적 고찰은 쉽지도 않고 깊이도 찾기 어려워진다.

나 자신이 기독교 철학적이기 때문에 그런 과제와 내용들이 깔려 있음을 고백할 수밖에 없다. 문제는 기독교 철학이 아니기 때문이다. 그래도 종교의 중심과제들을 한 번은 취급해보고 싶었다. 또 부족한 내용이지만 먼저 저술한 사람이 있어야 후계자들이 더 좋은 저서를 탄생시킬 수도 있다고 생각했다. 개론적인 문제를 서술해보았다. 누구누구의 학설을 소개한 것은 아니다. 내가 강의에서 취급한 문제들이다.

『역사철학』도 비슷한 성격을 갖는다. 대학에서 강의하기 위해 역사철학 책들을 참고해 보았다. 그러나 내용과 문제가 모두 평범해 보인다. 그렇다고 아우구스티누스라든지 헤겔의 역사관을 그대로 소개하면, 역사학자들의 비난을 살 수도 있다. 또 나 자신이 토인비(A. Toynbee)와 같은 역사가의 저서를 전문적으로 연구한 것도 못 된다. E. H. 카(E. H. Carr)는 『역사란 무엇인가』라는 강의록 중에서 "역사철학은 가능할 수 있는가?" 하는 한계를 잘 암시해주고 있다. 역사(과)학자들의 위치에서 본다면 역사철학은 존재하지 않는다. 그러나 철학자들의 위치에서 본다면 역사에 대한 철학적 고찰은 있을 수 있다. 특히, 기독교 세계관에서는 역사를 제외하게 되면, 기독교 이해는 불가능하거나 충분하지 못하다. 또 물리학에 자연적 시간관이 필수적인 것과 같이, 역사적 시간관은 우리의 삶에 필수조건이기도 하다. 그런 뜻에서 강의했던 내용을 정리해본 것이다. 그리고 적지 않은 철학적 에세이를 쓰면서 단편적인 문제들은 취급한 일이 있었기 때문에 종합적인 책으로 묶어보고 싶었던 의욕이 깔려 있기도 했을 것이다.

독서운동에 도움을 주고 싶기도 했다.

대학을 떠나고 10년 가까이 되었을 때였다. 그때까지 사회운동에 헌신해오던 박철원 씨가 찾아왔다. 서울대의 최창규 교수가 소개해주었다면서, 자신이 뜻하고 있는 독서운동을 좀 지도해달라는 청이었다.

그런 운동은 필요하고 있어야 하나, 누가 어떻게 하는가는 아무도 모르는 일이었다. 나는 오래전부터 학교와 사회생활에 있어 독서가 없는 교육은 의미가 없다고 체험했고, 또 그렇게 믿고 있었다. 그러나 내가 직접 그런 운동을 할 처지는 아니다. 나에게 주어진 일들을 희생시켜야 하며, 또 성공적으로 이끌어갈 자신도 없었다.

내 상식적인 생각 중 하나는, 지금 세계적으로 정신적 지도력을 갖추고 있는 나라들은 영국, 프랑스, 독일, 미국이다. 그리고 아시아에서는 유일하게 일본이 주도권을 갖고 있다. 그런데 이탈리아는 문예부흥을 일으킨 나라이고, 스페인은 전 세계적으로 가장 넓은 식민지를 소유했던 나라이다. 포르투갈도 그렇다. 그럼에도 그 나라들은 왜 역사의 무대에서 후선으로 밀려났는가? 또 한때는 유럽에서는 후진국이라고 보였으나, 뒤늦게 신흥국가로 등장할 것으로 보였던 러시아도 왜 그 시대적 임무를 감당하지 못했는가?

그런 국가들은 최소한 1세기 동안에 걸쳐 국민들이 많이 참여하는 독서기간을 가져보지 못했다. 독서란 인문학적 과제이기도 하고, 정신문화의 보물창고이기도 했다. 모든 학문과 정신적 가치의 산실 역할을 담당하기도 했다. 영국, 프랑스, 독일, 미국, 일본은 많은 국민들이 열성적인 독서를 통해 문화국민으로서의 기반과 자질을 굳건히 했던 것이다. 그 몇 나라들의 독서열은 우리가 상상하는 것보다 대단했다.

그런데 우리는 그런 과거가 없었다. 일제의 압박을 벗어나면서 공부하는 민족과 책을 읽는 사회가 되어야 한다는 열기는 있었으나, 사회적 혼란과 정치와 이념적 갈등 때문에 행동은 하면서도 독

서를 하지 않음으로 인한 정신적 빈곤 상태는 너무 오래 지속되어
왔다. 그러나 정신적 후진사회에 있어서의 독서운동은 쉬운 일이
아니었다. 우리는 독서의 필요성 자체를 느끼지 못하는 사회였을
정도였다. 지금 우리나라는 세계에서 가장 많은 대학을 갖고 있다.
그리고 자타가 인정하는 종교국가이기도 하다. 그럼에도 불구하고
책을 읽는 대학생은 거의 없을 정도다. 종교계의 독서부진은 걱정
스러울 정도다. 종교는 무지하거나, 인생관이나 세계관이 없는 사
회에서는 미신을 키워주는 온상이 될 수도 있다. 불교를 믿는 사람
들은 불교적 서책과 교리 위주의 내용들을 강론을 통해 얻을 뿐이
다. 기독교인들은 신부나 목사의 강론과 설교로 만족하고 있다. 신
부나 목사들도 독서적 신앙은 권고하지 않는다. 어떤 때는 종교 지
도자들이, 신도들이 더 많이 공부하고 책을 읽어서 자신들보다 앞
서는 것을 우려하고 있는 것 같기도 하다. 내가 교회와 사회의 중간
지대에 머물기 때문에 그런 의문을 갖는지 모르겠다.

나는 다른 종교에 관해서는 잘 모른다. 그러나 기독교 안에서 자
랐기 때문에 느끼는 바이지만, 세계에서 우리나라의 크리스천만큼
책을 읽지 않는 교회는 없을 것 같다. 일본의 크리스천은 수가 적지
만 독서는 우리의 50배 내지 100배는 앞선 것 같아 보였다. 나는 일
본에서 대학생활을 하면서 일부러 일본 교회에 다니곤 했다. 그런
데 이상한 것은 어느 일본 교회에 가도 한국 학생은 보이지 않았다.
모두가 한국인 교회에 다니고 있었다. 때로는 한인교회에 가본다.
목사들의 설교 가운데 책을 소개해주는 일은 없었다. 그러다가 일
본 교회에 가면 목사들의 설교 내용은 수준이 달랐다. 한 교회에 갔

을 때는 청년 대학생들의 성경 공부반이 있었는데, 그리스어 원문으로 된 마가복음을 공부하고 있었다.

예를 들면, 기독교 신부나 목사라고 해서 『논어』를 읽지 않았다면, 정신적 지도력을 갖출 수 있다고 생각되겠는가. 도스토예프스키가 누군지 모르면서 러시아 기독교를 비판할 수 있겠는가.

이런 점들을 느끼면서 지냈기 때문에 독서운동은 필수적이라고 생각했다. 그래서 박철원 씨가 이끄는 '한우리독서문화운동'의 초대 회장직을 맡아 도움을 주기로 했다. 그러나 여러 가지로 어려운 점도 있었고, 좀 더 유능하고 젊은 새로운 지도자에게 그 자리를 양보하기로 했다. 제2대, 제3대의 회장은 문공부장관 출신인 정치계 사람이 맡아주었다. 그리고 지금까지 28년의 세월이 흘렀다. 그 운동 자체가 중요했기 때문에 실패했다거나 목적과 어긋났다고는 생각지 않는다. 그러나 전체적으로 보았을 때 기대했던 것만큼의 성과는 거두지 못했다. 독서지도사들을 통해 어린이들에게 독서 취미와 방법을 가르쳐준다. 그런 어린이들이 학교에 가서는 독서를 계속하지 못한다. 학교가 독서를 외면하기 때문이다. 심지어는 고등학교 2, 3학년 학생이 교과목 외의 책을 읽으면 선생은 수능시험이 다가왔는데 책을 읽으면 어떻게 하겠느냐고 나무랄 정도로 독서와는 무관한 교육을 한다. 고전에 해당하는 책을 몇 권이라도 읽으면서 대학을 나오는 학생은 보이지 않을 정도이다.

어떤 때는 공직자들이나 공직을 떠난 사람들이 전국적인 독서운동을 한다면서 국고금의 보조를 받아 대대적으로 출범식을 거창하게 개최한다. 그러고는 지방 관련기관에 공문이나 몇 차례 보내다가 중단해버린다.

결국 내가 얻은 결론은 중고등학교 선생들은 학생들이 꼭 읽어서 좋은 책들을 읽도록 이끌어주어야 한다. 선생이 반 학생들에게, 이번 학기에는 6권의 책을 추천해줄 테니까 그 가운데서 3권은 꼭 읽도록 하라고 권고하는 일이다. 쉽고 재미있는 고전들, 존경하는 사람들의 전기나 자서전들, 여러 종교의 경전들 중에서 선별된 책들을 추천해주고 지도해주어야 한다. 성경을 무조건 읽으라고 하기보다는 창세기나 마가복음은 읽어서 좋을 것이라는 방법들이다.

그리고 대학에 가서는 어떤 교수의 강의보다도 중요한 것은 인류에게 정신적 양식을 남겨준 고전을 여러 분야에서 선별해서 읽도록 해주어야 한다.

그런 일들을 소홀히 하거나 소외시킨 교육은 절대로 문화 창조의 국가나 민족이 되지 못한다.

나는 독서운동에 참여해보면서 몇 가지 사실을 깨닫게 되었다. 성실하고 유능한 한 개인이 사명의식을 갖고 일하는 것이, 조직체를 만들고 이벤트 식의 정신운동을 하는 것보다 더 필요하며 효과적이라는 사실이다.

정부나 관 주도형의 정신적 사업이나 운동은 성공하지 못했고, 할 필요도 없다는 경험이다. 오래전 가족계획운동을 하던 고황경 선생의 얘기가 거듭 기억에서 떠오를 정도였다. 고 박사가 그 일은 해야겠고 재정적 뒷받침은 받을 길이 없으니까 정부로부터 도움을 받았다. 20 정도의 후원을 해주고는 60의 실무적 보고를 요청해온다. 사사건건 사전 사후에 보고를 해야 한다. 그래서 1년간 도움을 받고는 자진해서 거절했다는 것이다. 그런 사실을 알게 된 그 당시의 천우사 사장인 전택보 씨의 후원으로 계속했다는 것이다. 대부분의 정신적 사업, 문화적 운동은 민간 지도자들이 사명감을 갖고 추진하는 것이 좋다.

정신적, 문화적 사업은 단시간에 성과를 거두려고 서둘러서는 안된다. 그리고 경제적 타산으로 평가해서는 정도를 벗어나게 된다. 외국에서도 병원과 대학을 축재의 수단으로는 보지 않는다. 그 기관들은 봉사기관이기 때문이다. 우리나라의 문화사업은 부를 소유하려는 축재사업으로 변신하기 쉽다. 그런 사업은 후에 정신적 가치와 혜택을 남기지 못한다. 큰 나무는 100년, 200년에 걸쳐 서서히 튼튼히 자란다. 1년, 2년이나 10년에 다 자라기를 바라는 정원사는 결실을 거두지 못한다. 때와 사회에 따라서는 예외가 있을지 모른다. 그러나 정신적, 문화적 사업은 긴 안목과 유구한 목적의식이 필요하다.

우리 사회는 병들어 있다

우리 사회는 우려스러울 정도로 병들어 있었다.

대학을 떠나 사회 속에 머무는 기간이 길어지면서 우리 사회는 정신적으로 걱정스러울 정도로 병들어 있다는 생각을 갖기 시작했다.

경제계보다는 정치계가 더 후진성을 극복하지 못하고 있다. 그러나 정치계보다도 정신적 영역에 속하는 교육계와 종교계의 무능과 무책임, 애국적 관심의 결핍은 더 심한 것 같았다.

지금 우리 사회의 삶의 단위는 가족도 아니고, 지역이나 직장의 울타리를 넘어선 지 오래다. 3·1운동에서 해방까지의 민족역사가 남겨준 가장 큰 가르침이 있었다면, 국가와 민족을 먼저 걱정하고 위하지 못하는 사회는 살아남을 수 없다는 역사적 명제였다. 그런데 경제 지도자들은 앞으로 무엇을 해서 먹고살 수 있을까를 걱정하는데, 정치인들은 정권욕에 매달려 국가와 민족의 과제를 외면하고 있다. 온갖 사회악이 이렇게 만연하고 있는데, 교육계나 종교계의 지도자들은 국가와 사회문제는 외면하고 있다. 그래서 정신계의 지향점과 윤리적 가치관은 찾아볼 수가 없을 정도이다.

지도자 빈곤상이 너무 심하다. 소망스러운 지도자를 배출하기 위해서는 그 사회의 지도층이 형성되어야 한다. 지도층이 형성되기 위해서는 경제적 중산층이 확립되어야 한다. 그런데 우리는 경제적 중산층도 육성되지 못했고, 그에 따르는 정신적 지도층도 형성되지 못하고 있다. 그 결과로 증대해가는 것은 정신적 가치의 혼란과 윤리성 상실에 따르는 사회악이다. 그 점에 있어서는 후진국의 위상을 벗어나지 못하고 있다.

사회악의 문제는 정부의 시책이나 정치적 후진성의 결과만은 아니다. 교육계의 책임이며, 특히 종교계의 방향 상실이다. 우리는 불교의 사회적 역할이 얼마나 큰지 잘 알고 있다. 천주교와 개신교를 합친 기독교에 대한 사회적 기대가 얼마나 컸는지도 잊지 못하고 있다. 그런데 지금 종교계의 지도자들은 무엇을 하고 있는지 묻고 싶을 정도이다.

교육계에 있었던 나 같은 사람이 종교계의 지도자들에게 무엇을 요청한다는 것은 용납되지 않는다. 사회에 대한 공동책임을 지고 있기 때문이다. 그러나 종교계를 위하고 사랑하는 국민의 위치에서는 하고 싶은 말이 너무 많다. 그리고 그 뜻은 어떤 개인이 아닌 국민 전체의 기대에 따른 실망감이기도 하다. 교육에 관한 문제는 이미 언급했기 때문에 나 자신이 몸담고 있는 기독교에 관해 조금 더 사랑이 있는 걱정을 용납해주기 바란다.

1972년에 나는 비교적 긴 여행을 했다. 두 번째였다. 이번에는 기독교를 비롯한 종교에 관한 문제들을 현장에서 살펴보고 싶었다.

덴마크의 수도인 코펜하겐에 갔을 때였다. 그곳에서 키르케고르에 관한 사적들을 찾아보고 싶었다. 일요일이 되었다. 나는 코펜하겐에 있는 가장 오래된 중심교회를 찾았다. 예배를 드리고 싶었던 것이다. 그런데 예상하지 못했던 일이 있었다. 국교이기 때문에 국가로부터 봉급을 받는 목사 5명이 예배를 이끌어가기 위해 대기하고 있었는데, 예배에 참석하는 교인은 20여 명이 약간 넘을 정도였다. 주관 목사들은 줄곧 출입문만 살피는 것 같았다. 좀 더 들어왔으면 하는 표정이었다. 옛날 같으면 2층까지 가득 차곤 했을 교회당이었다. 왜 그렇게 되었을까 싶었다.

다음 주일은 런던에서 보내게 되었다. 도심지가 아닌 주택가에 있는 호텔을 잡았다. 토요일이어서 다음 날 예배드릴 교회를 찾아보았다. 그런데 그 교회에서는 낮 예배는 없고, 저녁 예배가 중심예배로 되어 있었다. 일요일 저녁에 찾아갔더니 30여 명 정도가 모여 예배를 드리고 있었다. 예배가 끝나자 목사가 광고를 했다. 오늘 저녁으로 우리 교회는 집회를 끝내고, 다음 주일부터는 가까운 곳에 있는 다른 교회와 합쳐서 예배를 드린다는 것이었다. 내가 이 교회는 문을 닫느냐고 물었더니, 교인이 너무 줄었기 때문에 합친다는 얘기였다. 미국에서는 자주 있는 일이지만, 영국에서도 도시 안에 있는 교회가 이렇게 되는구나 하고 생각해보았다.

다 알려진 사실이지만 네덜란드의 암스테르담에 있는 가장 대표적인 교회당은 완전히 폐쇄되고, 문화시설과 도서관으로 바뀐 지 여러 해가 되었다.

이런 현상은 천주교에서도 마찬가지다. 파리의 노트르담 성당에 갔을 때였다. 미사에 참석한 사람은 100여 명 정도였는데, 성당을 관광하는 관람객들은 그 몇 십 배나 되었다. 로마의 성베드로 성당에서도 그랬다. 대단히 큰 성당이 십자가 구조를 연상케 하는데, 그 윗머리 부분에 해당하는 곳에서 미사가 열렸다. 나도 참석했다. 그곳에 모인 사람들은 세계 각국에서 찾아온 신부와 수녀들이 대부분이었다. 300여 명 정도가 모였을 것 같았다. 추기경들이 절차를 따라 미사를 집전하고 있었다. 물론 세계에서 모인 관광객의 수는 그보다 수십 배, 수백 배에 해당할 정도였다. 미켈란젤로의 벽화가 있는 시스티나 성당은 미사가 없고 관광객으로 가득 차 있었다.

물론 이런 예배당과 성당도 크리스마스나 부활절이 되면 사람들이 많이 모인다. 또 교회에서 결혼식을 올리는 일도 있다. 그러나 한마디로 말하면, 기독교의 성당과 교회는 국민들로부터 외면당하고 있는 실정이다.

중동 지역과 인도, 동남아시아 국가들을 지나 일본에 들렀다. 옛날에 대학생활을 한 곳이었기에 그 당시 다니던 몇 교회를 찾아보았다. 역시 교인들은 눈에 뜨일 정도로 줄어 있었다. 일본에서는 천주교회는 약세이기 때문에 크게 관심의 대상이 되지 않았다.

기독교회를 중심으로 본다면, 기독교는 선진국에서는 버림받고 있는 실정이다. 미국은 유럽보다 좀 좋은 셈이지만, 도심지의 대교회에는 오래지 않아 세상을 떠날 노인들이 대부분이다. 예배당의 크기에 비하면, 참여하는 교인은 극히 소수에 지나지 않는다. 그래도 미국은 유럽에 비하면 종교국가이다. 보수적이고 열정적인 교단에서는 아직도 열심히 모인다. 흑인들의 교회도 그렇다. 그러나 그런 교회들은 지성인들로부터 외면당하고 있다. 빌리 그레이엄 목사의 전도를 위한 집회는 한때 대중의 관심을 모았으나, 신학계로부터는 관심의 대상이 못 되고 있다.

캐나다에서는 모든 교회가 여름에 3개월은 모이지 않는다. 방학을 하고 휴양을 떠나는 셈이다.

왜 그렇게 되었는가? 여러 가지 이유가 있겠다. 그러나 가장 중요한 원인의 하나는 기독교회가 반드시 있어야 할 그리스도의 정신을 교회의 보존을 위해서 멀리하고 있기 때문이다. 특히 중세기의 로마 가톨릭이 국교가 되고 교권이 절정에 달하면서 기독교는 세속화되었던 것이다. 예수의 가르침을 진리로 받아들이기보다는 교리가 대신하게 되었다. 교권보다는 인권이 더 소중함에도 불구하고, 신앙의 주체가 되고 목적이 되어야 할 인간의 권위와 권리가 수단이 되었다. 교회는 사회를 위해 존재해야 함에도 불구하고, 사회가 교회를 위해 있는 것으로 과오를 범했다.

그래서 천주교는 문예부흥을 통해 배척을 당했고, 루터의 성경으로 돌아가야 한다는 호소는 마침내 개신교를 탄생시키는 결과를 만들었다.

우리는 프랑스 혁명과 제정 러시아를 배격하는 공산주의 혁명이 왜 일어났는지를 묻지 않고 있다. 그것은 기독교 정신을 갖추지 못한 교회들이 오히려 기독교의 정신을 앞세운 휴머니즘 운동으로부터 공격을 받았기 때문이다.

한국의 기독교도 그런 역사적 과정과 무관할 수는 없다. 초창기의 기독교회는 사회 모든 분야에서 선도적 역할을 담당했다. 그러나 지금은 사회인의 성장이 교회 사람들의 성장을 앞지르고 있다. 누구에게나 물어보라. 교회에 다니는 사람의 수가 많아지기를 원하는가, 지성인의 수가 많아져야 한다고 생각하는가? 내가 어렸을 때만 해도 교회의 역할이 지도적이었다. 그러나 지금은 이성과 윤리성을 갖춘 지성인이 절대적으로 필요한 때로 바뀐 것이다.

만일 우리나라의 수많은 교회에서 목사들이 신도들에게, "교회에 나오지 않는 것은 죄가 아니고, 세상에는 교회와 무관하게 사는 사람들이 얼마든지 있고, 하느님께서는 그들을 죄인이라고 생각지 않는다. 그러나 거짓말을 하는 것은 죄이다. 그것은 교회 안과 밖을 구별할 필요가 없다. 교회에 열심히 안 나오거나 헌금을 많이 바치지 않아도 죄는 아니다. 그러나 다른 사람에게 고통을 주거나 피해를 입히는 것은 죄가 된다. 그것이 주님의 뜻을 어기는 일이다."라고 가르치고 설교를 했다면 오늘의 우리 사회는 좀 더 좋아지지 않앉겠는가.

그래서 우리는 교회주의가 기독교의 본래 목적이 아니라고 보는 것이다. 교회는 여러 종류의 기독교 공동체의 대표적 위치를 차지하기는 해도 기독교인들이 기독교는 교회로부터 시작해 교회로 끝난다고 생각해서는 안 된다. 우리가 대교회를 기피하는 것은 그 때문이다. 교회주의가 되면, 모든 인간의 진리를 교회를 위한 교리로 대신한다. 어떤 교회에서는 국가와 사회에 대한 의무보다 교회에 대한 봉사를 더 요청하기도 한다. 많은 그리스도인들은 예수께서 그렇게 간절히 요청했던 하느님의 나라는 외면하고, 한 번도 가르친 바가 없었던 교회주의를 따르고 있다.

누가 무엇이라고 말하든지, 오늘 우리 사회를 병들게 하고 있는 도덕성 상실과 윤리적 가치의 존귀성을 회복시켜주지 못한다면, 교회는 버림받는 때가 올 것이다.

앞에서 우리는 사회의 지도층과 지도자가 없는 현실을 지적했다. 그렇다면 누가 지도자가 될 수 있는가? 나와 교회보다는 진리와 국가를 더 위하고 걱정하는 사람의 수가 많아져야 한다. 꼭 교회만을 지적할 필요가 없다. 정치인이 되기 전에 나와 우리 집단보다 국가와 국민을 먼저 위하고 섬기려는 마음이 앞서야 한다. 교육자가 된다는 것은 어떤 인간이 된다는 뜻인가? 내 제자들을 키워 내 뜻으로 이루지 못한 조국과 민족에 이바지하려는 정신을 실천하는 것이다.

나는 때로는 이상한 회의에 빠지는 경우가 있다. 종교계의 지도자였던 성직자들은 그 신앙에서 이탈하기도 하고, 때로는 사회생활에서 과오를 범하기도 했으나, 애국심을 갖춘 평신도들은 끝까지 신앙인으로서의 자세를 지켜왔다. 도산 안창호나 고당 조만식은 우리가 존경하는 민족적 지도자였다. 그러면서 성실한 신자이기도 했다. 나는 도산의 마지막 설교를 직접 들은 사람 중 하나이다. 그가 병으로 가출옥했을 때 남긴 마지막 설교였다. 그 후에 재수감되어 해방을 보지 못하고 세상을 떠났다. 고당 선생의 최후는 누구도 자세히는 모른다. 그러나 그 사모님을 통해 선생의 최후 모습들을 전해 들었다. 그분들은 무엇이 우리와 달랐고, 두 분의 공통점은 무엇이었는가? 두 분은 민족과 국가를 사랑했다. 자신의 목숨이나 인생보다 더 소중한 겨레의 자유와 행복을 위해 생명과 삶 전체를 바치기로 결심했다. 목적이 있어서 살았고, 그 목적을 위해 죽음까지도 선택했던 것이다. 그러나 그 뜻이 살아 있는 동안에는 이루어질 수 없다는 것을 깨달았기 때문에 "제가 남기고 가는 민족과 국가는 하느님께서 맡아 도와주시기를 바랍니다."라는 뜻으로 눈을 감은 분들이다. 나에게 주어진 민족과 국가를 위한 의무를 다하지 못하고 떠나면서, 하느님께 조국과 민족을 맡기고 가는 마음과 일생이었다. 그런 신앙이었기에 그들은 참다운 그리스도인이었고, 또 우리의 지도자가 되었던 것이다.

우리는 지금 그런 정신적 지도자를 바라고 있다. 그리고 가장 고귀한 삶과 인생을 원하는 사람이라면 누구나 도달할 수 있는 인생의 선택과 민족의 꿈인 것이다.

11

100세를 앞두고 받은 뜻밖의 선물

90 고개를 넘기면서

2009년은 내가 90 고개를 맞이하는 해였다. 그 한 해는 너무 힘들었다. 내 나이도 예상했던 것보다 고령이었으나, 주변의 친구, 친지들 대부분이 내 곁을 떠나갔다. 모두가 90 고개를 넘기 힘들었던 것 같다.

대문을 마주 보면서 지내던 연세대학교 동료 교수 유봉로가 세상을 떠났다. 앞집에 살던 친구도 모두 동갑이었는데 먼저 갔다. 2월에는 대학 후배이기도 했던 김수환 추기경이 선종했다. 5월에는 50년 동안 친분을 쌓아온 김태길 교수가 우리 곁을 떠났다. 중학교 선배였고 자주 만났던 김동진 작곡가가 타계했다. 9월에는 월드비전에서 오랫동안 함께 일했던 친구인 정진경 목사가 계획했던 많은 일을 두고 예고도 없이 작고했다. 14살에 만나 평생을 함께 모교 얘기를 나누던 김창걸 이사장도 곁을 떠났다. 모두가 90세 전후해서였다. 대학교에서 친분을 두터이 지냈던 박대선 총장도 영면했다. 그분은 90세를 넘긴 나이였다. 유일하게 남아 있던 안병욱 선생도 거동이 어려웠고, 집에서 안정을 취하기 시작했다. 다 떠나가고 혼자 남은 것 같은 허전함이 엄습해왔다. 가족이 떠났을 때는 집이 비는 것 같았는데, 친구들이 떠나가니까 세상이 비는 것 같은 공허감을 이겨내야 했다.

그러는 동안에 건강상의 노쇠현상도 나타나기 시작했다. 시력이 약해졌기 때문에 두 차례에 걸쳐 두 눈의 백내장 수술을 받아야 했다. 한쪽 귀에 중이염이 생기면서 몇 차례 치료를 받았으나, 보청기도 준비해야 했다. 늙음과 더불어 찾아오는 불청객인 무릎의 통증과 부자유 때문에 조심스레 치료를 받기 시작했다. 그러나 고마운 것은 정신력의 쇠퇴는 더디 찾아오는 것 같다. 기억력과 사고력에는 큰 변화를 느끼지 않고 있다. 그래서 원고도 쓰고, 강연을 계속하는 일은 멈추지 않고 지낸다. 그런 일들은 반쯤으로 줄어든 것을 오히려 감사히 느끼면서 지내고 있다.

혼자 생각해본다. 공자의 말대로 60세가 되니까 인간적 성숙기가 되었다는 안도감이 들었는데, 그래도 75세까지는 생산적이며 어느 정도까지는 창의적인 일은 할 수 있었던 것 같다. 넓은 안목으로 사회를 볼 수도 있고, 지금까지 해온 공부가 어떤 면에서 사회적 연결성을 갖는가도 찾아지는 듯싶었다. 그래서 글도 쓰고 강연도 계속해왔다. 그런데 대부분의 내 친구들은 75세쯤까지 쌓아온 정신적인 유산을 10-13년까지는 계속 유지해왔지만, 87-88세가 되면서는 정신적, 신체적인 건강이 약해지기 시작해서 하향 길을 밟았던 것 같다. 안병욱, 김태길, 김수환 추기경, 정진경 목사, 모두가 그러했다. 그러니까 나도 90세까지 유지해온 것만으로도 감사해야 할 것 같았다.

그러나 고마운 일들은 있었다. 오랫동안 성경 공부를 함께 해오던 후배들이 있어서 친분과 교류를 이어갈 수 있었다. 나를 위한 배려와 걱정을 잊지 않고 함께해주었다. 그리고 한 달에 한 번씩 모여서 내 이야기를 듣는 모임에 참석하는 이들이 해를 거듭하면서 따뜻한 정을 나누곤 한다. 두 모임 다 사제관계 비슷하면서도 우정으로 연결된 모임과 시간들이었다. 90세가 넘으면 연상의 친구는 없어진다. 동년배의 벗들은 외출이 끊어진다. 그래도 원하기만 하면 언제나 점심도 같이하고 이야기도 나누고 싶은 연하의 친구들이 있어서 감사하는 마음이다. 대외적인 활동이 줄어든 반면 과거에 썼던 수필 수상집을 3권으로 정리도 하고, 종교에 관해 한두 권을 써보기도 했다.

그렇게 지나고 있는데, 뜻하지 않았던 한 가지 일이 벌어졌다.

춘천에 있는 한림대학교에는 안병욱 교수의 이드님과 내 큰아들이 교수로 재직하고 있다. 아마 철학과의 내 아들보다는 경영학과의 안 교수가 더 활동 분야가 넓었던 듯싶다. 춘천 북쪽에 위치하고 있는 강원도 양구의 유지들과 협의한 결과로 나와 안병욱 교수를 위한 기념관을 장만하도록 한 모양이었다. 안 선생은 집에서 요양

중이었고, 내 아들은 그것을 나에게 얘기하지 않은 채로 몇 달을 보낸 뒤였다. 한번은 내 아들 성진 교수가 아마 양구에서 기념관을 착수한 것 같기도 하고, 지난번 아버지가 한림대학교에서 '일송(一松)상'을 받을 때 양구 군수가 꽃다발을 증정한 것도 그것 때문인 것 같다는 얘기를 했다. 그때까지만 해도 나는 사실 여부를 확인하지 않고 지냈다. 후에 알고 보니까 양구 출신 문화계의 대표적인 인물로는 박수근 화백이 있었고, 근래에 와서 이해인 수녀가 시단에서 각광을 받았으나 투병 중에 있었다. 그래서 양구의 유지들이 새로 생기는 파로호 공원에 어떤 문화적 유적을 남기고 싶었으나, 마땅한 인물을 찾기가 어려웠던 모양이다. 그때 떠오른 사람이 안병욱 선생과 나였던 것 같다. 우리 둘은 90세가 넘었으나 실향민이어서 갈 곳이 없으니까, 북한 땅에서 가장 가까운 휴전선 밑에 자리를 잡도록 하자는 합의를 보고 이미 작업을 시작하고 있었던 것이다. 안병욱 선생의 아드님인 안 교수는 짐작은 하고 있었고, 내 아들은 말로만 전해 들었기 때문에 나에게는 확실한 내용은 미루고 있었던 것이다. 그래서 2012년 4월 20일에 나는 한 번도 들러본 적이 없는 양구를 찾게 되었다. 벌써 새로 꾸며지고 있는 공원에 2층 건물이 세워지고, 내부 인테리어가 진행되고 있었다. 몇 가지 분에 넘치는 고마운 마음이 솟아올랐다.

양구는 우리나라 국토의 정중앙에 해당하는 곳이다. 그래서 천문대가 설치되어 있는 곳이다. 파로호와 산으로 둘러싸여 있는 경관은 어느 곳보다도 아늑하고 정겨운 고장이다. 예로부터 금강산으로 들어가는 입구로 알려져 있을 정도로 외진 곳이기 때문에 모든 사람의 마음이 착하고 소박한 강원도의 민심이 그대로 보전되어 있다. "양구에 오면 10년이 젊어진다."는 얘기는 전부터 있었던 것 같다.

안 선생과 나를 위해서는 더없이 고맙고 감사한 제2의 고향이 된 셈이다. 세계 어느 나라에 가든지 소설가, 시인, 화가, 음악인을 위한 기념시설은 많아도 철학자를 기념하는 곳은 찾아보기 힘들다. 그들이 살던 집이 보존되어 있으면 다행일 정도다. 우리나라도 그렇다. 숭실중학에 같이 다니던 황순원 작가, 윤동주 시인의 기념시설들은 있어도, 철학도를 위한 기념관은 처음이어서 송구스러울 정도였다. 그것도 막역한 친구였던 안 선생과 함께이니까 더 말할 필요가 없다.

그해 5월 하순에 양구 분들과 나는 병중에 있는 안 선생 댁을 방문했다. 그 방문이 나와 안 선생의 마지막 만남이 되었다. 병이 더 어려워지기 전에 개관식을 서두르고 싶었고, 그때는 힘들더라도 안 선생이 참석하도록 계획을 세웠다. 그러나 그 뜻은 이루어지지 못했다. 2시간이 되는 거리를 왕복하는 것이 무리이기도 했고, 기억력도 오래 지속되기는 어려웠던 것 같다. 안 선생 댁을 떠날 때, "나 갈게요."라면서 손을 잡았더니, 안 선생도 옛날과 다름없이 밝게 웃으면서, "또 봅시다."라고 말했다. 작별을 하고 문밖에 나섰다. 안 선생의 큰아드님이 대신 작별인사를 했다. 내 큰아들이 운전하는 차를 탔다. 왜 그런지 계속 눈물이 흘러내렸다. 아들이 옆에 없었으면 소리를 내서 울었을 것이다. 일 많은 세상에 나 혼자 남는 것 같았다.

그해 12월 1일, '김형석·안병욱 철학의 집' 개관식이 있었다. 안 선생은 참석하지 못했다.

　안 선생과 같이 양구로 가게 되었다.

　2013년 10월, 안병욱 선생이 우리 곁을 떠났다. 김태길 선생이 가신 지 4년 뒤이다. 나는 두 날개를 잃은 새같이 되었다. 김태길 선생이 세상을 떠나기 3년 전쯤에 내가 안 선생의 부탁을 받아서 더 늙기 전에 1년에 두세 차례씩이라도 만나서 이야기를 나누면 어떠냐고 김태길 선생에게 물은 일이 있었다. 그때 김 선생이, "지금같이 서로 소식이나 전해 듣다가 한 사람씩 떠나는 것이 좋을 거야. 다 늙어서 다시 정을 쌓으면 먼저 가는 사람은 모르지만 남는 사람이 더 힘들어지지 않겠어?"라면서 "어차피 정해진 순서대로 갈 길인데…." 하던 말이 떠올랐다. 아마 먼저 갈 것을 예감이라도 했을지 모른다.

　한때 안 선생도 만성 기관지염으로 고생한 일이 있었다. 위태로운 상황은 아니었으나 마음은 무거웠던 것 같다. 나와의 전화에서, "우리 셋이 릴레이로 뛰고 있었는데, 아마 김 선생이 마지막 주자가 될 것 같아…. 누구도 순서는 모르지만…." 하고 말했던 것이 생각났다. 안 선생 말대로 내가 마지막 주자로 남게 되었다.

　2013년 10월 10일에 장례 절차가 있었다. 서울에서는 흥사단이 주관하는 영결식이 있었고, 오후에는 양구 '철학의 집' 옆에 자리한 곳에 영면하도록 되어 있었다. 양구의 여러 사람들과 서울에서 온 조문객들이 기념관 앞뜰을 메우고 있었다. 내가 마지막 보내는 말씀을 맡았다. 송별사를 읽어가다가, "지금까지 내가 안 선생이 살아 계실 때 꼭 해야 할 말이 있었는데, 그 기회를 얻지 못했습니다. 그때는 이미 안 선생이 병중에 계셨기 때문입니다. 이제라도 그 약속을 지키지 못하면 다시는 기회가 없겠기에 여러분의 양해를 구하면서, 우리 둘의 이야기를 나누어야 하겠습니다."라고 했다. 그 이야기는 이렇다.

몇 해 전, 충정도 영동에 간 일이 있었다. 강연을 맡았던 것이다. 강연을 끝내고 조용한 방에 혼자 앉아 쉬고 있는데, 가벼운 노크 소리가 나더니 지방의 유지로 보이는 신사 한 분이 들어오면서, "피곤하시겠는데, 잠시 인사를 드리고 싶어서 실례했습니다."라고 했다. 아마 교회의 장로쯤이었을 것 같은 인상이었다. 그는 내 앞 의자에 앉아서 이야기했다.

"안병욱 선생님도 건강하신가요?"

"그렇지 못합니다. 얼마 전부터는 활동도 못하시고 거동도 불편하십니다."

"그러시겠지요. 두 분 다 고령이시니까요. 오늘 김 선생님을 뵈오니까 안 선생님 생각이 떠올랐습니다. 지금 생각해보면 1960년대와 1970년대는 저희들이 정말 살기 힘들었습니다. 경제적인 문제보다도 정신적인 방향과 희망이 없었던 때였습니다. 그때 저희들은 두 분 선생님의 가르침으로 험한 세상을 지나온 것 같습니다. 강연과 방송도 해주셨고, 저서도 남겨주셨으니까요. 지금 생각해보면 하느님께서 저희들을 위해 두 분 선생님을 보내주신 것 같아서 고마움을 금할 수가 없습니다. 두 분 선생님, 정말 수고 많으셨고 감사드립니다. 기회가 닿으시면 안 선생님께도 저희들의 뜻을 전해주시면 감사하겠습니다."

그는 이런 인사를 남기고 떠나갔다.

나는 송별사에서 이 이야기를 한 뒤에 이렇게 마무리했다.

"그런데 안 선생께 그 뜻을 전해드릴 기회를 갖지 못했습니다. 오늘밖에는 남은 시간이 없어서 이 말씀을 드립니다. 우리는 아무 도움도 주지 못했는데, 여러분은 우리를 잊지 못하고 있습니다. 그분들의 마음을 간직하시고 고이 안식하시기를 바랍니다. 제가 안 선생 옆에 잠들기 전에 조국의 통일 소식을 접하게 되면, 내가 제일 먼저 그 소식을 전해드리겠습니다."

이렇게 해서 나에게는 또 하나의 짐이 지워졌다. 양구 분들을 위해 작은 도움이라도 되어야겠다는 책임이었다. 처음 한 해 동안은 내가 직접 그분들을 위해 '철학의 집'에서 강의를 했다. 한 달에 한 번씩이었다. 다음 해에는 안 선생을 대신해 홍사단에서 그 뒤를 계승했다. 지금은 군민들을 위해 인문학 강좌를 계속하고 있다. 춘천과 다른 지역에서 오는 수강생도 있고, 때로는 미국이나 캐나다에서 한국에 왔다가 소식을 듣고 들르는 이들도 있다. 강의는 나와 내 제자, 또는 후배 교수들이 맡아주고 있다.

호수 맞은편에 있는 근현대사박물관 2층에는 내가 기증한 선조들이 쓰던 옛날 도자기들이 전시되어 한 방을 차지하고 있다. 모두가 오랜 세월 동안 정들었던 것들이기 때문에 양구를 방문할 때는 거기에 혼자 앉아서 쉬기도 한다.

나이가 들면 옛날에 있었던 일들이 추억으로 남는다.

4·19가 되면 우이동 기념공원을 찾아보는 때가 있다. 그곳에 서면 온갖 욕심이 자취를 감추곤 한다. 먼저 간 그들의 뜻을 받들어 아무 도움도 사회에 주지 못하는 부끄러움도 느낀다. 서울에 있는 현충원과 대전의 현충원에도 들른다. 가까운 분들의 묘비도 살핀다. 대전의 현충원에는 연세대에서 함께 봉직했던 함병춘 선생도 잠들어 있다. 나와 말년에 친분을 쌓았던 류달영 선생의 묘도 있다. 광주의 망월동을 찾았을 때는 우리 모두의 어리석음과 잘못 때문에 무고한 희생자를 만든 부끄러움을 느끼기도 했다. 없을 수도 있었던, 있어서도 안 될 비극을 만들었던 것이다. 부산에 자리 잡고 있는 유엔묘지에 가면, 그런 역사의 범죄는 없어야 한다는 참회를 갖게 된다. 바로 6·25 전쟁 때 내가 그 주변에서 피란생활을 했기 때문에 더욱 그렇다. 우리 겨레가 세계 역사의 슬픈 무대를 차지하리라고는 누구도 생각하지 못했다. 2014년 4월에 있었던 세월호 참사는 열 번 뉘우쳐도 용서받을 수 없는 우리 모두의 범죄였다. 그 원인을 만든 일부의 종교인들과 그 비참을 정치적 목적으로 끌어들이는 이들을 볼 때는 우리 겨레의 어리석음과 무책임을 용서받지 못할 것 같은 아픔을 느낀다. 나도 그중 한 사람이지만….

인생은 사라져가는 것일까?

"노병은 죽지 않고 다만 사라질 뿐"이라는 이야기가 있다. 군인은 전쟁터에서 전사해야 그 빛과 명예를 지닐 수 있다. 오래 살아 늙으면 일반시민과 같이 사라져간다. 교수들이나 학자, 예술가도 그런 것 같다. 활동공간이 좁아져간다. 사회에서 직장으로, 직장에서 가정으로, 다음에는 공동묘지로 자취를 감춘다. 내 경우도 예외는 아니다. 85세쯤부터는 삶과 활동의 무대가 좁아지기 시작했다. 90세가 넘으면서부터는 더욱 그러했다. 옛날 친지나 제자들은 김 교수가 아직 살아 있는지 모르겠다고 서로 얘기하는 경우가 있었을 것이다. 또 90세가 넘게 되면 생존해 있다는 사실 자체가 사회적 관심과 의미의 대상이 되지 못한다. 내 친구들의 경우도 그러했다. 간혹 기회가 생겨서 30여 년간 정들었던 대학 캠퍼스를 찾아본다. 인사를 하는 학생은 하나도 없다. 젊은 교수들도 말없이 지나가버린다. 나와 관련이 없었던 고장을 지나는 것 같은 소외감이 들기도 한다. 어쩌다가 후배 교수나 옛날 제자를 만나면, "아직도 건강하시네요."라는 인사를 한다. 동료였던 교수들은 거의 만나지 못한다. 그런 세월을 10년쯤 보냈다. 나도 사라져가고 있다는 생각을 했다.

그런데 뜻밖의 사건까지는 못 되지만, 일이 생겼다.

우리 나이로 96세를 맞이하는 2015년 초였다. 아마 한양대학교에서 내가 했던 특강에 참석했던 사람 중에 KBS의 간부가 한 사람 있었던 모양이다. 내 강의를 듣고 옛날 기억이 떠올랐을까? KBS에서 진행되고 있는 「아침마당」이라는 프로그램에 나와달라는 청탁을 받았다. 새해였기 때문에 '행복'에 관한 이야기를 해달라는 청이었다. 항상 하는 강의였기 때문에 60분 동안 서서 이야기를 했다. 50-60대에는 자주 있었던 경험을 살려 도움이 되는 강의를 했을 것이다. 그것이 계기가 되어 적지 않은 시청자들이 김 교수가 아직 살아 있다는 것을 알게 되었고 행복의 메시지를 전해주는 늙은이의 인상을 되찾게 된 셈이다. 얼마 후에는 KBS의 「TV 회고록 울림」이라는 프로그램에서 50분씩 두 차례에 걸쳐 내 생애가 소개되었고, 그 안에는 양구의 '철학의 집'과 관련되는 몇 사람도 등장하게 되었다. 그런 것들이 계기가 되어 MBN의 인기 프로그램에서 '100세까지 일을 즐기는 사람'으로 소개되기도 했다. 그러니까 다른 방송국에서도 초청을 받아 다시 바쁜 몇 달을 보냈다. 조선일보에도 두 차례 넓은 지면을 차지하기도 했다. 문화일보에서는 특별대담 계획을 세우기도 했다. 그런 일들이 계속 진행되는 동안에 김 교수는 90세보다 100세에 가까운 연세가 되었는데도 전과 같이 활동하고 있다는 소식이 전해진 것이다. 미국, 캐나다에 사는 제자나 친지들도 안부를 전하면서 감사의 뜻을 보내주기도 했다.

또 한 가지 예상하지 못했던 변화가 찾아왔다.

50년 또는 40년 전에 출간하고 폐간되었던 저서들이 다시 각광을 받기 시작했다. 이상하게도 별로 독자들의 관심을 끌지 못했던 기독교 관계의 옛날 책들이다. 한번은 이와우 출판사의 젊은 대표가 찾아왔다. 아주 옛날에 학원사에서 나왔고, 후에 교학사에서 재판되었던 『예수』라는 책을 갖고 와서 다시 출간하고 싶다는 요청을 했다. 나는 때가 지났고 독자도 없을 테니까 그만두자고 말했다. 그런데 그 대표는 자기 할아버지가 『예수』를 추천하면서, 많은 사람들이 꼭 읽었으면 좋겠다며 출판하기를 권했다고 설명했다. 그런데 그 책이 뜻밖에 많은 독자들의 호응을 얻었다. 종교 분야의 책으로는 상상하지 못할 부수가 팔렸다. 그럴 바에는 그와 관련된 옛날 저서도 재출간하자는 뜻을 세웠다. 『어떻게 믿을 것인가』라는 오래전 책이다. 역시 많은 사람들이 애독해주었다. 상상하지도 기대하지도 못했던 일이다. 물론 독자들의 대부분은 교회에 다니는 신도들일 것이다. 그들이 이 책을 읽고 나면 틀림없이 신앙의 변화를 느낄 것이라고 믿는다. 신앙은 우리를 구속하지 않고 자유롭게 해줄 것이다. 그리고 더 깊은 사명감과 더불어 교회를 사랑하게 될 것이다. 이미 많은 사람들이 그런 변화를 가져왔듯이.

이런 변화가 전개되는 동안에 내가 수십 년 동안 인연을 계속해오던 철학과현실사에서 두 권의 신간을 내기로 했다. 지금까지 원고로 남아 있던 강연집과 새로 쓴 수필·수상집이다. 누구보다도 많은 강연을 수십 년 동안 계속해왔기 때문에 독자들에게 답례를 하고 싶은 마음을 갖고 있었다. 『사랑과 희망이 있는 이야기들』이라는 제목의 책이다. 비교적 최근에 가졌던 강연의 내용들을 묶어보았다. 『고독이라는 병』과 『영원과 사랑의 대화』가 나의 초창기의 작품집이라면, 『나는 아직도 누군가를 사랑하고 싶다』라는 수상집은 내 인생의 마지막을 장식하는 내용들이 될 것 같다. 그리고 2016년 여름에는 『백년을 살아보니』라는 수상집을 출간했다. 나이 때문일까? 왜 그런지 서둘러 집필해야겠다는 책임감 비슷한 부담을 느끼면서 2016년에 집필한 것이다. 주변의 여러 사람들이 제기해준 인생의 문제들을 취급한 내용들이다. 주어지는 과제를 내 나름대로의 견해로 풀이해본, 살아가는 데 필요한 숙제들이기도 하다. 50대 이후부터 100세를 바라보는 삶의 의미를 살펴본 이야기들이다. 나는 이 책이 그렇게 많은 독자들로부터 호응을 얻으리라고는 예상하지 못했다. 처음에는 『백년을 살아보니』라는 책의 색다른 제목 때문인가 생각했다. 그러나 광고를 많이 한 것도 아닌데 또 한 권의 베스트셀러가 된 셈이다. 경험으로 보면, 책은 독자가 새로운 독자를 이끌어낼 수 있을 때 많이 읽히기도 하고, 책의 수명이 길어지는 것이 보통이다. 물론 내 나이에 책을 펴냈다는 것이 관심을 끌었을지도 모른다. 지금도 지방에 가면 강연 내용에 대한 관심보다는 얼마나 늙었는지 보자는 청중의 수가 더 많은 것 같기도 하다. 그러나 기회가 있으면 한 번 더 강연을 들었으면 좋겠다는 사람이 있어야 한다. 중한 것은 나이가 아닌 강연 내용이기 때문이다. 책에 대한 평가도 마찬가지라고 생각한다. 그 책의 기본적인 주제는 100세 시대를 맞이하고 있으나 우리는 과연 그 책임을 감당할 수 있는 자세와 준비가 되어 있는가 하는 것이다.

제2의 인생을 위하여

40세 초반에 미국에 머문 일이 있었다.

그때 가까이 대하는 사람들이 '인생은 60부터'라는 얘기를 많이 하고 있었다. 그 당시 우리는 60세의 회갑을 인생의 끝마감을 하는 시기라고 보통은 그렇게 생각하고 있었다. 그래서 교수들도 '회갑 기념논문집'을 출간하는 것이 자랑스럽기도 하던 때였다. 20년쯤 지나 60세가 되면서 몇 차례 일본을 방문하게 되었다. 그때 일본 사회에서는 '제2의 인생' 얘기를 화제로 많이 올리고 있었다. 60세 이후의 인생을 어떻게 보낼 것인가 하는 문제였다. 60세를 맞이하면 자녀들은 독립해 나가기 때문에 가정에서 자유로워진다. 대부분의 남성들은 그 나이가 되면 직장을 떠나 사회인으로 다시 태어나게 된다. 그때부터 20-30년이 남게 되는데, 그 제2의 인생을 어떻게 관리하며 보람과 행복을 누릴 수 있는가 하는 것이 관심의 주제로 떠오른 것이다. 일본인들의 여론은 크게 세 가지 결론이었다. 그 첫째는 공부를 계속하라는 권고였다. 정신적 양식을 포기한다면 인간의 성장이 중단되기 때문이다. 그리고 독서는 노후의 정신적 성장과 행복에 큰 도움을 줄 수 있다는 충고였다. 두 번째 과제는 60세가 될 때까지 시간이나 환경이 허락되지 않아 미루어두었던 취미생활과 활동을 찾아 시작하라는 여론이었다. 60세가 되면서 시작한 취미활동의 성공률이 예상보다 높다는 사실도 지적하고 있었다. 누구나 찾아보면 다른 사람보다 앞서는 소질과 취미는 한 가지씩 갖고 있는 법이다. 그 개성을 묻어두지 말고 제2의 인생의 과제로 삼으면 성공과 행복의 기회가 누구에게나 찾아온다는 것이다. 그리고 끝으로 한 가지 더 강조하는 것은 60세가 넘었다고 해서 일을 외면하거나 포기하는 사람은 노후의 삶의 내용과 가치를 상실하게 된다는 경고이기도 했다. 수입이나 일의 경중을 따지지 말고 반드시 일을 해야 한다는 요청이다. 일이 없다는 것은 시간을 낭비하는 것이고, 인생의 포기가 되기 때문이다. 최근에는 무보수이지만 봉사활동의 기회와 요청은 항상 열려 있기 때문에 일을 사랑하는 마음을 거부해서는 안 된다는 견해였다. 제2의 인생을 포기한다면 일생의 반을 상실하는 결과가 되기 때문이다.

그리고 또 20여 년의 세월이 지났을 때였다. 나는 오래간만에 절친한 친구인 안병욱, 김태길 교수와 자리를 함께하게 되었다. 시간의 여유가 생겼기 때문에 우리 셋이 80세가 넘도록 살아왔는데, 계란의 노른자와 마찬가지로 알차고 행복한 나이가 어느 때였을까 하는 얘기가 나왔다. 50대 이후가 아니었을까 하는 생각도 해보았다. 그러나 그 나이에는 일은 많이 할 수 있어도 인간적인 성숙은 부족했다는 생각이 들었다. 공자의 교훈대로 60세부터가 타당했을 것이라는 공론이었다. 내가 나 자신을 믿을 수 있는 연령도 그때쯤이었다. 인생에 대한 사회적 평가도 60세는 되어야 한다는 생각이었다. 그리고 사회적 지도자의 자질을 갖추려고 해도 60세는 되어야 한다는 공감대였다. 그리고 60세에서 75세까지는 누구나 여러 면에서 성장할 수 있기 때문에 인생의 황금기는 60세에서 75세까지였을 것 같다는 결론을 보았다. 내가 75세쯤이었던 것 같다. 영문과의 한 후배 교수가 회갑이 되었다는 얘기를 들은 그 과의 선배 교수가 "그 친구도 철이 들기 전에 회갑부터 되었네!"라고 해서 웃었다. 자기도 회갑 때부터 철이 들었다는 뜻을 함축한 얘기였다. 한번은 선배인 정석해 교수를 모시고 지방으로 가게 되었다. 긴 시간 동안 심심했던 정 선생이, "가만 있자. 김 교수의 연세가 어떻게 되었더라?"라고 물었다. 내가 76세라고 대답했더니 한참 동안 말이 없다가, "좋은 나이올시다."라고 말하면서 부러워했다. '내게도 그런 세월이 있었는데…' 하고 회고하는 것 같았다. 만일 누군가가 나에게 지금까지 살아왔는데 가장 행복하고 좋았던 기간이 언제였는가라고 묻는다면, 나는 75세를 중심 삼는 앞뒤였다고 대답할 것 같다. 내 친구나 제자들 가운데 적지 않은 사람들은 75세가 되면 이미 늙어버린 나이로 착각하는 것 같다. 그러나 제2의 인생은 60세에서 90세를 바라보면서 출발하는 제2의 마라톤 경기에 해당한다고 볼 수 있을 것이다.

그런 생각을 하게 되면, 누구나 그 방법이 무엇이냐고 묻는다. 물론 한마디로 대답할 수는 없다. 그러나 아주 쉽게 대답한다면, 내가 나를 키워야 한다는 것이다. 청년기에는 학교교육이 있고, 50세까지는 동료들과 함께 자라게 된다. 그러나 60세부터는 콩나물에 물을 주어서 자라게 하듯이 내가 나 자신을 키워야 한다. 언제까지 그 노력을 계속해야 하는가? 내가 성장을 원하는 때까지는 그 책임을 감당해야 한다. 다른 사람과 비교해보는 선의의 경쟁이 필요할지도 모른다. 그러나 제2의 인생은 나 자신의 책임이다. 살아보면 나에게는 나 자신의 길이 있는 법이다. 나는 2017년 가을에 내 제자와 함께 '인촌상'을 받은 일이 있다. 그때 나는 참으로 감사하는 마음이었다. 스승이 제자와 함께 상을 받는다는 행복은 체험해본 사람만이 안다. 물론 내 제자 교수의 업적이 나보다 훌륭했다. 그러나 나는 나의 길에서 내 책임을 감당했던 것이다. 그렇다고 해서 내가 나를 주관적으로 평가해서는 안 된다. 상을 주는 측에서 보는 객관적인 기준이 있었기 때문이다. 다시 말하면, 누구나 인정할 수 있는 업적이 있었던 것이다. 나는 나로서의 노력과 봉사의 대가가 있었을 것이다.

제2의 마라톤을 위해서는 또 한 가지의 성장과 노력의 동력이 필요하다. 그것은 나이와 상관없이 주어진 사회적 관심과 활동의 공간을 유지하거나 넓혀가는 노력을 계속하는 일이다. 내가 중학생이 되었을 때 부친께서 나에게 들려주신 말씀을 지금도 기억하고 떠올리는 때가 있다. "네가 이제부터 한평생을 살아가는 동안에 항상 가정 걱정만 하면서 살게 되면, 너 자신이 가정만큼밖에 자라지 못한다. 만일 직장에서 최선을 다하며 이웃을 위해 정성을 쏟는다면, 너 자신도 직장의 주인이 될 수 있고 때로는 지역사회의 지도자로 성장할 수가 있다. 그런데 같은 사람이 언제나 민족과 국가를 위하고 걱정하면서 산다면, 언젠가는 네가 국가와 민족의 지도자로까지 성장할 길이 열린다."는 말씀이었다. 내 부친은 옛날 분이기 때문에 학교교육은 받은 적이 없었다. 교회에서 성장하셨기 때문에 기독교 정신을 그대로 받아들였던 것이다. 일제강점기였으니까 더욱 그러했을 것이다. 그런데 긴 세월을 대학에서 살다 보면 내 부친의 교훈이 진리였다는 생각을 하게 된다. 교수생활도 그렇다. 적지 않은 교수들은 대학에 머무는 동안 어떻게 하면 좀 더 많은 것을 대학으로부터 받을 수 있을까를 바란다. 물론 봉급이 올라가면 기분은 좋다. 그러나 등록금을 내지 못해 고생하는 가난한 학생들도 있다는 생각은 하지 못한다. 흔히 말하는 감투 쓰기를 원한다. 명예롭기도 할 것이다. 그러나 그런 마음의 자세로 정년을 맞이히며 대학을 떠나게 되면, 그 사람은 대학도 기억해주지 않고 사회로부터도 외면당한다. 그러나 학자다운 연구를 하고, 대학을 위해 노력과 봉사를 아끼지 않은 사람은 정년이 된 후에도 대학과 더불어 명예와 보람을 얻는다. ○○대학의 총장을 지냈다든지, ○○학 분야의 업적을 남긴 교수로 존경을 받는다. 그런 교수들이 대학을 통해 사회에 기여하게 된다. 그런데 조용히 주어진 교수의 본분을 지키면서도 항상 학문과 교육뿐 아니라 사회와 국가의 장래를 위해 관심을 갖고 걱정하는 교수도 있다. 그들은 어느 대학의 직책을 맡았다든지 총장을 지낸 경력은 없다. 그래도 정년 후에도 민족과 국가를 위해 평생을 바치며 일하는 이들도 있다. 사회가 그들을 요청하며 받아들이기 때문이다. 안병욱 교수나 김태길 교수를 비롯한 내 친구들이 그런 사람들이다. 90세가 될 때까지 건강이 허락되는 동안은 주어진 일을 담당했으며, 많은 사람들의 존경과 감사의 마음을 받으면서 지냈다.

내가 나를 키우자는 뜻은 나의 성장을 위한 노력이기도 하나, 삶과 활동의 공간을 사회적으로 넓혀가자는 뜻이 깔려 있다. 나라를 걱정하지 않는 사람이 국가의 지도자가 되며, 학생들의 장래와 민족적 교육의 방향을 외면하는 사람들이 대학의 총장이 되거나 교육부의 책임자가 된다면 우리 사회가 어떻게 되겠는가.

그러나 내가 책에서 취급한 100세 시대의 인생관리나 자아성장의 문제보다 더 소중한 과제가 남아 있다.

한때 과학자들이 철학자들을 비꼬아 한 말이 있었다. 철학자들은 10층짜리 집을 지을 때 하늘 위에서 건축해 내려온다는 얘기였다. 그런 면이 없지 않았다. 현실과 동떨어진 공론과 이상을 주장했기 때문이다. 지금 우리에게 주어진 가장 시급하면서도 중요한 과제는 사회에 만연해 있는 사회악과 질서파괴의 범죄를 어떻게 치유하는가 하는 것이다. 그 근본적인 원인은 가치관의 상실이다. 오래전부터 철학자들은 윤리를 논했고, 현재에도 여러 종교인들의 가르침이 지속되고 있으나, 사회악과 정신적 빈곤에서 오는 질환은 증대하는 실정이다. 중병을 치료하기 전에는 건강에 관한 가르침은 의미가 없을 정도로 우리 사회는 병들어 있다. 지금 필요한 것은 우리 모두의 일상적인 생활에서 사회질환의 병균을 제거하는 일이다. 그 시급한 과제의 하나는 정직과 진실을 위하는 책임이다. 오늘과 같이 거짓이 가득한 시대는 없었던 것같이 느껴질 정도다. 도산 안창호는 정직의 상실이 사회를 패망의 길로 이끌었다고 지적했다. "죽더라도 거짓말은 하지 말자."고 호소했을 정도였다. 그러나 우리의 현실은 어떻게 되고 있는가. 어른들이 어린이들에게 거짓말을 가르칠 정도이며, 거짓 수단을 잘 쓰는 사람을 지혜롭고 유능한 사람이라고 본다. 우리는 정직한 지도자를 찾아보기 힘들어졌으며, 자기 잘못을 인정하고 받아들이는 어른을 만나보기 힘들어졌다. 솔직히 말하면, 거짓말이 없는 사회가 되지 못한 데 대한 책임을 나부터 인정해야 한다.

거짓말의 사회적 책임도 그렇다. 사회과학의 기본이 있다면, "사실을 사실대로 보아 진실을 찾고, 그 진실에 입각해서 가치판단을 내려라."라는 명제가 그것이다. 사실을 사실대로 보지 않으면 진실이 없다. 그런데 사실 자체를 알지도 못하면서 허위사실을 진실로 둔갑시키거나 강요한다면, 그것은 진실을 허위로 바꾸는 범악이 된다. 그런데 우리의 현실은 어떠한가. 무엇이 사실이며 진실인가를 묻지도 않고, 선입관념이나 이기적인 판단을 주장하고 강요하는 사례는 어디에나 있다. 야당일 때에는 같은 사실을 두고 악이라고 주장했던 사람이 여당이 되면 그것을 선이라고 바꾸어 말한다. 나와 같이 비교적 조용히 사는 사람도 어디에서 강연을 할 때 청중이 정치인들과 종교인들인 경우에는 여러 가지를 조심하게 된다. 그중에는 무엇이 진실이며 사실에 입각한 판단인지를 고려하지 않는 사람들이 있다. 자기의 생각과 일치하지 않으면 반대하며, 이해관계나 선입관념과 합치되면 찬동하는 때가 있다. 한때는 야당 지도자들이 경부고속도로 건설을 필사적으로 반대했다. 그러나 그것이 잘못되어 있었음을 알면서도 누구 한 사람도 나와서 우리의 판단이 잘못되었다고 인정하지 않고 있다. 최근에는 천주교의 신부들이 4대 강보수는 종교적 신앙에 어긋나는 듯이 강론을 하기도 했다. 지혜로운 세상 사람들은 그런 것은 종교문제가 못 된다는 것을 알고 있다. 진실을 허위로 바꾸는 것은 용납할 수 없는 죄악인 것이다.

그러나 그것으로 그치지 않는다. 허위를 진실로 조작하는 사례도 얼마든지 있다. 우리의 목적을 성취하기 위해서는 어떤 수단과 방법을 쓰더라도 옳다고 생각하는 사람들이다. 정치적 목적을 위해서는 인간을 수단 삼을 수도 있다는 용서받을 수 없는 죄악을 범하는 사람들이다. 독재사회에서는 어디서나 볼 수 있는 현상이다. 한때는 마르크스의 사상을 신봉하는 사람들이 정권을 잡기 위해서 항상 쓴 사태들이다. 공산주의가 왜 역사무대에서 버림을 받았는가? 그것은 허위를 진실화시키려고 했기 때문이다. 선한 목적이라고 해도 허위의 수단을 정당화한다면, 그것은 진실을 배반했기 때문에 선한 목적이 될 수는 없는 법이다.

지금 우리 사회를 병들게 하고 있는 또 하나의 사회악은 폭력이다. 힘을 가진 강자가 힘이 없는 약자에게 힘으로 대하는 폭력이다. 개인 간의 폭력도 그렇다. 예로부터 여성에 대한 남성의 폭력이 그 하나였다. 지금도 성희롱이나 성폭력은 가시지 않고 있다. 사랑의 온상이어야 하는 가정에서 그 사랑의 질서가 무너지고 있다. 아동 학대의 사례는 어디에서나 그치지 않고 있다. 그 폭력이 심해지면 타인의 생명을 빼앗는 살인이 된다. 성경에서 형 가인이 동생 아벨을 죽였다는 예화를 들을 때는 우리 모두가 두려운 전율을 느끼곤 했다. 그런 무서운 죄악을 어떻게 저지를 수 있을까를 걱정했다. 그런데 최근에 우리 주변에서는 그보다 몇 배나 더 공포스러운 사건들이 계속 보도되고 있다. 그런 테러 집단이 버젓이 등장해서 사회를 어지럽히고 있다. 그런 폭력은 물리적 행태로만 나타나지 않는다. 언어폭력도 어디에나 있으며, 정신적 폭력 집단은 그치지 않고 있다. 나도 모르게 나 자신이 그 가운데 빠져들기도 한다. 유사한 사태는 어디에나 있다. 이명박 정권 때 광우병 파동으로 온 사회가 떠들썩한 일이 있었다. 그때 나는 미국에 머물고 있었다. 미국에 거주하는 우리 교포들은 전혀 이해할 수 없는 사태를 보면서 거짓 선동과 폭력이 저렇게 먹혀들 수 있느냐고 개탄했다. 그 당시 집단행동의 중심을 차지하고 있는 정당의 지도자 한 사람이 미국의 남쪽 어느 대학에 머물고 있었다. 그는 미국의 스테이크를 즐기면서 서울의 그 허위 집단을 옹호하고 있었다. 이런 경우는 허위가 힘을 갖게 되면 폭력으로 번지는 사례일 수가 있다. 폭력을 정당화하기 위해 허위의 정신적 집단이 필요했던 것이다. 그런데 걱정스럽고 두려운 것은 그런 허위와 폭력을 일삼고 있으면서도 스스로의 잘못을 인정하거나 뉘우치지 않는 자세가 더 위험하다는 것이다. 뉘우치기보다는 정당화하는 집단이 있으며, 그런 정권도 존재하는 것이 문제다. 어떤 때는 그것이 혁명이라는 명목으로 이루어지기도 하며, 전쟁의 명분이 되기도 한다. 히틀러의 정권이 그러했으며, 러시아의 공산정권이 같은 과오를 감행하기도 했다. 20세기의 비극이 그 때문에 단행되었음에도 불구하고 아직 우리 동포의 반을 차지하고 있는 북한이 같은 역사적 역행을 감행하고 있다. 세상에서 가장 용납할 수 없는 죄악은 허위와 폭력이 집단적으로 이루어지는 현실이다. 그러나 우리는 그런 사태를 우리와는 관련이 없는 것으로 착각해서는 안 된다. 그것이 우리 사회, 그것도 정치계에서 언제나 발견되는 불행의 원인이 되고 있다. 선으로 악을 대하며 승리해야 한다. 그런데 악으로 악을 대하게 되면, 그 결과는 더 큰 악으로 번진다. 허위를 극복하기 위해서는 진실이 필수적이듯, 불의를 추방하기 위해서는 정의가 있어야 한다. 그런데 우리 사회는 진실이 힘을 잃고 있으며, 정의가 침묵을 지키고 있다. 그 결과는 어떻게 되겠는가.

나는 개인적으로 어렸을 때부터 인도의 간디를 존경해왔다. 그의 사상이나 현실생활에는 반시대적이며 반문명적인 면도 있었다. 그러나 그의 생애를 통해 보여준 정신은 뚜렷했다. 온갖 허위를 진실로 추방하며, 모든 폭력을 사랑으로 승리하는 인도주의적 신념이었다. 그리고 그의 위대함은 자신의 잘못과 실수를 숨기려 하지 않은데 있다. 종교적 사상의 위대함은 자신의 잘못을 회개하는 데 있다. 자신의 잘못을 알면서도 숨기려 하거나, 은폐할 뿐만 아니라 선으로 위장하는 개인과 사회는 그 허위의 대가를 모면하지 못한다. 나는 그런 점에서는 제2차 세계대전 이후의 독일의 정치적 대응이 훌륭했다고 생각한다. 스스로의 과오를 인정하고 속죄했기 때문에 수백 년간 원수일 수도 있었던 프랑스와 손을 잡을 수 있었고, 전쟁에서 패했지만 지금은 세계적인 영도력을 차지하게 된 것이다.

우리는 아직도 일본과의 관계에서 위안부 문제를 완전히 해결하지 못하고 있다. 그러나 생각해보면 그런 인륜적인 문제는 정치적 협상의 대상이 아니다. 경제적 대가로 해결될 문제도 못 된다. 진실을 있는 그대로 서로가 인정하면 된다. 그런 비극이 다시는 일어나지 않도록 역사적 진실을 알리고 모두가 받아들이는 것이 인도주의적 의무이다. 일본에게 보상이나 잘못을 인정하기를 요청하기 보다는 그런 역사적 사실을 세계와 유엔을 통해 알리는 것이 더 중요한 것이다. 일본이 그 사실을 수용하면 문제는 가라앉을 수 있다. 그러나 지금과 같은 일본의 자세라면, 다시 말해서 그 잘못을 은폐하거나 회피하려고 한다면, 우리는 그 진실을 세계에 알리는 것이 더 중요하다. 회개하는 개인이나 국가는 용서를 받을 수 있다. 그러나 악을 저지르고도 뉘우치지 못하는 개인과 사회는 긴 세월을 통해 역사의 심판을 받는 법이다. 그래서 역사는 공정하며, 세계사는 세계의 심판인 것이다.

그러나 또 다른 문제는 우리 자신에게도 있다. 지금 국내적으로 벌어지고 있는 온갖 사회악을 보면서 내 잘못이라고 생각하며 공동 책임을 지는 사람이 보이지 않는다. 원인은 내가 제공하고도 책임은 상대방에게 돌리고 있다. 지도자들이 더욱 그렇다. 정치계 인사들은 그 자체가 잘못이라는 사실을 알지도 못하고, 인정하지도 않는다. 큰 악을 눈감는 사람들이 작은 악을 다스리려고 한다. 거짓을 일삼는 사람들이 진실을 벌주려고 한다. 폭력을 앞세우는 사람들이 자신들에게는 용서와 사랑이 있기를 기대하면서 살고 있다. 지도자들이 양심은 멀리하고, 법에만 걸리지 않으면 잘못이 없다고 생각한다. 그 장본인들의 양심은 무엇이라고 말하는지 들으려 하지 않는다. 그래서 남을 심판하는 사람은 더 큰 심판을 받는 법이다.

누군가 "그러면 너는?" 하고 물으면 나도 할 말이 없다. 입을 봉하고 있으면 마음이 편해진다. 나 자신의 부족과 책임을 누구보다도 잘 알고 있기 때문이다. 그러나 생각을 바꾸어본다. 모든 잘못이 나로부터 시작했으나, 작은 선이라도 내가 시작해야 한다는 의무는 어떻게 해야 하는가? 두 사람이 싸움을 하는데, 옆에서 보고 있는 내가 할 일은 무엇인가? 힘이 없기 때문에 말릴 수는 없다. 그러나 "싸우지 마세요. 지금은 싸울 때가 아닙니다."라고 말이라도 해야 하는 심정이다. 90세를 넘기면서부터는 더욱 그러해진다.

나는 거짓과 폭력에 대해 얘기했다. 둘이 합쳐지게 되면 누구도 그 병을 치유할 수가 없다. 그러니까 우리는 그러지 말자고 얘기해 보는 것이다. 그러나 생각을 정리해보면, 나같이 무능하면서 걱정하는 사람의 수가 많아지는 것밖에는 해결의 방도가 없을 것 같다. 정의를 정의라고 말하는 사람, 진실을 위해서는 신념을 굽히지 않는 사람, 법보다는 양심의 소리에 귀를 기울이는 사람, 진실이 없는 세상에서는 살 수 없다는 의지를 갖춘 사람, 남을 심판하기 전에 자신의 부족을 먼저 자인하고 고백하는 사람, 인생은 짧지만 겨레의 역사는 영원하다고 믿는 사람, 자신을 희생시킴으로써 더 많은 사람이 행복해질 수 있다는 신념을 가진 사람들이 많아진다면, 그런 사람들이 허위와 폭력을 몰아내고 진실과 사랑의 역사를 개척해가는 주인공이지 않을까.

내가 살고 있다는 의미와 가치는 무엇인가? 내가 있음으로 해서 좀 더 많은 사람이 인간답게 살 수 있는 데 도움이 된다면, 그것으로 만족해야 할 것이 아니겠는가. 인간애에는 미치지 못한다 하더라도 이웃과 주변 사람들을 위해주는 삶이 귀하며, 인간목적이라는 것은 내가 있어서 더 많은 사람이 자유와 행복을 누릴 수 있도록 헌신하는 사람이어야 한다는 뜻이다. 내가 죽어서도 살 수 있다는 것은 내 삶의 가치와 의미가 민족의 긴 역사 속에 선하고 사랑하는 마음으로 동화됨으로써 이루어지는 것이다. 그것이 곧 영원에 동참하는 길이 되는 것이다.

왜 지금 나이에 이런 생각을 하게 되었을까?

대학에 있을 때는 학문과 철학적 사상이 내 인생의 중요한 부분을 차지하고 있었다. 대학을 떠나 사회생활을 하는 동안에 대학과 학문이 사회와 국민을 위해 있는 것이지, 사회와 국민이 대학과 학문을 위해 존재하는 것이 아니라는 현실을 깨닫게 되었던 것 같다. 물론 대학과 사회는 서로를 위해 공존하고 있다. 그러나 대학이 사회를 위하며, 철학과 인문학이 사회적 가치관을 제시해주는 책임을 높여갈수록 사회가 대학에 도움을 준다는 엄연한 사실을 부정할 수 없었다. 우리나라와 같이 후진성을 벗어나지 못한 사회에는 자각 있는 중견층 국민과 지성을 갖춘 계층이 없기 때문에 대학의 사회를 위한 현실 참여는 더 큰 비중을 차지하는 것이 보통이다. 철학이 사회적 가치관과 정신적 후진성을 위한 책임을 외면한다면, 사회가 철학뿐 아니라 인문학 전체에 대한 관심을 소홀히 할 것은 자명한 일이다. 마치 병든 환자를 위한 치유의 의무와 능력을 갖추지 못한 의사와 같은 위치에 머물러 왔던 과거를 부끄럽게 반성해보는 것이 지금의 내 심정인지도 모르겠다.

대학과 교수는 학문 그 자체가 목적이기보다는 교육을 통한 사회적 기여가 우리 사회에서는 더 소중했던 것이다. 적어도 현재의 사회적 후진성과 가치관 상실의 시대에 있어서는 철학과 인문학의 중요성을 외면할 수가 없는 실정이다. 우리가 아니면 누가 그 책임을 감당할 수 있겠는가. 그러나 나 같은 세대와 나이의 사람에게 주어진 임무와 과제는 더 남아 있지 않다. 사람은 누구나 주어진 고장에서 제한된 시간 안에 살도록 되어 있기 때문에 욕심을 갖는 것은 지혜롭지 못하나 희망을 포기할 수는 없는 것이 인생인 것 같다.

12

고향으로 가는 길

마지막 여행

2008년은 내가 미수(米壽)가 되는 해였다. 90세가 넘으면 여행을 하기 힘들 것 같아서, 가족들이 살고 있으며 친구와 제자들이 있는 아메리카 지역을 찾아보기로 했다.

그해 5월 하순에서 7월 초순에 걸쳐 있는 기간이었으니까, 비교적 여유가 있는 휴식을 겸한 여행이었다. 10여 차례 다녀오기는 했으나, 교포들을 위한 강연이나 설교를 위한 방문이었기 때문에 나와 가족을 위한 시간은 별로 갖지 못하곤 했다.

딸 셋이 미국에 살고 있다. 서울에 사는 둘째 딸도 합류하기로 했으나 사정이 생겨 동행하지 못했다. 미국에 있는 사위 셋은 모두 의사였고, 막내는 대학에서 강의하고 있다. 그러나 나를 위해 딸들이

2주 동안 휴가를 만든 것이다. 남편들의 동의와 후원을 얻은 셈이다.

나는 미국 여러 지역을 다녀보았기 때문에 이번에는 관람하지 못한 곳과 캐나다에서는 토론토와 나이아가라 폭포에 들르기로 하고, 크루즈 여행으로 멕시코까지 가는 여정을 잡았다.

외국을 여행하게 되면 자연히 한국 생각을 더 많이 하게 된다. 우리보다 못사는 후진국에 가면 지금의 한국을 생각하면서 감사한 마음을 갖게 되고, 선진국을 볼 때는 언제쯤이면 우리도 이만큼 잘살게 될까 하는 생각이 떠오른다. 내 손주들 시대가 오면 되겠지 하는 기대를 가져본다.

멕시코도 한때는 미국보다 선진국이었다. 일본의 대학 동창인 엔도 작가의 『사무라이』라는 작품을 보면, 일본에 있던 신부가 아메리카 지역을 거쳐 로마로 가는 이야기가 있다. 그 당시의 미국은 황무지에 가깝기 때문에 멕시코를 찾아보고 대서양을 건너 유럽으로 가는 노정을 택했다. 천주교의 위치에서 보면, 그 당시의 멕시코는 북남미 전체를 통틀어 유일한 선진국이었다.

그러던 멕시코가 지금은 미국과 비교할 수 없을 만큼 뒤떨어진 나라가 되었다. 여러 가지 이유가 있었을 것이다. 서울, 우리 옆집에 살았던 이환신 감리교 감독의 이야기가 생각난다. 그가 미국에서 신학 공부를 할 때 사회학에 관심이 있어서 연구보고서를 본 일이 있었다. 미국에 이민해 오는 멕시코 사람들의 성분을 조사해보았는데, 그 가운데 대단치 않아 보이는 조건 하나가 있었다. 수목이 우거진 지역에 사는 멕시코 사람들은 이민해 오는 경우가 없는데,

나무가 없어 메마른 고장에 사는 사람들은 이민을 많이 왔다는 것이다. 그다음부터 그는 외국에 가게 되면 산과 들의 나무가 얼마나 자라고 있는지를 보곤 한다는 얘기였다.

우리도 한때는 북한을 다녀오면서 나무가 없는 산들을 보고 아쉬운 생각이 들었다고 말하곤 했다. 일본인들이 한국을 강점하면서 식목일을 정하고 나무를 심게 하던 때도 있었다. 제2차 세계대전이 끝나면서 시오니즘(Zionism)을 타고 새로운 조국을 건설한 유대인들이 가장 공들인 작업의 하나가 '식수운동'이었다. 그 일대가 사막이어서 물과 나무가 있는 곳이 생활지역이 되었던 것이다. 나도 1962년 여름에 이집트 카이로에서 요르단 암만까지 가는 비행기 안에서 메마른 사막 모래밭 속의 파란 점들을 보면서 이스라엘 사람들의 건국 작업의 첫째가 물과 숲이었다는 생각을 했다. 삶의 거점이 바로 물과 나무였던 것이다. 그래도 우리는 6·25 전쟁을 치르면서 그런 가시적인 문제는 해결 지을 정도로 자란 셈이다.

이환신 감독은 나보다 많이 선배였기 때문일까. 그는 멕시코의 노쇠한 천주교보다는 미국의 생명력이 넘치는 개신교 정신이 미합중국의 원동력이 되었다는 견해를 갖고 있었다.

그러나 어떻게 보면 두 나라의 교육정책과 열정의 차이도 컸던 것 같다.

오래전에 고려대학교의 선배 교수와 나누었던 이야기가 생각났다. 한때 필리핀은 우리보다 잘살았다. 국민소득이 70달러였던 것으로 기억한다. 우리도 그 정도는 되었으면 좋겠다고 생각한 적이 있었다. 그러던 것이 지금은 완전히 그 상황이 변했다. 필리핀의 근로자들이 한국을 찾아올 정도로 달라졌다. 그 원인이 어디 있는가? 교육의 차이에서 온 것이다. 3·1운동 때부터 해방까지, 6·25전쟁을 겪으면서 우리나라의 교육열은 세계 어느 나라보다도 높았다. 지금까지도 그 열성은 사라지지 않고 있다. 그 교육이 국민의 성장을 가져왔고, 국민의 성장이 국민경제를 상승시키는 원동력이 되었던 것이다.

내가 가장 많이 찾아간 나라는 미국이었다. 그다음은 캐나다일 것이다. 그래서 미국에 가면 두 나라를 비교해보게 된다. 사실 따져보면 캐나다는 제2의 영국이다. 캐나다에 가면 북유럽의 여러 국가 중의 하나인 듯이 느껴질 정도이다. 그래서일까. 앞으로의 한국이 미국과 같은 자유로운 시장경제로 가는가, 아니면 캐나다와 같은 자유에 뿌리를 두는 복지국가를 선택해야 하는가를 생각해보는 때가 있다. 세계 여러 선진국 중에서 우리가 따르고 싶은 경제나 정치적 방향에는 이 둘이 지금은 모범일 것이다.

이번 여행에서도 그런 생각을 했다. 한국신학대학 때 내 강의를 들은 박 목사가 사는 아파트 영빈실에 며칠 머문 일이 있었다. 캐나다의 목사들은 대개가 중산층이나 그 이하의 생활을 한다. 봉급이 적기 때문이다. 토론토와 같은 대도시의 큰 교회의 목사는 부양가족이 없기 때문에 봉급이 적다. 그러나 농촌의 작은 교회 목회자는 젊은 편이어서 부양가족이 많을 때는 봉급이 훨씬 많다. 교회의 대소가 표준이 아니라 가족의 수가 문제인 것이다.

그런데 두 내외분이 어떻게 이런 호화로운 아파트에 사느냐고 물었다. 박 목사의 대답은 예상 밖이었다. 아들이 캐나다에서 의사로 있었는데, 미국 의과대학 병원의 초청을 받아 갔기 때문에 캐나다보다는 수입이 많아졌고, 며느리까지 미국에서 변호사로 일하고 있어서 최고의 수입을 올리고 있다는 것이다. 그 혜택으로 캐나다의 어떤 목사보다도 여유로운 생활을 한다는 설명이었다.

그전에 갔을 때는 고등학교 때 제자였던 윤택순 교수를 만났다. 윤 교수는 춘원 이광수의 아들인 이영근 교수와 같이 미국에서 학위를 받고 미국에서 교수 생활을 하다가 토론토대학의 물리학교수가 되었다. 왜 미국보다 캐나다를 택했느냐고 물었더니, 건강 상태가 나쁜 큰딸애가 받는 정부의 보조와 양육이 미국보다 많이 앞섰기 때문에 왔고, 지금은 한국인으로서는 아주 드물게 그 대학의 정교수가 되었다는 얘기였다.

내가 잘 아는 전택균 씨는 옛날 천우사의 설립자였던 전택보 씨의 동생이다. 그 친구의 얘기도 그랬다. 자기가 미국에 있는 딸의 집에 갔다가 심장병으로 입원해 치료를 받았다. 그 일체 비용은 캐나다 정부가 지불했기 때문에 무료봉사를 받은 셈이라고 했다. 토론토에 살다가 인근에 있는 중소도시로 이사를 했을 때는 2주일쯤 후에 시 도서관에 비치되어 있는 한국 책의 목록을 보내주면서 더 필요한 책이 있으면 주문하라는 연락을 받았다는 것이다. 그는 한국에서는 내 책을 읽지 못했다가 캐나다에 와서 읽게 되었다는 얘기도 했다.

우리는 미국과 캐나다 중에 어느 나라가 더 살기 좋으냐는 질문을 한다. 오래전 통계였다. 고려대학교 학생과 공무원들에게 세계 여러 나라 중 어느 나라에 이민 가기를 원하느냐고 물었더니 캐나다가 압도적으로 1위를 차지한 것을 보았다. 나도 안정된 생활을 원한다면 캐나다가 좋고, 유능한 사람은 미국을 선호할 것 같다는 생각을 했다.

먼저 얘기로 돌아가자. 내 가족의 절반인 세 딸이 미국에 살고 있다. 이번 여행 기간에는 세 딸의 집을 다 찾아보기로 했다. 큰딸은 위스콘신 주에 살다가 지금은 워싱턴 D.C.로 이주해 갔다. 큰사위는 심장내과 교수이고, 외손자는 워싱턴대학의 심장내과 교수로 일하고 있다. 며느리는 하버드 출신의 변호사이다. 미국 사회의 누구보다도 뒤지지 않는 직업을 갖고 슬하에 아들딸 하나씩을 두고 산다. 셋째 딸은 텍사스에 살고 있다. 사위는 의사이고, 자기는 병원 일을 도우면서 음악 강사의 일을 겸하고 있다. 아들은 암 전문의사가 되었고, 딸은 정신과 의사로 일하고 있다. 막내딸은 오하이오 주 데이턴에 산다. 도심지 숲속의 오래된 옛날 저택을 차지하고 있다. 사슴들이 지나다니기도 하고, 내가 들렀을 때는 반딧불이가 떼를 지어 집 주변을 날아다니고 있었다. 내 딸은 미국에서 처음 반딧불이를 보았다면서 신기해했다. 막냇사위는 심장외과 의사이고, 자기는 대학에서 사회학을 강의하고 있다. 키가 큰 학생들 사이에서 걸어 다니는 150센티미터의 꼬마 교수가 안쓰러워 보이기도 했다. 외손녀는 MIT 출신으로 애플사에서 근무한다. 외손자는 심장외과 계통의 의사가 되었다.

이런 얘기를 하다 보면 집안 자랑을 하는 것 같아 죄송해진다. 그러나 내 가족보다 더 훌륭히 성공한 가정은 더 많다. 내 막내딸의 얘기다. 딸은 연세대에서 2학년을 끝내면서 미국에 가서 박사학위를 받았다. "아버지, 우리 애들이 한국에서 자라고 공부했다면 제구실하기가 힘들었을 것 같아요. 조카들까지 합해서 다섯이 미국에서 자랐는데, 넷이 의사가 된 셈이에요. 서울이었다면 그렇게 되지 못했을 것 같다는 생각을 합니다. 우리 애들도 그렇고…."라는 것이다. 서울에도 손자, 외손자 합하면 8명이 되는데, 미국에서 자란 손자들만큼 성장하지 못한 것 같은 아쉬움이 없지 않다. 경제적으로도 그런 셈이다.

미국은 모든 면에서 자유로운 나라이다. 자유사회의 특징은 선의의 경쟁이다. 그래서 캐나다에 비하면 가난한 국민이 미국에 더 많지만, 국민소득은 월등히 앞선다. 물론 미국식 가치관이 모든 면에서 다 좋은 것은 아니다. 인간 평가에서 경제적 기준이 앞서는 것을 보면 (내가 보기에는) 실망스러운 정도이기도 하다. 그러나 미국은 앞으로도 1세기 동안은 세계의 지도력을 유지할 것 같다.

뉴질랜드에 갔을 때도 비슷한 생각을 했다. 뉴질랜드는 세계에서 캐나다 못지않게 살기 좋은 국가이다. 내 후배가 뉴질랜드를 다녀와서 하는 얘기가 있다. "너무 심심해서 사는 재미가 없었다."는 것이다. 그래서 뉴질랜드에서 좀 유능한 사람은 호주로 간다. 거기에서 더 유능한 사람은 영국이나 캐나다에 이민을 간다. 그러니까 뉴질랜드는 조용해서 살기는 더 좋은데, 내 후배의 말대로 사는 재미는 없더라는 것이다. 나도 뉴질랜드와 호주에 갔을 때는 국가를 대표하는 박물관이나 미술관에 들르곤 했다. 솔직히 말해서 볼 것이 없었다. 같이 갔던 친구가 유럽에서 그림 두세 점 값에 해당하는 박물관도 못 된다는 얘기를 했다. 시드니의 오페라하우스는 대단히 유명하다. 그러나 서울에서 더 좋은 오페라를 자주 보게 되지 않는가 싶을 정도이다.

나는 미국이 오늘과 같은 발전이 가능해진 것은 제2차 세계대전을 전후해서 많은 세계적인 인재들이 유럽에서 이주해 온 결과라는 생각을 한다. 내가 1961년과 1962년에 미국에 머물 때도 그랬다. 그 당시에는 인문학과 자연과학 분야는 말할 것도 없고, 사회학 영역의 학자들도 미국 대학의 초청을 받아 왔다. 반공주의자들이 있었고 히틀러의 독재정권을 떠난 사람들도 많았다. 교회에 가면 어색한 영어 설교를 듣곤 했다. 유럽에서 온 신학자 목사들이었다. 내가 시카고대학에서 청강했던 종교학자 엘리아데(Mircea Eliade)도 그중 한 사람이었고, 하버드에서 강의했던 틸리히(Paul Tillich)도 독일 출신이었다. 그리고 미국은 그들을 환영했다. 결국은 미국을 위해 일해줄 세계적 석학들이었기 때문이다. 미국 내의 학자, 사상가들과 협력한 그들의 정신사적 결실이 지금은 아메리카의 중흥기를 만든 것이다.

따져보면 우리도 그랬다. 해방되고 38선이 생기면서 소련군이 북한을 점령하게 되었다. 그 직후부터 많은 북한의 지도자들이 대한민국으로 이주해 왔다. 그리고 6 · 25 전란을 겪으면서 자유를 사랑하는 사람들이 대거 남하했다. 종교계의 지도자는 물론 교육계의 중진들도 대한민국으로 일터를 바꾸었다. 그리고 대한민국은 그들을 받아들였고, 서로 협력할 수 있었다. 물론 남한의 좌파 인사들은 자연히 6·25 전쟁을 계기로 인민공화국을 선택하기도 했다. 그러나 북한은 그들을 실질적으로 환영하지도 않았고 협력하지도 않았다. 북에서는 김일성 일가를 중심 삼는 정치세력이 집권하면서, 그 당시까지 공산주의를 신봉하고 지켜왔던 세력을 배제했다.

내 가까운 친구의 형인 박치우 같은 이는 경성제대의 대표적인 수재로 알려진 인물이었다. 남한에서 좌익 언론과 반미운동에 앞장섰던 사람이다. 그래서 환영받을 것으로 기대하면서 북한에 갔으나 그의 말로가 어떻게 되었는지는 모른다. 일설에 따르면 빨치산으로 내몰렸다가 전사했다는 얘기가 들려올 정도이다. 나의 중학교와 대학교 때의 친구였던 허갑(본명은 허경남)은 연안파의 공산당원으로 평양에 갔다. 공산당 평양시 선전부장까지 맡았으나 후에 당 교육기관으로 좌천되었고, 마지막으로 당 이론의 이단자로 몰려 아오지로 가게 되면서 자결한 것으로 알려졌다. 지금은 김일성 일가의 주권에 충성하는 사람들만이 남아 있다.

대한민국이 오늘만큼의 성장을 이룩한 것은 남북의 인재가 손을 맞잡은 데 있다고 보아도 좋을 것이다. 미국이 유럽을 탈출한 지도자들과 협력했듯이.

나는 캐나다, 미국, 멕시코를 여행하면서 멕시코는 과거를 연장해가는 나라, 캐나다는 현재를 안정시켜가는 국가, 미국은 갈등을 겪으면서도 미래를 건설해가는 나라라는 생각을 해보았다. 지금은 대한민국이 나의 고향이다.

두 달 가까이 여행을 하면서 나는 극진한 대우를 받았다. 토론토에는 오랫동안 성경 공부 모임에 참석했던 전영식 내외분이 있어 아무 거리감 없는 내 집같이 지낼 수 있었다. 몇 차례 한인교회에서 설교도 했다. 김재준 목사가 박정희 정권 때 망명하다시피 해 머물던 곳이기도 했고, 나도 여러 차례 다녀갔기 때문에 모두가 바쁜 중에도 가족같이 대해주었다. 미주에 사는 사람들은 주말이 되어야 모이기도 하고 식사도 함께하는 것이 상례인데, 주중에도 자리를 함께해주곤 했다. 전 선생은 그 후에 한국을 다녀갔고, 양구의 기념관을 찾아보기도 했다. 캐나다에 거주하는 분들도 한국에 왔을 때 양구까지 방문해주는 후의를 베풀어주었다.

나는 주로 미국 동북부에 머물렀으나 시간을 만들어 서부의 시애틀과 그 남쪽에 있는 터코마에도 며칠 머무는 여정을 계획했다. 시애틀에는 성경 강좌에서 오래 함께 수고하다가 이민을 간 김준 장로가 살고 있다. 김 장로는 조용히 서울에서 중고등학교 교사로 지냈다. 이민을 갈 때는 마음이 무거웠다. 우리도 말은 하지 않았으나 착하고 선비 기질인데 미국 사회에 잘 적응할 수 있을까 하고 걱정했다. 그러나 지금은 시애틀 한인 사회의 모범적인 지도자의 역할을 담당하고 있다. 깊은 존경의 대상이 되었다. 오히려 이민을 갔기 때문에 더욱 빛나는 여생을 보내는 결과가 되었다. 나를 비행장에서 떠나보내면서 기도해주던 모습을 오래 잊지 못하고 지낸다. 터코마는 한국의 근로자들이 많이 살면서 일하는 곳이다. 한인교회에서 몇 차례의 집회를 통해 은혜를 나누게 된 것을 고맙게 생각한다.

워싱턴 D.C.에서는 그 지역의 대표적인 한인교회에서 두 번 기독교 강연시간을 가졌다. 한국에서 찾아간 나와 한국을 기리며 걱정하면서 살고 있는 교포들의 모임이 어떤 것인지는 경험해본 사람이라야 안다. 강연을 끝냈을 때 모두가 일어서서 박수를 쳐주면서 보내주던 기억은 옛날과 다름이 없었다. 그 교회는 여러 차례 신잉부흥회를 위해 찾았던 곳이다. 워싱턴에는 지금도 내 딸이 가족들과 함께 살고 있다. 중앙학교와 연세대학교 동문들도 많이 거주하는 곳이다. 이 글을 쓰고 있는 한 달쯤 전에 세상을 떠난 김응수 교수도 그때 다시 만났다. 그분은 박정희가 쿠데타를 일으켰을 때 육군사관학교 교장으로 있던 강영훈 장군과 같이 쿠데타를 반대했다가 투옥된 일이 있었다. 후에 미국으로 건너가 교수가 된 분이다. 나와 둘이서 점심을 나누면서, 자기는 암으로 투병생활을 하고 있어서 다시는 뵈올 기회가 없을 것 같아 점심시간을 만들었다고 말했다. 왜 그런지 헤어질 때 그분의 손을 놓고 싶지 않았다. 우리의 두 손 안에는 대한민국을 걱정하는 마음이 스며 있었을 것이다. 그와 처남남매 간에 있던 강영훈 전 총리도 먼저 세상을 떠났다. 강 총리는 서울에서 비교적 자주 만났다. 스스럼없이 신변 얘기도 털어놓곤 했는데….

뉴욕과 시카고에서는 강연회와 교회 설교 시간을 여러 번 가졌다. 나이 든 친지들도 만나고 제자들도 자리를 같이했다. 서로 말은 없었으나 또 만나보는 기회가 있을까 하는 석별의 정은 숨길 수 없었다.

마지막 여행 코스는 가족들이 같은 배를 타고 크루즈 여행을 하는 길이었다. 행선지는 멕시코였다. 배 안에서 즐거운 5일을 보냈다. 작별의 정을 두터이 하고 싶었던 것이다. 멀리 외국에 나오면 대한민국이 고향으로 느껴진다. 서울에서는 북한이 고향이었는데, 미국에 오면 언제나 대한민국이 병중에 있는 어머니와 같이 생각되어서 빨리 가야겠다는 마음이 든다. 살아 있을 때 아내가 하던 얘기가 있었다. "어린 것 여섯을 키웠으니까, 이다음에 늙으면 한 집에 두 달씩 머물러도 1년이 지나네요."라는 얘기였다. 지금은 한국과 미국에 있는 가족이 반반씩이다. 누이동생의 가족들이 전부 미국에 살기 때문에 수적으로는 미국에 더 많은 가족이 살고 있다. 그래도 한국은 내 고향이기 때문에 가야 한다. 딸들은 어머니도 없는 빈집으로 아버지가 혼자 돌아가는 것이 마음 아팠을지 모른다. 그래도 나는 서둘러 돌아가야 한다. 병중의 어머니와 같은 한국이 나를 기다리고 있을 것이다. 간다고 해서 도움을 줄 것은 없을지 모른다. 또 주어진 책임을 감당하기에는 너무 늙었다. 그래도 가야 한다. 사랑하는 가족들이 미국에 있기 때문에 나라도 한국으로 가야 한다는 책임이 잠재해 있는지 모르겠다.

살다 보니

지금도 그 당시 일을 생각하면 혼자 웃음을 누르지 못하는 사건 둘이 있다. 나에게 그런 일이 있었다고 열심히 설명해도 상대방은 웃기만 한다. 거짓말이나 농담으로 여기면서 흘려버린다.

대학에서 강의할 때, 가장 비효과적이고 힘든 시간은 점심 다음 시간이다. 식곤증으로 조는 학생들이 생기기 때문이다. 가까이 앉아 있는 학생이 졸지 않으려고 애쓰는 것을 보면 내가 민망해진다.

그럴 때는 내가, "오래전에 내가 연세대학교 교수 축구팀의 간판 선수로 동대문에 있는 (그 당시에는 하나밖에 없는) 잔디 운동장에서 뛰었던 사실을 아세요?"라고 묻는다. 그러면 학생들이 소리를 내며 웃어댄다. "그때는 연고전 경기 때 양교의 교수 축구대항전이 있었어요. 내가 시니어 교수팀의 오른쪽 윙 공격수로 뛰었다고요. 그런 때가 한 번 더 와야 하는데…."라고 설명하면 몇 학생은 정말일지도 모른다는 표정을 짓는다.

생각해보면 나도 웃음을 참지 못한다. 두 대학 학생들의 열렬한 응원을 받으면서 파란 운동장을 누비며 활약했으니까. 내 큰아들은 고려대학교를 졸업했다. 그래도 그날은 진해의 해군사관학교 강의까지 뒤로 미루고 아버지를 응원하러 서울까지 왔다. 내가 운동장으로 나섰더니 고려대학교의 조동필 교수가 악수하면서, "연세대학교에 얼마나 선수가 없으면 김 교수까지 나왔어!"라면서 놀려주기도 했다.

어쨌든 결과는 연세대학교 교수팀이 3 대 0으로 이겼다. 내 활약도 컸던 것은 사실이다. 그 현장을 본 사람은 다 인정하는데, 내 얘기와 설명을 믿어주는 사람은 없으니까 답답하다.

그래서 내가 수강생들에게 설명을 추가해준다. 내가 50대 중반이었을 때 연세대학교에서 각 단과대학 교수들로 구성된 선수단을 만들고, 총장 기 쟁취 경기대회를 갖기로 했다. 그런데 이상할 정도로 문과대학 교수들 중에는 축구 경험이 있는 교수가 적었다. 11명이 출전한다는 것조차도 모르는 교수가 대부분이었다. 할 수 없이 내가 나서서 설명도 하고 팀을 구성했다. 자연히 내가 주장선수가 된 셈이다. 그런데 제1차 연도에는 우리가 우승해서 총장 기를 문과대학 사무실에 안치해 두기도 했다.

대체로 교내 경기는 오후 2시쯤 벌어진다. 두 단과대학의 교수와 학생들이 응원을 하기도 했다. 처음 있는 교수들의 친목경기이기 때문에 많은 인원이 참여해주었다. 선수들은 점심에 불고기나 갈비로 잘 먹으면 체력이 올라갈 것이라고 착각을 한다. 그래서 출전하기 전 점심시간에는 신촌에 있는 형제갈비집이 분주해지기도 했다. 나는 우리 선수들에게 점심을 많이 먹으면 뛰지를 못하니까 일상적인 식사를 하고, 그 대신 저녁식사를 푸짐하게 먹자고 설득하기도 했다.

그런 행사를 치르는 동안에 교수들 모두가 즐거운 시간을 가졌다. 우리 집은 학교에서 가까운 곳에 있었고, 사택에 사는 교수 부인들이 내 아내에게 김 선생도 선수로 뛴다고 해도 내 아내는 믿지 않았다. 집이 가까워서 유니폼을 입고 들어가면, 얼마나 선수가 되고 싶으면 교수들에게 배급되는 유니폼까지 얻어 입고 오느냐고 웃어넘기곤 했다. 나도 교수들이 다 입으니까 입고 응원하다가 왔다고 거짓말을 했다. 어차피 믿어주지 않았으니까.

그런 행사가 2, 3년 동안 계속되었던 것으로 기억한다. 그런 과거와 경험을 갖고 동대문 경기장에 출전했으니까, 우리 팀이 우승했고 나도 한몫 끼었던 것이다.

이런 설명을 추가해주면 학생들은 뜻밖이라고 생각을 하면서 믿어준다. 그러나 나는 좀 더 위세를 부려본다. 내 얘기가 믿어지지 않으면 후배인 오 교수님이나 박 교수님, 또 소 교수님께 물어보면 확인할 수가 있다고 장담한다. 그러고는 혹시 그래도 믿기 어려운 학생이 있으면, 그 당시 한국일보의 자매지로 유일한 스포츠 일간지였던 일간스포츠에 실린 한국축구협회 회장 장덕진 회장과의 한국 축구의 장래에 관한 대담기사를 보면 믿게 될 것이라고 추가 설명을 한다.

그렇게 되면 학생들이 어떤 셈인지 몰라 어리둥절해지는 표정이 된다. 그러나 그 모든 것은 사실이다. 그때에는 내가 그렇게까지 축구를 통해 널리 알려질 줄은 모르고 있었다. 생각해보면, 사는 동안에 예상하지 못했던 사건이 벌어지기도 하는 세상이다.

또 하나의 사건이 있다. 바로 최근에 있었던 일이다.

김태길 선생이 주도하던 '성숙한 사회 가꾸기 운동'이 활발히 전개될 즈음의 일이다. 시민들을 상대로 마당극이랄까, 연극을 공연하는 일이 있었다. 그 세 번째 공연이었던 것 같다. 철학교수인 내 큰아들이 이번에도 공연이 진행되고 있는데, 아버지가 가능하면 한 배역을 맡아주었으면 좋겠다는 청이었다. 나는 연습시간을 낼 수도 없고, 또 나 때문에 다른 교수들의 노력이 빛을 잃게 되면 미안하니까 사양한다고 말했다. 내 아들은 다음번에 각본을 가지고 와서 보여드릴 테니까 보시고 결정해달라고 하면서, 김태길 선생이 계시면 맡았을 배역이라고 말해주었다. 얼마 후에 아들이 전해 주는 각본을 보았다. 「웃음을 찾습니다」라는 제목의 연극이었는데, 나에게 주어진 배역은 그리스의 철학자 디오게네스였다. 앞부분과 끝에 두 차례 나오게 되는데, 다른 배역들과는 직접 연관이 없는 독백의 장면으로 되어 있었다. 김태길 교수 대신에 나선다면 친구에 대한 답례가 될 수도 있고, 내가 한다면 김 교수보다는 잘할 수 있을 것 같았다. 그래서 맡기로 했다. 배역 전부를 철학과 교수들이 맡기로 되어 있었다. 손봉호, 이명현 교수는 물론 내 제자였던 김형철 교수가 주연을 맡았고, 내 아들도 열심히 두세 달에 걸친 리허설에 동참하고 있었다. 나는 두 차례 나와서 전체 내용을 이끌어주고 각색해주는 대사를 내 마음대로 할 수 있었기 때문에 한 차례만 연습에 나가면 되었다.

2016년 11월 18일이었다. 약속했던 대로 충무로에 있는 극장에 들어섰더니 벌써 관중이 모여들고 있었다. 나는 무대 한쪽 구석에서 내 멋대로 분장을 했다. 관중은 초만원이 되었다. 선 채로 관람하는 사람도 많았다. 연극이 시작되었다. 내가 등단할 차례가 되었다. 항상 강연을 위한 무대에 선 경험이 있었기 때문에 나 나름대로 대사를 만들어나갔다. 청중은 경청해주었다. 대사를 끝내면서 무대 반대쪽으로 걸어 나가는데 박수가 쏟아져 나왔다. 나는 무난히 첫 장면을 끝냈기 때문에 두 번째는 자신이 생겼다. 연극이 끝났다. 전등이 켜지고 밝은 극장이 제자리로 돌아왔다. 내가 보기에도 최고 70점 정도도 못 되는 연극이었다. 대사를 외우지 못해 머뭇거리다가 실수를 하는 교수도 있었다. 그러나 관중은 애교로 받아들였다. 그런데 두세 사람이 나에게 꽃다발을 건네면서, "역시 최고였습니다."라고 찬사를 보냈다. 몇 사람이 비슷한 인사를 해왔다. 나는 100세에 가까운 늙은 교수니까 고맙게 보아준 듯싶었다. 그런데 한 사람이 오더니, "선생님 참 잘하셨습니다. 저는 연극이 전문인데, 선생님 연기는 프로에 가까웠습니다."라며 인사를 했다. 나 혼자 속으로 그만하면 합격이라고 스스로 위로했는데, 정말 잘했던 모양이었다. 그럴 줄 알았으면 다른 가족들과 친지들에게도 보러 오라고 권했으면 좋을 뻔했다. 지금도 그때 얘기를 하는데, 보지 않은 사람들은 믿어주지를 않는다.

내 인생에서 처음이면서 마지막 연극 배역을 감당했던 것이다. 대한민국이 좋은 나라라는 생각도 했다. 나 같은 늙은이가 박수를 받기도 하고.

상 받은 이야기

오래 살다 보면 나 자신의 부끄러운 모습을 보게 되지 않을까 걱정스러운 때가 있다. 세상 사람들이 물질적 욕망의 노예가 된다든지, 사회 지도자의 일부가 지위나 권력을 탐내는 것을 보면 그럴 수도 있겠지 하는 정도로 넘겨버릴 수는 있다. 그러나 지성을 갖춘 문화인이나 예술가들, 학문하는 사람이나 교수들, 심지어는 종교계의 지도자들까지 명예욕의 울타리 안에 머무는 것을 보면 나 자신을 위한 경계심을 갖게도 된다.

성결교의 정진경 목사에게서 들은 얘기다. 나도 어느 정도 알고는 있었다. 정 목사는 친구이지만 존경스러운 면이 많았던 분이다. 내가 "목사님은 좋은 설교를 하시는 분 중의 한 사람인데 은퇴하시면서 설교집 한두 권쯤은 남기고 싶지 않으세요?"라고 물었다. 내 얘기를 들은 정 목사는 "그러지 않아도 부끄러운 설교를 계속해왔는데, 글로 남겼다가 후일의 독자들이 읽고 실망할 모습을 생각하면… 그렇게 어리석은 일이 어디 있어요?"라면서 말도 안 된다는 표정을 지은 일이 있었다.

한때 우리 기독교계를 위해 미국에서 레이니라는 선교사가 와 머문 일이 있었다. 감리교신학대학과 연세대학교의 일을 돕고 있었다. 그가 미국에 돌아가 에모리대학교의 총장이 되었을 때였다. 정치계를 대표하는 DJ와 YS가 그 기회에 에모리대학교의 명예학위를 얻고 싶었던 모양이다. 그 대학의 졸업생 중의 한 사람인 H 교수를 통해 명예학위를 교섭했다는 것이다. H 교수는 DJ와 가까운 편이어서 DJ가 명예학위를 받았다. YS는 헛기대를 한 셈이다. 얼마 후에 그 레이니 선교사가 한국의 주미대사로 부임했을 때는 YS가 대통령으로 있을 때였다. 그래서 YS와 대사 사이에 껄끄러운 관계가 되었을 것 같았다는 얘기였다. 정치계에 흔히 있는 이야기다. 생각해보면, 가수나 탤런트들은 인기가 소중하며 많은 팬이 생기고 박수를 받는 무대에 서고 싶은 것이 보통이다. 그러나 한 나라의 책임을 맡은 지도자가 대중의 인기나 명예를 탐내거나 그런 것이 필수조건인 듯이 여긴다면, 우리는 그런 지도자의 인격과 애국심을 의심하게 되는 때가 있다. 인기와 명예는 국가와 국민을 위해 어떤 마음으로 무슨 업적을 남겼는가에 따르는 평가인 것이다. 안중근

의사가 인기나 명예를 위했다고는 누구도 생각지 않는다. 도산이나 김구의 남긴 기록을 보아도 오로지 민족과 국가를 위한 충성이 있었을 뿐이다.

나는 대학에 있었기 때문에 후배 교수를 받아들일 때가 있었다. 박사학위를 취득했기 때문에 이제는 나도 교수 자격이 있다고 생각하는 사람과, 학위를 통과했기 때문에 지금부터는 학문다운 학문을 할 수 있겠다고 다짐하는 사람 중에 누구를 선임하겠는가. 앞 사람은 이미 학문을 끝낸 사람이고, 후자는 먼 앞날까지 기대할 수 있는 학자가 될 것이다. 대체로 명예를 앞세우는 사람은 더 소중한 것을 모르는 사람들이다. 예술가는 평생을 노력해도 자기 부족을 깨닫기 마련이며, 학문하는 사람은 자기가 완성되었다고 믿지는 않는다. 그런데 성직자들까지도 명예를 탐낸다면 세상이 어떻게 되겠는가. 나는 그런 점에서는 스님이나 신부의 선택과 사명감이 옳다고 생각한다. 적어도 그 사람들은 세상적인 소유욕과는 단절된 더 높은 사명의식을 갖고 있기 때문이다.

대학에 적을 두고 있는 사람들은 명예학위에 대한 관심을 갖는다. 그래서 주어지는 것을 받기보다는 자신이 수단과 방법을 동원해 받기도 하며, 때로는 학위를 사고파는 일까지도 있었다. 그런데 명예학위를 못 받을 사람이 받게 되면 주는 대학도 명예롭지 못하며, 받은 사람도 안 받은 것만 못해지는 경우가 생긴다. 내가 잘 아는 사람은 수단이 좋은 편이다. 명예학위를 받았다. 그 사실을 알고 본 사람들은 "그 대학이 어떻게 그런 실수를 하나?", "생각이 있는 학자라면 그런 학위를 주는 대학에서는 주어도 받지 않을 것 같은

데!"라고 걱정할 정도이기도 했다. 받은 사람은 그 일이 자랑스러우니까, 그에 걸맞은 대접을 받을 것으로 착각한다. 그러나 아는 사람들은 애교심을 위해서라도 있을 수 없는 일이라고 그의 인격을 얕보는 결과가 된다. 차라리 학위를 받지 않았다면 대학을 위해 헌신한 고마운 분으로 대접받을 수 있는데, 명예욕 때문에 부끄러움을 모르는 사람이 된 것이다. 주는 편에서는 그가 명예학위를 받았기 때문에 대학도 영예로워져야 하고, 받는 사람은 명예에 걸맞은 존경스러움을 지닐 수 있도록 노력해야 하는 책임이 있다.

내가 대학에 있었기 때문에 한 가지 예를 들었으나, 이 문제를 사회적으로 확대하면 세상의 문제가 된다. 인간은 누구나 초등학교 때부터 상 받기를 좋아한다. 예외가 없다. 그 상에 대한 욕망과 기대는 죽을 때까지 계속된다. 그래서 세상을 떠나기 전에 상을 주고받는다는 사례가 있다.

그런데 수상의 문제도 그렇다. 요사이 우리는 아웅산 수치 여사가 받은 노벨평화상 수상을 철회해달라고 하거나, 평화상위원회에 대한 불만과 회의가 커지고 있는 것을 안다. 아웅산 수치 여사는 상을 안 받은 것만 못하게 되었다. 또 너무 젊어서 수상하는 것도 생각할 필요가 있다. 관 뚜껑을 닫을 때까지는 누구도 객관적 평가를 받을 수 없다는 말이 있다. 전해 들은 얘기다. 영국의 처칠 수상의 업적을 기리기 위해 그의 초상화를 국회의사당에 걸기를 원했는데, 처칠이 내가 죽고 10년쯤 후에 결정해달라고 말했다는 것이다.

생각해보면 상을 받는 것이 인생의 의욕과 목적 중 하나는 아니다. 진심으로 일하고 봉사한 대가로 주어지는 "감사합니다. 고맙습니다."라는 마음의 표시가 상이다. 나는 상을 받을 만큼 큰일을 했다든지 유명해졌으니까 인정해달라는 요청도 아니다. 종교에서 말하는 순교나 나라와 국민을 위해 목숨을 바친 지도자들은 추호도 그런 뜻이 없었다.

이런 생각을 하기 시작하면서부터 나는 사회적 의미가 있는 상은 받을 자격도 없고 상을 기대해보지도 못했다. 대학을 정년으로 떠날 때 누구에게나 주는 정부의 '국민훈장모란장'을 받은 것이 처음이면서 마지막이라고 생각했다.

그런데 90세 중반을 넘기면서부터는 크고 작은 상을 받기 시작했다. 나를 수상 후보자로 추천한 일도 없었고, 내가 원한 적은 있을 수 없다. 인제대학교에서 주는 '인성대상'은 친구인 안병욱 선생이 심사위원이었는데, 수상 대상으로 추천된 여러 사람을 심사하다가 추천이 들어온 후보자보다는 김형석이 더 좋겠다고 해서 받은 적이 있다. 그 외에는 수상하는 기관에서 결정을 지은 후에 수락해달라는 요청을 받은 상들이다. 송구스러운 마음이고, 사양하거나 거절할 처지가 못 됐다. 업적도 없고, 특별한 직책을 맡은 일도 없었다. 나보다 훌륭한 사람도 많이 있었을 것이다. "그저 오래 사느라고 고생이 많았습니다."라는 표창으로 받는 심정이었다. 남은 세월도 그렇게 사랑이 있는 고생을 계속해달라는 뜻으로 받곤 했다.

2016년 말에는 내가 존경해오던 '도산 안창호 기념상'을 받았다. 다음 해 초에는 유한양행에서 주는 '유일한상'을 받았다. 유한양행은 그 상을 주면서 정중한 예의를 갖추어주었다. 수상식에는 300명 정도가 참석 정원이었는데, 100여 명은 참석할 수 없을 정도의 성황이기도 했다. 같은 해 연말에는 '인촌(김성수)상'을 받았다. 존경하면서 모시고 산 과거가 있었으므로 영광스러운 수상이기도 했다. 내가 존경하는 세 분의 상을 다 받았기 때문에 이제는 끝난 것으로 믿고 감사하는 마음이다. 그분들의 유지를 이어가는 데 작은 도움이라도 되는 여생을 살아야겠다는 다짐을 한다. 가볍지 않은 짐이 셋이나 어깨에 지워진 것 같은 무거운 마음이기도 하다. 친구들이 같은 상을 받았을 때는 가벼운 마음으로 축하했는데, 지금의 나에게는 축하보다도 무거운 책임감을 느끼게 한다.

그 밖에도 한림대학교의 '일송(一松)상', 숭실대학교의 '형남학술상', 연세대학교 문과대학의 '연문인상'을 받도록 베풀어준 감사의 뜻을 잊을 수가 없다. 내가 부족하기에 더욱 영광스럽게 생각한다.

고향으로 가는 길

이렇게 지나는 동안에 90대의 세월도 다 흘러갔다. 문득 서산을 바라다보았더니, 내 인생의 태양이 산마루에서 나를 내려다보는 듯싶었다. 곧 해가 질 것이라는 생각이 들었다. 그것이 내 인생의 마지막 남은 시간이었다. 늦기 전에 조용히 떠날 준비를 갖추어야 할 시각이다.

그동안 정리했던 한국 기독교의 앞날을 위한 원고는 2018년 초에 출간되었고, 『백년을 살아보니』의 후편으로 볼 수도 있는 행복에 관한 책 『행복예습』은 2018년 여름에 빛을 보게 되었다. 그리고 지금 원고를 마감하고 있는 이 내용이 아마 마지막 책으로 출판될지도 모르겠다. 아직 결정되지는 않았으나, 내가 100세가 되었을 때이다.

지금은 더 새로운 저서나 글을 쓰고 싶은 의욕을 느끼지 못한다. 붓을 놓는 것이 더 좋은 선택이 되리라는 생각이다.

강연하는 일은 1년쯤 계속할 수 있었으면 좋겠다. 내 얘기를 기다리는 청중이 있고, 그분들에게 도움이 되는 때까지는 계속하고 싶다. 아직은 지팡이를 쓰지 않고 있으며, 보청기를 삼가고 있으나 곧 필요하게 될지도 모른다.

일을 시작하는 것은 인간의 몫이지만, 완성하는 분은 하느님이라는 말이 있다. 수십 년 동안 정성 들여온 성경 공부의 열매는 하느님께서 거두어주시리라고 믿는다. 이와 관련하여 몇 권의 저서가 남겨지기도 했다. 10여 년 동안 생각을 같이하는 이들이 모여 인생과 사회문제를 걱정한 모임도 있었다. 뿌려진 씨앗들이 헛되지 않았으면 감사하겠다.

내가 마지막 잠들기로 되어 있는 양구의 용머리공원에는 새로 증축하는 기념관이 완성되어가고 있다. 금년 9월 하순쯤에는 문을 열수 있으리라고 생각한다. 파로호가 내려다보이는 잔디밭에는 먼저 간 친구 안병욱 선생의 묘소가 있다. 우리 둘의 고향, 북한에서 가장 가까운 곳이다.

돌이켜보면, 내 인생의 처음인 고향을 떠나 나그네가 된 지 100

년이 되어온다. 그동안 내 육신이 걸어온 길도 험준하고 힘들었으나, 정신적 여정은 더 무겁고 괴로웠던 것 같다. 그래도 많은 이들과의 사랑이 있었고, 소망스러운 책임 같은 것이 있었기 때문에 그 주어진 짐을 지고 먼 길을 걸어올 수 있었다. 사랑을 주고받은 많은 사람에게 감사하는 마음이다.

더 늙기 전에 내 젊었을 때 삶을 보살펴준 북녘 땅, 고향에 한 번 다녀오고 싶은 생각이 간절했다. 두 차례 그런 기회가 오기도 했다. 그러나 두 번 다 그 뜻을 이루지 못했다. 한 번은 갑자기 찾아온 독감 때문이고, 또 한 번은 북한에서 계획되었던 과학기술대학의 창립개교식이 취소되었기 때문이다. 그러나 그 모든 것이 결과적으로는 나를 위한 사랑의 섭리였다고 믿는다.

지금은 고향에 대한 생각이 달라지고 있다. 내 인생은 계란을 깨고 나온 병아리가 큰 닭이 되어 오늘에 이른 과정과 같아졌다. 지금은 내 삶의 출발이었던 공간인 신체적 고향은 뒤로한 지 오래다. 내가 갈 곳은 다가오고 있는 인생의 종착으로서의 정신적 고향이다. 신체적인 공간으로서의 고향을 떠나 정신적 삶의 영원을 찾아가는 새로운 고향인 것이다. 지금까지의 내 자유는 운명이 아니었고, 어떤 섭리의 길이었음을 믿게 되었다. 누구나 죽음을 향해 가면서도 죽음을 목적 삼지는 못한다. 그러나 사명에 대한 믿음을 깨닫는 사람은 육체적인 죽음은 삶의 한 과정이면서 목적일 수도 있다. 마라톤 경기를 뛰는 사람에게는 목표가 있듯이. 영원에 대한 기대가 없다면, 그 과정의 의미도 없을 것이다. 신체적인 공간을 뒤로하고 정신적인 고향을 찾아왔던 것이 내 인생의 길이 아니었던가 하는 생각을 해본다.

공자의 신체적 공간은 우리와 차이가 없었다. 그러나 그의 정신적 위상으로서 고향은 사회와 역사에 가득 차 있다. 예수는 죽음이 목적이어서 산 일생이었다. 지금 그의 머무는 정신적 고향은 우리 모두 안에 깃들고 있다. 나는 조지 워싱턴의 농장과 무덤을 보면서 그의 정신과 역사적 고향은 미국과 더불어 존재한다는 생각을 했다.

우리는 그렇게 위대한 길을 걸어오지는 못했다. 그러나 우리 모두의 정신적 고향을 찾아 노력한 결과가 민족과 국가의 역사적 고향의 작은 부분들이라고 생각한다. 나는 내 인생을 반성해보면서 깨닫는 바가 있다. 내가 나를 위해서 산 삶과 한 일에는 남는 것이 없었다. 나와 더불어 사라지고 만다. 그러나 더불어 산 것은 행복했다. 가족과 이웃은 물론 직장과 삶을 같이한 모든 사람과 더불어 누린 행복이었다. 그런데 사회와 역사, 때로는 민족과 국가를 위해 걱정하고 노력했던 마음과 정성은 민족의 역사와 겨레의 희망이 되었다고 믿는다. 그런 것들이 없었다면, 오늘의 우리가 존재하지 못했고, 희망을 상실했겠기 때문이다.

나는 무엇을 남기고 싶었는가?

진실을 찾아 나누고 싶었고, 사랑이 있는 영원한 고향을 소원해왔던 것 같다.

송촌 김형석 선생의 철학과 휴머니즘

송촌 김형석 선생의 활동 영역은 매우 다양하다. 그리고 놀라운 역동성이 확인된다. 요약하면 이렇다. 교수와 교사로서 평생 동안 (이북과 이남에서) 교단에 섰으며, 수많은 학술서와 수필집의 저자이며, 전국의 학교, 기업체, 공공기관, 교회, 교도소 등으로부터 강사 또는 설교자로 초빙되어 각 계층의 시민과 직장인을 위해 강연과 설교를 베풀어왔다. 미국과 캐나다의 교민단체와 한인교회에 다녀온 것도 벌써 여러 차례다. 지금도 여전히 바쁜 강연 일정을 채우면서, 또한 신문과 잡지 투고 글쓰기에도 몰두하는 하루하루를 지내신다. 또한 독실한 기독교 신앙인으로시 여전히 매 주일 성경 강독 모임을 인도하신다. 그래서 필자는 자문한다. 그 이유는 무엇일까? 어떻게 이것이 가능한가?

송촌 선생의 인기는 매우 높다. 그의 강연과 글과 저서는 독자와 청중의 폭넓은 사랑을 받는다. 모두가 즐겨 읽고 경청한다. 그런데 이런 대중의 관심과 인기가 언제부터 시작되었는지를 살펴보면 참 놀랍다. 6 · 25 동란의 기억이 아직 생생하던 1950년대 후반, 즉 30 대 후반에 이미 그는 서너 권의 철학서를 출간했고, 철학적으로 인생을 논하는 수필도 발표하면서 독자들의 관심을 끌기 시작했으며, 수필집 『영원과 사랑의 대화』 초판 출간(1961년) 이전에 이미 그의 『철학개설』, 『철학입문』, 『현대를 위한 세계관』, 『우리는 무엇을 믿는가』, 수필집 『고독이라는 병』, 그리고 번역서로 키르케고르의 『죽음에 이르는 병』과 칼 힐티의 『인생론』 등이 먼저 출간되었다.

그 이후로는 전국 도처에서 강연과 방송과 설교와 원고 청탁을 받으며 바쁜 일정들을 소화해야 했지만, 그 와중에도 대학의 책임 강의와 학생 지도 또한 결코 소홀히 하지 않았고, 저술 활동 또한 멈추지 않았다.

100세를 지낸 지금도 그의 인기는 여전히 현재진행형이다. 방송 출연, 강연 부탁, 원고 청탁이 계속 이어지는 이유도, 그의 책들이 높은 판매량을 유지하는 이유도, 따지고 보면 그에 대한 독자와 청자들의 관심과 애정 때문이다.

그래서 다시 묻게 된다. 왜 그는 이토록 사랑받는가? 재미있어서? 지혜로워서? 배울 것이 많아서? 철학적이어서? 언변이 좋고 레토릭이 탁월해서? 물론 그럴 수도 있겠다. 그러나 송촌의 경우 이런 차원의 설명은 이미 설득력을 잃은 지 오래다. 이제는 어떤 다른 접근이 필요하다. 필자는 일단 이런 진단을 내려본다. 그는 철학자면서 휴머니스트라고. 그리고 '휴머니즘 실천'은 실은 또 하나의 '사랑 실천'이라고. 바로 이것이 그가 다수의 '애독자'와 '애청자'를 가지게 되는 이유이고 '비결'일 것이라고.

그러면 이것이 현실적으로 어떻게 실현된다는 말일까? 무엇이 송촌의 '비결'일까? 먼저 한 가지를 전제하고 보자. 사랑받기 위해서는 내가 먼저 사랑하는 마음으로 다가가야 한다고. 관심받기 위해서는 내가 먼저 상대에게 관심을 가져야 할 것이라고.

그리고 또 한 가지, 그를 철학자이며 동시에 휴머니스트라고 보는 이유는 그의 '지혜사랑' 실천이 곧 그의 '인간사랑' 실천으로 나타나기 때문이다.

그래서 필자의 결론은 이렇다. 그 비결은 오히려 (사실 '비결'이 적절한 표현은 아니지만) 송촌이 먼저 그의 글쓰기와 강연에서 독자와 청자에게 애정과 존경심을 가지고 접근하며, 그들의 마음과 처지를 먼저 헤아리면서, 그러나 인간이라면 누구나 당연히 물어야 할 질문을 던지고, 그들 스스로 생각하고 판단할 여지를 남기면서, 사색과 공감의 대화로 끌어들이는 노력을 기울인 것이다. 이것이 바로 그의 '인간사랑' 또는 휴머니즘 실천의 본질적인 모습이며, 독자와 청중은 기꺼이 그에 반응한다.

송촌 선생이 겪어온 생애사적 체험 현실도 결국은 우리나라의 현대사 그 자체이고, 우리 민족 모두가 겪어야 했던 20세기 현대사의 두 가지 비극적 사건이다. 하나는 일제에 의한 한반도 강점기의 탄압 통치였고, 다른 하나는 스탈린, 모택동, 김일성 등 공산주의 진영이 연합하여 일으킨 한반도 남북 분단과 6·25 동란이다. 두 가지 모두 20세기 우리 역사의 전반부를 통째로 삼켜버린 비극적 사건으로서, 한민족과 한반도를 참혹한 전쟁터로 몰아넣었고, 평소에 사람들이 마음에 지녔을 휴머니즘의 꿈을 여지없이 파괴해버린 바로 그 사건들 아닌가! 그래서 필자는 우리 민족사의 관점에서 일단 이들 두 사건의 공통된 성격을 '휴머니즘 파괴'라고 규정한다.

이런 역사적 고난과 고통의 사건을 겪고 난 후, 우리가 해결해야 할 과제는 그러면 무엇일까? 휴머니즘이 철저히 파괴된 상황에서 지성인들에게 부과된 임무는 무엇일까? 철학자이고 교육자이며 신앙인으로서 송촌이 자신의 사명으로 받아들인 과제는 무엇일까? 이 물음에 대해서도 이렇게 대답해보자. 그것은 '휴머니즘을 되살리는 것'이라고. 그리고 당시에는 모두가 '휴머니즘 회복'에 목말라했다고.

당시 우리 민족의 상황은 사상사적 관점에서 볼 때 역설적이고 이중적이다. 왜 그런가? 한편으로 생존을 위해서는 휴머니즘 파괴의 현실 고통을 어떻게든 견뎌내야 했지만, 또 한편으로 그 고통을 견뎌내기 위해서는 내면의 어떤 정신적 힘이 필요했기 때문이다. 결국 휴머니즘 파괴에 저항하기 위해서는 어떤 다른, 또는 새로운 휴머니즘 가치를 찾아야만 한다는 결론이 자연스럽고 또 불가피했다. 우리 민족이 공유하고 있는 이러한 시대적 문제의식을 대중과 함께 나누면서 공통의 대화와 철학적 사색의 주제로 끌어올리는 일이야말로 철학자이고 교육자이며 신앙인인 송촌 선생이 실천에 옮긴 과제였으며, 대중을 위한 정신적 봉사활동 아니었을까?

김성진
한림대학교 철학과 명예교수

김형석

연세대학교 명예교수.

중앙중고등학교 교사 및 교감, 시카고대학 및 하버드대학 연구교수, 한우리 독서문화운동 초대 회강, 월드비전 이사, 성천문화재단 이사를 역임했다. 일본 도쿄 조치(上智)대학교 철학과를 졸업했다.

상훈으로는 국민훈장모란장, 제1회 인제인성대상, 제2회 연문인상, 제6회 숭실인상 형남학술대상, 제6회 일송상, 2016 도산인상, 제12회 유일한상, 2017 인촌상 교육부분, 2018 안중근 교육부분 국민대상 등을 받았다.

저서로 『철학입문』, 『철학개론』, 『윤리학』, 『헤겔과 그의 철학』, 『종교의 철학적 이해』, 『역사철학』, 『철학의 세계』 등이 있고, 논문으로 「시간의 실천적 구조」, 「절망의 변증법」 등이 있다. 또한 『고독이라는 병』, 『영원과 사랑의 대화』, 『고독이 머무는 계절에』, 『인생, 소나무 숲이 있는 고향』, 『우리는 무엇을 믿는가』, 『예수』, 『어떻게 믿을 것인가』, 『나의 인생, 나의 신앙』, 『이성의 피안』, 『세월은 흘러서 그리움을 남기고』 등 대중에게 인기가 높은 수필집과 수상집 40여 권을 집필하였다. 근지에는 『나는 아직도 누군가를 사랑하고 싶다』, 2016년 8월에는 『백년을 살아보니』를 출간하여 베스트셀러에 오르기도 했다.

책 전문가 46인이 꼽은 '2016 올해의 저자' 10인으로 선정되어, 100세 시대 철학자, 장년의 멘토가 되었다. 현재도 저술활동과 방송 및 강연을 하고 있으며, 강원도 양구에 있는 '김형석·안병욱 철학의 집'에서 월 1회 시민철학강좌를 진행하고 있다.

고향으로 가는 길

1판 1쇄 인쇄 2019년 4월 15일
1판 1쇄 발행 2019년 4월 20일
1판 2쇄 발행 2020년 10월 25일

지은이   김 형 석
발행인   전 춘 호
발행처   철학과현실사

출판등록   1987년 12월 15일 제300-1987-36호
서울특별시 종로구 동숭동 1-45
전화번호 579-5908
팩시밀리 572-2830

ISBN 978-89-7775-822-3 03800
값 12,000원